Spécialité

Humanités, Littérature et Philosophie

Terminale

Nouveaux programmes

Parcours et méthodes

Spécialité

Humanités, Littérature et Philosophie

Terminale

Nouveaux programmes

Jean-Philippe CHEMINEAU
Professeur agrégé de philosophie
Doctorant en philosophie

Michèle CLAVEAU
Professeure certifiée de Lettres Modernes
Formatrice académique

Gisèle NOYES-MANCA
Professeure agrégée de Lettres Classiques

Aurélie RENAULT
Professeure agrégée de Lettres Modernes
Docteure en Littérature comparée

ellipses

Dans la collection

Parcours** et **méthodes

Retrouvez tous les livres de la collection sur www.editions-ellipses.fr

ISBN 9782340-039339
©Ellipses Édition Marketing S.A., 2021
32, rue Bargue 75740 Paris cedex 15

www.editions-ellipses.fr

Avant-propos

L'éducation a-t-elle encore une visée émancipatrice ou est-elle désormais exclusivement tournée vers l'adaptation au marché du travail ? Comment comprendre la multiplication des polémiques autour de l'art contemporain ? Pourquoi le transhumanisme suscite-t-il à la fois autant d'espoirs et d'inquiétudes ? Comment les violences du XXᵉ siècle ont-elles modifié notre vision de l'histoire ? Pourquoi les débats se multiplient-ils aujourd'hui autour des questions d'exploitation animale et de droits des animaux ? Comment expliquer que nous ne parvenions pas à modifier notre rapport à la nature alors même que nous savons désormais qu'il est responsable de la dévastation progressive de la Terre ?

Autant de questions contemporaines essentielles pour comprendre le monde dans lequel nous vivons et qui nécessitent de se replonger dans le passé. Celui-ci nous enseigne non seulement que ces questions ont déjà fait l'objet de débats riches et instructifs, mais nous donne également à voir un ensemble de mutations qui expliquent pourquoi nous héritons aujourd'hui de ces problématiques.

L'ambition de ce manuel est ainsi d'aborder de grandes dimensions de la culture en les replaçant à chaque fois dans une période historique privilégiée, afin de vous donner les clés pour enrichir votre approche des grands problèmes contemporains.

C'est pourquoi il est structuré autour de deux grandes parties, qui correspondent aux deux grandes dimensions de la culture envisagées par le programme d'enseignement de spécialité d'humanités, littérature et philosophie en classe de terminale : la recherche de soi, du romantisme au XXᵉ siècle (thème 1) ; l'Humanité en question, du XXᵉ au XXIᵉ siècle (thème 2). Chacune de ces grandes parties comprend trois chapitres correspondant aux différentes entrées qui déclinent dans le programme de terminale la thématique considérée. Vous trouverez ainsi dans la partie consacrée à la recherche de soi un chapitre sur éducation, transmission, émancipation (chapitre 1), un chapitre sur les expressions de la sensibilité (chapitre 2) et un chapitre sur les métamorphoses du moi (chapitre 3). La partie sur l'Humanité en question est quant à elle abordée à travers trois entrées : création, continuités et ruptures (chapitre 1) ; histoire et violence (chapitre 2) ; l'humain et ses limites (chapitre 3). Chaque chapitre comprend deux parties : une partie cours qui traite du thème considéré à travers l'étude de textes littéraires et philosophiques, et une partie méthode où vous trouverez à la fois des fiches méthode pour vous préparer au mieux aux épreuves relatives à l'enseignement des humanités, littérature et philosophie en classe de terminale, et des sujets corrigés qui sont l'occasion pour vous de vous familiariser avec les attendus de l'épreuve et de conforter les connaissances acquises.

Bonne lecture

Thème 1

La recherche de soi

Introduction générale

La pensée antique et médiévale inscrit l'individu dans un cosmos, c'est-à-dire un monde pensé comme un système clos, ordonné et hiérarchisé. Au sein de ce cosmos, tous les êtres possèdent une essence ou une nature qui est pour eux une perfection et qu'ils ont donc à réaliser. En outre, la société politique y est pensée comme naturelle, à la fois parce qu'elle est le prolongement naturel de la famille au sein de laquelle tout être humain vient à naître, mais aussi parce qu'elle est ce cadre nécessaire pour que l'être humain puisse réaliser sa nature et donc devenir aussi parfait qu'il peut l'être. Les devoirs sont alors considérés comme étant premiers par rapport aux droits, parce qu'ils sont ce qui permet à l'être humain d'atteindre sa perfection. Le sage étant perçu comme celui qui connaît l'essence de chaque être et les moyens de la réaliser, il possède le privilège d'être obéi et de structurer la vie politique.

C'est avec ce cadre de pensée que l'Europe va progressivement rompre à partir du XVe siècle. La nouvelle conception du monde qui finit par s'imposer dans les esprits substitue au cosmos un univers infini (aussi bien dans la durée que dans l'étendue), sans centre qui vaudrait absolument, et qui n'est plus porteur de valeurs ou d'une hiérarchie de perfections mais est seulement uni par les lois éternelles et nécessaires qui régissent sa matière éternelle en mouvement sans but ni finalité intrinsèque au sein de l'espace. L'être humain ne se définit donc plus par une essence qui tiendrait à sa place au sein du cosmos. La société politique n'est donc plus non plus pour lui le moyen de réaliser une perfection qui lui est inhérente.

À la suite de mutations multiples touchant aussi bien les sphères scientifique, religieuse, économique que politique, l'individu est progressivement apparu comme la donnée première à partir de laquelle tout fonder. Caractérisé par sa raison, l'individu a à fonder l'ordre de la connaissance. Caractérisés par la liberté et l'égalité, les individus fondent l'ordre politique. En effet, dès lors que les individus sont cette donnée première à partir de laquelle tout ordre politique se constitue (la société n'est plus naturelle mais est le produit d'un devenir), il devient nécessaire de comprendre ce qui conduit les individus à vouloir constituer un ordre social et quelle structure politique ils veulent ainsi constituer. En outre, la disparition du cosmos ruine l'idée selon laquelle la compétence du sage pourrait permettre d'ordonner la société. Ce qui se substitue ainsi à l'obéissance caractéristique du paradigme politique antique et médiéval, c'est le principe de consentement. La société ne peut plus naître que d'un accord libre et volontaire des individus entre eux et seuls le consentement et la volonté des individus peuvent conférer une légitimité à l'autorité politique (et non une prétendue compétence relative aux essences). Le pouvoir politique institué ne peut l'être que parce que les individus y ont consenti. Il est une institution humaine qui repose sur le consentement de tous les individus.

C’est dans le contexte de ces mutations que doit s’envisager le thème de la recherche de soi, du romantisme au XXe siècle. Le romantisme va précisément s’insurger contre ce qu’il perçoit comme une réduction de l’individu à la seule raison, et contre une conception mécaniste de la nature. S’ouvre alors une exploration de la **sensibilité individuelle** (chapitre 2). Dès lors que c’est le consentement de tous les individus qui fonde l’ordre politique, **l’éducation** devient un enjeu absolument fondamental (chapitre 1). Enfin, va se poser le problème de savoir ce qui fonde **l’identité** de l’individu à travers le temps. C’est alors la notion de moi qui fait son apparition et qui va connaître des métamorphoses importantes (chapitre 3).

Chapitre 1

Éducation, transmission, émancipation

Synthèse de cours

Méthodologie

Découvrir et comprendre le sens des mots

- **Éducation :** emprunté au latin « educatio » : « action d'élever (des animaux, des plantes) » et « éducation, formation de l'esprit ». Il est intéressant de se pencher aussi sur le verbe « éduquer » et son étymologie : emprunt au latin classique « educare » : élever, instruire, de « ducere » : tirer à soi, d'où conduire, mener ; verbe dérivé de « dux » : chef. ... (*Dictionnaire historique de la langue française* d'Alain Rey). Il est clair que par son origine le mot contient l'idée de guide et d'élévation. Celui qui prend en charge l'éducation montre en quelque sorte la voie à suivre pour acquérir l'instruction qui élève.
- **Transmission :** du verbe « transmettre » issu du latin classique « transmittere » : envoyer de l'autre côté, faire passer au-delà...
- **Émancipation :** le verbe « émanciper » provient du latin classique juridique « emancipare » qui signifie : « libérer de l'autorité paternelle ». Ce verbe vient de « mancipium » : droit de propriété, composé de « manus », la main, et « capere », prendre. Le nom « émancipation » a suivi la même évolution que le verbe et désigne l'action de se dégager d'une autorité, d'une domination. Comme le verbe et son participe passé, il s'est appliqué au XIXe siècle aux femmes cherchant à obtenir une liberté égale à celle de l'homme... (*Dictionnaire historique de la langue française* d'Alain Rey).

Introduction

La conception que nous nous faisons d'une société libre moderne se caractérise par la combinaison d'au moins quatre principes. Il s'agit tout d'abord de **démocraties**, car une société ne saurait être libre si le pouvoir politique qui la régit ne fait pas l'objet d'un consentement de la part de tous les citoyens. Il s'agit ensuite de démocraties **représentatives**, en ce sens que l'expression du consentement des citoyens passe par l'élection de représentants. En outre, tout individu est **naturellement porteur de droits inaliénables** qui doivent être garantis et respectés par le pouvoir politique. Afin de s'assurer que ce pouvoir n'empiète pas sur ces droits inaliénables, l'organisation politique prend la forme d'un **État de droit**. Autrement dit, l'organisation politique se structure sous la forme d'un système institutionnel dans lequel les normes juridiques sont hiérarchisées de telle sorte que la puissance publique soit limitée du fait de sa soumission au droit. L'éducation joue alors un rôle essentiel : il ne s'agit en effet plus d'éduquer une **élite**, mais **l'ensemble** des citoyens dans la mesure où il n'y a de société libre au sens moderne que là où les citoyens sont capables de donner leur consentement au pouvoir politique de manière éclairée, de connaître leurs droits inaliénables et de s'assurer qu'ils sont respectés, de vérifier le bon fonctionnement de l'État de droit. **L'enjeu**, on le voit, est de taille : **l'émancipation**. Si en effet l'émancipation « refuse le pouvoir en tant qu'il se définit comme une contrainte dont le modèle antique est l'institution hiérarchique d'une domination » (A. Tosel, *Émancipations aujourd'hui ? : pour une reprise critique*), l'éducation doit viser à émanciper dans la mesure même où elle vise à la construction d'une société libre. Mais, précisément, comment y parvenir ? Comment définir et pratiquer l'éducation de sorte qu'elle joue ce rôle émancipateur ?

1. Éducation et transmission

a. Qui éduque-t-on ?

L'étymologie même du mot « éducation » implique la notion de **guide**. Éduquer quelqu'un revient à le guider. C'est dire que le guide participe à la formation de l'apprenant en utilisant notamment ce que l'on nomme la pédagogie. Ce dernier terme, issu du grec « païs », l'enfant, limite la portée de l'éducation. À croire qu'elle serait réservée aux enfants. Certains régimes politiques, notamment en Chine, ont parlé de rééducation concernant les adultes. Daï Sijie témoigne de cette rééducation dans son roman *Balzac et la petite tailleuse chinoise*. On y voit deux chinois désapprendre tout ce qu'ils ont appris. De la ville, ils sont envoyés vivre chez les paysans des montagnes où il leur est interdit de lire certains livres, comme ceux de Balzac.

Si l'éducation peut concerner en réalité tous les âges, il en est de même de l'instruction. L'instruction repose sur un enrichissement intellectuel. Instruction et éducation reposent sur un postulat, celui de la perfectibilité de l'homme. L'homme, d'après Rousseau dans *Discours sur l'origine et les fondements de l'inégalité parmi les hommes* (1755), se distingue de l'animal par sa perfectibilité : il est capable de progresser. « Un animal est au bout de quelques mois ce qu'il sera toute sa vie », ce qui n'est pas le cas de l'homme. L'éducation peut permettre à l'homme de progresser, de se perfectionner, comme l'a noté Kant dans son *Traité de pédagogie* (1803). Kant croit au pouvoir de l'éducation. Elle est capable d'infléchir l'Histoire de l'humanité.

Cette éducation peut être prise en charge par les parents, un précepteur (comme dans *Le Rouge et le Noir* de Stendhal) ou encore l'école.

Si l'éducation est de nos jours un **fait** ou une réalité, il convient de voir qu'elle pose néanmoins un **problème**. Ce problème de l'éducation concerne à la fois l'élève et l'éducateur.

Du côté de **l'éducateur**, le problème est celui de savoir qui va l'éduquer. Il existe en effet ici un cercle logique. Une fois admis que l'élève a besoin d'un éducateur, et qu'il est préférable qu'il soit bien éduqué, il devient alors nécessaire que son éducateur ait lui-même été bien éduqué (sans quoi il ne saurait être un bon éducateur). Mais ce bon éducateur de notre éducateur devra lui-même avoir été bien éduqué, et ainsi de suite. Ce problème, Kant le formule de la manière suivante : « L'homme est un animal qui... a besoin d'un maître... Mais où va-t-il trouver ce maître ? Nulle part ailleurs que dans l'espèce humaine. Or ce maître, à son tour, est tout comme lui un animal qui a besoin d'un maître. » (E. Kant, *L'Idée d'une histoire universelle au point de vue cosmopolitique,* trad. A. Philonenko).

Passons maintenant du côté de **l'élève**. Le problème, cette fois, est celui de la liberté humaine. Cette liberté est tout à la fois ce qui fait que l'éducation est **possible**, *et* qu'elle pose un **problème**. En effet, comme le souligne Kant, « L'homme est la seule créature qui soit susceptible d'éducation. » (E. Kant, *Traité de pédagogie,* 1803, trad. J. Barni, 1886). L'animal n'a pas besoin d'être éduqué parce qu'« Un animal est par son instinct même tout ce qu'il peut être » (E. Kant, *Traité de pédagogie,* 1803, trad. J. Barni, 1886). L'animal n'a donc pas véritablement de temporalité parce que tout ce qu'il peut être est déjà là dès sa naissance. Il ne peut être autrement que ce qu'il est et n'a donc véritablement de devenir. L'être humain, en revanche, est libre. Dès lors, il possède un véritable devenir en ce sens que les formes qu'il peut prendre ne sont pas fixées par avance au moment de sa naissance. Il peut donc se transformer sans nécessité ni finalité et prendre une infinité de formes, de visages. C'est précisément là le problème de l'éducation. Puisqu'il est libre, l'être humain n'est pas comme un objet : il est singulier, changeant et on ne peut donc en avoir une connaissance parfaite et définitive. En outre, les enfants ont tendance, comme le souligne John Locke, à vouloir conserver « la liberté de faire tout ce qui leur vient en fantaisie » (J. Locke, *Pensées sur l'éducation des enfants*, trad. J. Chateau, 1966) et à s'opposer ainsi aux contraintes de l'éducation. Enfin, si l'être humain est libre et qu'il peut ainsi devenir une infinité de choses, dans quelle direction convient-il de l'éduquer ?

Ce problème est d'autant plus délicat que pour être résolu, il semblerait préférable qu'on dispose *déjà* d'un bon éducateur à même de nous montrer la voie. Mais cela suppose de nouveau qu'il ait été lui-même bien éduqué, ce qui implique de nouveau un bon éducateur antérieur, qui lui-même… Or comment pourrait-il exister un bon éducateur si on ne sait pas *déjà* dans quelle direction il convient d'éduquer cet être humain qui peut être une infinité de choses ? Bref, problème de l'éducation de l'élève et de l'éducation de l'éducateur se relancent l'un l'autre et semblent faire de l'éducation un problème insoluble.

C'est pourquoi Kant en vient à affirmer que l'éducation est « le problème le plus grand et le plus ardu qui nous puisse être proposé » (E. Kant, *Traité de pédagogie,* 1803, trad. J. Barni, 1886). Kant considère ainsi qu'il faut renoncer à résoudre définitivement ce problème et qu'il faut s'en remettre à l'expérience : l'éducation est ainsi « un art dont la pratique a besoin d'être perfectionnée par plusieurs générations » (E. Kant, *Traité de pédagogie,* 1803, trad. J. Barni, 1886). Autrement dit, on ne peut envisager résoudre le problème posé par l'éducation que du point de vue de la succession des générations. Chaque génération doit s'aider de l'expérience des générations passées pour continuer à faire progresser l'éducation : « Chaque génération, munie des connaissances des précédentes, est toujours plus en mesure d'arriver à une éducation qui développe dans une juste proportion et conformément à leur but toutes nos dispositions naturelles, et qui conduise ainsi toute l'espèce humaine à sa destination » (E. Kant, *Traité de pédagogie,* 1803, trad. J. Barni, 1886). Cela signifie que l'éducation ne consiste pas tant à adapter un enfant au monde actuel qu'à s'efforcer de faire en sorte qu'il puisse contribuer à faire progresser l'espèce humaine dans sa globalité. À ce titre, l'éducation n'est pas tant tournée vers le présent que vers l'avenir : « Un principe de pédagogie que devraient surtout avoir devant les yeux les hommes qui font des plans d'éducation, c'est qu'on ne doit pas seulement élever les enfants d'après l'état présent de l'espèce humaine, mais d'après un état meilleur, possible dans l'avenir, c'est-à-dire d'après l'idée de l'humanité et de son entière destination. Ce principe est d'une grande importance. Les parents n'élèvent ordinairement leurs enfants qu'en vue du monde actuel, si corrompu qu'il soit. Ils devraient au contraire leur donner une éducation meilleure, afin qu'un meilleur état en pût sortir dans l'avenir. » (E. Kant, *Traité de pédagogie,* 1803, trad. J. Barni, 1886).

De ce point de vue, on pourrait prolonger la réflexion de Kant en considérant que le problème de l'éducation ne peut espérer être résolu que du point de vue d'une chaîne générationnelle qui lie à la fois les enseignants, les parents, les scientifiques, les spécialistes de l'éducation la communauté éducative… et qui soit tournée vers l'avenir et la réalisation d'un monde meilleur que le monde actuel.

b. La distinction entre l'inné et l'acquis

Les domaines associés à l'éducation semblent particulièrement vastes. Toutefois, certaines choses relèvent de l'inné : elles préexistent à notre venue au monde. Personne ne nous les inculque. On distingue ce qui relève de l'inné de ce qui relève de l'acquis. L'acquis est le résultat d'une éducation, d'une transmission.

Il n'est pas évident de savoir ce qui relève de l'inné et de l'acquis, tant on a tendance à affirmer que tel don est inné.

Les scientifiques ont observé des enfants sauvages pour chercher à voir quel rôle joue l'environnement social dans la construction de l'identité humaine. En 1800, dans l'Aveyron, un enfant sauvage est découvert : il n'a pas été élevé par les hommes, a grandi dans les bois. Il ne marche pas sur ses deux jambes mais à quatre pattes, il ne sait pas boire mais lape, imitant ainsi les animaux. Il ne parle pas. Le docteur Itard, médecin à l'institution des sourds-muets de Paris, le recueille et entreprend, en compagnie de sa gouvernante, Mme Guérin, de l'éduquer. Il rédige deux rapports, en 1801 et 1806, reproduits par le philosophe L. Malson, dans *les enfants sauvages, mythe et réalité* (1964). Itard se sert d'une pédagogie curative pour inculquer à l'enfant, qu'il nomme Victor, des données dont, en l'absence de toute socialisation, il a été privé (tenir des couverts, un verre, s'habiller, marcher sur ses deux jambes…) L'apprentissage du langage – malgré quelques mots articulés par l'enfant – semble avoir été un échec. Néanmoins, les travaux d'Itard serviront par la suite à Maria Montessori pour affirmer qu'il existe durant l'enfance des périodes sensibles lors desquelles certains apprentissages se font plus facilement.

Itard s'oppose aux partisans de l'innéisme : à ses yeux, tout peut s'apprendre, rien n'est véritablement inné, si ce n'est l'instinct de survie. Il préfigure ainsi, dans ce qui deviendra **la querelle de l'inné et de l'acquis**, le courant des behavioristes. De nos jours, le débat s'est résorbé avec l'apparition de **l'épigénétique** qui, en accordant toute leur importance aux gènes, montre que certaines dispositions ne relèvent pas seulement de l'acquis.

Zoom film

L'enfant sauvage de Truffaut

En 1969, François Truffaut adapte au cinéma les rapports du Dr Itard dont il interprète le rôle. Le spectateur assiste à la formation progressive de l'enfant au contact d'autrui, et notamment au contact de Mme Guérin, la gouvernante, à laquelle il semble très attaché. Truffaut accorde une place importante à cette figure de gouvernante, montrant le rôle joué par l'amour dans l'apprentissage.

En outre, l'enfant n'apprend pas seulement à s'habiller, boire dans un verre, se tenir correctement... Il accède à la morale et semble distinguer le bien du mal, le juste de l'injuste (face à une injustice, l'enfant mord le docteur Itard), ce qui fait dire à Itard/Truffaut : **« Tu n'es plus un sauvage, si tu n'es pas encore un homme. »** Sans éducation, rien ne semble distinguer l'homme de l'animal. Ce qui est inné en lui, l'instinct de survie, est commun avec l'animal. L'opposition Nature/Culture est symbolisée dans le film par la fenêtre, qui représente une ouverture vers la Nature et une fermeture vers la civilisation. L'enfant regarde à travers cette fenêtre, semblant considérer l'éducation que lui impose Itard comme une privation de sa liberté. Toutefois, à la fin du film, il choisit de rester avec Itard et Mme Guérin, renonçant, par amour, à la vie sauvage.

C. Transmission et civilisation

Depuis le XVIe siècle, l'éducation est considérée par les humanistes comme une étape particulièrement importante dans la formation de l'être humain. Rabelais et Montaigne, notamment, se sont penchés à la fois sur les contenus de l'éducation, mais aussi sur les méthodes les plus efficaces pour atteindre une sorte d'humanité idéale. Les penseurs de la Renaissance remettent en question l'éducation scolastique médiévale, correspondant selon eux à un savoir livresque associé à la religion, ensevelissant l'élève sous des connaissances théoriques qui le dépassent, qu'il n'assimile pas car on fait de lui un être passif, dont on ne sollicite ni la raison ni l'esprit critique. Montaigne, tout en restant très attaché à la tradition antique, aborde le sujet dans son œuvre en insistant sur la nécessité d'une tête bien faite plutôt que bien pleine. Quant à Rabelais, il montre à travers son personnage **Gargantua**, (*Gargantua*, 1534) le **rôle important que doit jouer le précepteur**, à la fois bienveillant et exigeant. Le père du jeune géant, désemparé par le peu de résultats obtenu par son précepteur de longue date, décide d'en changer. Les journées de son fils deviennent une illustration amusante, car gigantesque, à la mesure de l'élève, en connaissances soumises à son questionnement, en exercices physiques nombreux et variés, dans un échange permanent entre le maître et l'élève. Celui-ci deviendra le prince idéal soucieux du bonheur de son peuple.

Cette réflexion sur l'éducation se poursuit au XVIIIe siècle. L'éducation humaniste concernait une élite, celle proposée par les Lumières vise la vulgarisation des savoirs afin de permettre au plus grand nombre d'atteindre l'autonomie par l'émancipation, condition indispensable au bonheur. On s'interroge sur ce que l'éducation, que certains refusent de limiter à l'instruction, désigne exactement. Pour **Rousseau**, il s'agit de « tout ce que nous n'avons pas à notre naissance et dont nous avons besoin étant grands. **Cette éducation nous vient de la nature, ou des hommes ou des choses.** » Pour lui la nature doit avoir une place prépondérante dans l'éducation des enfants, on doit les y rendre sensibles. Ainsi écrit-il dans *Émile ou de l'éducation* (1762) : « Rendez votre élève attentif aux phénomènes de la nature, bientôt vous le rendrez curieux ; mais, pour nourrir sa curiosité, ne vous pressez jamais de la satisfaire. Mettez les questions à sa portée, et laissez-les lui résoudre. » Il s'agit clairement de solliciter l'enfant apprenant pour en faire un sujet **libre**. Qui éduque qui ? La réponse est de plus en plus complexe. Le maître, l'adulte, le précepteur sont autant de guides qui sollicitent l'élève en veillant à faire de lui un interlocuteur plus qu'un réceptacle de connaissances. L'éducation vise à conduire, élever l'enfant vers l'âge adulte en l'instruisant certes pour lui donner la nourriture nécessaire à sa réflexion, mais aussi pour lui permettre d'atteindre le **bonheur**, si cher aux philosophes des Lumières.

Au **XIXe siècle**, Victor **Hugo** fait de l'instruction une des conditions d'une société humaine. Selon lui l'instruction, l'école sont les meilleurs remèdes **à la criminalité**, que la société condamne souvent d'une manière totalement inhumaine et expéditive, notamment en recourant à la peine de mort. Dans *Les Quatre Vents de l'esprit* (1881) on peut lire : « Chaque enfant qu'on enseigne est un homme qu'on gagne./Quatre-vingt-dix voleurs sur cent qui sont au bagne/ Ne sont jamais allés à l'école une fois,/Et ne savent pas lire, et signent d'une croix. » A la barbarie de la peine capitale, comme réponse de la société à la criminalité, il oppose **la civilisation de l'instruction**. Nombreuses sont les œuvres où il défend cette position engagée. Pensons à *Claude Gueux* (1834) ou encore *Le Dernier jour d'un condamné* (1832). Dans sa « Lettre aux instituteurs » en 1883 **Jules Ferry**, ministre de l'instruction publique rappelle **l'importance de l'enseignement moral et civique** au sein d'une école primaire publique et obligatoire : « il a paru tout naturel que l'instituteur, en même temps qu'il apprend aux enfants à lire et à écrire, leur enseigne aussi ces règles élémentaires de la vie morale qui ne sont pas moins universellement acceptées que celles du langage ou du calcul. » Même si la valeur de l'instruction est défendue par de nombreux écrivains et penseurs, certains s'élèvent cependant contre les pratiques particulièrement sévères et les sévices que certains maîtres font subir à leurs élèves. Tel est le cas de **Jules Vallès** qui, dans *L'Enfant* (1869), premier volet d'une trilogie à caractère autobiographique, s'élève notamment **contre les châtiments** que parents ou maîtres font subir aux enfants. Le réquisitoire commence dès la dédicace : « À TOUS CEUX qui crevèrent d'ennui au collège ou qu'on fit pleurer dans la famille, qui, pendant leur enfance, furent tyrannisés par leurs maîtres ou rossés par leurs parents, je dédie ce livre. »

La deuxième moitié du XIXe siècle, avec le développement de la psychologie, s'interroge de plus en plus sur la place de liberté accordée à l'enfant, à l'individu dans l'éducation. Des pédagogies différentes sont proposées. Des courants d'éducation nouvelle issus des pédagogues Célestin **Freinet**, Maria **Montessori**, Rudolf **Steiner** et Ovide **Decroly** apparus en France depuis la première moitié du XXe siècle se sont structurés en réaction à l'école traditionnelle. Il s'agissait de proposer une **révolution éducative** à travers une autre vision de l'enfant mais aussi de la relation entre adulte et enfant. Ces courants d'éducation nouvelle sont issus des réflexions et des pratiques de la psychologie de l'enfant et de la psychologie sociale. Dès le début du XXe siècle, sociologues, philosophes, pédagogues ont diagnostiqué **une crise de l'éducation classique, abstraite et trop souvent autoritaire** dispensée en France. Émile Durkheim prône une éducation plus scientifique, plus expérimentale ; **Hannah Arendt rappelle que « le rôle de l'école est d'apprendre aux enfants ce qu'est le monde »** (Hannah ARENDT, « La crise de l'éducation », *La Crise de la culture*, Gallimard, 1961) condition nécessaire à l'émancipation des enfants, à l'appropriation de leur avenir. Le philosophe **Michel Foucault** montre que l'éducation, sous prétexte d'instruire les hommes pour en faire des êtres humains accomplis, a tendance à être trop **normative**. De plus, considérant la relation de **pouvoir** de l'enseignant à l'élève, il engage à la vigilance, dans le respect de la personnalité de l'enfant au cœur de l'éducation.

Au XXIe siècle, la réflexion autour de l'école se poursuit et les avancées des sciences cognitives et en particulier les neurosciences nourrissent les théories et arguments de pédagogies alternatives. Tous les acteurs du débat poursuivent le même but : émancipation, liberté, et intégration dans la société d'êtres humains accomplis. Ce noble objectif l'école ne l'atteint pas toujours, mais nombreux sont les courants de pensée et les expérimentations qui visent à amender un système parfois défaillant. Malgré son imperfection, l'école de la République, lorsqu'elle atteint son but, peut bouleverser la vie d'enfants modestes. Et les hommages rendus par ces enfants devenus des adultes émancipés sont souvent vibrants de gratitude. La lettre écrite par Albert Camus à son instituteur, Monsieur Germain, après avoir reçu le prix Nobel, en est un magnifique exemple (Albert CAMUS, « Lettre à son instituteur », 1957, annexe au *Premier Homme,* Gallimard, 1964).

2. Éducation et émancipation : l'idéal des Lumières

a. De l'émancipation à l'auto-émancipation : la construction du citoyen

Au XVIIIe siècle, l'émancipation concerne à la fois la **pensée** et la **politique**. L'éducation va alors jouer sur ces deux versants et se présenter à la fois comme une **éducation à penser par soi-même** et comme une **éducation à être citoyen**. Il n'y a en effet de société émancipée que si le pouvoir politique est **librement consenti par tous** et qu'il garantit la liberté et l'égalité de droit de chacun. D'où, précisément, le besoin d'éducation à la citoyenneté afin que chacun puisse donner librement son consentement au pouvoir politique et s'assurer qu'il remplit bien son rôle. Or ce consentement libre et ce regard critique sur le pouvoir politique ne peuvent pas exister là où il n'y a pas d'autonomie intellectuelle. On ne saurait parler de consentement libre ou de regard critique là où il y a ignorance du fonctionnement des institutions, des droits et des devoirs des citoyens, etc. Ainsi, éducation à penser par soi-même et éducation à la citoyenneté sont l'envers et l'endroit d'une même pièce : l'éducation à être citoyen est au fond une éducation à penser par soi-même, et penser par soi-même revient à être capable d'être véritablement citoyen.

C'est ce que montre très clairement Condorcet en défendant la nécessité d'une instruction publique, gratuite et obligatoire. En premier lieu, Condorcet fait la distinction entre l'éducation, qui relève de la famille et de l'Église, et l'instruction qui relève de la République. Là où l'éducation familiale et religieuse transmet des opinions politiques, morales et religieuses, l'école républicaine a pour mission de transmettre des savoirs élémentaires : lire, écrire, compter, connaître et comprendre le fonctionnement des institutions, les droits naturels de tout être humain, les droits et les devoirs du citoyen, etc. La raison en est simple : sans ce savoir, les individus ne peuvent pas développer d'esprit critique et penser par eux-mêmes. Ils soumettent ainsi leur pensée, leur jugement, leurs choix à tous ceux qui prétendent savoir et penser pour eux. C'est ainsi l'ignorance qui crée la dépendance. Il ne peut donc exister d'autonomie intellectuelle sans ces savoirs élémentaires, et sans autonomie intellectuelle, il ne saurait y avoir de citoyenneté véritable. En outre, l'école publique républicaine doit pour Condorcet se concentrer sur ces savoirs élémentaires car ils permettent aux intelligences les plus vives de progresser ensuite par elles-mêmes dans la connaissance. Dès lors, même si tous les citoyens reçoivent la même instruction, il n'en restera pas moins qu'il se formera une élite intellectuelle, utile à toute société. Ainsi, puisqu'il n'y a de citoyenneté politique véritable qu'à la condition de l'instruction, celle-ci doit être obligatoire et gratuite puisque tous les individus doivent y avoir accès, y compris les pauvres et les femmes. Condorcet défend de ce point de vue la création de classes mixtes et soutient l'idée d'une même instruction pour les hommes et pour les femmes.

Zoom auteur

Nicolas de Condorcet

Mathématicien, philosophe, homme politique et éditeur français, né en 1743 et mort en 1794. Connu en mathématiques pour ses travaux sur la statistique et les probabilités, son action politique est également restée célèbre. Appartenant aux Girondins, il défend une refondation du système éducatif français ainsi que du droit pénal.

En outre, l'éducation à la citoyenneté est aussi une **éducation à l'obéissance**. En effet, une fois dit que le pouvoir politique institué ne peut l'être que parce que les individus y ont consenti, l'exercice de ce pouvoir va être réglé par la loi, devant laquelle tous les individus sont égaux. En accordant leur consentement au pouvoir politique, les individus reconnaissent par là même l'autorité de la loi. Par conséquent, l'éducation à la citoyenneté doit aussi développer chez les individus l'esprit d'obéissance à la loi. Ceci étant dit, il ne saurait s'agir de développer une obéissance aveugle. Il faut en effet rappeler aux individus que le pouvoir politique ne tient sa légitimité que de leur libre consentement. Dès lors, les lois elles-mêmes n'ont une autorité légitime que parce que les individus y consentent librement, et ils ne leur accordent ainsi leur consentement que parce qu'elles permettent de garantir et de protéger les droits dont ils sont naturellement porteurs. L'éducation à l'obéissance aux lois doit donc aussi rappeler aux individus que l'obéissance n'est légitime que là où ils peuvent vouloir consentir librement aux lois et qu'ils ont donc à exercer une vigilance critique à l'égard de celles-ci pour qu'elles ne rétablissent pas des privilèges ou une domination de quelques individus sur les autres.

On trouve précisément une telle réflexion chez Kant. La discipline est positive en ce qu'elle transmet le respect de l'ordre mais elle risque aussi – en particulier parce qu'elle s'adresse aux enfants – de créer chez les individus l'habitude de se soumettre sans poser de question. Or pour Kant l'ambition de l'éducation doit être de rendre l'individu libre, c'est-à-dire autonome, c'est-à-dire capable de juger des lois et des règles morales en vigueur dans la société afin de vérifier qu'elles sont bien rationnelles et qu'il peut dès lors y consentir pleinement. Le risque de la discipline est donc de détourner l'éducation de son but. La solution kantienne à cette difficulté passe par l'importance du travail dans le cadre de l'éducation. L'enfant renonce en effet à la satisfaction immédiate de ses désirs pour se soumettre à une activité difficile, ce qui favorise la réflexion, condition sine qua non de l'autonomie.

Zoom auteur

Kant (1724-1804)

Philosophe allemand, Emmanuel Kant est l'auteur d'une œuvre majeure dans l'histoire de la philosophie, que ce soit dans le domaine de la connaissance, de la philosophie morale ou de la théorie esthétique. Ses trois œuvres majeures sont la *Critique de la raison pure* en 1781, la *Critique de la faculté de juger* en 1788 et la *Critique de la raison pratique* en 1790.

En outre, dans la mesure où les citoyens sont tous égaux, l'éducation doit à la fois rappeler aux individus l'égalité qui est liée à la loi (tous les individus sont égaux devant la loi) mais aussi **favoriser la réalisation de l'égalité** en permettant à chacun de sortir de sa condition sociale.

« Tous les individus naissent libres et égaux en droits » Art 1 DDHC

Grâce à l'éducation, l'homme, dans les sociétés démocratiques, peut s'élever socialement. Tel est le constat fait par Alexis de Tocqueville, dans *De la démocratie en Amérique* (1835-1840). Les relations entre les maîtres et les valets ne sont alors plus les mêmes que dans les sociétés aristocratiques, un enfant de valet pouvant, grâce à l'éducation, accéder un jour au rang de maître. Aussi Tocqueville écrit-il : « Lorsque les conditions sont presque égales, les hommes changent sans cesse de place ; il y a encore une classe de valets et une classe de maîtres ; mais ce ne sont pas toujours les mêmes individus, ni surtout les mêmes familles qui les composent ; et il n'y a pas plus de perpétuité dans le commandement que dans l'obéissance. »

Deux images structurent cet essai politique : la flèche est associée aux possibilités d'élévation qu'offre la société démocratique, tandis que le cercle traduit l'aliénation, l'enfermement, la cyclicité des sociétés aristocratiques. L'éducation pour tous – y compris pour les filles – que propose la démocratie permet de briser le cercle et de sortir de sa condition.

Zoom auteur

Alexis de Tocqueville

Philosophe politique, politiste et homme politique français, né en 1805 et mort en 1859. Alors qu'il est jeune magistrat, il est missionné par le ministère pour réaliser une étude du système pénitentiaire américain. À l'issue de son séjour d'un an aux États-Unis, il réalise *De la démocratie en Amérique*, œuvre majeure dans laquelle il analyse le système démocratique en général. À la fin de sa vie, il rédige *L'Ancien Régime et la Révolution* où il cherche à analyser l'origine de la Révolution française et son déroulement.

Enfin, comme tout citoyen est un gouvernant en puissance, l'éducation doit lui donner les moyens de remplir ce rôle et de **prendre part à la vie publique**.

b. Vers la conquête d'une émancipation féminine

Depuis le XVIIIe siècle et les multiples remises en question de la société par les philosophes des Lumières, de nombreuses œuvres posent la question de la place de la femme dans la société, le plus souvent patriarcale. C'est à cette époque que les premiers mouvements d'émancipation des femmes trouvent leur première manifestation. Pris en charge par des femmes lettrées et de condition sociale élevée ce combat est au début réservé à un public réduit, celui des milieux aristocratiques éclairés. Olympe de Gouges et sa courageuse *Déclaration des droits de la femme et de la citoyenne* en 1791 ou Émilie du Châtelet, brillante érudite qui réussit à s'imposer dans le domaine scientifique, sont les aînées dans le sillage desquelles s'engagent au XIXe siècle toutes celles qui revendiquent l'accès à la connaissance, à l'instruction au même titre que les hommes. Longtemps elles ont en effet été maintenues dans l'ignorance et les seules compétences qu'on leur demandait se résumaient à peu près au programme qu'Arnolphe réserve à la jeune Agnès, qu'il envisage d'épouser dans la pièce de Molière *L'École des femmes* (1662) :

> « Et c'est assez pour elle, à vous en bien parler,
> De savoir prier Dieu, m'aimer, coudre et filer. »

C'est d'ailleurs à cette comédie de mœurs que se réfère la révolutionnaire féministe Louise **Michel** (1830-1905) dans ses *Mémoires* publiés en 1886. Cette institutrice anarchiste, fervente combattante durant la Commune de Paris, déplore le peu de progrès du côté des rapports hommes/femmes depuis le XVIIe siècle : « **Si l'égalité entre les deux sexes était reconnue, ce serait une fameuse brèche dans la bêtise humaine.** En attendant, la femme est toujours, comme le disait le vieux Molière, le potage de l'homme. » (Molière, *L'École des femmes*, 1662, II, 4). L'émancipation et la voie vers l'égalité passent par l'éducation et l'instruction. Mais dans un monde d'hommes où les rôles clés sont réservés aux hommes, difficile de revendiquer et d'obtenir une éducation qui permette d'accéder à des responsabilités sociales ou politiques. Pour Louise Michel, l'éducation pour les jeunes filles doit être défendue au même titre que l'éducation pour tous. Pour elle, « la tâche des instituteurs, ces obscurs soldats de la civilisation, est de donner au peuple les moyens intellectuels de se révolter. » (Louise Michel, *Mémoires*, 1886). Cette jeune érudite qui lit Voltaire et Rousseau dédiera ainsi une grande partie de sa vie à ce qu'elle considère comme le plus grand des combats : **l'égalité dans l'éducation.** Camille Sée (1847-1919), homme politique député de 1876 à 1881, est l'auteur d'une proposition de loi en faveur de l'ouverture des lycées pour les filles. Débattue sous le gouvernement Jules Ferry, elle aboutit à **la loi Sée**. Or, même si cette loi permet aux jeunes filles d'accéder aux collèges et lycées publics,

le programme qu'elles suivent est différent de celui des garçons et elles ne peuvent par conséquent se présenter au baccalauréat. Émancipation limitée donc car décidée et réglementée par des hommes qui ne sont pas prêts à renoncer à leur suprématie politique et sociale. Mais les femmes ne désarment pas et des mouvements se forment, s'organisent. Il faut cependant attendre le xxe siècle pour que les femmes obtiennent enfin **le droit de vote**, s'émancipent du pouvoir marital, osent revendiquer la maîtrise de leur corps notamment par la contraception ou l'autorisation de l'avortement, sans encourir les foudres de la vindicte populaire. Des noms célèbres de femmes, qui ont lutté pour une émancipation totale de la femme par rapport à l'homme, rappellent que le combat se mène dans tous les domaines : social, politique, intellectuel, familial... **Simone de Beauvoir**, l'une des pionnières de la libération de la femme, a montré que l'on peut être une femme et mener une existence indépendante et libre. Dans son célèbre essai *Le Deuxième sexe* elle déclare : **« On ne naît pas femme, on le devient. »** Elle analyse ensuite comment l'identité féminine se construit comme inférieure à l'identité masculine. **Gisèle Halimi** (1927-2020), une des avocates féministes les plus importantes du xxe siècle fut une infatigable combattante pour la cause des femmes et le droit à l'avortement. Lors du **procès de Bobigny** en 1972, son action en tant qu'avocate de femmes accusées d'avortement illégal permet l'acquittement de trois des accusées ainsi qu'un sursis pour la quatrième, et contribue à l'évolution vers **la loi Veil sur l'interruption volontaire de grossesse** en 1975. Simone Veil en effet, ministre de la santé sous la présidence de Valery Giscard d'Estaing, prononce un célèbre discours le 26 novembre 1974 à l'Assemblée nationale. Elle y défend la légalisation de l'avortement. Cette loi sur l'interruption volontaire de grossesse, adoptée trois jours plus tard puis promulguée le 17 janvier 1975 porte son nom. **Annie Ernaux** (née en 1940) est une romancière qui évoque dans son œuvre, en grande partie autobiographique, la difficulté à s'émanciper pour les jeunes filles de ces années-là précisément. Son œuvre a une dimension sociologique forte qui donne à voir l'ampleur de la difficulté. Dans *La Place*, paru en 1983, tout en recomposant peu à peu la vie de son père, modeste commerçant, elle évoque la distance de classe qui s'est installée entre elle et lui à partir du moment où elle a poursuivi des études qui l'ont conduite à vivre dans un autre univers que celui dans lequel elle avait grandi. L'émancipation de la jeune fille, son parcours brillant, lui ont permis d'**acquérir une liberté** que la plupart des jeunes filles de son milieu ne connaissaient pas à cette époque. L'écriture, après la mort du père, lui permet de retrouver l'héritage paternel, familial, qu'elle avait gommé dans sa volonté de se libérer. Or, dans un autre roman, en partie autobiographique, *La Femme Gelée* (1981), la narratrice, mariée à un étudiant en droit, découvre dès les premiers mois de vie commune, que les théories qu'ils partagent sur l'égalité des sexes sont mises à rude épreuve au quotidien. **L'émancipation acquise par les études trouve ses limites dans une société où les tâches domestiques restent l'apanage des femmes.**

Zoom auteur

Simone de Beauvoir (1908-1986)

Philosophe et femme de lettres. Compagne du philosophe et homme de lettres Jean-Paul Sartre, avec qui elle entretient une relation libre, elle mène une vie indépendante. Enseignante, considérée comme une des pionnières du féminisme, elle écrit des essais (*Le Deuxième Sexe*, 1949), des romans et des récits autobiographiques (*Mémoires d'une jeune fille rangée,* 1958) Elle obtient, tout en suscitant de vives polémiques, la consécration, grâce à son livre *Le Deuxième Sexe* : traduit dans plusieurs langues et aux États-Unis, il se vend à un million d'exemplaires et nourrit la réflexion des principales théoriciennes du *Women's Lib* (Mouvement de libération des femmes aux États-Unis). Simone de Beauvoir devient la figure de proue du féminisme en décrivant dans son essai une société qui maintient la femme dans une situation d'infériorité. Elle y montre l'aliénation imposée par l'éducation des jeunes filles. Elle a participé au mouvement de libération des femmes dans les **années 1970**. Dans son autobiographie (*Mémoires d'une jeune fille rangée*, 1958) elle raconte notamment son émancipation par rapport à son milieu bourgeois désargenté et déclassé où il était incongru que les femmes fassent des études. Elle évoque en particulier le regard désapprobateur que son père pose sur son évolution et son désir très tôt exprimé d'être indépendante, d'étudier et de choisir sa vie, en s'affranchissant de ce que la société attend alors d'une femme. « Demain j'allais trahir ma classe et déjà je reniais mon sexe ; cela non plus, mon père ne s'y résignait pas. » écrit-elle dans son autobiographie. Sa vie et son engagement philosophique et social sont un exemple d'émancipation féminine.

C. Le soupçon sur la portée émancipatrice réelle de l'éducation

Néanmoins, un certain nombre de penseurs ont très vite soupçonné l'éducation de ne pas jouer un rôle réellement émancipateur.

Marx, en particulier, a contribué de manière décisive à changer la perspective sur la question de l'émancipation. Auparavant, on avait tendance à penser l'émancipation à partir d'un individu caractérisé par sa liberté. S'émanciper revenait alors au fond pour les individus à se ressaisir de cette liberté. C'est précisément ce postulat que Marx rejette : les individus sont toujours déjà pris dans des rapports sociaux bien précis qui déterminent leur manière de penser, d'agir, etc. Dès lors, on ne saurait partir de l'individu libre pour penser l'émancipation car il s'agit là d'une illusion. Le seul point de départ valable est celui de l'examen des rapports sociaux précis qui caractérisent une société à un moment donné. Or pour Marx, c'est le capitalisme qui détermine les rapports sociaux de son époque. Ce qui apparaît dès lors, c'est que non seulement la classe sociale ouvrière est exploitée par la bourgeoisie, mais qu'en outre l'État contribue à la perpétuation de cette exploitation. En effet, la classe sociale bourgeoise est parvenue à s'approprier l'État et à en faire un instrument de reproduction des conditions de l'exploitation capitaliste toujours plus efficace. Loin d'être neutre et au service de la garantie et de la protection des droits naturels de tous les individus et de leur égalité, **l'État est au service d'une classe sociale en situation de domination**. Pour comprendre en quoi consiste l'exploitation de la classe ouvrière, il faut en revenir au fonctionnement du capitalisme. Puisqu'il repose sur la production et la circulation de marchandises, le capitaliste verse un salaire à des travailleurs, qui deviennent dès lors ses salariés, afin qu'ils fassent usage des moyens de production dont le capitaliste a la propriété, pour produire des marchandises qui seront également la propriété du capitaliste. Le salariat se présente ainsi comme un échange : en échange d'un salaire, le travailleur concède au capitaliste la possibilité d'utiliser sa force de travail durant un certain temps et à l'intérieur d'un certain lieu pour produire des marchandises. Or pour que le capitaliste puisse ainsi acheter la force de travail d'un travailleur, il est tout d'abord nécessaire que ce dernier soit considéré comme le libre propriétaire de cette force. Ensuite, il faut que vendeur et acheteur de force de travail se rapportent l'un à l'autre comme personnes juridiquement égales, propriétaires individuels de capital, de biens ou de force de travail qui décident librement, volontairement de s'engager dans un échange marchand comme rapport juridique dont la forme est le contrat. Dès lors, la relation salariale est censée être un rapport de libre volonté à libre volonté, à parité de droits, et un échange qui comme tout échange marchand doit s'effectuer à valeur égale. Ce que Marx montre alors, c'est que cette forme juridique du contrat masque la réalité des rapports de production. Ce qui est tout d'abord masqué par cette forme juridique du contrat, c'est que le travailleur n'est que formellement libre de vendre sa force de travail contre un salaire. Dans les faits, il y est obligé parce qu'il ne peut faire autrement s'il veut survivre. Par ailleurs, et puisque le salariat se présente comme un échange marchand, il doit en principe être un échange d'équivalent contre équivalent. Or comme tout échange, le salariat se produit parce qu'il répond à des intérêts qui amènent les deux parties qui échangent à se lier par cet échange même. L'intérêt du vendeur, du travailleur, est clair : il vend sa force de travail contre un salaire afin de survivre. Il reçoit un salaire qui correspond ainsi à l'entretien de sa force de travail, c'est-à-dire à la valeur de tout ce qui permet le renouvellement de cette force. Mais ce que le capitaliste reçoit en échange du salaire qu'il verse c'est la possibilité de faire travailler la force de travail au-delà du temps nécessaire à la production des biens servant à sa reproduction. Le travailleur produit ainsi une valeur supérieure à la valeur des biens nécessaires à l'entretien de sa force de travail, c'est-à-dire une plus-value. Formellement le salariat est un échange qui s'effectue à valeur égale. Dans les faits, le capitaliste exploite la force de travail pour en tirer une plus-value. L'ouvrier est ainsi aliéné dans le système capitaliste pour plusieurs raisons. Premièrement, il est forcé de vendre sa force de travail pour survivre et est ainsi devenu une marchandise. Deuxièmement, il est mis en concurrence avec les autres travailleurs au lieu d'entretenir des liens de solidarité avec eux. Troisièmement, il est dépossédé du produit de son travail.

Or l'éducation est précisément un des moyens mis en œuvre par l'État pour assurer la reproduction des conditions de l'exploitation. Marx la caractérise ainsi comme « la force spirituelle de la répression ». En effet, les individus – grâce à l'institution scolaire – apprennent à la fois des techniques et des savoir-faire qui vont les rendre plus efficaces, plus productifs dans leur travail (et donc plus intéressants pour le capitaliste puisqu'ils vont produire plus de plus-value), mais aussi une discipline qui va les rendre plus obéissants, et enfin toute une idéologie qui finit par les rendre aveugles à la réalité de leur exploitation et au rôle joué par l'État. Pour autant, Marx ne renonce pas à la portée émancipatrice de l'éducation. Tout comme l'individu, l'éducation est déterminée par les rapports sociaux dans le cadre desquels elle se trouve. Autrement dit, il est possible de transformer l'éducation pour qu'elle ne soit plus au service de la classe dominante mais favorise au contraire l'émancipation réelle des individus.

Zoom auteur

Karl Marx

Philosophe et économiste allemand, né en 1818 et mort en 1883. Son influence tant sur le XIXe que sur le XXe siècle est considérable dans la mesure où beaucoup de mouvements révolutionnaires et de penseurs se sont placés dans le sillage de sa pensée. Il est notamment connu pour sa conception de l'histoire, sa théorie de la lutte des classes et son analyse du fonctionnement du capitalisme.

Dans la seconde moitié du XXe siècle, **Foucault et Bourdieu** ont chacun à leur manière contribué à relancer ce soupçon porté sur le rôle émancipateur de l'éducation. Pour bien comprendre l'apport majeur de Foucault à la réflexion philosophique et politique, il faut voir qu'il abandonne un certain nombre de postulats qui marquaient la conception traditionnelle du pouvoir. On peut résumer ces postulats de la manière suivante : le pouvoir serait possédé par une classe qui l'aurait conquis, serait localisé dans l'État, État qui serait lui-même subordonné à un mode de production. Enfin, le pouvoir agirait tantôt par violence, tantôt par idéologie. Or pour Foucault, le pouvoir peut agir ainsi, mais on ne saurait pour autant le définir de la sorte. **Le pouvoir est avant tout productif**, et il produit du réel. Foucault montre ainsi comment un nouvel exercice du pouvoir – que Foucault nomme disciplinaire – s'étend depuis le XVIIe siècle et est à l'œuvre aussi bien dans les écoles que dans le milieu hospitalier ou à l'armée.

Il s'agit ainsi de **discipliner le corps** en exerçant un contrôle minutieux de toutes ses opérations, de tous ses gestes, comportements, mouvements, pour le rendre tout à la fois utile et docile, ou, comme l'écrit Foucault, « d'autant plus obéissant qu'il est plus utile, et inversement. » (M. Foucault, *Surveiller et punir,* 1975). Pour y parvenir, la discipline procède tout d'abord à une répartition des individus dans l'espace. En particulier, elle va le quadriller, de sorte à ce que chaque individu ait sa place et qu'à chaque emplacement se trouve un individu. Il s'agit par là même de se donner les moyens de mieux connaître et de **mieux contrôler les individus** ainsi localisés. Cette organisation de l'espace vise à s'assurer de l'obéissance des individus mais permet aussi d'en tirer le plus d'effets possible. Mais la discipline ne passe pas seulement par l'organisation de l'espace. Elle consiste aussi en un contrôle de l'activité et du temps. L'exercice occupe ainsi une place importante dans la discipline : par la répétition d'une tâche donnée et par la gradation de la difficulté, il s'agit d'amener le comportement jusqu'à un état terminal qu'on juge terminal. Par ailleurs la discipline passe par les moyens du regard hiérarchique, de la sanction normalisatrice et leur combinaison dans l'examen. Foucault a notamment recours au Panopticon de Bentham pour décrire ce fonctionnement de la discipline. Il s'agit d'un projet de prison, où les cellules sont disposées en cercle autour d'une tour centrale. Chaque cellule possède une porte à barreaux donnant sur la tour centrale, si bien que rien de ce que fait le prisonnier ne peut échapper au surveillant placé dans la tour. En revanche, le surveillant placé dans la tour ne peut être vu depuis les cellules. Les prisonniers ne savent donc jamais s'ils sont réellement surveillés mais savent en revanche qu'ils peuvent l'être à tout instant. Ils finissent ainsi par intérioriser la surveillance et par produire d'eux-mêmes les comportements attendus, afin d'éviter une sanction ou une punition. Selon Foucault une telle architecture fonctionne également dans le cas de l'école : « Soit l'exemple de la "classe". (...) Peu à peu – mais surtout après 1762 – l'espace scolaire se déplie ; la classe devient homogène, elle n'est plus composée que d'éléments individuels qui viennent se disposer les uns à côté des autres sous le regard du maître. (...) En assignant des places individuelles, il (le rang) a rendu possible le contrôle de chacun et le travail simultané de tous. Il a organisé une nouvelle économie du temps d'apprentissage. Il a fait fonctionner l'espace scolaire comme une **machine à apprendre, mais aussi à surveiller, à hiérarchiser, à récompenser.** » (M. Foucault, *Surveiller et punir,* 1975).

De manière intéressante, alors même que Foucault remet en question les postulats marxistes quant au pouvoir, on peut penser que ce qu'il décrit avec la discipline rejoint ce que Marx cherchait à dire quand il faisait de l'éducation une forme sociale au service de l'exploitation capitaliste. En produisant des individus d'autant plus obéissants qu'ils sont plus utiles, et inversement, l'école fournit au capitalisme une main-d'œuvre efficace, productive, et docile.

Zoom auteur

Michel Foucault

Philosophe français majeur de la seconde moitié du XXe siècle, né en 1926 et mort en 1984. Il est notamment célèbre pour ses réflexions sur le pouvoir et son analyse des différents dispositifs de pouvoir se succédant dans l'histoire.

Comme on l'a vu, l'idée était que l'éducation contribuait à une société plus juste et plus égalitaire dans la mesure où elle permettait aux individus de s'élever dans la société. C'est précisément cette idée que **Bourdieu** critique, en montrant que le fonctionnement actuel de l'école en fait un **instrument de reproduction des inégalités.** Bourdieu reprend en sociologue la critique marxiste en montrant que l'État, loin d'être neutre, permet aux classes sociales dominantes de reproduire leur domination. L'école étant sous le contrôle de l'État, elle participe précisément de cette reproduction. En effet, l'école valorise toutes les habitudes, attitudes quotidiennes et valeurs des classes dominantes. Dès lors tout est fait pour que l'enfant issu de ces classes dominantes réussisse à l'école et que l'enfant issu des classes dominées échoue et intériorise ainsi sa situation d'infériorité sociale et l'accepte.

Zoom auteur

Pierre Bourdieu

Sociologue français majeur de la seconde moitié du XXe siècle, né en 1930 et mort en 2002. Il est notamment connu pour son analyse des mécanismes de reproduction des différentes hiérarchies sociales.

Marx, Foucault comme Bourdieu n'ont cependant jamais appelé à la fin de l'éducation. En critiquant le fonctionnement actuel de l'éducation, il s'agissait pour eux de participer à une **transformation de l'éducation**, afin qu'elle joue réellement un rôle émancipateur.

3. L'émancipation aujourd'hui : quelle éducation ?

a. L'abandon des grands récits téléologiques

Ce qui a changé depuis le XVIIIe siècle, c'est la conception même de l'émancipation. Pour le comprendre, on peut retracer à grands traits une histoire de l'émancipation. Dans l'Antiquité et au Moyen Âge, l'émancipation est toujours accordée à un individu par un autre, qui occupe une place plus élevée que lui dans la hiérarchie sociale. Ainsi, les esclaves émancipés l'étaient sur décision de leur maître, qui disposait du pouvoir de les affranchir. On peut dire que **l'émancipation commence en son sens proprement moderne lorsqu'elle n'est plus octroyée mais conquise par des individus qui revendiquent leur égale liberté avec tous les autres êtres humains**.

On peut penser que cette émancipation en son sens moderne commence dès la Réforme protestante du XVIe siècle, avec l'idée que les individus peuvent lire et interpréter eux-mêmes les écrits religieux, tout comme ils peuvent organiser eux-mêmes leurs églises sans avoir à se soumettre, dans les deux cas, à une hiérarchie cléricale en place. En outre, l'humanisme du XVIe siècle combat pour l'émancipation de la pensée humaine en défendant l'esprit critique, la liberté religieuse, etc. De même, avec la révolution scientifique, ce qui se met en place, c'est l'exigence d'une autonomie de la science, qui puisse déterminer elle-même ses propres règles de fonctionnement et domaines de recherche sans être soumise à une autorité religieuse ou politique. La pensée se libère ainsi progressivement des autorités traditionnelles.

Au XVIIIe siècle, avec les Lumières, l'émancipation est à la fois émancipation de la pensée, mais aussi émancipation politique. Pour illustrer cette émancipation de la pensée, on peut prendre ce texte célèbre de Kant.

> « Les lumières sont ce qui fait sortir l'homme de la minorité qu'il doit s'imputer à lui-même. La minorité consiste dans l'incapacité où il est de se servir de son intelligence sans être dirigé par autrui. Il doit s'imputer à lui-même cette minorité, quand elle n'a pas pour cause le manque d'intelligence, mais l'absence de la résolution et du courage nécessaires pour user de son esprit sans être guidé par un autre. *Sapere aude*, aie le courage de te servir de ta propre intelligence ! voilà donc la devise des lumières. »
>
> Kant, *Qu'est-ce que les Lumières ?*, 1784, Trad. J. Barni, 1853.

En premier lieu, Kant fait un constat : les individus sont encore dans un état de minorité. Ensuite, il définit cet état de minorité : la minorité consiste en une incapacité à se servir de sa propre pensée sans la tutelle d'un autre (qu'il s'agisse d'un autre individu ou d'une structure sociale) dont l'autorité nous maintient dans cet état de minorité. Enfin, Kant lance un appel au courage :

les individus ont à sortir de leur état de minorité et pour cela il faut qu'ils se décident à utiliser leur entendement de manière autonome et qu'ils aient le courage de mettre en œuvre cette résolution.

Du point de vue politique, il s'agit de lutter contre tous les régimes fondés sur la domination de quelques-uns et d'instaurer des formes de pouvoir politique auxquels tous puissent librement consentir dans la mesure où elles préservent et garantissent leurs droits naturels et respectent ainsi la liberté et l'égalité de tous.

Cette émancipation politique s'est ensuite progressivement étendue dans trois directions : premièrement vers les revendications de droits égaux par les **femmes** ; deuxièmement, vers les revendications des **peuples colonisés** souhaitant échapper à l'esclavage ; troisièmement vers les revendications de tous les **peuples souhaitant devenir des nations souveraines** et accéder à l'indépendance. Puis, comme nous l'avons vu, le marxisme a apporté une contribution importante à cette histoire de l'émancipation. Il s'agit désormais de sortir le travail humain de son aliénation en construisant la société communiste comme association libre d'individus libres.

L'émancipation a continué à progresser selon deux axes, dans la seconde moitié du XIXe siècle et au XXe siècle. Sur un premier axe, les mouvements ouvriers ont obtenu un certain nombre d'**avancées au niveau du droit** : droit de grève, suffrage universel masculin, début de droit du travail, etc. Ce mouvement s'est progressivement approfondi et a connu des avancées majeures en France avec le Front populaire (hausse des salaires, congés payés…) puis avec le programme du Conseil National de la résistance à la sortie de la seconde guerre mondiale (droit de vote des femmes, sécurité sociale…).

Sur un second axe, l'émancipation a progressé avec les **succès des luttes de libération nationales et anticoloniales**.

Mais l'idée émancipatrice s'est aussi brisée sur un certain nombre de difficultés. En premier lieu, la transformation progressive de l'État-parti de l'URSS en système totalitaire, la découverte de ses violences concentrationnaires et la dissolution finale de l'URSS en 1989 ont **mis à mal l'idéal de l'émancipation communiste**.

Zoom ouvrage

L'Archipel du Goulag

L'Archipel du Goulag. 1918-1956, essai d'investigation littéraire est un livre d'Alexandre Soljenitsyne publié en 1973 à Paris. Rédigé à partir de l'expérience personnelle de l'auteur et des témoignages de prisonniers, cet essai traite du fonctionnement des camps de travaux forcés soviétiques. L'ouvrage eut un retentissement majeur dès sa publication dans la mesure où il mettait en avant le fonctionnement totalitaire de l'URSS alors même que le Parti communiste français occupait encore à l'époque une place essentielle dans la vie politique et intellectuelle française.

En outre, on peut se demander ce qu'il reste de l'idée émancipatrice avec l'**essor du capitalisme mondialisé** (encore accéléré par l'effondrement de l'alternative communiste) et les violences qui l'accompagnent (nous y reviendrons dans le chapitre sur l'histoire et la violence). Ce qui s'est ainsi déconstruit, c'est le postulat sur lequel était fondée l'idée émancipatrice propre aussi bien au siècle des Lumières qu'au marxisme, à savoir une **vision eschatologique de l'histoire**. Rappelons que dans les religions juive et chrétienne, l'eschatologie comprend l'idée qu'**il y aura une fin des temps après laquelle surviendra une société enfin parfaite**. C'est précisément ce que promettait l'émancipation : la réalisation d'une société dans laquelle tout rapport de pouvoir aurait disparu et où la nature humaine se serait enfin réalisée. Le XXe siècle, avec ses guerres, ses totalitarismes, ses violences est venu battre en brèche cette idée. Cela ne signifie nullement la fin de l'idée émancipatrice, mais la nécessité de repenser son concept. Il s'agit ainsi d'admettre qu'on n'en aura jamais fini avec les rapports de pouvoir et qu'ainsi **les luttes émancipatrices seront sans cesse à reprendre**, dans de nouveaux contextes, contre de nouvelles formes de pouvoir qui ne cesseront jamais de surgir sous des visages renouvelés. C'est peut-être une des raisons qui explique l'importance de la pensée de Michel Foucault. En rompant avec l'idée que le pouvoir appartiendrait à une classe donnée, serait localisé dans l'État et procéderait seulement par violence et/ou par idéologie, Foucault se donne les moyens de réaliser une microphysique du pouvoir, où ce dernier passe par d'innombrables points d'affrontement, foyers, lieux, et entre sans cesse, en fonction des époques, dans de nouveaux rouages, montages, exercices, dispositifs. Il serait vain, de ce point de vue, de rêver à une sortie définitive hors du pouvoir. L'enjeu est alors d'exercer une vigilance critique à l'égard des rapports de pouvoir déjà existants et ceux en train d'apparaître, de manière à relancer sans cesse les luttes émancipatrices.

b. La reconnaissance de la multiplicité des luttes émancipatrices

En outre, l'émancipation moderne s'est trouvée dès le XIXe siècle face à une autre difficulté, celle de la **pluralité des luttes émancipatrices**. Une certaine lecture de l'œuvre de Marx a en effet pu déboucher sur l'idée que tous les mouvements de résistance autres que ceux contre l'exploitation du capital étaient secondaires et dérivés ; et surtout que le conflit entre capital et travail possédait la propriété de simplifier tous les autres antagonismes sociaux, comme s'ils pouvaient en définitive tous être reconduits au conflit entre la classe prolétarienne et la classe bourgeoise. Une telle lecture a ainsi pu conduire à étouffer d'autres luttes émancipatrices, jugées secondaires vis-à-vis du conflit entre le prolétariat et la bourgeoisie. Ce fut notamment le cas des luttes pour l'émancipation féminine, que les mouvements ouvriers eurent du mal à intégrer (quand le féminisme ne fut pas tout simplement critiqué comme relevant de la bourgeoisie). Ce qu'il faut ainsi désormais admettre, c'est que les luttes émancipatrices (qu'elles soient écologiques, pour la liberté sexuelle, contre le capitalisme…) sont plurielles, multiples, irréductibles les unes aux autres. Cela ne signifie pas qu'elles ne peuvent pas se lier, se rejoindre, mais que cette articulation est à inventer au cas par cas, dans des conjonctures toujours singulières, et qu'on ne saurait décréter a priori que telle lutte est prioritaire et peut ainsi se donner le droit d'étouffer les autres ou de les refouler.

c. La construction de l'esprit critique

Aujourd'hui, en France, on aimerait penser que l'éducation des filles et des garçons est la même mais de nombreux clichés sur les genres persistent. Les formations scientifiques sont davantage choisies par les garçons que par les filles ; dans le monde du travail les femmes subissent souvent des inégalités salariales, sont victimes du « plafond de verre ». Dans certaines régions du monde **les droits des femmes sont un combat dangereux et quotidien** et l'éducation y est insuffisante, voire inexistante. Un réel souci d'équité devrait toujours régner au sein du système éducatif et la question de l'émancipation des femmes et des hommes qui composent la société devrait être une priorité pour tous, pour le bien de tous. Discrimination, sexisme, misogynie sont dénoncés et combattus mais le combat doit commencer dès la scolarisation des enfants. Notre société est encore très genrée dès les premières années de l'école maternelle. Il est nécessaire de rester vigilant et de passer au crible notre société contemporaine qui peut laisser ressurgir des stéréotypes ancestraux que l'on croyait dépassés. Pour permettre à notre éducation d'être véritablement émancipatrice il est important, voire capital, de développer l'esprit critique, de permettre aux enfants, aux jeunes collégiens, lycéens, d'exercer leur jugement rationnel. Les clichés peuvent se loger là où on ne se méfie pas. Nombreux sont les écrits sur les **jouets** et **la reproduction à la fois sociale et genrée** qu'ils proposent sans que la plupart des parents s'en émeuvent. Elena Gianini **Belotti** (née en 1929) est une sociologue, pédagogue et auteure féministe italienne qui aborde la théorie des genres précisément à travers les jouets. Elle écrit dans *Du côté des petites filles*, (Éditions des femmes – Antoinette Fouque, 1994) : « J'ai eu l'occasion d'observer souvent dans les crèches où on laisse à l'enfant le libre choix de ses jeux, de ses objets et de ses activités, que les fillettes jouent tout autant que les garçonnets avec des petites voitures, des avions, des bateaux, etc., jusqu'à trois ans environ. » Il est important que chacun d'entre nous s'interroge sur les modèles à transmettre aux enfants aujourd'hui. Ces enfants auxquels on donne de plus en plus tôt la possibilité de « faire comme les grands » leur indique-t-on vraiment le chemin de l'émancipation ? Au-delà des stéréotypes et clichés, que notre société peut reproduire de génération en génération, si nous ne questionnons pas sans cesse ce que l'on peut avoir tendance à considérer trop facilement comme acquis, un autre danger menace, sous l'apparence inoffensive d'un partage sans limite d'informations. À l'heure des réseaux sociaux, des technologies de pointe mises au service du plus grand nombre, à une époque où l'information et les connaissances semblent accessibles à tous, il est sans doute plus que jamais important d'aider nos enfants, dès leur plus jeune âge, à développer leur esprit critique. L'accès immédiat à une masse infinie d'informations grâce au web permet certes un enrichissement intellectuel, une ouverture sur le monde, mais aussi la propagation de fausses nouvelles. Nombreux sont les adultes qui peuvent en être victimes s'ils ne vérifient pas et ne confrontent pas leurs sources. Dans cet univers médiatique de plus en plus technologique, constellé de zones d'ombre, comment l'*Homo numericus* peut-il devenir un citoyen numérique, libre, éclairé, pleinement capable de participer activement au progrès de nos sociétés ? Il est invité à trouver sa liberté dans la connaissance et l'affûtage de son esprit critique et de son intelligence : **« Les nouvelles technologies nous ont condamnés à devenir intelligents » déclarait le philosophe Michel Serres** à l'occasion d'une conférence sur les nouvelles technologies prononcées à Lille, à L'INRIA (Institut national de recherche en informatique et en automatique) les 10 et 11 décembre 2007. Cette réflexion est au centre des enjeux d'une éducation aux médias et à l'information, à l'ère des écrans connectés, des plateformes et des réseaux sociaux. L'école accorde une place non négligeable à l'éducation aux médias. De nombreux thèmes peuvent être abordés : la rapidité et les mécanismes de médiatisation au sujet d'un événement ou d'une personne (par exemple le parcours médiatique de la jeune Greta Thunberg), le traitement médiatique de l'information scientifique qui fait rarement la une de la presse, sinon sur des questions de santé et souvent de manière alarmiste. Il est important sur ce sujet en particulier de savoir déjouer les infox liées notamment à l'alimentation, à la santé et plus généralement aux sciences. Depuis sa création en 1983, le CLEMI (centre pour l'éducation aux médias et à l'information) a pour mission d'apprendre aux élèves une pratique citoyenne des médias.

Zoom notion

L'infaux

Développer l'esprit critique contre les « infaux »

« L'EMI est secouée par les dernières crises autour de l'*infaux* (*fake news*) – triple mixte de rumeur, de propagande et de complotisme – plus fort même que l'intox, qui est un mélange toxique, mais somme toute discernable, de vérité et de mensonge. L'*infaux* est un phénomène qui relève de la désinformation mais sa volonté de nuisance est sans précédent car l'informatique la rend transfrontière et transmédia, donc virale. L'EMI doit impérativement tenir compte de la transformation numérique, qui est passée du "continent bleu" au "continent noir". Autrement dit, elle est passée du surf et du babillage et clavardage sur les plateformes contrôlées par les GAFAM (Google, Apple, Facebook, Amazon, Microsoft), aux mines d'extraction toxique de données à des fins de manipulation et de déstabilisation massive. » **Divina Frau-Meigs (France) est professeur en sciences de l'information et de la communication à la Sorbonne Nouvelle, titulaire de la chaire UNESCO « Savoir devenir à l'ère du développement numérique durable ».**

Fiche méthode

Méthodologie de l'épreuve écrite

I. Présentation de l'épreuve

L'épreuve écrite, d'une durée de quatre heures, est composée de deux questions, l'une d'interprétation, dont la réponse repose sur l'analyse d'un texte à dimension littéraire ou philosophique, l'autre de réflexion à dominante littéraire ou philosophique. L'ensemble des connaissances, qu'elles soient littéraires ou philosophiques, acquises durant les deux années, peuvent être mobilisées.

Chaque question est notée sur dix points.

Seule une partie du programme est susceptible de tomber à l'écrit :

- Les expressions de la sensibilité
- Les métamorphoses du moi
- Histoire et violence
- Les limites de l'humain

Toutefois, les autres thèmes peuvent être convoqués pour renforcer votre argumentation :

- La question de l'éducation est primordiale. Ainsi, le concept peut intervenir dans les autres thèmes : seule une éducation à la citoyenneté peut permettre de mettre à distance la violence, ou encore, c'est par l'éducation que l'homme prendra conscience des limites qu'il doit s'imposer pour adopter une posture bio-éthique face au monde qui l'entoure.
- Le thème « création, continuité, ruptures » comporte des points de rencontre avec « les expressions de la sensibilité » et interroge également les limites de l'humain.
- Le programme de première reste mobilisable, notamment le concept d'anthropocentrisme, appelé à être démantelé dans « l'humain et ses limites ».

II. La question d'interprétation littéraire ou philosophique

Cette question, notée sur dix points, repose sur l'étude d'un texte. Vous disposez de deux heures pour lire, interpréter et analyser un texte en répondant à une question précise qui tient lieu de problématique.

A. Méthode formelle

Votre devoir doit être structuré de la façon suivante :

- **L'introduction** comporte deux paragraphes. Dans le premier, le texte est contextualisé par rapport à sa période d'écriture ou par rapport à l'enjeu qui peut faire débat (en première, vous avez ainsi travaillé sur l'animal machine). Les mots-clés du sujet sont analysés et la problématique est posée. Dans le second paragraphe, un plan est annoncé. Ce plan peut être linéaire ou thématique mais il doit surtout répondre à la question posée.
- Le **développement** comporte au moins deux grands axes qui peuvent ou non être structurés en sous-parties. On n'attend pas de vous la même rigueur que pour l'épreuve de Français de première pour laquelle vous disposiez de deux fois plus de temps. De la même manière, si le texte est à dominante philosophique, vous ne pourrez pas autant développer votre commentaire que pour l'épreuve de philosophie qui dure quatre heures. L'essentiel est que vous rendiez bien compte de l'argumentation de l'auteur (sans vous perdre dans les détails) en relation avec l'enjeu du texte.
- La **conclusion**, brève, répond à la problématique de façon explicite.

B. Vocabulaire d'analyse littéraire

Si le texte à analyser relève du champ littéraire, vous pouvez utiliser l'ensemble du vocabulaire acquis ces dernières années :

- Le **vocabulaire grammatical**, au service de l'interprétation : valeurs des temps, adjectifs, adverbes, subordination…
- Le **vocabulaire stylistique**, pour mettre en avant le travail de l'écrivain : métaphores filées, métonymies, comparaisons, hyperboles, périphrases…
- **Le vocabulaire de l'argumentation** : argument d'Autorité (on cite une personne célèbre), raisonnement par analogie, raisonnement par induction, raisonnement par déduction, raisonnement par concession, argument ad hominem, thèse, argument…
- **Le vocabulaire spécifique au texte que l'on doit analyser**. Dans le cas d'une pièce de théâtre, on parlera du dramaturge, des répliques, des didascalies, des tirades, etc. En poésie, du poète, des types de vers, types

de strophes ; face à un texte narratif, on évoque le narrateur, on regarde s'il y a des analepses (retours en arrière), des prolepses...

C. Vocabulaire d'analyse philosophique

Le vocabulaire littéraire reste bien sûr utilisable. On ajoute particulièrement :

- les **notions** de finitude, de transcendance, d'immanence, d'eschatologie, de perfectibilité, de vacuité, de beau, de ça/moi/surmoi, de lutte des classes, de dictature du prolétariat, d'innommable, d'imprescriptible, de *techné*... Ce vocabulaire s'acquiert au fur et à mesure de l'année.
- **Le vocabulaire propre à certains philosophes** : l'impératif catégorique pour Kant, le surhomme pour Nietzsche... Chaque philosophe a des expressions qui lui sont propres. Vous devez en connaître quelques-unes.

III. La question de réflexion littéraire ou philosophique

Cette question débouche sur un essai dans lequel sont mobilisées les notions acquises.

Au brouillon, on analyse les mots-clés. On se demande si la question nous invite à construire un plan dialectique (thèse/antithèse/parfois dépassement), analytique (la citation est divisée en plusieurs parties), ou thématique (la question posée invite à y répondre en s'appuyant sur des thèmes.

A. Exemples

Exemple 1 : Peut-on vraiment partager son passé avec autrui ?

L'utilisation de l'adverbe « vraiment » sous-entend une réponse négative. « Peut-on » invite à adopter un plan dialectique.

I. On ne peut pas vraiment partager son passé
   1. Il est en constante réécriture : l'imagination ou l'ego interviennent sur la mémoire.
   2. Certains écrivains cachent des choses.

II. Un partage qui reste cependant nécessaire
   1. L'universalité des émotions et des sentiments
   2. Des expériences d'enfance universelles

III. Comment transmettre son passé ?

1. La stratégie de Sarraute, conversations et sous conversations avec soi
2. Assumer la part de fiction : le choix de l'autofiction vs le pacte autobiographique

Rappel Faire des sous-parties reste facultatif mais cela permet, au brouillon, de structurer votre pensée.

Remarque Le plan choisi est fondé sur thèse/antithèse/dépassement. Il est donc dialectique.

Exemple 2 : Qu'est-ce que le Moi ?

La question, ouverte, invite à construire un plan thématique

I. Un être unique

II. Un être complexe

III. Un être en perpétuel changement

Exemple 3 : Schopenhauer, dans *Le monde comme volonté et comme représentation*, écrit : « La vraie philosophie de l'histoire revient à voir que sous tous ces changements infinis, et au milieu de ce chaos, on n'a jamais devant soi que le même être, identique et immuable, occupé aujourd'hui des mêmes intrigues qu'hier et de tout temps ». En quoi cette citation se vérifie-t-elle à l'aune des sciences humaines ?

Cette fois, le candidat n'est pas invité à remettre en cause ce que dit Schopenhauer mais à expliquer son propos. La citation peut être découpée ainsi :

I. « La vraie philosophie » : qu'est-ce qu'une fausse philosophie de l'Histoire ? Celle qui croit aux progrès de l'humanité (Kant, Saint Augustin...). L'Histoire aurait un sens et avancerait vers une fin.

II. Pour une approche cyclique de l'Histoire : l'éternelle répétition de la violence.

B. Méthode formelle

La méthode est la même que pour la question précédente, si ce n'est que cette fois on ne s'appuie pas sur un seul texte mais sur plusieurs auteurs pour construire notre pensée.

Le devoir se fait en deux heures. Il est de nouveau structuré à partir d'une introduction, d'un développement et d'une conclusion.

Sujet corrigé

Question d'interprétation philosophique

↳ En quoi ce texte illustre-t-il une vision eschatologique de l'émancipation ?

Document

« Mais quelle est la grande tâche de notre temps ? C'est l'émancipation. Non pas seulement celle des Irlandais, des Grecs, des Juifs de Francfort, des noirs d'Amérique et autres populations également opprimées, mais bien l'émancipation de tout le monde, surtout de l'Europe, qui est devenue majeure, et s'arrache aujourd'hui des lisières des privilégiés, de l'aristocratie. Les quelques renégats philosophiques de la liberté peuvent forger à leur aise les chaînes des syllogismes les plus subtils pour nous démontrer que des millions d'hommes sont créés pour être les bêtes de somme de quelques mille chevaliers privilégiés, ils ne pourront nous convaincre, tant qu'ils ne prouveront pas, comme dit Voltaire, que ceux-là sont nés avec des selles sur le dos, et ceux-ci avec des éperons aux pieds. (...) Gloire aux Français ! Ils ont travaillé pour les deux plus grands besoins de la société humaine : la bonne chère et l'égalité civile. Ils ont fait les plus grands progrès dans la cuisine et dans la liberté. (...) Il se passera sans doute quelque temps avant qu'on célèbre cette fête, avant que l'émancipation soit chose faite ; mais il viendra enfin, ce temps : nous nous assoierons, égaux et réconciliés, à la même table ; nous serons alors unis, et nous combattrons de concert contre les autres maux de l'humanité ; peut-être, à la fin, contre la mort, dont le sévère système d'égalité ne nous blesse pas du moins autant que les riantes doctrines d'inégalité de l'aristocratisme. »

Heinrich Heine, *Œuvres*, trad. E. Renduel, 1834.

L'eschatologie est initialement liée à la religion et implique l'idée de la survenue d'une **société parfaite dans l'avenir**, après la fin des temps. De ce point de vue, elle implique également une vision dichotomique de l'histoire, partagée entre un avant négatif et un après positif, séparés par le moment de la fin des temps. En outre, l'eschatologie est liée à la question de l'émancipation. Si on définit en effet celle-ci comme le refus du pouvoir en tant qu'il se définit comme une contrainte dont le modèle est l'institution hiérarchique d'une domination, l'eschatologie réalise l'émancipation au sens où elle fait survenir une société parfaite, donc une société sans domination, c'est-à-dire une société émancipée. On peut considérer qu'une laïcisation ou une sécularisation de l'eschatologie s'est opérée – en lien avec la question de l'émancipation – dans la pensée occidentale après le XVIIIe siècle. Cela signifie que la vision dichotomique de l'histoire partagée entre un avant négatif et l'après positif d'une société parfaite a été conservée tout en étant vidée de son contenu religieux. L'après positif se réalise à cet égard sur terre et non dans le monde divin, et n'implique plus la survenue d'une fin des temps apocalyptique. On trouve une telle **eschatologie sécularisée** chez des philosophes comme Hegel, Marx ou, plus près de nous, chez des penseurs politiques comme Francis Fukuyama qui considère dans son ouvrage *La Fin de l'histoire et le Dernier Homme* (1992) que la dissolution de l'URSS marque la fin de l'histoire dans la mesure où s'est finalement réalisé un consensus universel autour de la démocratie libérale. Nous essaierons ainsi de montrer que ce texte de Heine illustre une vision eschatologique de l'émancipation.

Nous verrons pour cela dans un premier temps que Heine estime qu'il est nécessaire de poursuivre le mouvement d'émancipation entamé en Europe en l'étendant au monde entier et en affrontant ceux qui souhaitent le freiner ou l'empêcher. Nous verrons alors comment Heine dépeint cette société parfaite qui doit marquer la fin de l'histoire et de la lutte émancipatrice.

Heine commence par s'interroger sur sa propre actualité. Il s'agit autrement dit pour lui de se demander ce que son époque a à réaliser. La réponse vient immédiatement : son époque a à réaliser l'émancipation. Mais cette réponse fait tout aussi immédiatement l'objet d'une précision. L'émancipation à réaliser doit être totale. Cette totalité, Heine la conçoit plus au sens d'une extension de l'émancipation à tous les peuples du monde entier qu'au sens d'une émancipation qui concernerait toutes les dimensions de la vie. Le propos de Heine semble alors paradoxal dans la mesure où l'Europe est englobée dans ces peuples ayant à réaliser l'émancipation alors même qu'elle est décrite comme étant majeure et comme ayant rejeté les lisières de fer de l'aristocratie. Il est clair que Heine fait référence ici à la fois aux mouvements révolutionnaires européens et à la philosophie de Kant. Ce dernier estime en effet que les Lumières se définissent comme la sortie de l'humanité d'une minorité qui n'est imputable qu'à elle. Autrement dit, l'humanité doit, selon Kant, s'émanciper de toutes les tutelles qui prétendent penser pour elle. Cela implique d'avoir le courage de se servir de son propre entendement. En pensant par elle-même, en ayant ce courage, l'humanité s'émancipe de ses tutelles et devient **majeure**. En décrivant l'Europe comme étant majeure, Heine semble donc considérer qu'elle est – si en tout cas on suit Kant – déjà émancipée. Il est alors paradoxal de considérer qu'elle a à réaliser la tâche de l'émancipation si elle est déjà émancipée. On peut penser que c'est la phrase suivante qui vient résoudre ce paradoxe. Si l'Europe doit encore mener la tâche de l'émancipation, c'est parce que l'émancipation qu'elle a commencé à réaliser avec les mouvements révolutionnaires est menacée par ces « renégats philosophiques de la liberté » qui tentent de s'y opposer. Ils s'efforcent en effet de démontrer qu'il est dans l'ordre des choses que certains êtres humains en dominent d'autres. Certains contre-révolutionnaires voyaient ainsi dans les révolutions autant de perturbations et de menaces contre le cours et l'ordre du monde. Heine se fait ici ironique : cette tentative de démontrer qu'il est naturel que certains êtres humains en dominent d'autres est vouée à l'échec. C'est pour cela qu'il mentionne les « syllogismes subtils » de ces auteurs. En logique, le syllogisme est un raisonnement démonstratif mettant en relation au moins trois propositions : deux ou plus d'entre elles qu'on appelle des prémisses conduisent logiquement à une conclusion. Or il s'est avéré au fil du temps que le syllogisme n'était pas un instrument démonstratif satisfaisant. D'où la mention à Voltaire qui tourne en ridicule les vains efforts de ceux qui veulent s'opposer à l'émancipation.

Ayant exposé la tâche de son époque, Heine peut passer à la **description humoristique de la société parfaite** que doit réaliser la lutte émancipatrice. Il loue ainsi les Français pour les progrès qu'ils ont réalisés dans l'art culinaire, l'égalité civile et la liberté. On voit bien en quoi les progrès au niveau de l'égalité et de la liberté ont permis à l'humanité dans son ensemble de progresser vers plus d'émancipation : une société émancipée est en effet nécessairement une société dans laquelle tous les individus sont libres et égaux puisque **l'émancipation refuse le pouvoir** en tant qu'il se définit comme une contrainte dont le modèle antique est l'institution hiérarchique (ce qui est opposé à l'égalité de tous) d'une domination (ce qui est opposé à la liberté de tous). Mais comment comprendre la référence à l'art culinaire ? On peut émettre deux hypothèses à ce sujet. On peut tout d'abord y voir un trait d'humour qui permet à Heine de décrire la société future parfaite comme un grand banquet joyeux (d'où les images de la fête, de la table, etc.). Mais on peut également considérer que l'émancipation comme tâche n'est pas seulement totale au sens où elle doit s'étendre à toute l'humanité. Elle est totale en ce qu'elle concerne toutes les dimensions de la vie. Il n'y aurait à ce titre pas d'émancipation véritable là où un peuple ne peut satisfaire décemment ses besoins primaires. La fin du texte est quoi qu'il en soit révélatrice de la vision eschatologique de l'émancipation de Heine. Il y décrit en effet la réalisation graduelle d'une société parfaite : « Il se passera sans doute quelque temps avant qu'on célèbre cette fête, avant que l'émancipation soit chose faite ; mais il viendra enfin ce temps ». Si on peut ici parler d'une vision eschatologique de l'émancipation c'est parce qu'on retrouve bien **cette vision dichotomique de l'histoire entre un avant négatif et un après positif à construire graduellement** (« Il se passera sans doute quelque temps avant… ») mais qui une fois atteint (« avant que l'émancipation soit chose faite ») marque la fin de l'histoire. Là encore **le thème de la mort** peut faire l'objet de deux interprétations. On peut encore y voir le signe de **l'humour** de Heine, mais on peut aussi l'interpréter comme étant symptomatique de cette conception eschatologique de l'émancipation. Vaincre la mort n'était-ce pas déjà la promesse des eschatologies religieuses ? Et si la mort n'est plus, n'est-ce pas le signe que l'histoire elle-même s'est achevée dans la réalisation de cette société émancipée parfaite, où tous les êtres humains seront désormais assis éternellement à la table de ce banquet joyeux, égaux, libres et réconciliés ?

Heine expose donc bien dans ce texte une vision eschatologique de l'émancipation, en employant tout à la fois les ressources d'un vocabulaire philosophique (majorité kantienne, égalité civile, liberté, etc.) et une prose humoristique.

Chapitre 2

Les expressions de la sensibilité

Synthèse de cours

Méthodologie

Découvrir et comprendre le sens des mots

- **Sensibilité :** emprunté au latin tardif *sensibilitas :* sens, signification, sentiment, sensibilité » dérivé de *sensibilis*, d'abord employé au sens de « qualité par laquelle un sujet est sensible aux impressions physiques » et à partir du XVIIe siècle au sens de « sentiment d'humanité, pitié »
- **Sentiment :** de l'ancien français « sentement » dérivé de sentir employé dès cette époque au sens vieilli de « faculté de recevoir des impressions physiques, au sens de « connaissance, fait de savoir quelque chose » et à partir du XIIIe siècle au sens de « émotion, état affectif complexe, stable et durable. » Au XVIIIe siècle dans le vocabulaire des beaux-arts (*le sentiment du beau*).
- **Subjectivité :** attesté comme terme de philosophie (1801) dans un texte sur Kant. Le mot désigne le caractère de ce qui appartient au sujet, et spécialement au sujet seul. Il se dit en particulier du domaine des réalités subjectives (XXe siècle), de l'état de l'individu qui considère les choses de manière subjective et, en linguistique, des marques du sujet parlant dans son discours.
- **Introspection :** (XIXe siècle) de l'anglais *introspection* « examen à l'intérieur, examen psychologique », du latin *introspicere* « regarder à l'intérieur »

Introduction

Le **romantisme** est un mouvement littéraire et culturel apparu à la fin du XVIIIe siècle en Grande-Bretagne et en Allemagne, puis au XIXe siècle en France, en Italie et en Espagne. Il se développe notamment **en réaction à la rigidité du classicisme et au rationalisme philosophique**. Ce rationalisme s'est développé avec la révolution scientifique qui s'est opérée entre les XVIe et XVIIIe siècles. Cette révolution est liée à la révolution astronomique copernicienne. Nicolas Copernic a ainsi été un des premiers à proposer un système astronomique héliocentriste où c'est désormais le soleil qui est fixe et au centre de l'univers tandis que la Terre et les autres planètes tournent autour de lui. Avec la révolution astronomique, ce n'est pas seulement l'image que l'Europe se fait du monde qui est bouleversée, mais aussi celle de l'exercice de la pensée. Un certain nombre de penseurs vont ainsi chercher à refonder la connaissance de la nature en élaborant une méthode qui permette à la pensée de progresser dans la recherche de la vérité et d'échapper aux traditions, aux préjugés et aux autorités qui empêchaient selon eux la science de progresser. Se met ainsi progressivement en place un rationalisme où l'esprit peut s'appuyer sur toutes les ressources de sa **seule** intelligence pour **progresser dans une connaissance universelle**, tandis que se développe en parallèle une **conception mécaniste de la nature**. Alors qu'avant la révolution astronomique, l'univers est perçu comme un cosmos (ce qui signifie comme un système clos, ordonné, hiérarchisé et finalisé, c'est-à-dire dans lequel les phénomènes ont un but, une fin), la révolution scientifique va voir se développer une vision mécaniste de l'univers dans lequel tous les phénomènes s'y produisant peuvent et doivent s'expliquer d'après des lois de cause à effet. Tous les phénomènes physiques sont ainsi réduits à des chocs entre particules ayant des propriétés mécaniques bien définies, et expliqués par des lois gouvernant les relations de cause à effet. Le romantisme va précisément se caractériser par la **mise en avant de la sensibilité contre la domination de la raison**, par la volonté de **réintroduire du mystère au sein de l'univers**, et par son **opposition à la réduction de la nature à une simple étendue géométrique** que l'on pourrait intégralement connaître par l'étude scientifique. C'est à cette revalorisation des expressions de la sensibilité à partir du XVIIIe siècle que s'intéresse ce chapitre.

1. La réévaluation moderne de la sensibilité

a. Dans le domaine de la connaissance

Au XVIIIe siècle s'opère une réévaluation critique de la sensibilité, en particulier dans le domaine de la connaissance. Pour comprendre de quoi il en retourne, on peut repartir d'un texte célèbre de Descartes, dans les *Méditations métaphysiques*.

Zoom auteur

René Descartes (1596-1650)

René Descartes est un mathématicien, physicien et philosophe français. On considère généralement qu'il marque un tournant dans l'histoire de la philosophie car à partir de lui, c'est l'homme caractérisé comme conscience qui constitue le centre de référence de tout ce qui est, dans la mesure où tout ce qui est en tant que pensé ou représenté par ce sujet présent à lui-même. Parmi ses œuvres les plus importantes, on peut citer le *Discours de la méthode* (1637) ; *les Méditations Métaphysiques* (1647) ; *Les Principes de la Philosophie* (1647) ; *Les Passions de l'âme* (1649).

Descartes cherche à **refonder la connaissance de la nature** sur des bases solides. Il utilise pour cela le **doute** comme procédure méthodique. On peut en effet tenir pour vraie une chose dont on n'a aucune raison de douter de sa vérité. Dans les *Méditations Métaphysiques*, Descartes détaille successivement plusieurs raisons de douter de ce que l'on tient habituellement pour vrai sans prendre la peine de l'examiner sérieusement. Descartes constate notamment qu'il arrive que **nos sens nous induisent en erreur**, comme le montre l'exemple des illusions d'optique. Dès lors, on ne saurait fonder l'édifice de la connaissance sur des bases solides en partant des sens. Ce doute finit par conduire Descartes à **suspendre tout jugement** affirmant l'existence de son propre corps, du monde ou de Dieu, ainsi qu'à suspendre toute croyance en ce qui pourrait se présenter comme les vérités les plus simples et évidentes qui soient, notamment celles des mathématiques. Il s'agit par là même de découvrir ce qui résiste à ce doute radical et d'obtenir ainsi une **certitude authentique** nous rendant capable de fonder la recherche de la vérité. Le doute radical a en effet pour conséquence immédiate la découverte de la première des certitudes, celle du **Cogito** : quand je doute, je pense ; or pour penser, il faut être. La première certitude à laquelle Descartes parvient est ainsi celle de l'existence de la chose qui pense au moment où elle pense. Le cogito est donc cette première vérité indubitable sur laquelle fonder l'ordre du savoir. Or cette première connaissance indubitable est purement intellectuelle et **ne**

vient pas des sens, de la sensibilité. La première connaissance véritablement distincte vient donc de l'intellect uniquement et non des sens. Pourtant, l'individu n'arrive pas à se défaire de la conviction que ce sont ses sens qui lui donnent une compréhension distincte de leur objet. C'est en ce point qu'intervient le fameux texte consacré au **morceau de cire**, qui cherche à établir définitivement d'où vient à l'esprit la compréhension distincte de son objet : de l'intellect ou de la sensibilité ?

> « Prenons par exemple ce morceau de cire : il vient tout fraîchement d'être tiré de la ruche, il n'a pas encore perdu la douceur du miel qu'il contenait, il retient encore quelque chose de l'odeur des fleurs dont il a été recueilli ; sa couleur, sa figure, sa grandeur, sont apparentes ; il est dur, il est froid, il est maniable, et si vous frappez dessus il rendra quelque son. Enfin toutes les choses qui peuvent distinctement faire connaître un corps se rencontrent en celui-ci. Mais voici que pendant que je parle on l'approche du feu : ce qui y restait de saveur s'exhale, l'odeur s'évapore, sa couleur se change, sa figure se perd, sa grandeur augmente, il devient liquide, il s'échauffe, à peine peut-on le manier, et quoique l'on frappe dessus il ne rendra plus aucun son. La même cire demeure-t-elle encore après ce changement ? Il faut avouer qu'elle demeure ; personne n'en doute, personne ne juge autrement. Qu'est-ce donc que l'on connaissait en ce morceau de cire avec tant de distinction ? Certes ce ne peut être rien de tout ce que j'y ai remarqué par l'entremise des sens, puisque toutes les choses qui tombaient sous le goût, sous l'odorat, sous la vue, sous l'attouchement, et sous l'ouïe, se trouvent changées, et que cependant la même cire demeure. Peut-être était-ce ce que je pense maintenant, à savoir que cette cire n'était pas ni cette douceur de miel, ni cette agréable odeur de fleurs, ni cette blancheur, ni cette figure, ni ce son ; mais seulement un corps qui un peu auparavant me paraissait sensible sous ces formes, et qui maintenant se fait sentir sous d'autres. Mais qu'est-ce, précisément parlant, que j'imagine lorsque je la conçois en cette sorte ? Considérons-le attentivement, et, retranchant toutes les choses qui n'appartiennent point à la cire, voyons ce qui reste. Certes il ne demeure rien que quelque chose d'étendu, de flexible et de muable. Or qu'est-ce que cela, flexible et muable ? N'est-ce pas que j'imagine que cette cire étant ronde, est capable de devenir carrée, et de passer du carré en une figure triangulaire ? Non certes, ce n'est pas cela, puisque je la conçois capable de recevoir une infinité de semblables changements, et je ne saurais néanmoins parcourir cette infinité par mon imagination, et par conséquent cette conception que j'ai de la cire ne s'accomplit pas par la faculté d'imaginer. Qu'est-ce maintenant que cette extension ? N'est-elle pas aussi inconnue ? car elle devient plus grande quand la cire se fond, plus grande quand elle bout, et plus grande encore quand

la chaleur augmente ; et je ne concevrais pas clairement et selon la vérité ce que c'est que de la cire, si je ne pensais que même ce morceau que nous considérons est capable de recevoir plus de variétés selon l'extension que je n'en ai jamais imaginé. Il faut donc demeurer d'accord que je ne saurais pas même comprendre par l'imagination ce que c'est que ce morceau de cire, et qu'il n'y a que mon entendement seul qui le comprenne. Je dis ce morceau de cire en particulier ; car pour la cire en général, il est encore plus évident. Mais quel est ce morceau de cire qui ne peut être compris que par l'entendement ou par l'esprit ? Certes c'est le même que je vois, que je touche, que j'imagine, et enfin c'est le même que j'ai toujours cru que c'était au commencement. Or ce qui est ici grandement à remarquer, c'est que sa perception n'est point une vision, ni un attouchement, ni une imagination, et ne l'a jamais été, quoiqu'il le semblât ainsi auparavant, mais seulement une inspection de l'esprit, laquelle peut être imparfaite et confuse, comme elle était auparavant, ou bien claire et distincte, comme elle est à présent, selon que mon attention se porte plus ou moins aux choses qui sont en elle, et dont elle est composée. »

René Descartes, *Méditations métaphysiques*,
texte établi par Victor Cousin, 1824,
translation en français moderne réalisée par nos soins.

Descartes prend donc l'exemple du morceau de cire. Je suis convaincu de savoir distinctement ce qu'est ce morceau de cire que je perçois, et ce grâce à mes sens. Mes sens me font connaître distinctement que ce morceau de cire est une collection de qualités sensibles : il a telle douceur, telle forme, telle odeur, etc. Mais lorsqu'on approche ce morceau de cire du feu, toutes ces qualités sensibles disparaissent et sont remplacées par d'autres, alors qu'il s'agit pourtant toujours de la même cire. Dès lors, ce qu'est la cire, selon Descartes, n'est pas une collection de qualités sensibles mais un corps étendu. Or **ce ne sont pas nos sens qui nous font parvenir à cette connaissance distincte de l'être du morceau de cire, mais l'intellect**.

L'empirisme va produire, contre Descartes notamment, une première revalorisation de la sensibilité dans le domaine de la connaissance. En effet, l'empirisme est un courant philosophique qui soutient que la connaissance humaine dérive totalement, que ce soit directement ou indirectement, de l'expérience sensible, y compris les principes rationnels de la connaissance :

« Mais, bien que notre pensée semble posséder cette liberté illimitée, nous trouverons, à l'examiner de plus près, qu'elle est réellement resserrée en de très étroites limites et que tout ce pouvoir créateur de l'esprit ne monte à rien de plus qu'à la faculté de composer, de transposer, d'accroître ou de diminuer les matériaux que nous apportent les sens et l'expérience. (...) Nous pouvons concevoir un cheval vertueux ;

car le sentiment que nous avons de nous-mêmes nous permet de concevoir la vertu ; et nous pouvons unir celle-ci à la figure et à la forme d'un cheval, animal qui nous est familier. Bref, tous les matériaux de la pensée sont tirés de nos sens, externes ou internes ; c'est seulement leur mélange et leur composition qui dépendent de l'esprit et de la volonté. Ou, pour m'exprimer en langage philosophique, toutes nos idées ou perceptions plus faibles sont des copies de nos impressions, ou perceptions plus vives. »

D. Hume, *Enquête sur l'entendement humain,* Section II, Origine des idées, trad. A. Leroy, 1947.

Zoom auteur

David Hume

Philosophe, économiste et historien écossais, né en 1711 et mort en 1776. On le considère généralement comme un des fondateurs de l'empirisme avec John Locke et Berkeley. Parmi ses œuvres célèbres, on peut citer *Traité de la nature humaine, Enquête sur l'entendement humain, Dialogues sur la religion naturelle*.

Les empiristes reprennent à cet égard l'adage scolastique selon lequel il n'y a rien dans l'entendement qui n'ait d'abord été dans les sens. **Toutes nos idées ont ainsi une seule origine : l'expérience sensible**. L'empirisme s'oppose donc à ce qu'on appelle l'innéisme. Une telle thèse, soutenue notamment par Descartes, soutient qu'il existe des idées ou des principes innés. Pour les empiristes au contraire, l'esprit humain est totalement vide avant l'expérience sensible. Il est comme une page blanche qui va se remplir au fur et à mesure des expériences sensibles. Par exemple, l'idée d'une couleur donnée va se former par l'observation répétée d'objets de même couleur. Elle n'est donc pas innée mais provient seulement de l'expérience sensible.

b. Dans le domaine moral

Mais la revalorisation de la sensibilité s'est aussi opérée dans le domaine moral. Au XVIIe siècle, à l'âge classique, la catégorie des passions est communément mobilisée pour penser la sensibilité, l'affectivité. On s'inquiète alors des désordres que peuvent provoquer les passions et les grandes doctrines philosophiques (Descartes, Pascal, Spinoza, Leibniz…) s'efforcent de comprendre leur fonctionnement afin de rendre possible leur maîtrise. La morale prend ainsi la forme d'une entreprise de domination des passions par la conscience. Le XVIIIe siècle va pour sa part donner plus de place à la catégorie du sentiment pour penser la sensibilité. On assiste dès lors à une revalorisation de la sensibilité dans le domaine moral. C'est particulièrement visible chez Rousseau.

Zoom auteur

Rousseau (1712-1778)

Jean-Jacques Rousseau est un écrivain, philosophe et musicien genevois francophone.

Il connaît un grand succès dans le domaine littéraire avec la publication en 1761 du roman épistolaire *Julie ou la Nouvelle Héloïse*. On le considère également comme l'auteur qui a promu le genre autobiographique avec des ouvrages comme *Les Confessions* (rédigées entre 1765 et 1770, et publiées de manière posthume en 1782 et 1789) et *Les Rêveries du promeneur solitaire* (écrites en 1776-1778, publiées en 1782).

Dans le domaine philosophique, les œuvres de Rousseau (*Discours sur les sciences et les arts* en 1750, *Discours sur l'origine et les fondements de l'inégalité parmi les hommes* en 1755 et Du *contrat social* en 1762) apportent une contribution essentielle à la philosophie morale et politique, notamment par la mise en avant de la souveraineté du peuple.

« Je parle de la pitié, disposition convenable à des êtres aussi faibles, et sujets à autant de maux que nous le sommes ; vertu d'autant plus universelle et d'autant plus utile à l'homme qu'elle précède en lui l'usage de toute réflexion, et si naturelle que les bêtes mêmes en donnent quelquefois des signes sensibles. (…) Tel est le pur mouvement de la nature, antérieur à toute réflexion : telle est la force de la pitié naturelle, que les mœurs les plus dépravées ont encore peine à détruire (…) Mandeville a bien senti qu'avec toute leur morale les hommes n'eussent jamais été que des monstres, si la nature ne leur eût donné la pitié à l'appui de la raison : mais il n'a pas vu que de cette seule qualité découlent toutes les vertus sociales qu'il veut disputer aux hommes. (…) la commisération sera d'autant plus énergique que l'animal spectateur s'identifiera intimement avec l'animal souffrant. Or il est évident que cette identification a dû être infiniment plus étroite dans l'état de nature que dans l'état de raisonnement. C'est la raison qui engendre l'amour-propre, et c'est la réflexion qui le fortifie ; c'est elle qui replie l'homme sur lui-même ; c'est elle qui le sépare de tout ce qui le gêne et l'afflige : c'est la philosophie qui l'isole ; c'est par elle qu'il dit en secret, à l'aspect d'un homme souffrant : péris si tu veux, je suis en sûreté. Il n'y a plus que les dangers de la société entière qui troublent le sommeil tranquille du philosophe, et qui l'arrachent de son lit. On peut impunément égorger son semblable sous sa fenêtre ;

il n'a qu'à mettre ses mains sur ses oreilles et s'argumenter un peu pour empêcher la nature qui se révolte en lui de l'identifier avec celui qu'on assassine. L'homme sauvage n'a point cet admirable talent ; et faute de sagesse et de raison, on le voit toujours se livrer étourdiment au premier sentiment de l'humanité. (...) Il est donc certain que la pitié est un sentiment naturel, qui, modérant dans chaque individu l'activité de l'amour de soi-même, concourt à la conservation mutuelle de toute l'espèce. C'est elle qui nous porte sans réflexion au secours de ceux que nous voyons souffrir : c'est elle qui, dans l'état de nature, tient lieu de lois, de mœurs et de vertu, avec cet avantage que nul n'est tenté de désobéir à sa douce voix »

Rousseau, *Discours sur l'origine et les fondements de l'inégalité parmi les hommes*, 1755.

Ainsi, pour Rousseau, c'est un sentiment naturel, **la pitié, qui fonde la morale.** La pitié désigne chez Rousseau ce que nous appelons aujourd'hui la compassion ou l'empathie, à savoir ce sentiment par lequel un individu est porté à ressentir la souffrance d'autrui et à vouloir y remédier. La morale n'est donc pas affaire de réflexion pour Rousseau, mais de sentiment. Rousseau va même plus loin en affirmant que **c'est au contraire la réflexion qui nuit à la morale**. En engendrant **l'amour-propre** (que Rousseau définit comme la tendance à se comparer aux autres et à s'aimer dans le regard que les autres portent sur nous, et qu'il oppose à l'amour de soi comme instinct naturel de conservation, de survie) et en fournissant des justifications pour ne plus venir en aide à ceux qu'on voit souffrir, la réflexion étouffe la pitié, qui nous porte sans réflexion au secours de ceux que nous voyons souffrir.

Zoom notion

La morale chez Kant

On oppose souvent Kant et Rousseau quant à la morale. La morale est fondée selon Kant sur la raison et non sur la sensibilité, dans la mesure où il n'y a d'acte moral que là où celui qui agit évalue la règle selon laquelle il agit à l'aide d'un test que Kant appelle **l'impératif catégorique**. Il s'agit ainsi par ce test de s'assurer que l'action qu'on se propose est bien morale. En effet, pour Kant, une action ne sera morale que si la règle qui est derrière peut être universalisée sans contradiction. Quand j'agis, je dois donc me demander si je peux vouloir que la règle que je donne à mon action devienne une règle universelle. Est-ce que je peux par exemple vouloir sans contradiction que dire la vérité devienne une règle d'action universelle ? Si la réponse est négative, alors mon action n'est pas morale. La raison en est simple : si je ne peux pas vouloir que la règle d'action que je me donne devienne une règle universelle, c'est que je suis au fond en train de m'accorder une exception : je me donne le droit d'agir d'une manière que je refuse simultanément aux autres. Par exemple, je me donne le droit de mentir, mais je refuse simultanément aux autres ce droit parce que je ne peux pas vouloir sans contradiction que le mensonge devienne une règle d'action universelle. Ceci étant dit, Kant est loin d'ignorer la part que le sentiment peut occuper dans la morale. En effet, pour qu'une action soit véritablement morale selon Kant, il faut qu'elle soit accomplie par devoir, par respect pour la loi morale. Autrement dit, l'action est morale quand celui qui agit ainsi le fait parce qu'il sait que tel est son devoir moral et veut seulement faire son devoir moral. Il n'agit pas ainsi par habitude ou par intérêt, il agit ainsi parce qu'il sait que c'est ce qu'il a à faire. Il fait son devoir pour ce devoir lui-même, et pour rien d'autre. Or le terme de respect chez Kant désigne aussi un sentiment. Loin d'ignorer la sensibilité, Kant considère qu'elle doit être subordonnée à la raison dans la morale.

Zoom et aujourd'hui ?

L'éthique du care

« Le mot **care**, très courant en anglais, est à la fois un verbe qui signifie "s'occuper de", "faire attention", "prendre soin", "se soucier de", et un substantif qui pourrait selon les contextes être rendu en français par "soins", "attention", "sollicitude", "concernement". (...) Les éthiques du care affirment **l'importance des soins et de l'attention portés aux autres** [...] Prendre la mesure de l'importance du care pour la vie humaine suppose de reconnaître que la dépendance et la vulnérabilité sont des traits de la condition de tout un chacun (...) La vraie nouveauté du care est de nous apprendre à voir la sensibilité comme condition nécessaire de la justice. »

Patricia Paperman et Sandra Laugier, « L'éthique de la sollicitude », *Sciences Humaines*, déc. 2006, n° 177.

Il est possible d'inscrire l'éthique du care dans le prolongement de la pensée rousseauiste dans la mesure où elle met l'accent sur la sensibilité, la vulnérabilité des individus et dès lors l'importance d'aider ceux qui souffrent.

c. Dans le domaine esthétique

Enfin, la revalorisation de la sensibilité a aussi été liée à l'apparition de **l'esthétique**, nouvelle branche de la philosophie progressivement apparue au XVIIIe siècle et qui prend l'art pour l'objet.

Cette apparition de l'esthétique marque un changement important car on passe du beau au goût. En effet, dans la philosophie antique et médiévale, le beau est pensé en fonction de propriétés intrinsèques, objectives, susceptibles d'être définies de manière précise et exhaustive. En revanche, parler de **goût** revient à rapporter le beau à une **appréciation subjective**. Un objet beau ne sera ainsi plus un objet doté de telle ou telle propriété, mais un objet qui a simplement pour effet de produire chez l'individu une sensation qu'il apprécie et valorise. Ce qui est ainsi mis en avant, c'est précisément la sensibilité de l'individu. À cet égard, le terme même d'**esthétique** est intéressant. Proposé par Baumgarten au XVIIIe siècle, il a vocation à désigner cette nouvelle discipline qui sera une **science de la sensibilité** (le terme esthétique vient de *aisthesis* qui signifie sensation), c'est-à-dire à la fois une science de l'art et une science du beau.

Zoom auteur

Baumgarten

Alexander Gottlieb Baumgarten, philosophe allemand, né en 1714 et mort en 1762. Il est surtout connu pour sa théorie générale des beaux-arts et pour avoir inventé le terme « esthétique » (d'abord dans « Méditations philosophiques sur quelques aspects de l'essence du poème » en 1735, puis le terme constitue le titre de son ouvrage *Æsthetica ou Esthétique* en 1750).

Hutcheson est intéressant en ce sens qu'il est à cheval entre cette conception du beau qui le lie à des propriétés objectives et une conception plus moderne qui en fait quelque chose de seulement senti. Hutcheson considère en effet d'un côté que le beau peut être déterminé par des propriétés objectives de mesure et de proportion. Néanmoins, le sens de la beauté relève quand même pour lui de la sensation. Ainsi, **nous reconnaissons le beau parce que nous y prenons plaisir**.

Zoom auteur

Hutcheson

Philosophe irlando-britannique, né en 1694 et mort en 1746. Disciple de John Locke, il appartient au courant empiriste.

Hume, quant à lui, considère que la position de Hutcheson reste insuffisante en ce qu'il maintient pour le beau des propriétés objectives. L'expérience nous enseigne en effet que les avis sur le beau divergent de manière irréductible, que ce soit entre les individus, les cultures, les époques… Il est donc illusoire de prétendre définir le beau par des propriétés objectives. Avec Hume ainsi, non seulement le beau devient une stricte affaire de goût mais il faut en plus admettre que les goûts sont variables et relatifs. Or s'il existe une telle **diversité de goûts**, c'est parce que ce que tous les individus possèdent en commun, c'est **l'évaluation**. Autrement dit, tous les individus évaluent en permanence ce qu'ils ressentent, que ce soit pour le valoriser ou le dévaloriser. La norme du goût est donc toujours d'abord individuelle : chaque individu valorise les sensations auxquelles il prend plaisir et dévalorise celles qu'il trouve déplaisantes. Hume met par ailleurs en avant ce qu'il appelle la **délicatesse du goût.** Il s'agit de la **capacité à différencier les qualités sensibles** : saveurs, couleurs, sons, etc. Cette capacité est à la fois fonction de la finesse de nos sens, mais aussi de l'éducation et de notre condition sociale, de notre âge, de nos fréquentations, etc. Enfin, Hume met en avant le rôle du **critique d'art** : son influence fait que son goût s'impose progressivement aux autres individus. Le critique d'art crée ainsi la mode en matière de **goût**.

Kant enfin est extrêmement important parce qu'il rompt aussi bien avec Hutcheson qu'avec Hume. Contre le premier, **Kant montre qu'on ne peut pas connaître le beau**, ni comme un concept ni comme une propriété de l'objet. Contre le second, **Kant montre que le beau ne se réduit pas à une sensation agréable ou plaisante**. En réalité, selon Kant, le goût du beau réside dans le jeu a priori de nos facultés, qui s'exercent librement dans le jugement esthétique. Ainsi, lorsque nous jugeons une chose belle et que nous en retirons ainsi un plaisir esthétique, c'est parce que nos facultés parviennent devant cette chose à s'exercer librement. Ce qui est essentiel dans cette conception kantienne du jugement esthétique, c'est qu'elle donne au **beau une autonomie totale**, en le distinguant aussi bien du vrai que du plaisant. Dès lors, c'est l'art lui-même qui conquiert son autonomie à l'égard de la vérité, de la morale ou même de la mode.

2. La valorisation littéraire et artistique de la sensibilité

a. L'émotion esthétique

Parallèlement à cette revalorisation philosophique de la sensibilité dans différents domaines, la sensibilité est aussi mise à l'honneur en littérature. Le jugement de goût évoqué par Kant se déploie dans les œuvres romanesques ou encore poétiques. **L'art bouleverse l'individu** et en premier lieu les écrivains qui entendent bien communiquer leurs émotions à leurs lecteurs. L'art fait naître de violentes émotions. C'est ce que l'on peut voir dans l'œuvre de Marcel Proust, *À la Recherche du temps perdu*, et notamment dans *Un amour de Swann* (1913-1919), qui constitue la deuxième partie de *Du côté de chez Swann* : le personnage principal, Swann, éprouve une émotion particulièrement violente en écoutant la sonate de Vinteuil, un pianiste inventé par Proust : il se trouve dans le salon des Verdurin sans Odette, une femme dont il est épris mais qui le rejette. Dans le passé, il avait éprouvé une grande douceur en écoutant, en compagnie d'Odette, **la petite phrase de la sonate de Vinteuil**. L'entendre de nouveau déclenche en lui une mémoire involontaire, nommée **réminiscence**.

Document *Un amour de Swann*, in *À la Recherche du temps perdu* (1913-1919), de Marcel Proust

> Mais tout à coup ce fut comme si elle était entrée, et cette apparition lui fut une si déchirante souffrance qu'il dut porter la main à son cœur. C'est que le violon était monté à des notes hautes où il restait comme pour une attente, une attente qui se prolongeait sans qu'il cessât de les tenir, dans l'exaltation où il était d'apercevoir déjà l'objet de son attente qui s'approchait, et avec un effort désespéré pour tâcher de durer jusqu'à son arrivée, de l'accueillir avant d'expirer, de lui maintenir encore un moment de toutes ses dernières forces le chemin ouvert pour qu'il pût passer, comme on soutient une porte qui sans cela retomberait. Et avant que Swann eût eu le temps de comprendre, et de se dire : « C'est la petite phrase de la sonate de Vinteuil, n'écoutons pas ! » tous ses souvenirs du temps où Odette était éprise de lui, et qu'il avait réussi jusqu'à ce jour à maintenir invisibles dans les profondeurs de son être, trompés par ce brusque rayon du temps d'amour qu'ils crurent revenu, s'étaient réveillés et, à tire d'aile, étaient remontés lui chanter éperdument, sans pitié pour son infortune présente, les refrains oubliés du bonheur.

Le son même du violon donne l'impression à Swann qu'Odette est présente à ses côtés. Il sait qu'il va entendre la petite phrase de Vinteuil qui risque fort de raviver ses souvenirs, de les rendre présents et ainsi de lui montrer la fracture entre un passé heureux – Odette l'aimait – et un présent malheureux – Odette ne l'aime plus. L'émotion ressentie est si violente que Swann « dut porter la main à son cœur ». Le narrateur file la métaphore musicale en parlant des « refrains oubliés du bonheur ». Il nous montre **l'extrême sensibilité de Swann**. Cette sensibilité se retrouve d'ailleurs chez le narrateur qui se révèle, au fil de *la Recherche*, un véritable **esthète** : il éprouve le sentiment du beau face aux toiles impressionnistes d'Elstir – là encore, le peintre est fictif. D'autres œuvres, cette fois réelles, comme les portraits de femmes peints par Botticelli, procurent ce même sentiment. Un autre personnage, un écrivain nommé Bergotte, aurait rêvé que son écriture soit colorée comme un petit pan de mur jaune, visible sur « La vue de Delft », de Vermeer. Dans *La prisonnière*, Proust fait dire à son narrateur que jusqu'au jour de sa mort, Bergotte n'avait pas prêté attention à ce petit pan de mur jaune : « Mais un critique ayant écrit que dans la *Vue de Delft* de Ver Meer (prêté par le musée de La Haye pour une exposition hollandaise), tableau qu'il adorait et croyait connaître très bien, un petit pan de mur jaune (qu'il ne se rappelait pas) était si bien peint qu'il était, si on le regardait seul, comme une précieuse œuvre d'art chinoise, d'une beauté qui se suffirait à elle-même, Bergotte mangea quelques pommes de terre, sortit et entra à l'exposition. » **Il comprend alors ce qu'est le beau en voyant ce pan de mur** : « il attachait son regard, comme un enfant à un papillon jaune qu'il veut saisir, au précieux petit pan de mur. » « C'est ainsi que j'aurais dû écrire, disait-il. » Il meurt en contemplant ce tableau.

L'art procure des émotions fortes et sa contemplation peut permettre d'accéder au **sublime**, comme le dit Kant, mais aussi à la création littéraire.

Zoom notion

L'ekphrasis

Une ***ekphrasis*** est une **description d'œuvre d'art.** Elle révèle la **sensibilité** de l'auteur qui contemple l'œuvre d'art en question, et donne lieu, par un effet de miroir, à une autre œuvre d'art – le texte lui-même. Certains auteurs profitent de la contemplation d'une œuvre pour se livrer à une **forme d'introspection**, comme le fait Swann dans l'extrait d'un *Amour de Swann* ou encore Paul Eluard dans « Giorgio de Chirico » (1926). D'autres, comme Des Esseintes dans *À Rebours* de Huysmans (1884), **sortent d'eux-mêmes** face aux œuvres qu'ils contemplent, en l'occurrence les Salomé peintes par Gustave Moreau : « Il y avait dans ses œuvres désespérées et érudites un enchantement singulier, une incantation vous remuant jusqu'au fond des entrailles »

La sensibilité de celui qui contemple une œuvre peut le conduire à parler tout autant de lui que de l'œuvre. Paul Eluard, dans *Capitale de la douleur*, publié en 1926, écrit plusieurs poèmes qui pourraient s'apparenter à des *ekphraseis* (pluriel d'*ekphrasis*) mais qui sont loin de se limiter à de simples descriptions d'œuvres d'art. C'est le cas de « Giorgio de Chirico » : Eluard fait davantage référence à l'esthétique de Chirico qu'à une œuvre précise et l'on ne sait parfois plus s'il s'adresse à l'œuvre ou à la femme aimée, Gala :

> Un mur dénonce un autre mur
> Et l'ombre me défend de mon ombre peureuse,
> Ô tour de mon amour autour de mon amour,
> Tous les murs filaient blanc autour de mon silence.

La douleur du poète face à la femme aimée qui semble le rejeter au profit d'un autre homme, Max Ernst, s'entend, de même que l'amour qu'il ressent malgré tout pour elle. Certaines images renvoient à des formes récurrentes dans les tableaux de Chirico, comme le mur, l'ombre, la tour, et plus loin le ciel… le tableau semble pour lui comme un refuge, le protégeant d'une douleur trop violente.

b. Exaltation des sentiments et création littéraire

La valorisation de l'expression littéraire et artistique, la mise en avant de la valorisation des sentiments s'impose par le **Romantisme** (1800-1850), courant de la sensibilité, de l'expression de l'exaltation du Moi (nous y reviendrons dans le chapitre suivant sur les métamorphoses du moi). La littérature se réinvente. L'écriture devient le mode privilégié de l'expression du Moi, et de ce fait de l'expression du sentiment amoureux.

Pour **Goethe**, (Johann-Wolfgang Von Goethe 1749-1832) souvent considéré comme **préromantique**, écrire l'amour consistera à montrer de façon quasi scientifique, que nous sommes les jouets du déterminisme, que seule compte **la loi de l'attraction/répulsion**. L'écriture de son roman les *Affinités électives* met en pratique cette doctrine quasi chimique, car l'affinité est alors considérée comme une loi de la nature produisant aussi bien ses effets en chimie que chez les êtres vivants. Ses effets sont aussi étudiés sur le psychisme. Il expliquera, en 1809 à la sortie de son roman, comment comprendre le titre et, de ce fait, comment lire le livre : « *Il semble que l'auteur ait été conduit à ce titre bizarre par les études qu'il poursuit en sciences physiques. Il a sans doute noté que, dans les sciences de la nature, on utilise très souvent les comparaisons éthiques afin de rendre plus proche du cercle de la connaissance humaine quelque chose qui en était fort éloigné, et ainsi l'auteur a pu vouloir à l'occasion d'un cas moral ramener une métaphore chimique à son origine intellectuelle, d'autant plus qu'il n'existe partout qu'une seule nature et que le règne de la sereine liberté rationnelle est traversé sans cesse par les traces d'une nécessité passionnelle que seule une main plus élevée, et peut-être pas pendant cette vie, peut complètement effacer* ». (Goethe, annonce des *Affinités électives*, parue dans le Morgenblatt du 4 septembre 1809). **L'écriture des sentiments** passe par **l'analyse** de ces derniers par les réflexions que Goethe lui-même apporte à son roman en train de se construire.

Pour **Rousseau** (1712-1778), l'écriture *des rêveries du promeneur solitaire,* (1782) est l'occasion de mettre en mots les images de ses promenades, celles qui touchent le cœur, celles qui mettent en place une résonance entre sentiments et contemplation. Ainsi, dans la seconde promenade, Rousseau écrira « (la campagne en automne) est analogue à son âge et à son sort » : la nature est source d'inspiration et de fiction, elle nourrit l'imaginaire de l'écrivain et permet aussi la mise en place d'émotions, de souvenirs, d'inventions. Tout se mêle, tout devient symbole et la septième promenade confirme cette idée ; Rousseau nous y parle de **l'harmonie de la nature**, de la beauté absolue de paysages qui aussitôt transportent le promeneur vers le bonheur. Si les promenades sont douces et tristes, c'est qu'elles mettent en scène des images tout autant nostalgiques qu'heureuses. Rousseau exprime donc, au travers de ses promenades, l'acte de création littéraire dans lequel la nature est propice à **l'examen moral et spirituel**.

L'exaltation des sentiments et l'acte de création littéraire sont expliqués par Roland **Barthes** (1915-1980). C'est en prenant des exemples précis de la littérature qu'il parvient à nous dire combien il est difficile de dire, de se dire, d'évoquer ses sentiments en littérature. L'acte d'écrire ses sentiments met en place une sorte d'illusion expressive : pour Barthes, il est impossible de transcrire de façon directe et absolue ses sentiments. L'écriture des sentiments n'est que la mise en place d'un imaginaire. De ce fait, il est impossible de croire que ce dernier ne soit pas préjudiciable à l'expression des sentiments. « **Écrire l'amour c'est affronter le gâchis du langage**, cette région d'affolement où le langage est à la fois trop et trop peu » (R. Barthes, *Fragments d'un discours amoureux,* p. 115, éd. du Seuil, *1977*).

Ainsi, l'intériorité des personnages se marque aussi par l'abondance des **images** qui en sont parfois données. Par exemple, **Balzac**, dans son roman *Le Lys dans la vallée* (1836), donne à lire par l'utilisation de longues phrases les états d'âme de son personnage, Félix, jeune aristocrate, exalté par la passion (platonique) qu'il éprouve pour la comtesse Henriette de Mortsauf. « *Combien de fois déjà n'étions-nous pas demeurés silencieux, occupés à regarder un reflet de soleil dans la prairie, des nuées dans un ciel gris, les collines vaporeuses, où les tremblements de la lune dans les pierreries de la rivière, sans nous dire autre chose que : la nuit est belle* ». Les descriptions sont ici les marqueurs qui donnent à voir la mélancolie. Les phrases sont longues et harmonieuses, elles invitent le lecteur aux sensations, au partage de ces dernières. Pour Balzac, **les mots, les sonorités et les couleurs évoquées par la nature peignent les sentiments**, la vie intérieure des personnages.

Document Balzac, *Le Lys dans la Vallée* (1836) : de l'émotion à la naissance des sentiments.

Il s'agit ici de la première scène de rencontre entre les héros du roman, lors d'un bal.

« Trompée par ma chétive apparence, une femme me prit pour un enfant prêt à s'endormir en attendant le bon plaisir de sa mère, et se posa près de moi par un mouvement d'oiseau qui s'abat sur son nid. Aussitôt je sentis un parfum de femme qui brilla dans mon âme comme y brilla depuis la poésie orientale. Je regardai ma voisine, et fus plus ébloui par elle que je ne l'avais été par la fête ; elle devint toute ma fête. Si vous avez bien compris ma vie antérieure, vous devinerez les sentiments qui sourdirent en mon cœur. Mes yeux furent tout à coup frappés par de blanches épaules rebondies sur lesquelles j'aurais voulu pouvoir me rouler, des épaules légèrement rosées qui semblaient rougir comme si elles se trouvaient nues pour la première fois, de pudiques épaules qui avaient une âme, et dont la peau satinée éclatait à la lumière comme un tissu de soie. Ces épaules étaient partagées par une raie, le long de laquelle coula mon regard, plus hardi que

> ma main. Je me haussai tout palpitant pour voir le corsage et fus complètement fasciné par une gorge chastement couverte d'une gaze, mais dont les globes azurés et d'une rondeur parfaite étaient douillettement couchés dans des flots de dentelle. Les plus légers détails de cette tête furent des amorces qui réveillèrent en moi des jouissances infinies : le brillant des cheveux lissés au-dessus d'un cou velouté comme celui d'une petite fille, les lignes blanches que le peigne y avait dessinées et où mon imagination courut comme en de frais sentiers, tout me fit perdre l'esprit. Après m'être assuré que personne ne me voyait, je me plongeai dans ce dos comme un enfant qui se jette dans le sein de sa mère, et je baisai toutes ces épaules en y roulant ma tête. »

L'émotion ressentie est retranscrite par une description détaillée. Le sens de la vue est ici extrêmement sollicité et permet au personnage la montée en puissance de son désir. Par la suite, **le toucher devient le point d'orgue de cette exaltation** qui conduit Félix à ne pouvoir contenir son envie.

c. Le Moi dans l'Histoire

La sensibilité romantique n'a pas pour seule conséquence l'exaltation. Elle conduit les auteurs et personnages à considérer qu'**ils ne peuvent qu'occuper une place importante dans l'Histoire**. Il n'est qu'à voir la réécriture de l'Histoire opérée par **Chateaubriand** dans les *Mémoires d'outre-tombe* : il file le **parallèle entre sa vie et celle de Napoléon** au point même de modifier sa propre date de naissance : Chateaubriand se fait naître comme l'empereur en 1769 et non en 1768, renforçant ainsi le parallèle entre leurs deux destins. Non seulement il insère dans son autobiographie la biographie de Napoléon mais en plus il n'hésite pas à se présenter comme un fervent opposant à l'empereur – ce qu'il était, certes. Sa seule opposition aurait été capable de faire trembler l'empire. On retrouve cette idée, par exemple, au livre dix-huit, chapitre 5. Chateaubriand y évoque un article qu'il a publié dans *Le Mercure de France* en 1807 suite à l'assassinat du duc d'Enghien, descendant des Bourbons, assassinat commandé par Napoléon. Il s'y compare à l'historien Tacite, tandis que Napoléon devient un double de l'empereur romain Néron. Il décrit les réactions du public et de l'empereur.

Zoom auteur

François-René de Chateaubriand

Écrivain, mémorialiste et homme politique français, né en 1768 et mort en 1848. Son œuvre littéraire majeure exerça une influence importante sur la génération suivante d'auteurs romantiques, si bien qu'il est désormais considéré comme un préromantique.

Document Chateaubriand, *Mémoires d'outre-tombe*, 1848

« Les prospérités de Bonaparte, loin de me soumettre, m'avaient révolté ; j'avais pris une énergie nouvelle dans mes sentiments et dans les tempêtes. Je ne portais pas en vain un visage brûlé par le soleil, et je ne m'étais pas livré au courroux du ciel pour trembler avec un front noirci devant la colère d'un homme. Si Napoléon en avait fini avec les rois, il n'en avait pas fini avec moi. Mon article, tombant au milieu de ses prospérités et de ses merveilles, remua la France : on en répandit d'innombrables copies à la main ; plusieurs abonnés du *Mercure* détachèrent l'article et le firent relier à part ; on le lisait dans les salons, on le colportait de maison en maison. Il faut avoir vécu à cette époque pour se faire une idée de l'effet produit par une voix retentissant seule dans le silence du monde. Les nobles sentiments refoulés au fond des cœurs se réveillèrent. Napoléon s'emporta : on s'irrite moins en raison de l'offense reçue qu'en raison de l'idée que l'on s'est formée de soi. Comment ! mépriser jusqu'à sa gloire ; braver une seconde fois celui aux pieds duquel l'univers était prosterné ! "Chateaubriand croit-il que je suis un imbécile, que je ne le comprends pas ! je le ferai sabrer sur les marches des Tuileries." Il donna l'ordre de supprimer le *Mercure* et de m'arrêter. Ma propriété périt ; ma personne échappa par miracle : Bonaparte eut à s'occuper du monde ; il m'oublia, mais je demeurai sous le poids de la menace. »

La sensibilité de Chateaubriand le conduit à considérer que ses actions ont un impact sur Napoléon. Il se présente comme une figure de la révolte. Il a échappé à un naufrage et revient d'un voyage à Jérusalem, d'où les références à Dieu et au « visage brûlé par le soleil ». S'il a échappé au naufrage – manifestation du « courroux du ciel –, il ne peut pas craindre « la colère d'un homme ». En désignant Napoléon comme un simple homme, il montre qu'il ne le craint pas, ne le déifie pas. L'autobiographe montre que sa résistance est supérieure à celle des rois d'Europe que Napoléon a vaincus. On voit là quelle place occupe le Moi. Certains critiques parlent d'une « **hypertrophie du moi** » – hypertrophie qui se retrouvera chez Hugo s'opposant à Napoléon III. Chateaubriand décrit les réactions du public qui se procure des copies et les répand dans les salons. A croire celui que l'on surnomme l'Enchanteur, il aurait été la seule voix de la résistance à se faire entendre comme l'indique l'adjectif « seule » qui qualifie « voix » et surtout le fait que cette voix est présentée comme l'antithèse du « silence du monde ». Il entend remuer l'Histoire. Il nous fait entendre la colère de Napoléon qui se sert aussitôt de la censure pour faire interdire le *Mercure de France*.

La sensibilité du moi conduit à se considérer comme un être d'importance, ainsi que l'on vient de le voir avec Chateaubriand. Dans la pièce ***Lorenzaccio*** **d'Alfred de Musset** (1834), le personnage de Lorenzo entend aussi changer l'Histoire. La ville de Florence est dominée par le tyran Alexandre. Lorenzo se fait passer pour son ami afin de parvenir à le tuer sans qu'il se méfie. Il devient son compagnon de débauche. Il sacrifie sa vertu au nom d'un idéal supérieur (libérer Florence). Le sens de sa vie repose uniquement sur la perspective d'un meurtre qui pourrait permettre à la ville d'échapper à la tyrannie, même si Lorenzo craint que l'humanité ne soit pas prête à se libérer du despotisme, et lui permettre, symboliquement, de retrouver sa vertu. Il l'explique dans un célèbre passage à un ami républicain, Philippe.

Document *Lorenzaccio* de Musset (1836)

« Tu me demandes pourquoi je tue Alexandre ? Veux-tu donc que je m'empoisonne ou que je saute dans l'Arno ? veux-tu donc que je sois un spectre, et qu'en frappant sur ce squelette… (Il se frappe la poitrine) il n'en sorte aucun son ? Si je suis l'ombre de moi-même, veux-tu donc que je rompe le seul fil que rattache aujourd'hui mon cœur à quelques fibres de mon cœur d'autrefois ! Songes-tu que ce meurtre, c'est tout ce qui me reste de ma vertu ? Songes-tu que je glisse depuis deux ans sur un rocher taillé à pic, et que ce meurtre est le seul brin d'herbe où j'ai pu cramponner mes ongles ? Crois-tu donc que je n'aie plus d'orgueil, parce que je n'ai plus de honte, et veux-tu que je laisse mourir en silence l'énigme de ma vie ? (…) Voilà assez longtemps que les oreilles me tintent, et que l'exécration des hommes empoisonne le pain que je mâche. J'en ai assez de me voir conspué par les lâches sans nom, qui m'accablent d'injures pour se dispenser de m'assommer comme ils le devraient. J'en ai assez d'entendre brailler en plein vent le bavardage humain. Il faut que le monde sache un peu qui je suis, et qui il est. Dieu merci, c'est peut-être demain que je tue Alexandre. »

Lorenzo a une sensibilité exacerbée. Il ne supporte plus le regard que les Républicains et autres opposants à Alexandre portent sur lui. Il s'agit avant tout de restaurer son image, de ne plus être « l'ombre » de lui-même, de montrer quel est le sens de sa vie. Le Lorenzo vertueux d'autrefois motive seul les agissements du Lorenzo méprisable d'aujourd'hui. L'image de l'abîme fait de Lorenzo un damné qui, pour se racheter, n'a pas d'autre choix que d'accomplir **ce meurtre qui montrera à tous les hommes qui le méprisent qui il est vraiment.** La question de **l'identité** et de **la place du moi dans le monde** est au cœur de cette tirade. Si le meurtre devait montrer à tous la vertu de Lorenzo, il devrait aussi montrer la lâcheté des hommes : libérés de leur tyran, ils vont en remettre un sur le trône.

3. La sensibilité comme mode de connaissance de soi et des autres

a. La recherche du réalisme en littérature

Le XIXe siècle apporte au lecteur un renouveau, **il n'est plus question de héros formidables** aussi éloignés dans leur quête qu'éloignés de leurs lecteurs. Le héros est désormais un ouvrier, une vendeuse, un petit bourgeois, ou encore un adolescent… proche de la vie, il en décrit les difficultés. La littérature devient le moyen de caractériser la vie intérieure d'un personnage, de dépeindre sa sensibilité. Les questions posées par les personnages sont aussi celles de leurs auteurs, de leurs lecteurs. Exprimer la sensibilité c'est à la fois parler de sentiments, de subjectivité, d'introspection, d'affinités. Le roman se propose de rendre au plus près les perceptions les plus intimes, les passions, les désirs et les doutes qui affectent l'être humain. Si la littérature devient le reflet de nos passions, elle montre aussi que ces dernières ne sont pas si simples à exprimer, ni même à percevoir parfois. La difficulté est alors de rendre visible, **de parvenir à décrypter les hésitations, les doutes et les interrogations des personnages qui nous deviennent si proches.** Les conflits sont nombreux, l'analyse psychologique des personnages est alors le moyen, la mise en place d'un début de réflexion et de réponse. Ce qui marque, c'est que ces questionnements trouvent aussi un écho dans toutes les autres formes d'art. On notera qu'à la littérature la peinture répond souvent. Ainsi, **Balzac** dans son roman *Le Chef d'œuvre inconnu,* (1832) fait dire par son personnage, le jeune peintre Nicolas Poussin, à son maître Porbus, grand peintre qu'il vénère : *« Maître, … pour notre malheur, il est des effets vrais dans la nature qui ne sont plus probables sur la toile –* ***La mission de l'art n'est pas de copier la nature, mais de l'exprimer !*** *Tu n'es pas un vil copiste mais un poète »*. Ce que nous prouve ici Balzac c'est que la mission de la littérature et de l'art en général, ce n'est pas d'imiter la nature mais de l'expliquer ; c'est parler de l'homme, afin d'en saisir sa vérité, c'est-à-dire savoir à la fois donner une idée de ce qu'est le modèle tout en parvenant aussi à expliquer, par le travail rendu par l'artiste.

On comprend donc que **la perception est subjective,** mais le regard porté sur les passions par le **Réalisme** questionne l'existence de l'homme et interroge sa relation au monde. Comment alors l'œuvre peut-elle transcrire cette relation ? C'est la mise en place d'un travail minutieux, d'un examen sur la nature humaine que l'auteur, de manière quasi scientifique, rendra compte, au travers de ses personnages, de la **complexité de la nature humaine**. Le XIXe siècle met en place un univers réel, familier que décriront les romans réalistes et naturalistes. Ainsi la Révolution industrielle, les mutations sociales, les sentiments moraux sont pour les auteurs tels Zola ou encore Maupassant le moyen de mettre en relation sensibilité et intelligence. L'art et la création en général, sont les vecteurs de cette description du monde et sans doute aussi de l'expérience qu'on en fait. Le naturalisme, l'impressionnisme, seront l'expression de cette recherche, de cette **quête de vérité**.

Zoom notion

Le naturalisme d'Émile Zola (1840-1902)
(comment la science peut expliquer la nature humaine, comment l'écriture peut en être le vecteur)

Écrire au plus près des sentiments, c'est ce que Zola nous explique dans son *Roman expérimental*. Il écrira en 1893, « sans doute sommes-nous loin ici des certitudes de la chimie et même de la physique. [Nous ne connaissons point encore les réactifs qui décomposent les passions et qui permettent de les analyser] (...) il est indéniable que **le roman naturaliste**, tel que nous le comprenons à cette heure, **est une expérience véritable** que le romancier fait sur l'homme, en s'aidant de l'observation. »

La fin du XIXe donne à lire une peinture du réel et tente d'en donner une explication, le romancier donne à voir une **évolution sociale et psychologique du personnage**, façonné par son milieu et ses origines.

b. Comment traduire au mieux la pensée ?

Si les écrivains réalistes et naturalistes cherchent à transposer le réel en décrivant de manière exacte les actions et pensées de leurs personnages, la fin du XIXe siècle va voir la naissance de deux procédés proches l'un de l'autre : **le monologue intérieur autonome** et ce que l'on va nommer **le flux de conscience** (*stream of consciousness* en Angleterre.)

Le monologue intérieur autonome est inventé par Édouard Dujardin, en 1887, dans une nouvelle intitulée *Les Lauriers sont coupés*.

Document Édouard Dujardin, *Les lauriers sont coupés* (1887)

... Et c'est l'heure ; l'heure ? six heures ; à cette horloge six heures, l'heure attendue. La maison où je dois entrer : où je trouverai quelqu'un ; la maison ; le vestibule ; entrons. Le soir tombe ; l'air est bon ; il y a une gaîté en l'air. L'escalier ; les premières marches. Ce garçon sera encore chez soi ; si, par un hasard, il était sorti avant l'heure ? ce lui arrive quelques fois ; je veux pourtant lui conter ma journée d'aujourd'hui. Le palier du premier étage ; l'escalier large et clair ; les fenêtres. Je lui ai confié, à ce brave ami, mon histoire amoureuse. Quelle bonne soirée encore j'aurai ! Enfin il ne se moquera plus de moi. Quelle délicieuse soirée ce va être ! Pourquoi le tapis de l'escalier est-il tourné en ce coin ? ce fait sur le rouge montant une tache grise, sur le rouge qui de marche en marche monte. Le second étage ; la porte à gauche ; « Étude ». Pourvu qu'il ne soit pas sorti ; où courir le trouver ? tant pis, j'irais au boulevard. Vivement entrons. La salle de l'Étude.

Le lecteur est directement plongé dans les pensées du locuteur. Aucune pensée ne lui est inconnue. Il entend ses craintes – peut-être le garçon est-il sorti plus tôt – et chemine avec lui dans la maison, passant ainsi du rez-de-chaussée au premier étage d'où il se dirige à la salle d'études. Tout au long de la nouvelle, nous suivons les pensées du locuteur, entendons ses conversations. En apprenant à le connaître, en accédant ainsi à sa sensibilité, faite d'interrogations, d'hésitations, nous relevons des faits universels, **nous pouvons nous reconnaître**. Le monologue intérieur est qualifié d'**autonome** car il **n'a nul besoin de récit introductif**, de cadre narratif. La critique Dorrit Cohn parle de « psycho-récit » à propos du monologue intérieur autonome : ce dernier nous fait entrer dans la psyché du personnage et semble le meilleur medium pour accéder à ce qui serait la conscience du personnage. Édouard Dujardin, dans *le Monologue intérieur*, écrira en 1931 : « Il a pour objet d'évoquer **le flux ininterrompu des pensées** qui traversent l'âme du personnage au fur et à mesure qu'elles naissent sans en expliquer l'enchaînement logique. » De ce fait, les phrases utilisées sont courtes, parfois elliptiques.

Le monologue intérieur autonome donne rapidement naissance au **« flux de conscience »**, théorisé par le philosophe William James. Les auteurs cherchent à traduire au mieux tout ce qui peut traverser la conscience du personnage. Les **associations d'idées** dominent, au détriment de la cohérence narrative ou encore de la logique. Certains écrivains qui utilisent cette technique en viennent à supprimer la ponctuation, comme le fait James Joyce dans *Ulysse* (1922). Les pensées sont à demi-formées dans le flux de conscience, elles le sont davantage dans le monologue intérieur autonome.

C. Qu'est-ce que le « moi » ? Peut-on le capturer dans l'écriture ?

Même si différentes techniques narratives, comme le monologue intérieur autonome, permettent aux auteurs qui les utilisent de rendre compte des pensées et émotions de leurs personnages, leur pouvoir reste néanmoins limité et paradoxalement il semble plus difficile encore de tenter de d**ire les mystères de sa propre vie intérieure.** La première difficulté dans cette entreprise de dévoilement est bien de savoir exactement **de quel moi l'on parle**. Qu'est-ce que le moi ? Peut-on en parler au singulier ? Ne sommes-nous pas plutôt une succession, une multitude de « moi » ? (nous reviendrons plus en détail sur ces difficultés dans le chapitre suivant sur les métamorphoses du moi). Dès l'antiquité le précepte socratique inscrit au frontispice du temple de Delphes **« Connais-toi toi-même »**, perçu comme l'un des fondements de la sagesse, rappelle la difficulté de cerner ce « moi ». La question de l'identité est au cœur de l'œuvre de **Saint-Augustin**, Romain d'Afrique du Nord, converti au christianisme en 386, avant de devenir évêque d'Hippone en 395.

Zoom auteur

Saint-Augustin

Philosophe et théologien chrétien romain, né en 354 et mort en 430. Il se convertit au christianisme en 386, devient évêque d'Hippone et entame une œuvre majeure d'établissement et de défense de la doctrine chrétienne. Parmi ses œuvres les plus importantes : *Les Confessions*, *La Cité de Dieu* et *De la Trinité*.

Seul Dieu peut selon lui éclairer l'âme de l'homme, ce dernier ne pouvant se connaître pleinement. **La connaissance de soi est d'autant plus difficile selon Saint Augustin que le moi est multiple, changeant** : « Et comment se peut il donc faire qu'il y ait une aussi grande différence entre moi-même et moi-même, comme il y en a entre ce moment auquel je m'endors, et celui auquel je m'éveille ? », question qu'il adresse à Dieu dans son ouvrage *Confessions*, X, IVe siècle, trad. A. D'Andilly, Belles Lettres, 2009. Plusieurs siècles plus tard, **Rousseau** lui aussi a recours à l'introspection, suivant son illustre modèle, dans un ouvrage au titre évocateur : *Les Confessions*. À la question « Qui suis-je ? », qu'il pose dès le premier livre, la réponse est instantanée : « Je sens mon cœur ». Pour Jean-Jacques, **la connaissance de soi est intuitive** et lui permet de dire à la fois sa complexité, sa singularité et son humanité. Cette connaissance de soi passe chez lui par le dévoilement de son intimité, depuis sa naissance, pour rendre compte de tout ce qui le constitue, le bien comme le mal, à travers des épisodes déterminants de son évolution. Le retour à l'enfance est souvent le recours des écrivains qui désirent comprendre qui ils sont. À partir de la fin du XIXe siècle, les travaux de **Freud** contribuent à révolutionner la vision du « moi ». La psychanalyse attribue un rôle déterminant à **l'enfance** dans l'évolution d'une personnalité. De nouvelles formes narratives proposent une nouvelle approche de la psychologie et de l'analyse du moi s'appuyant sur les recherches philosophiques et psychanalytiques. Au « **Je est un autre** » clamé dès 1871 par le poète Arthur **Rimbaud** dans « Lettre à Georges Izambard », *Poésies*, qui pose comme une nécessité l'invention d'un nouveau langage par le poète voyant, répondent, en écho amplifié, d'autres poètes conscients de la multiplicité du « moi » et désireux de l'exprimer. Tel le « moi » surréaliste dont André Breton souhaite la pleine expression grâce à une imagination enfin laissée totalement libre et sans limite. Loin de cette liberté poétique individuelle revendiquée, l'être social est la plupart du temps dans sa vie quotidienne confronté à l'autre et à ses codes, à son regard et cela dès l'enfance. Comment dès lors être sûr que ce que nous faisons, disons, est bien conforme à ce que nous sommes ? C'est l'analyse que propose Jean-Paul **Sartre** de lui-même : dans *Les Mots* (1964) il évoque avec beaucoup d'ironie l'imposture dans laquelle il a vécu pour plaire aux adultes qui l'élevaient, son grand-père notamment : « Je me couchais sur le ventre, face aux fenêtres, un livre ouvert devant moi, un verre d'eau rougie à ma droite, à ma gauche, sur une assiette, une tartine de confiture. Jusque dans la solitude j'étais en **représentation** [...] Derrière moi, la porte s'ouvrait, on venait voir "ce que je fabriquais" : je truquais, je me relevais d'un bond, je remettais Musset à sa place et j'allais aussitôt, dressé sur la pointe des pieds, les bras levés, prendre le pesant Corneille. » Méfiance donc par rapport à cet enfant devenu écrivain. Méfiance aussi de certains quant à notre capacité à partager l'intime, à le dire, à l'écrire. Certains auteurs s'interrogent au sein même de leur œuvre sur leur entreprise. En particulier Nathalie **Sarraute**, aussi méfiante face au risque de **souvenirs préfabriqués** qu'à l'égard des analyses psychologiques, qui détruisent selon elle la diversité du « moi ». Dès les premières pages de son autobiographie, le lecteur découvre le dialogue entre la voix de la narratrice affirmant sa détermination et une autre voix, plus critique qui met en garde contre le projet et ses limites : « Alors, tu vas vraiment faire ça ? Évoquer tes souvenirs d'enfance [...] comme ces mots te gênent, tu ne les aimes pas [...] Nombreuses sont les tentatives littéraires au XXe siècle pour questionner, exprimer la complexité de l'identité et tenter de partager ce « moi » multiple et polymorphe.

Fiche méthode

Méthodologie de l'épreuve du grand oral

Durée : 20 minutes

Préparation : 20 minutes

Coefficient : 10

L'épreuve orale terminale est l'une des cinq épreuves terminales de l'examen du baccalauréat.

I. Finalité de l'épreuve

L'épreuve permet au candidat de montrer sa capacité à prendre la parole en public de façon claire et convaincante. Elle lui permet aussi de mettre les savoirs qu'il a acquis, particulièrement dans ses enseignements de spécialité, au service d'une argumentation, et de montrer comment ces savoirs ont nourri son projet de poursuite d'études, voire son projet professionnel.

II. Évaluation de l'épreuve

L'épreuve est notée sur 20 points.

Le jury valorise la solidité des connaissances du candidat, sa capacité à argumenter et à relier les savoirs, son esprit critique, la précision de son expression, la clarté de son propos, son engagement dans sa parole, sa force de conviction. Il peut s'appuyer sur la grille indicative de l'annexe.

III. Format et déroulement de l'épreuve

L'épreuve, d'une durée totale de 20 minutes, se déroule en trois temps :

Premier temps : présentation d'une question (5 minutes)

Au début de l'épreuve, le candidat présente au jury deux questions.

Ces questions portent sur les deux enseignements de spécialité soit pris isolément, soit abordés de manière transversale. Elles mettent en lumière un des grands enjeux du ou des programmes de ces enseignements. Elles sont adossées à tout ou partie du programme du cycle terminal. Pour les candidats scolarisés, elles ont été élaborées et préparées par le candidat avec ses professeurs et, s'il le souhaite, avec d'autres élèves.

Les questions sont transmises au jury, par le candidat, sur une feuille signée par les professeurs des enseignements de spécialité du candidat et portant le cachet de son établissement d'origine.

Le jury choisit une des deux questions. Le candidat dispose de 20 minutes de préparation pour mettre en ordre ses idées et réaliser, s'il le souhaite, un support qu'il remettra au jury sur une feuille qui lui est fournie. Ce support ne fait pas l'objet d'une évaluation. **L'exposé du candidat se fait sans accès à ses notes**.

Le candidat explique pourquoi il a choisi de préparer cette question pendant sa formation, puis il la développe et y répond.

Le jury évalue les capacités argumentatives et les qualités oratoires du candidat.

Deuxième temps : échange avec le candidat (10 minutes)

Le jury interroge ensuite le candidat pour l'amener à préciser et à approfondir sa pensée. Il peut interroger le candidat sur toute partie du programme du cycle terminal de ses enseignements de spécialité et évaluer ainsi la solidité des connaissances et les capacités argumentatives du candidat.

Troisième temps : échange sur le projet d'orientation du candidat (5 minutes)

Le candidat explique en quoi la question traitée éclaire son projet de poursuite d'études, voire son projet professionnel. Il expose les différentes étapes de la maturation de son projet (rencontres, engagements, stages, mobilité internationale, intérêt pour les enseignements communs, choix de ses spécialités, etc.) et la manière dont il souhaite le mener après le baccalauréat.

Le jury mesure la capacité du candidat à conduire et exprimer une réflexion personnelle témoignant de sa curiosité intellectuelle et de son aptitude à exprimer ses motivations.

Le candidat effectue sa présentation du premier temps debout, sauf aménagements pour les candidats à besoins spécifiques. Pour les deuxième et troisième temps de l'épreuve, le candidat est assis ou debout selon son choix.

Si la question traitée concerne l'enseignement de spécialité langues, littératures et cultures étrangères et régionales, chacun des deux premiers temps de l'épreuve orale terminale peut se dérouler, en partie, dans la langue vivante concernée par l'enseignement de spécialité, selon le choix du candidat.

Les candidats individuels ou les candidats issus des établissements scolaires privés hors contrat présentent l'épreuve orale terminale dans les mêmes conditions que les candidats scolaires. Le document précisant les questions présentées par le candidat à destination du jury est alors constitué par le candidat lui-même, en conformité avec le cadre défini pour les candidats scolaires.

IV. Composition du jury

Le jury est composé de **deux professeurs de disciplines différentes**, dont l'un représente l'un des deux enseignements de spécialité du candidat et l'autre représente l'autre enseignement de spécialité ou l'un des enseignements communs, ou est professeur-documentaliste.

Comment préparer le premier temps de l'épreuve, la première partie du Grand Oral ?

Définir son projet

Pour définir un sujet vous devez vous questionner simplement par rapport à vos deux spécialités : un aspect de vos spécialités attise-t-il plus particulièrement votre intérêt ? Avez-vous fait un lien entre un cours de spécialité et un projet associatif ou professionnel vous concernant ? Avez-vous envie d'approfondir un lien suscitant votre intérêt entre deux spécialités ?

Attention Sans vous enfermer, cette question vous oblige à vous positionner en tant que futur étudiant ou futur professionnel.

Construire sa question

Attention Quelle que soit la question que vous poserez au jury elle devra être problématisée, c'est-à-dire, poser un problème qui appelle une réponse construite et argumentée. Il s'agit de montrer pourquoi votre question se pose et quelle(s) difficulté(s) elle soulève : qu'est-ce qui fait sa complexité et son intérêt ?

1. Identifiez une question pertinente pour la ou les spécialités choisies. Ne pas reprendre une question de cours telle quelle. **Choisir un sujet qui ait vraiment du sens pour vous et qui puisse être mis en relation avec votre projet d'études et/ou votre orientation professionnelle.**
2. Posez une question qui invite vraiment à réfléchir par soi-même et formulez-la en un énoncé à la fois simple, explicite et clair. Vous aurez la liberté de le préciser au cours de votre travail, au fil des séances. Trouvez une formulation précise, capable d'alimenter la discussion avec le jury.

Pour les sujets croisés :

1. Identifiez vous-même les points de convergence entre vos deux spécialités.
2. Formulez une question qui soit claire pour les deux spécialités.
3. Vérifiez que cette question sera bien traitée grâce à des connaissances dans les deux spécialités.

Préparer sa présentation

Étape fondamentale où se joue l'essentiel de votre Grand Oral : plus et mieux vous travaillerez en amont dans l'année, plus vous gagnerez en sérénité et efficacité le jour J.

1. Se documenter : en plus du cours, de nombreuses ressources sont à votre disposition : ouvrages spécialisés, romans, essais, articles de presse, internet, expériences, effectuer un sondage, interroger des spécialistes...
   - constituer une bibliographie/sitographie.
   - prendre des notes et faire des fiches.
   - faire le point : recenser des arguments, des idées, récapituler, trier, mémoriser.
2. Reliez vos recherches à votre question : comment celles-ci nourrissent-elles votre réflexion ?
   - Rassemblez vos idées et hiérarchisez-les.
   - Organisez vos idées en les regroupant par axe, en vérifiant que les axes se distinguent bien les uns des autres. Choisissez dans quel ordre les présenter : par exemple de l'idée la moins importante à la plus importante, ou dans un ordre chronologique, ou problèmes puis solutions, ou approche dialectique, concessive. Le plan choisi dépendra bien sûr de la façon dont vous formulerez votre question.
   - Répartissez références et exemples entre ces différents axes (Vous pouvez en garder pour l'échange avec le jury).
   - Pensez à utiliser les connecteurs logiques.

Préparer son support pour le jury

Si vous voulez présenter un support au jury, cela s'anticipe, il faut donc le préparer dans l'année, car vous devrez le recomposer durant les 20 minutes de préparation où vous devrez aussi et surtout retrouver l'essentiel de vos idées et de votre présentation, avant de passer sans note devant le jury. **Le support ne doit pas vous pénaliser en vous faisant perdre du temps. Il n'est ni obligatoire ni évalué.**

- Limitez le mémo à un recto de feuille
- Présentez une vision globale de la question traitée, par exemple au moyen d'une carte mentale, d'un schéma, avec mots-clés et idées importantes.
- Vous pouvez présenter un élément plus précis qui aide à comprendre une partie de votre présentation par exemple un graphique, un croquis, une frise...
- Dans tous les cas il faut que ce support soit bien présenté (propre, clair) et apporte quelque chose au jury.

V. Exemple de question HLP/SES: L'éducation conduit-elle toujours à l'émancipation?

Le travail qui suit est un exemple de réflexion argumentée que l'élève élabore et affine durant son année scolaire, au gré de ses recherches et de ses réflexions, afin de pouvoir être à l'aise devant le jury le jour J. Ce jour-là, la présentation se fera sans note, debout devant le jury.

Vous aurez cependant 20 minutes avant votre passage pour reprendre votre sujet, noter vos idées, vos arguments, retrouver le cheminement de votre réflexion, en vous concentrant sur l'essentiel ; plus la réflexion aura été travaillée, structurée, sauvegardée rédigée ou enregistrée durant l'année, plus vous parviendrez à retrouver l'essentiel de ce que vous souhaitez dire.

Préparez votre réponse en suivant les étapes traditionnelles de l'éloquence (exorde, narration, confirmation, réfutation, péroraison). Cela vous permettra de ne pas vous éparpiller face au jury et de rendre votre discours convaincant et persuasif.

Il faut compter que l'on prononce entre 100 et 150 mots par minute.

Quelques précisions ont été apportées entre parenthèses pour vous permettre de repérer les étapes de l'introduction. La dimension orale du discours ne doit jamais être oubliée. Ton, geste, regard, élocution feront partie des critères d'évaluation. Les phrases rédigées ici sont en moyenne plus longues

que celles que vous noterez pour votre propre présentation. Il est possible aussi de ne pas citer tous les exemples. Vous pouvez en garder certains pour l'échange avec le jury dans le deuxième temps de l'épreuve.

Exorde/Introduction (une introduction de 1 min 30 contiendra entre 300 et 450 mots)

« Éducation – Émancipation » **(ton ferme et un peu solennel)** La deuxième semble être la promesse de la première : se laisser conduire et guider vers l'affranchissement loin de la main du maître, telle serait la proposition de l'éducation « **Discipline, règlement, devoirs à rendre, sanction, obéissance, obligations, respect de l'autorité... » diraient peut-être davantage les élèves à qui l'on demanderait ce qu'évoque pour eux l'éducation. Heureusement l'école est là pour leur apprendre la chance qu'ils ont ! (susciter l'intérêt du jury par le paradoxe).**

L'éducation conduit-elle toujours à l'émancipation ? (énoncé du sujet)

Telle est la question que je me pose. Les spécialités Humanités et SES m'ont permis de réfléchir à l'éducation comme une chance, peut-être plus fragile et menacée que je ne le pensais, d'accéder à l'autonomie. (explication de mon choix)

Éducation et émancipation sonnent souvent comme les deux piliers d'un idéal. Mais qu'en est-il exactement ? **Nous verrons tout d'abord en quoi l'éducation est un des plus sûrs chemins vers l'émancipation, puis les nombreux obstacles dressés sur ce parcours, enfin la vigilance indispensable pour favoriser et préserver toutes les chances pour tous d'arriver à destination. (annonce du plan qui va être suivi)**

Narration/**Confirmation/**Réfutation **(qui peut être aussi simplement le développement de l'argumentation comme ici)**

1. **Certes l'éducation est un des plus sûrs chemins vers l'émancipation**
   - **Dès le XVIe siècle** importance accordée à l'éducation comme **émancipation** chez les humanistes. **Rabelais** propose à travers l'histoire du géant Gargantua et de son éducation une formation idéale, ambitieuse, où **l'élève échange avec le maître**, questionne, développe ses connaissances dans tous les domaines ainsi que son **esprit critique**. **Montaigne** prône les vertus d'une « tête bien faite plutôt que bien pleine » dans le chapitre « De l'institution des enfants » du premier livre des *Essais* (1580). L'éducation doit être libérée des pédants, des apprentissages pesants et trop abstraits. **La valeur individuelle de l'être humain et son accomplissement en tant qu'homme doit primer sur toute forme d'éducation trop contraignante. L'éducation prônée par les humanistes est entre autres une émancipation de la scolastique.**

– Puis Au-delà des élites auxquelles s'adressent les humanistes, au XVIIIe siècle l'instruction est pour les Lumières la condition de l'émancipation de tout homme et la **voie vers le progrès et l'autonomie. Condorcet** dans *Esquisse d'un tableau historique des progrès de l'esprit humain* (1795) : **« On peut instruire la masse entière d'un peuple de tout ce que chaque homme a besoin pour (...) connaître ses droits, les défendre et les exercer... »**. Au XIXe l'éducation est considérée comme émancipation au sens propre chez **Victor Hugo** dans la mesure où elle, et l'école en particulier, permet l'intégration sociale et peut donc réduire la misère et éviter le bagne à plus d'un homme : **« Chaque enfant qu'on enseigne est un homme qu'on gagne (...) L'ignorance est la nuit qui commence l'abîme »** *Les Quatre vents de l'esprit* (1881). Les **lois Jules Ferry** sur l'**école** primaire en France, votées en 1881-1882 sous la Troisième République, **rendent l'école gratuite et l'instruction primaire obligatoire.**
– Enfin **l'école peut être le lieu de découverte d'un autre monde, d'un enseignement qui donne accès à ce que le milieu familial ne permettait pas.** Émancipation que certains vivent comme un tournant capital dans leur vie, qui sans l'école aurait été totalement différente. **Bel hommage d'Albert Camus, à son maître Monsieur Germain.** Joie de l'enrichissement intellectuel et des découvertes, mêlée à la difficulté de vivre l'émancipation qui confère l'autonomie, mais au prix d'une distance entre l'étudiante et les parents, petits commerçants, chez **Annie Ernaux *La Place* (1983)**

2. **Mais l'éducation n'est pas toujours la garantie de l'émancipation pour tous et toutes**
   – En effet on a souvent reproché au **système éducatif** sa **rigidité** quand il ne tient pas compte des personnalités, des individus et souhaite les faire entrer dans un moule. **Jules Vallès** au XIXe siècle dans sa trilogie et en particulier *L'Enfant (*1884) **; « Le cancre »** chez **Jacques Prévert** ou **Daniel Pennac**, symbole de l'école qui exclut ceux qui ne se conforment pas au système. Autre exemple, le film *Le Cercle des poètes disparus* (1989), Peter Weir : dans une académie américaine où étudient de brillants jeunes gens l'arrivée d'un professeur de lettres original va bouleverser leur vie. Il va les inciter à refuser les règles et à vivre pleinement
   – D'ailleurs des voix se sont élevées **dès le XIXe siècle** pour alerter sur les dangers d'**une éducation trop uniforme et normative qui empêcherait l'émancipation.** Alexis de **Tocqueville** affirme dans *De la démocratie en Amérique* (1835) : **« L'uniformité règne dans les études comme dans tout le reste ; la diversité comme la liberté en disparaissent chaque jour. » L'école serait ainsi le lieu de la reproduction de la hiérarchie et des inégalités** et l'éducation vue comme un des moyens mis en œuvre

par l'État pour assurer la reproduction des conditions de l'exploitation selon Marx. Il la caractérise ainsi comme « **la force spirituelle de la répression ».** Dans la seconde moitié du XXe siècle, méfiance aussi chez Foucault : **il** attire l'attention sur le fait que l'**école est selon lui trop normative et** sur le **pouvoir inhérent à la position de l'enseignant par rapport à l'élève. Les sociologues Pierre Bourdieu et Jean-Claude Passeron publient en 1964 *Les Héritiers. Les étudiants et la culture.* École présentée comme une institution reproduisant les inégalités et l'ordre établi. De plus,** inégalités entre jeunes filles et jeunes gens soulignée. Difficile de contester le rôle de la socialisation familiale dans la production des inégalités scolaires. Des études récentes en précisent clairement les conséquences de nos jours **Ex. L. Frouillou et R. Bodin, « A l'école, tu bosses tu réussis ? » *Manuel indocile de sciences sociales*, La Découverte, 2019**

- Enfin **l'éducation sous influence peut être une forte entrave à l'émancipation : l'influence des parents** est prépondérante et leurs choix au sujet de l'éducation à dispenser aux enfants ont des conséquences souvent déterminantes sur leurs apprentissages jusqu'à entrer parfois en conflit avec leur émancipation. Exemple **Simone de Beauvoir évoquant ses souvenirs de « jeune fille rangée »** : souffrance par rapport aux valeurs de son milieu social, **en tant que jeune fille qui fait des études** ; CF **aussi en SES « comment les stratégies familiales influencent-elles la réussite scolaire ? »** // cf. Autre exemple d'entrave à l'émancipation : **un pouvoir politique totalitaire pour qui l'éducation repose sur la propagande,** à l'opposé de toute émancipation. Tel est le cas de la Chine à l'époque de la révolution culturelle lancée par Mao Zedong. Dai Sijie raconte dans son roman autobiographique *Balzac et la petite tailleuse chinoise* (2000) l'histoire de deux amis, Luo et Ma, qui en 1971 sont envoyés en rééducation car ils sont considérés comme des « intellectuels ».

3. **Vigilance, lutte contre les préjugés et rigueur sont indispensables pour garantir une émancipation précieuse et souvent menacée**

- Tout d'abord, accepter la contrainte de la discipline en connaissance de cause tout en exerçant son **esprit critique** pour garder toujours son **autonomie**. L'**émancipation** passe par la discipline de l'apprentissage. La discipline, la contrainte peut être libératrice. **Pour Kant l'éducation doit rendre l'élève autonome en passant par la contrainte de la discipline.** Au sujet de l'élève « il faut lui prouver que la contrainte qu'on lui impose a pour but de lui apprendre à faire usage de sa propre liberté, qu'on le cultive afin qu'il puisse un jour être libre, c'est-à-dire se passer du secours d'autrui. » *Traité de pédagogie*, (1803)

- **Ensuite, intensifier et poursuivre sans cesse les efforts pour que l'école de la république atteigne son but : former des citoyens d'une société démocratique**. Cf. image de l'ascenseur social à partir des années 60 // l'école de la Troisième République qui n'était pas celle de l'égalité des chances. Cf. François DUBET, « Égalité des chances scolaires : le paradoxe français », Après-demain 2016/2 (N° 38, NF), avril 2016. Comment **renforcer l'égalité des chances pour une éducation qui conduise vraiment vers l'émancipation** ? Préoccupation toujours actuelle des enseignants, des éducateurs, des philosophes, sociologues… Réflexion encore réactivée à l'occasion de la pandémie et de l'enseignement à distance.
- Enfin, veiller encore et toujours à l'émancipation de tous quel que soit le milieu auquel il appartient mais aussi quel que soit son genre. **L'émancipation féminine**, à la maison, à l'école, au travail, dans tous les domaines **est loin d'être acquise** encore à notre époque. Longtemps maintenues dans l'ignorance, les filles ont même été les victimes de l'éducation. Conditionnées par leur éducation à s'occuper essentiellement des tâches domestiques, leur émancipation du père ne les conduisait qu'à vivre sous la coupe d'un mari. Simone de Beauvoir a contribué au mouvement de libération de la femme avec son essai *Le Deuxième sexe* paru en 1949 : « Souvent le fait de gagner sa vie elle-même lui semble un assez grand mérite. (…) Il lui semble avoir assez fait dès qu'elle choisit de faire quelque chose. "Pour une femme, ce n'est déjà pas si mal." » Des mouvements féministes, des années de lutte, ont permis une évolution. De nos jours l'éducation prend davantage en compte la situation des filles, des femmes mais des inégalités persistent à l'école, à la maison, dans la vie professionnelle, dans la société.

(Un développement de 3 minutes contiendra entre 300 et 450 mots)

Péroraison/Conclusion (Une conclusion de 45 secondes contiendra entre 75 et 110 mots

Il est clair que l'éducation vise à l'émancipation mais, malheureusement, atteindre ce but pour toutes et tous est encore un idéal. Nombreux sont celles et ceux qui continuent à y croire et à tout mettre en œuvre pour que l'éducation donne à toutes et tous les mêmes chances, ou en tout cas diminue les inégalités. La transmission est sans cesse interrogée, pensée dans ses modalités, ses enjeux et ses valeurs. **(résumé des idées principales)**

Poursuivons la route vers une éducation moderne qui ne sacrifie rien à la justice sociale ni à l'équité ! **(ouverture)**

(la façon de dire cette dernière phrase doit faire comprendre au jury que vous avez terminé ; ne dites surtout pas : « voilà j'ai fini ! »)

Sujet corrigé

Question d'interprétation littéraire

↳ Comment s'exprime la sensibilité de Des Esseintes ?

Document Huysmans, *À Rebours* (1884)

*Des Esseintes, le héros dandy d'*À Rebours*, est un esthète. Il s'enferme dans sa demeure aux alentours de Paris et se construit un univers dans lequel il entend recueillir la beauté, allant de ce fait à rebours de son époque, qu'il juge vulgaire. Cette œuvre fait partie du mouvement littéraire du décadentisme, mouvement qui rejette le naturalisme de Zola et qui est en quête d'un style raffiné.*

« En même temps que s'appointait son désir de se soustraire à une haïssable époque d'indignes muflements, le besoin de ne plus voir de tableaux représentant l'effigie humaine tâchant à Paris entre quatre murs, ou errant en quête d'argent par les rues, était devenu pour lui plus despotique.

Après s'être désintéressé de l'existence contemporaine, il avait résolu de ne pas introduire dans sa cellule des larves de répugnances ou de regrets, aussi, avait-il voulu une peinture subtile, exquise, baignant dans un rêve ancien, dans une corruption antique, loin de nos mœurs, loin de nos jours.

Il avait voulu, pour la délectation de son esprit et la joie de ses yeux, quelques œuvres suggestives le jetant dans un monde inconnu, lui dévoilant les traces de nouvelles conjectures, lui ébranlant le système nerveux par d'érudites hystéries, par des cauchemars compliqués, par des visions nonchalantes et atroces. Entre tous, un artiste existait dont le talent le ravissait en de longs transports, Gustave Moreau. Il avait acquis ces deux chefs-d'œuvre et, pendant des nuits, il rêvait devant l'un d'eux, le tableau de la Salomé, ainsi conçu : Un trône se dressait, pareil au maître-autel d'une cathédrale, sous d'innombrables voûtes jaillissant de colonnes trapues ainsi que des piliers romans, émaillées de briques polychromes, serties de mosaïques, incrustées de lapis et de sardoines, dans un palais semblable à une basilique d'une architecture tout à la fois musulmane et byzantine. Au centre du tabernacle surmontant l'autel précédé de marches en forme de demi-vasques, le Tétrarque Hérode était assis, coiffé d'une tiare, les jambes rapprochées, les mains sur les genoux.

La figure était jaune, parcheminée, annelée de rides, décimée par l'âge ; sa longue barbe flottait comme un nuage blanc sur les étoiles en pierreries qui constellaient la robe d'orfroi plaquée sur sa poitrine.

Autour de cette statue, immobile, figée dans une pose hiératique de dieu Hindou, des parfums brûlaient, dégorgeant des nuées de vapeurs que trouaient, de même que des yeux phosphores de bêtes, les feux des pierres enchâssées dans les parois du trône ; puis la vapeur montait, se déroulait sous les arcades où la fumée bleue se mêlait à la poudre d'or des grands rayons de jour, tombés des dômes.

Dans l'odeur perverse des parfums, dans l'atmosphère surchauffée de cette église, Salomé, le bras gauche étendu, en un geste de commandement, le bras droit replié, tenant, à la hauteur du visage, un grand lotus, s'avance lentement sur les pointes, aux accords d'une guitare dont une femme accroupie pince les cordes. La face recueillie, solennelle, presque auguste, elle commence la lubrique danse qui doit réveiller les sens assoupis du vieil Hérode ; ses seins ondulent et, au frottement de ses colliers qui tourbillonnent, leurs bouts se dressent ; sur la moiteur de sa peau les diamants, attachés, scintillent ; ses bracelets, ses ceintures, ses bagues, crachent des étincelles »

La sensibilité de l'homme le conduit à ressentir diverses émotions face au monde qui l'entoure et face à l'Art. Ainsi, le personnage de Des Esseintes, dans *À Rebours* de Huysmans, exprime sa sensibilité de façon double : d'une part, il adopte une posture de rejet du monde contemporain, d'autre part il développe une forme de fascination pour l'Antiquité. Si cette fascination se veut à rebours du goût de ses contemporains pour la modernité en pleine révolution industrielle, elle reçoit tout de même un écho dans les œuvres picturales d'artistes comme Gustave Moreau. C'est dire que le **décadentisme** de Des Esseintes peut paradoxalement être partagé. D'ailleurs, tout est fait dans l'écriture de Huysmans pour nous pousser à ressentir ce que ressent le personnage. Nous verrons comment s'exprime sa sensibilité.

Pour cela, nous chercherons d'abord à mettre en avant la façon dont est décrit le dégoût de Des Esseintes pour le monde contemporain. Nous montrerons ensuite que le choix par Huysmans de l'ekphrasis permet de nous faire partager au mieux la fascination de Des Esseintes pour la figure antique de Salomé.

La sensibilité de Des Esseintes le conduit à **rejeter de façon virulente le monde qui l'entoure**. Huysmans a choisi d'adopter **la focalisation interne** : nous pouvons ainsi partager les émotions, les sentiments, les sensations du personnage. Rapidement, nous nous rendons compte que Des Esseintes porte un regard **péjoratif** sur son époque qu'il qualifie d'« haïssable ». Elle serait marquée par « d'indignes muflements ». « Muflements » est un néologisme qui dérive de « mufle », substantif qui désigne de façon métaphorique un homme grossier. On comprend donc que les « indignes muflements » du siècle de Des Esseintes sont des grossièretés, des **vulgarités**. En tant qu'esthète, il ne peut que les rejeter. Ces choses vulgaires semblent se confondre avec des **œuvres picturales réalistes** puisque le narrateur évoque « l'effigie humaine » au travail ou, par antithèse, en train de mendier peut-être. Soit l'homme est aliéné par son travail (la tâche à accomplir) « entre quatre murs », complément circonstanciel de lieu qui dit bien **l'enfermement**, soit il erre « en quête d'argent par les rues », posture qui peut renvoyer soit à la mendicité soit à d'autres types de travaux (colporteurs...) Cette **misère humaine** dérange Des Esseintes. Il refuse de la voir.

De ce fait, Des Esseintes ne se procure pas de tableaux renvoyant à des « larves de répugnances ou de regrets », **périphrase métaphorique** particulièrement violente qui désigne, semble-t-il, des **tableaux réalistes susceptibles de déclencher du dégoût** ou traduisant peut-être certains regrets de l'artiste. Pour lui, **la fonction de l'art n'est pas de représenter le réel.** Le substantif « larves » est particulièrement péjoratif, traduisant une forme d'inachèvement du tableau réaliste : l'art doit aller plus loin que la simple représentation du réel, il doit le magnifier, comme nous le verrons lors de notre analyse de la façon dont Huysmans décrit le tableau de Gustave Moreau.

Des Esseintes choisit par conséquent de **se couper du monde contemporain**, comme le laisse comprendre le verbe pronominal « se soustraire ». Le verbe « désintéresser » montre bien la volonté de Des Esseintes d'aller à rebours de « l'existence contemporaine » et pour cela il va choisir de se tourner vers l'Antiquité, période « loin de nos mœurs, loin de nos jours ». La répétition de « loin » révèle la volonté du personnage d'être en rupture avec notre monde par le choix d'un « monde inconnu ». Ce dernier adjectif permet de voir que seul un monde qui échapperait à la connaissance immédiate peut déclencher la fascination.

Si Des Esseintes rejette le monde contemporain, c'est qu'il est fasciné par certaines figures antiques.

Si l'art n'est pas là pour représenter le réel, il semble avoir pour fonction de le **magnifier** de façon à déclencher de **vives émotions dans l'âme du spectateur**. Des Esseintes est à la recherche de telles émotions. Le narrateur parle d'ébranlement du « système nerveux ». Cet ébranlement est décrit avec l'aide d'un rythme ternaire : « par d'érudites hystéries, par des cauchemars compliqués, par des visions nonchalantes et atroces ». **La stimulation intellectuelle et émotionnelle passerait donc par l'érudition**, la culture dont fait montre Des Esseintes dans le choix d'un tableau reprenant l'histoire biblique de Salomé dansant devant le roi Hérode pour réclamer la tête de saint Jean-Baptiste. Elle passerait aussi par la représentation de « **cauchemars compliqués** », l'érotisme de la danse de Salomé aboutissant à la vision cauchemardesque d'une décapitation. Enfin des visions « nonchalantes et atroces » achèveraient l'ébranlement du spectateur. Tout ceci conduit à « la **délectation** » de l'esprit de Des Esseintes et à « la joie de ses yeux ». Il éprouve un bonheur certain alors qu'il contemple certaines œuvres. Le narrateur utilise d'ailleurs le mot « transports » pour décrire l'état dans lequel les œuvres de Gustave Moreau plongent Des Esseintes.

Huysmans, pour mieux nous faire partager les transports de son personnage, fait le choix de **l'ekphrasis**. La description de l'œuvre d'art devient elle-même une œuvre d'art. Cette description comporte trois aspects importants : le cadre, Hérode et Salomé**. Le cadre spatial** dans lequel se trouvent les personnages du tableau est décrit de façon minutieuse, presque pointilliste, avec l'aide de **mots savants** connotant le luxe. Les briques sont qualifiées de « polychromes » (elles ont plusieurs couleurs), les mosaïques sont « incrustées de lapis et de sardoine », des pierres précieuses. Le palais se fait **lieu sacré**, du fait de la comparaison avec une « basilique ». L'orientalisme de son architecture, « musulmane et byzantine », est propice à déclencher le rêve. La sacralité du lieu est renforcée par l'utilisation du **vocabulaire de la religion**, avec les mots « autel » ou encore « tabernacle ». Les parfums et les vapeurs contribuent à la création de cette atmosphère hiératique qui dépose comme de la « poudre d'or » sur les personnages.

Au sein de ce cadre sacré se trouvent deux personnages, Hérode et Salomé. Le roi **Hérode** est assis « au centre du tabernacle », montrant ainsi quel est son statut social. Il semble en proie à l'hubris, la démesure, puisque tout est fait pour qu'il soit mis **sur le même plan qu'un dieu**, il est d'ailleurs figé « dans une pose hiératique de dieu Hindou », « les jambes rapprochées, les mains sur les genoux ». L'accent est également mis sur son âge, sa peau est « jaunie », ridée. L'hyperbole « décimée par l'âge » insiste sur les dégâts causés par le temps. Sa barbe est d'ailleurs comparée à un « nuage blanc ». Sa richesse se devine à son costume, serti de « pierreries ». Si Hérode est figé comme une statue », **Salomé, à l'inverse, prend vie.** C'est là que l'on voit quelle est la fonction de l'ekphrasis, à savoir nous faire ressentir **l'exaltation du personnage** de Des Esseintes face à ce tableau. Salomé s'anime, le tableau semble dégager « l'odeur perverse des parfums » qui vont renforcer **l'érotisme** de la scène. Salomé « s'avance lentement sur les pointes » et va pouvoir commencer la « **lubrique danse** » destinée à séduire le vieil Hérode. La description de Salomé se veut alors particulièrement sensuelle, l'accent étant mis sur ses « seins », leurs « bouts », la « moiteur de sa peau ». Sa danse devient symboliquement appel à la sexualité.

La sensibilité du personnage est communiquée au lecteur par le choix de la focalisation interne. Le dégoût de Des Esseintes pour son époque et sa représentation picturale réaliste nous sont ainsi communiqués. En tant qu'esthète, il choisit de ne contempler que des œuvres susceptibles de l'ébranler par la rupture avec son temps et par leurs choix audacieux, déclenchant fascination et cauchemars. Huysmans pour nous faire ressentir l'exaltation du personnage face à ce type d'œuvre choisit de faire une ekphrasis donnant vie au tableau. Tout est fait pour que le symbolisme du tableau soit traduit par des mots.

À rebours de son époque, Des Esseintes se coupe du monde. Sa sensibilité est loin d'être unique, puisqu'elle est partagée par un peintre qui lui est contemporain, Gustave Moreau.

Remarques sur le traitement de la question d'interprétation littéraire

- Le plan suivi est celui du texte. Il est **linéaire** mais orienté de façon à répondre à la question posée.
- Le vocabulaire d'analyse littéraire provient de la **narratologie, de la grammaire et de la stylistique.**
- Une transition a été mise entre les deux parties pour fluidifier le propos.
- Le **titre**, À rebours, a été mis au service de l'interprétation du texte.

Question de réflexion philosophique

↳ La sensibilité de l'artiste a-t-elle quelque chose de spécifique ?

Plan détaillé :

I. La sensibilité est une propriété partagée par tous les individus…

A. … qui leur permet de former des idées : l'empirisme comme courant philosophique.

B. … qui leur permet d'avoir un comportement moral en ayant de l'empathie pour ceux qui souffrent : Rousseau et l'éthique du care.

C. … qui leur permet de former des jugements esthétiques, c'est-à-dire d'apprécier ce qu'ils ressentent ou d'évaluer ce qu'ils ressentent.

II. Néanmoins, à la différence du reste des individus, la sensibilité de l'artiste lui permet de voir plus de choses dans la réalité.

A. L'artiste n'entretient pas un rapport pragmatique au réel. Il ne privilégie pas l'action utilitaire mais la contemplation.

B. Cela le rend plus sensible au caractère à la fois toujours singulier et mouvant de la réalité.

N.B. Ces deux sous-parties pourraient être traitées à l'aide des réflexions du philosophe français Henri Bergson sur la perception du réel et sur l'artiste.

III. Cette particularité de sa sensibilité se transcrit dans ses œuvres et lui permet de toucher la sensibilité des spectateurs.

A. Sa sensibilité permet à l'artiste de transcrire dans son œuvre toutes les nuances de la réalité : exemples du monologue intérieur, du flux de conscience, etc.

B. Son œuvre peut ainsi toucher la sensibilité du spectateur : exemple de Des Esseintes.

Remarques

- Le texte littéraire est exploité dans la question de réflexion philosophique.
- Les différentes parties du cours sont convoquées.

En fichant efficacement votre cours, vous aurez les outils nécessaires pour traiter les questions de réflexion.

Question d'interprétation littéraire

↳ Réalisme et Naturalisme : décrire au plus près les sentiments

Document Émile Zola, *La Bête Humaine*, 1890. Extrait du Chapitre II.

Émile Zola, théoricien du mouvement naturaliste, explore dans une grande fresque romanesque son « Histoire Naturelle et Sociale d'une famille sous le Second Empire ». La famille décrite sera celle des Rougon-Macquart. Ici Jacques Lantier, mécanicien de la locomotive La Lison, est en proie à une crise de conscience majeure. C'est son goût pour le meurtre qui sera pour Zola le moyen de développer ses théories sur l'hérédité, déjà exposées dans son *Roman Expérimental*.

Au cours d'une visite qu'il fait à sa marraine, Jacques Lantier alors qu'il se promène avec Flore, la fille de cette dernière, a essayé de la tuer. Affolé par son geste, il s'enfuit en courant à travers la campagne.

Alors, Jacques, les jambes brisées, tomba au bord de la ligne, et il éclata en sanglots convulsifs, vautré sur le ventre, la face enfoncée dans l'herbe. Mon Dieu ! il était donc revenu, ce mal abominable dont il se croyait guéri ? Voilà qu'il avait voulu la tuer, cette fille ! Tuer une femme, tuer une femme ! cela sonnait à ses oreilles, du fond de sa jeunesse, avec la fièvre grandissante, affolante du désir. Comme les autres, sous l'éveil de la puberté, rêvent d'en posséder une, lui s'était enragé à l'idée d'en tuer une. Car il ne pouvait se mentir, il avait bien pris les ciseaux pour les lui planter dans la chair, dès qu'il l'avait vue, cette chair, cette gorge, chaude et blanche. Et ce n'était point parce qu'elle résistait, non ! c'était pour le plaisir, parce qu'il en avait une envie, une envie telle, que, s'il ne s'était pas cramponné aux herbes, il serait retourné là-bas, en galopant, pour l'égorger. Elle, mon Dieu ! cette Flore qu'il avait vue grandir, cette enfant sauvage dont il venait de se sentir aimé si profondément. Ses doigts tordus entrèrent dans la terre, ses sanglots lui déchirèrent la gorge, dans un râle d'effroyable désespoir.

Pourtant, il s'efforçait de se calmer, il aurait voulu comprendre. Qu'avait-il donc de différent, lorsqu'il se comparait aux autres ? Là-bas, à Plassans, dans sa jeunesse, souvent déjà il s'était questionné. Sa mère Gervaise, il est vrai, l'avait eu très jeune, à quinze ans et demi ; mais il n'arrivait que le second, elle entrait à peine dans sa quatorzième année, lorsqu'elle était accouchée du premier, Claude ; et aucun de ses deux frères, ni Claude, ni Étienne, né plus tard, ne semblait souffrir d'une mère si enfant et d'un père gamin comme elle, ce beau Lantier, dont le mauvais cœur devait coûter à Gervaise tant de larmes. Peut-être aussi ses frères avaient-ils chacun son mal, qu'ils n'avouaient pas, l'aîné surtout qui se dévorait à vouloir être peintre, si rageusement, qu'on le disait à moitié fou de son génie. La famille n'était guère d'aplomb, beaucoup avaient une fêlure. Lui, à certaines heures, la sentait bien, cette fêlure héréditaire ; non pas qu'il fût d'une santé mauvaise, car l'appréhension et la honte de ses crises l'avaient seules maigri autrefois ; mais c'étaient, dans son être, de subites pertes d'équilibre, comme des cassures, des trous par lesquels son moi lui échappait, au milieu d'une sorte de grande fumée qui déformait tout. Il ne s'appartenait plus, il obéissait à ses muscles, à la bête enragée. Pourtant, il ne buvait pas, il se refusait même un petit verre d'eau-de-vie, ayant remarqué que la moindre goutte d'alcool le rendait fou. Et il en venait à penser qu'il payait pour les autres, les pères, les grands-pères, qui avaient bu, les générations d'ivrognes dont il était le sang gâté, un lent empoisonnement, une sauvagerie qui le ramenait avec les loups mangeurs de femmes, au fond des bois.

Question d'interprétation littéraire

↳ Comment Émile Zola fait-il de son personnage un pantin expérimental en vue d'expliquer son comportement meurtrier ?

Vers l'analyse

Dans ce roman, Émile Zola met en scène Jacques Lantier son héros, porteur d'une « fêlure héréditaire », fils de Gervaise, la boiteuse et d'Auguste Lantier, beau parleur, passionné par les femmes et paresseux. La dégénérescence est marquée pour Jacques ; à la pulsion sexuelle sera toujours associée une pulsion meurtrière, il assassinera, plus tard dans le roman, sa maîtresse. **Comment la science peut-elle expliquer la nature humaine**, et comment l'écriture peut-elle en être le vecteur ? Ce sont là les questions posées par le roman expérimental.

L'extrait nous met immédiatement en relation avec la **crise** que ressent le personnage : le présentatif « voilà » nous plonge au cœur de l'action. Ce n'est qu'après avoir bien ressenti toutes les étapes de ses pulsions, longuement détaillées, que Jacques est enfin conscient de ce qu'il s'apprêtait à faire. Le désir, la délectation à venir passent par l'énumération de la chair et de la sensation qui découlerait du meurtre. Il faut alors, on le comprend, une autre pulsion, celle du dégoût de soi, pour que Jacques enfin laisse sa proie. Le personnage se fait horreur, la morale semble être une des raisons pour lesquelles il retient son geste, « mon Dieu ! cette Flore qu'il avait vu grandir ». Il n'est qu'un **animal**, son corps le lui dit « doigts tordus », « râle effroyable » comment est-il possible de résister ? Comment peut-il seul aller contre **sa nature monstrueuse** ? Il analyse maintenant son geste, il est enfin capable de comprendre ce qu'il allait commettre. Sa fuite effrénée à travers la campagne n'est finalement que la manifestation de sa démesure. Lantier fuit pour mieux comprendre. Les causes sont **héréditaires** : sa famille est à l'origine de son mal, sa mère, ses frères, son père, aucun n'est d'aplomb, tous sont dévorés par un mal qui leur est propre : le frère aîné est « fou de son génie » ; le père a un mauvais cœur qui ne peut être à l'origine que de la perte de repères plus humains.

Par la suite, il est question d'analyser les différentes **actions qui poussent au meurtre**. Jacques Lantier n'est plus perçu comme individu particulier mais comme un **exemple**, le romancier passe du particulier Jacques, au général *il*, il en est de même pour le personnage féminin qui devient *une*, puis *cette*. Ainsi, si le personnage est objet d'une analyse, il doit être aussi le moyen de mettre en évidence *les théories du roman expérimental*. Si Lantier cherche cependant à comprendre pourquoi il est la proie de ces pulsions, les explications qu'il tente de mettre en avant laissent place à une progression dramatique.

C'est par la nature même du personnage, son déterminisme, que les tares se transmettent de génération en génération. Tel un rat de laboratoire, il semble avoir été mis en place dans un milieu et observé. Ce que veut nous démontrer le romancier c'est qu'il est, hélas, impossible d'échapper à son destin. Lantier ne cesse de rechercher les origines de son mal, il est au désespoir : énumérant les possibles causes, il en vient à la conclusion que la « faute » en est peut-être originelle ; une mère trop jeune, un père négligent, des ancêtres alcooliques. Tout reste noir et obscur pour ce pauvre Jacques, ce qui est, du reste, suggéré dès le début de l'extrait : « Jacques fuyait dans la nuit mélancolique ».

Cette nuit qui emprisonne le personnage, et transporte sur lui – par l'utilisation de l'hypallage – sa mélancolie, apparaît bien comme la représentation du destin aveugle et aveuglant auquel il est condamné.

La « fêlure héréditaire » est donc ici expliquée et définie par le héros lui-même, Jacques Lantier n'est plus maître de son destin. Il est, tel le train qu'il croise plus tôt dans le chapitre, et qui deviendra la représentation métaphorique du personnage, une « bête humaine », cette bête qui le hante et qui l'habite, mais de laquelle il ne peut se soustraire. S'il est ici question de violence c'est que sans doute Lantier est la proie d'une hérédité qui le rend bestial et monstrueux.

Question de réflexion philosophique

↳ Est-il vraiment possible de développer une connaissance des sentiments ?

Plan détaillé :

Introduction : le « vraiment » du sujet doit vous aider à voir le problème du sujet. Une *connaissance* doit en effet répondre à des exigences *d'objectivité*, c'est-à-dire de nécessité et d'universalité. Or les *sentiments* de leur côté relèvent du *subjectif*, de ce qui est *relatif* à chaque individu (vs. universel) et ne cesse de *changer* et de se *transformer* avec le temps (vs. nécessaire). Il y a donc une tension au cœur même de la formulation du sujet.

I. Connaître *ses* propres sentiments est possible.

- **A.** Grâce à la conscience de soi.
- **B.** Grâce à la mise en œuvre d'une démarche introspective.

II. Mais il s'agit néanmoins d'une tâche difficile.

- **A.** Nous ne sommes pas parfaitement transparents à nous-même : l'inconscient.

B. Nos sentiments ne cessent de changer, de se transformer, sont ambivalents, etc.

II. Une véritable connaissance des sentiments passe donc probablement par un point de vue extérieur.

A. On peut parvenir à *exprimer* ses propres sentiments, mais il est délicat de penser que cela constitue pour autant un véritable savoir. L'artiste est précisément celui qui s'efforce de suivre la transformation de ses sentiments, leur singularité, etc. pour les retranscrire dans une œuvre.

B. Mais cette expression des sentiments n'est pas pour autant une véritable connaissance. La connaissance implique l'objectivité, c'est-à-dire la nécessité et l'universalité. Or l'artiste ne prétend pas à cela quand il exprime ses sentiments.

C. Il faut donc en passer par un point de vue extérieur pour développer un savoir des sentiments, c'est-à-dire montrer qu'ils obéissent à des lois universelles et nécessaires. C'est par exemple ce que s'efforcent de faire Zola ou Goethe.

Chapitre 3

Les métamorphoses du Moi

Synthèse de cours

Méthodologie

Découvrir et comprendre le sens des mots

- **Métamorphose :** (XIVe siècle) emprunté au latin *metamorphosis* « changement de forme », transcription du grec tardif *metamorphôsis,* dérivé de *metamorphein* « se transformer ». Le mot est relevé pour la première fois en français dans le titre des poèmes mythologiques d'Ovide, *Les Métamorphoses*, qui relatent 246 fables de métamorphoses choisies dans le répertoire de la tradition grecque et dans les fables romaines. Plusieurs ouvrages antiques exposaient sous le même titre les transformations d'hommes en animaux, végétaux, sources et objets, thème mythique, probablement universel, en tout cas commun à tout le monde indo-européen. Toujours par référence au monde antique, *métamorphose* a pris le sens de « changement d'une forme en une autre » (1493)
- **Altérité :** (XIIIe siècle au sens de « changement ») emprunté au latin tardif *alteritas* « différence », dérivé de *alter* => (autre, autrui ; altruisme). Le sens d'emprunt correspond à la notion philosophique de « différence par changement », à la fois « diversité » et « altération ». Développement du mot dans la philosophie moderne comme antonyme de *identité.*
- **Identité :** (XIVe siècle) emprunté au latin tardif *identitas* « qualité de ce qui est le même », dérivé de *idem.*
- **Pygmalion :** roi légendaire de Chypre, qui tomba amoureux d'une belle statue (selon le poète latin Ovide il l'aurait sculptée lui-même). Il pria Aphrodite de lui donner une épouse ressemblant à la statue. Elle lui accorda plus que cela : elle donna la vie à la statue, et Pygmalion épousa la femme qui avait été créée.

Introduction

Le problème du moi est celui du problème de l'identité à travers le temps. On trouve une illustration de ce problème dans une expérience de pensée régulièrement utilisée depuis l'Antiquité, celle du bateau de Thésée. Selon la mythologie grecque, le bateau du héros Thésée aurait été réparé si souvent qu'il aurait fini par ne plus posséder une seule pièce d'origine. S'agit-il donc toujours du même bateau ou d'un bateau différent ? De même, nous **avons le sentiment d'être la même personne** à travers le temps, ou encore de posséder une identité à travers le temps. **Pourtant, nous ne cessons de changer**, de nous transformer, de passer par une multiplicité d'états… Comment pouvons-nous avoir le sentiment d'être **une seule et même** personne à travers le temps alors même que nous passons par une **multiplicité** indéfinie d'états **différents** ?

On trouve déjà, chez des philosophes de l'Antiquité comme Plotin ou saint Augustin, une élaboration de la notion de moi. Pourtant, la promotion philosophique du moi commence à proprement parler avec Descartes et son fameux cogito, « je pense donc je suis ». Or la formule du cogito se trouve, dans une forme très proche de celle de Descartes, chez saint Augustin. On ne peut donc comprendre que Descartes soit considéré comme l'inventeur de la notion philosophique de moi qu'à comprendre ce qui le sépare de saint Augustin. Qu'on ne puisse pas penser sans exister n'est pas une découverte de Descartes. Ce qui fait en réalité la spécificité de Descartes, c'est qu'il passe de la certitude de l'existence de ce qui pense à la nature ou à l'essence de ce qui pense. Puisque je pense, je suis (moment de l'existence), mais je peux en outre savoir avec certitude que je suis une **chose pensante**, ou encore « une substance dont toute l'essence ou la nature n'est que de penser, et qui, pour être, n'a besoin d'aucun lieu, ni ne dépend d'aucune chose matérielle » (*Discours de la méthode*) (moment de l'essence). Descartes donne ainsi une réalité au moi en en faisant cette substance pensante qui demeure la même à travers toutes les pensées qu'elle traverse. En outre, Descartes pense le moi comme étant transparent à lui-même dans la mesure où la pensée est consciente : penser, pour Descartes, c'est s'apercevoir que l'on est en train de penser et s'apercevoir de ce que l'on pense. Enfin, le moi est considéré par Descartes comme étant libre. **Unité du moi, transparence à soi du moi, liberté du moi** : nous verrons dans ce chapitre que l'ensemble de ces prédicats a progressivement été contesté, entraînant autant de **métamorphoses** du moi.

1. Le mystère du moi

a. Le problème du moi

Pour prendre la mesure des métamorphoses du moi, il convient d'abord de saisir les difficultés liées à cette notion, et la manière dont elles ont initialement pu être résolues en philosophie. Pour cela, nous pouvons partir d'un texte de Blaise Pascal.

Zoom auteur

Blaise Pascal

Mathématicien, physicien, inventeur, philosophe, moraliste et théologien français, né en 1623 et mort en 1662. Ses contributions furent très importantes en physique (étude des fluides, de la pression, du vide…) et en mathématiques (géométrie projective, probabilités…). Très croyant, il consacre toute la fin de sa vie à la réflexion philosophique et religieuse sans abandonner pour autant ses recherches scientifiques.

« Qu'est-ce que le moi ? Un homme qui se met à la fenêtre pour voir les passants, si je passe par là, puis-je dire qu'il s'est mis là pour me voir ? Non, car il ne pense pas à moi en particulier. Mais celui qui aime quelqu'un à cause de sa beauté, l'aime-t-il ? Non car la petite vérole, qui tuera la beauté sans tuer la personne, fera qu'il ne l'aimera plus. Et si on m'aime pour mon jugement, pour ma mémoire, m'aime-t-on moi ? Non, car je puis perdre ces qualités sans me perdre moi-même. Où est donc ce moi, s'il n'est ni dans le corps ni dans l'âme ? Et comment aimer le corps ou l'âme, sinon pour ces qualités, qui ne sont point ce qui fait le moi, puisqu'elles sont périssables ? Car aimerait-on la substance de l'âme d'une personne, abstraitement, et quelques qualités qui y fussent ? Cela ne se peut, et serait injuste. On n'aime donc jamais personne, mais seulement des qualités. Qu'on ne se moque donc plus de ceux qui se font honorer pour des charges et des offices, car on n'aime personne que pour des qualités empruntées. »

Blaise Pascal, *Pensées*, 1670, édition Brunschvicg, fragment 323.

Pascal soulève une question qui peut sembler au premier abord paradoxale. Nous avons en effet tous le sentiment de savoir de manière intuitive ce qu'est **le moi**. Le terme désigne **ce qui fait la singularité et l'identité de chaque individu, en d'autres termes son individualité**. Si Pascal entend demander ce qu'est le moi, c'est donc parce qu'il considère que **cette notion ne va en réalité pas de soi**. Pour le faire comprendre à son lecteur, Pascal part d'une situation concrète : un individu qui en regarde passer un autre dans la rue depuis sa fenêtre. Voit-il alors le moi de cette personne ? La réponse, bien évidemment, est négative. On ne considère en effet pas que ce qui fait la singularité d'une personne soit simplement visible depuis l'extérieur. D'où la seconde situation envisagée par Pascal, celle de l'amour. On dit en effet qu'on aime quelqu'un pour lui-même, pour ce qui fait sa singularité et ce qu'il a d'unique. On l'aime donc pour son moi. Le cas de l'amour devrait donc nous permettre d'accéder à ce mystérieux moi. Mais supposons qu'une personne en aime une autre pour son apparence. Celle-ci va s'altérer avec le temps, une maladie (la vérole) peut la défigurer… La personne pourtant restera la même malgré son changement d'apparence. Mais si elle était aimée pour cette apparence, alors elle ne sera plus aimée. Par conséquent on ne peut pas dire que son moi réside dans les qualités de son corps. Supposons maintenant qu'un individu soit aimé du fait de certaines de ses qualités intellectuelles. Là encore le temps va les altérer. Et pourtant, une fois de plus, la personne restera la même malgré cette disparition ou altération de ses qualités intellectuelles. Là encore la conclusion s'impose : si cette personne est aimée du fait de ses qualités intellectuelles, elle ne sera plus aimée lorsque celles-ci se modifieront. Le moi ne réside donc pas non plus dans les qualités intellectuelles. Mais alors, demande Pascal, « Où est donc ce moi, s'il n'est ni dans le corps ni dans l'âme ? » L'intérêt de ce texte est que Pascal n'apporte pas de réponse. Il met en avant tout ce que le moi peut avoir de mystérieux, sans prétendre trancher la réponse. **Le moi est ainsi le nom d'une difficulté : est-il une simple illusion ? un simple nom qui ne recouvre aucune réalité ? Ou bien, s'il a une réalité, quelle est-elle ?** Quel est (ou bien selon Pascal, où est ?) ce mystérieux noyau qui fait la singularité de la personne et reste le même tandis que son apparence, ses qualités intellectuelles, morales se transforment ? Le problème du moi est ainsi celui de l'unité et de la multiplicité : c**omment un individu peut-il être la même personne alors qu'il ne cesse de se transformer, de passer par des états multiples ?**

On peut, à partir de la position de ce problème, dégager **deux grands axes de réponse** : toute une tradition de pensée va insister sur le primat de la multiplicité ; tandis qu'une tradition opposée va donner la primauté à l'unité.

Du côté de la multiplicité, on va retrouver l'empirisme :

> « Il y a certains philosophes qui imaginent que nous avons à tout moment la conscience intime de ce que nous appelons notre moi ; que nous sentons son existence et sa continuité d'existence ; et que nous sommes certains, plus que par l'évidence d'une démonstration, de son identité et de sa simplicité parfaites. Pour ma part, quand je pénètre le plus intimement dans ce que j'appelle moi, je bute toujours sur une perception particulière ou sur une autre, de chaud ou de froid, de lumière ou d'ombre, d'amour ou de haine, de douleur ou de plaisir. Je ne peux

jamais me saisir, moi, en aucun moment sans une perception et je ne peux rien observer que la perception. Quand mes perceptions sont écartées pour un temps, comme par un sommeil tranquille, aussi longtemps, je n'ai plus conscience de moi et on peut dire vraiment que je n'existe pas. »

David Hume, *Traité de la nature humaine*, trad. A. Leroy, 1946.

Ainsi, pour l'empirisme, le moi n'est rien d'autre qu'une fiction, un simple mot qui recouvre une succession indéfinie d'impressions et d'idées qu'on aperçoit en soi.

D'un autre côté, la primauté va être accordée à l'unité et le moi va alors se définir comme cette réalité permanente et invariable qui fait la singularité de l'individu à travers tous les changements qu'il traverse dans le temps.

On trouve notamment une telle position chez Descartes. Comme on l'a vu, la première certitude à laquelle Descartes parvient est celle de l'existence de la chose qui pense au moment où elle pense. Mais le Cogito cartésien ne se limite pas à l'énoncé de la formule « Je pense, je suis ». La fonction du Cogito est de nous faire connaître qu'au moment où je pense, je suis sans aucun doute possible une chose qui pense et je ne suis que cela. En effet, je parviens à la certitude du Cogito dans un contexte de doute radical où je ne sais même pas encore s'il existe un corps. Et quand j'examine la connaissance que je possède du Cogito, je m'aperçois qu'elle n'emprunte rien à ce qui permet de définir les corps, à savoir la figure et l'étendue. Le Cogito cartésien débouche ainsi sur la distinction réelle de l'esprit et du corps. L'esprit est une substance immatérielle dont toute la nature n'est que de penser tandis que le corps est une substance matérielle dont la nature est l'étendue en longueur, largeur et profondeur.

Ce qu'on a appelé par la suite **le dualisme cartésien** consiste donc à poser la **distinction réelle de la pensée et de l'étendue.** D'un côté, la pensée concerne tout ce qui est ou se fait en nous de manière à ce que nous en soyons toujours immédiatement conscients. Penser c'est toujours apercevoir que l'on est en train de penser. On parlera plus tard de conscience ou de conscience de soi. D'un autre côté, l'étendue est tridimensionnelle (longueur, largeur et profondeur) et divisible à l'infini et constitue la nature de la substance corporelle dont dérivent les notions de figure et de mouvement. **Le moi vient ainsi nommer cette substance pensante** qui demeure la même à travers toutes les modifications qu'elle connaît.

b. L'épreuve de la connaissance de soi

Mais la difficulté du moi, son mystère, n'est pas seulement un problème théorique. Elle renvoie aussi à une interrogation et à une démarche personnelles, celle de **la connaissance de soi.** On désigne par là le savoir qu'une personne acquiert d'elle-même, au cours de son existence. Parce que nous avons le sentiment de notre identité dans le temps, parce que nous avons **le sentiment d'être la même personne** malgré tous les changements qui nous affectent au fil du temps, nous pouvons nous demander quel est ce moi qui fait de nous la personne que nous sommes, qui constitue notre singularité. La réponse à une telle question passe alors par une démarche introspective : il s'agit de tourner notre regard vers notre intériorité, de manière à saisir ce moi recherché. Une telle volonté de connaissance de soi peut renvoyer à des motivations diverses : simple curiosité, volonté de lucidité, souci de la vérité, recherche du sens de son existence ou de sa vocation, recherche de la liberté, maîtrise de soi-même, souci d'agir et de vivre en cohérence avec soi-même... Or l'écriture offre précisément un moyen pour se livrer à l'exploration du moi (ce que nous avons déjà commencé à voir dans le chapitre précédent).

Rousseau constitue à cet égard une figure importante. On considère en effet souvent que *Les Confessions* sont la première véritable autobiographie (du grec *auto*, soi-même, *bios*, la vie, *graphein*, écrire), au sens moderne du terme. On retient alors fréquemment la définition que Philippe Lejeune donne de **l'autobiographie** : « un récit rétrospectif en prose qu'une personne réelle fait de sa propre existence, lorsqu'elle met l'accent sur sa vie individuelle, en particulier sur l'histoire de sa personnalité » (Philippe Lejeune, *Le Pacte autobiographique*, Seuil, 1975, nouv. éd. 1996). Lejeune ajoute à ce premier élément définitionnel l'idée d'un **pacte** qui lie l'auteur et le lecteur. L'autobiographe s'engage à être sincère dans son récit et attend en retour du lecteur qu'il lui accorde sa confiance. C'est ce que Lejeune appelle le pacte autobiographique.

Si Rousseau est alors une figure si importante, c'est précisément parce qu'il entend n'omettre aucun moment de sa vie et ne rien cacher à son lecteur :

> « Je forme une entreprise qui n'eut jamais d'exemple, et dont l'exécution n'aura point d'imitateur. Je veux montrer à mes semblables un homme dans toute la vérité de la nature ; et cet homme, ce sera moi.
>
> Moi seul. Je sens mon cœur, et je connais les hommes. Je ne suis fait comme aucun de ceux que j'ai vus ; j'ose croire n'être fait comme aucun de ceux qui existent. Si je ne vaux pas mieux, au moins je suis autre. Si la nature a bien ou mal fait de briser le moule dans lequel elle m'a jeté, c'est ce dont on ne peut juger qu'après m'avoir lu.
>
> Que la trompette du jugement dernier sonne quand elle voudra, je viendrai, ce livre à la main, me présenter devant le souverain juge. Je dirai hautement : "Voilà ce que j'ai fait, ce que j'ai pensé, ce que je fus. J'ai dit le bien et le mal avec la même franchise. Je n'ai rien tu de mauvais, rien ajouté de bon ; et s'il m'est arrivé d'employer quelque ornement indifférent, ce n'a jamais été que pour remplir un vide

occasionné par mon défaut de mémoire. J'ai pu supposer vrai ce que je savais avoir pu l'être, jamais ce que je savais être faux. Je me suis montré tel que je fus : méprisable et vil quand je l'ai été ; bon, généreux, sublime, quand je l'ai été : j'ai dévoilé mon intérieur tel que tu l'as vu toi-même. Être éternel, rassemble autour de moi l'innombrable foule de mes semblables ; qu'ils écoutent mes confessions, qu'ils gémissent de mes indignités, qu'ils rougissent de mes misères. Que chacun d'eux découvre à son tour son cœur au pied de ton trône avec la même sincérité, et puis qu'un seul te dise, s'il l'ose : Je fus meilleur que cet homme-là." »

Rousseau, *Les Confessions*, première partie en 1782, seconde partie incomplète en 1789, puis première édition intégrale en 1813.

Avec Rousseau, **l'individu se définit désormais par une intériorité qui mérite d'être « dévoilée »**, dans la mesure où elle est à la fois commune à tous les hommes (raison pour laquelle Rousseau peut déclarer vouloir « montrer à mes semblables un homme dans toute la vérité de la nature ») et en même temps singulière à chaque individu par la manière dont elle se réalise (raison pour laquelle Rousseau peut déclarer « Je ne suis fait comme aucun de ceux que j'ai vus ; j'ose croire n'être fait comme aucun de ceux qui existent »).

En outre *Les Confessions* constituent la première forme pure d'autobiographie parce que Rousseau entend seulement révéler son moi propre, sa nature individuelle et singulière. On peut à cet égard établir une distinction avec deux ouvrages célèbres, qui relèvent du genre de l'écriture de soi mais ne sont pas à proprement parler des autobiographies : *les Mémoires d'Outre-Tombe* de Chateaubriand et *les Confessions* de saint Augustin (rappelons que ces trois ouvrages ont déjà été abordés précédemment dans ce manuel : cela doit vous rappeler qu'une *même* œuvre peut être mobilisée sur des thèmes *distincts*).

Les Confessions de saint Augustin, rédigées vers 397-400 relèvent ainsi plutôt des confessions religieuses où il s'agissait avant tout pour l'auteur de rendre compte de ses fautes à Dieu. Ceci étant dit, Saint-Augustin n'en mène pas moins une démarche introspective et rétrospective où il cherche à se connaître, notamment à travers ses souvenirs. De ce point de vue, **Saint-Augustin** considère que le moi existe. Il mène alors une interrogation sur ce qui nous rend obscurs à nous-mêmes. **Alors que nous sommes les plus concernés par notre moi, il ne nous est pas pour autant transparent** et nous sommes souvent bien en peine de dire en quoi il consiste. Saint-Augustin considère, dans une perspective religieuse, que cette obscurité à soi-même a deux origines. En premier lieu, nous nous connaissons mal parce que nous sommes éloignés de Dieu. Saint-Augustin considère en effet qu'il n'y a de connaissance qu'en Dieu. Ensuite, l'être humain n'est pas créé immédiatement achevé. Sa création le laisse informe et il ne deviendra complet qu'à accueillir le don de l'Esprit.

Les mémorialistes quant à eux inscrivaient leur vie dans la marche de l'histoire : il s'agissait à la fois de rendre compte de sa place dans le monde par son appartenance à une filiation ou à une généalogie, et de témoigner de la marche de l'histoire et du rôle qu'on avait pu y jouer. C'est en partie l'objectif que poursuit Chateaubriand en rédigeant les *Mémoires d'outre-tombe* (rédigées entre 1809 et 1841, et publiées de manière posthume entre 1849 et 1850). Mais il s'inspire aussi des *Confessions* de Rousseau et cherche à dévoiler au lecteur son moi singulier et intérieur.

En tout cas, ce projet de connaissance de soi repose sur deux présupposés : le moi existe, il a une réalité ; l'individu peut connaître par lui-même ce moi.

c. L'expression du moi dans le romantisme

Le romantisme constitue une étape importante dans cette histoire de l'idée du moi, car il se définit précisément par la prédominance du moi et de ses sentiments. C'est ce qu'exprime clairement Lamartine dans la préface de ses *Méditations poétiques* (1820) : « je n'imitais plus personne, je m'exprimais moi-même pour moi-même ».

Cet accent mis sur le moi doit être replacé dans le contexte historique de l'époque. À l'enthousiasme suscité par la Révolution française et par l'épopée napoléonienne succède la période de la Restauration, perçue comme un régime réactionnaire, triste, étriqué et ennuyeux. Le repli sur un moi célébré s'accompagne alors à la fois d'une **exaltation des passions** et de ce qu'on a appelé **le mal du siècle.** L'importance des passions s'explique en partie par ce contexte social et politique jugé terne. Quant au mal du siècle il vient précisément nommer ce **désenchantement** de l'individu romantique face à cette société qui n'est pas adaptée à son âme singulière.

La passion prend alors des formes variées même si son archétype romantique reste d'abord la passion amoureuse. Mais elle peut aussi prendre la forme de la révolte (Byron), de la quête de la connaissance (Faust), de Dieu…

La passion étant rarement ou difficilement satisfaite – notamment du fait de cette époque étriquée dans laquelle l'âme romantique est contrainte d'évoluer – elle communique avec ce thème du désenchantement déjà évoqué. Le malheur, le suicide, la mort constituent à cet égard des topoï de l'esthétique romantique.

La nature se présente alors pour l'individu romantique comme une échappatoire. Elle permet non seulement à l'individu romantique de quitter cette société jugée insatisfaisante (elle est alors fréquemment associée à la solitude), mais aussi de projeter dessus son intériorité et d'exprimer ainsi ses sentiments les plus profonds.

2. La déconstruction du moi

a. La critique nietzschéenne du sujet

Comme nous l'avons vu, le moi désigne cette réalité permanente et invariable qui fait l'identité personnelle d'un individu dans le temps, malgré tous les changements et états variables par lesquels il passe. Mais traditionnellement, le moi recevait un dernier attribut permettant de le définir : la liberté. Nous avons en effet le sentiment que c'est nous qui causons **librement** nos actions. Nous croyons en effet que nous disposons d'une volonté qui a le pouvoir de choisir librement de faire telle ou telle chose, de telle ou telle manière, et qu'ainsi l'action réalisée résulte de cette libre détermination de notre volonté. Le moi se définit de la sorte comme une cause libre ou comme une cause première. Nous pouvons ainsi résumer les différents prédicats qui permettent traditionnellement de définir le moi. Premièrement, **le moi se définit comme cette réalité permanente et invariable qui fait l'identité et la singularité de la personne**. Deuxièmement, le moi se définit comme une cause première ou comme une **cause libre**. Troisièmement, tout individu peut se connaître, peut **connaître** son moi et y a donc librement accès. C'est l'ensemble de ces prédicats qui ont progressivement été **déconstruits**, provoquant ainsi une mutation radicale dans la manière de définir et de voir le moi.

La critique nietzschéenne constitue à cet égard une étape essentielle dans ce travail de déconstruction du moi. La notion de moi repose selon **Nietzsche** sur deux préjugés essentiels : la fiction de la causalité et la fiction de l'unité. La fiction de la causalité se présente de la manière suivante. Puisque penser est un acte, il faudrait un agent ou un sujet qui cause cet acte. On fait ainsi de la pensée l'acte d'un sujet qui serait libre de penser ou non, qui choisirait librement de penser. Or, comme le rappelle Nietzsche, il est loin d'être évident que l'on puisse rapporter ainsi la pensée à un sujet conscient maître de ce qu'il fait : « Pour ce qui est de la superstition des logiciens, je ne me lasserai jamais de souligner un petit fait que ces esprits superstitieux ne reconnaissent pas volontiers, à savoir qu'**une pensée se présente quand 'elle' veut**, et non pas quand 'je' veux » (Nietzsche, *Par-delà bien et mal*, 1886, § 17, version française de l'édition Colli-Montinari). Une pensée se présente quand elle veut et non pas quand un sujet conscient voudrait la faire apparaître. La critique nietzschéenne permet ainsi de mettre en avant l'idée d'une pensée essentiellement inconsciente et ne pouvant pas être rapportée à un sujet. Nietzsche montre par ailleurs que fiction de la causalité et fiction de l'unité sont liées. Nous croyons que penser est un acte unitaire et qu'ainsi, du fait de notre croyance à la causalité, il suppose un sujet également unitaire qui le cause. Or là encore il ne s'agit que de croyance. Nous pouvons bien affirmer qu'il y a de la pensée, mais rien ne justifie d'en faire un acte simple qui renverrait à un sujet conscient unitaire. La conscience d'une pensée n'est que l'effet de l'activité de forces inconscientes et multiples.

Nietzsche déconstruit ainsi le moi. En premier lieu, si le surgissement d'une pensée n'est jamais que l'effet de l'activité de forces inconscientes et multiples, l'idée d'un moi qui se définirait comme cause libre ou première est une pure fiction. Par ailleurs, l'individu n'est pas transparent à lui-même et n'a pas un libre accès à son moi puisque les forces qui s'exercent et d'où résultent ses pensées et ses actes sont de l'ordre de l'inconscient. Enfin, l'idée d'un moi comme réalité permanente et invariable est également une fiction. Pour Nietzsche tout ce qui est ne tient son être, sa réalité, que des forces qui le composent. Or ces composés de forces ne cessent de fluctuer, de se décomposer et de se recomposer. Autrement dit **il n'existe nulle part de réalité permanente et invariable.** Même une force n'a de réalité qu'en fonction des forces avec lesquelles elle se compose et elle changera de forme et de fonction selon les composés de forces dans lesquels elle entrera. Bref, tout se transforme en permanence et le moi comme réalité permanente et invariable n'existe donc pas. Si l'on veut conserver le terme de moi il faut donc, après Nietzsche, lui donner un sens totalement différent.

Zoom auteur

Nietzsche

Friedrich Wilhelm Nietzsche (1844-1900) est un philologue et philosophe allemand. Il engage la philosophie dans une nouvelle voie : à la recherche du vrai, à l'idéal de la connaissance, Nietzsche substitue la *critique* et la *création*. Il s'agit ainsi pour lui de considérer tous les phénomènes (et notamment les valeurs) comme des symptômes, révélateurs de modes de vie. Loin d'être éternelles, idées et valeurs sont toujours créées par des modes de vie et disent quelque chose de l'état de ces modes de vie, de leur santé. Pratiquer cette critique doit alors précisément favoriser la création de nouvelles possibilités de vie, plus saines, capables d'affirmer la vie et non de la condamner.

Mais l'intérêt de la position de Nietzsche est qu'il ne se contente pas de déconstruire l'idée de moi. Il explique pourquoi cette notion a été élaborée, avec tous les attributs qui lui étaient associés. La notion de moi, et la liberté qui lui est associée, apparaît ainsi pour des raisons essentiellement morales.

> « Erreur du libre arbitre. – Il ne nous reste aujourd'hui plus aucune espèce de compassion avec l'idée du "libre arbitre" : nous savons trop bien ce que c'est – le tour de force théologique le plus mal famé qu'il y ait, pour rendre l'humanité "responsable", à la façon des théologiens, ce qui veut dire : *pour rendre l'humanité dépendante des théologiens*… Je ne fais que donner ici la psychologie de cette tendance à vouloir

rendre responsable. – Partout où l'on cherche des responsabilités, c'est généralement l'instinct de *punir* et de *juger* qui est à l'œuvre. On a dégagé le devenir de son innocence lorsque l'on ramène un état de fait quelconque à la volonté, à des intentions, à des actes de responsabilité : la doctrine de la volonté a été principalement inventée à fin de punir, c'est-à-dire *avec l'intention de trouver coupable*. »

Friedrich Nietzsche, *Le Crépuscule des idoles*, 1888,
trad. H. Albert, 1908

Certains types d'individus, certains types de vie inventent cette fiction de la liberté parce qu'elle leur permet de punir et de juger d'autres individus. La fiction de la liberté permet en effet de tenir les individus pour responsables de leurs actions et ainsi de les juger.

b. La psychanalyse freudienne

Zoom auteur

Freud

Sigmund Freud (1856-1939) est le fondateur de la psychanalyse. Médecin de formation, ses recherches sur l'hystérie le conduisent progressivement à élaborer une théorie de l'inconscient et la méthode de la cure analytique qui vont former le contenu de la psychanalyse (le terme est inventé par Freud lui-même : composé du grec *ana* – qui désigne la remontée vers l'originaire – et de *lysis* – la dissolution – le terme désigne la recherche des souvenirs refoulés en lien avec des symptômes pathologiques).

Freud commence par travailler sur **l'hystérie**. C'est l'étude de cette maladie qui le conduit à émettre **l'hypothèse de l'existence d'un inconscient psychique.** Cette maladie posait en effet problème à la médecine dans la mesure où on ne parvenait pas à la rattacher à des causes organiques, à tel point qu'on soupçonnait parfois les patients de simuler leurs symptômes. En travaillant sur cette maladie, Freud réalise peu à peu qu'elle s'explique en réalité par des causes psychiques. Les symptômes des hystériques résultent ainsi d'événements traumatiques survenus dans le passé. Le problème, c'est que le patient hystérique qui souffre ainsi de son passé ne parvient pas à se souvenir de ces événements traumatiques qui lui sont arrivés et qui expliquent ses symptômes actuels. Freud va ainsi être amené à émettre l'hypothèse que si les patients ne parviennent pas à se souvenir de ces traumatismes, ce n'est pas par simple défaillance de leur mémoire ou mauvaise volonté, mais parce que ces événements traumatiques ont été **refoulés**. C'est précisément ainsi que Freud va commencer par définir l'inconscient : il s'agit d'une partie du psychisme où se trouvent des représentations refoulées, c'est-à-dire des représentations auxquelles la conscience n'a pas accès et qui en outre résistent à toute tentative d'accès.

Il faut se garder d'un contresens : le **refoulement** n'est pas une opération psychique pathologique qui ne concernerait que les seuls hystériques. Bien au contraire, il s'agit d'un processus qui **structure le psychisme de tout individu** en plaçant hors de portée de la conscience (dans l'inconscient) des désirs inconciliables avec les autres désirs de l'individu et qui de ce fait, s'ils restaient conscients, provoqueraient chez lui un malaise intense, un fort conflit. De ce point de vue, le refoulement protège le psychisme en lui épargnant un tel malaise ou un tel conflit. Si les hystériques souffrent du fait d'événements traumatiques refoulés, c'est parce que chez eux le refoulement a précisément échoué et que le désir refoulé continue à se manifester de manière déguisée (là où dans le cas d'un refoulement réussi le désir refoulé subsiste dans l'inconscient mais n'a pas de manifestation déguisée ailleurs que dans le rêve ou sous d'autres formes bénines : lapsus, actes manqués, etc.).

Freud considère que l'hypothèse de l'existence d'un inconscient psychique est justifiée par plusieurs raisons. En premier lieu, l'hypothèse de l'inconscient psychique permet de comprendre un certain nombre de phénomènes qui ne relèvent pas de la volonté de l'individu : **actes manqués, lapsus, rêves**... En outre, cette hypothèse est également justifiée par Freud selon la pratique thérapeutique : dans la mesure où Freud parvient à guérir un certain nombre de patients en fondant son traitement sur cette hypothèse, cela ne justifie-il pas sa valeur ?

De 1900 à 1923, Freud conçoit le psychisme de la manière suivante : il est divisé en deux systèmes totalement distincts : d'un côté **l'inconscient** contient toutes les représentations refoulées ; de l'autre le système **préconscient-conscient.** Le préconscient contient des représentations qui ne sont pas conscientes, mais peuvent le devenir (par exemple des souvenirs oubliés).

À partir de 1923, Freud divise le système psychique entre **le ça, le surmoi et le moi.** Le ça désigne toujours la partie inconsciente du psychisme mais désormais il contient à la fois des **pulsions** (Freud finira à cet égard par opposer les pulsions de mort et les pulsions de vie qui englobent à la fois les pulsions sexuelles et les pulsions d'auto-conservation) et des représentations refoulées qui en découlent. En outre le ça est autonome en ce sens que les pulsions ne cherchent jamais rien d'autre que leur propre satisfaction. À cet égard le ça n'est pas régi par la réalité. Le surmoi correspond quant à lui à **l'intériorisation des règles morales, sociales, des jugements parentaux,** etc. et est également une partie inconsciente du psychisme. Enfin **le moi est l'instance qui s'efforce d'établir une harmonie entre les exigences de la réalité, du ça et du surmoi.** C'est quand le moi ne parvient pas à établir cette harmonie (par exemple parce que le surmoi est trop fort et trop culpabilisateur, ou parce que la peur de la réalité domine, ou encore parce que les pulsions inconscientes sont trop fortes) que des pathologies psychiques peuvent survenir.

Mais au-delà de cette évolution dans la conception du système psychique, le point important pour notre propos est que **Freud remet totalement en question la manière de penser le moi** : puisque l'inconscient est un système psychique autonome, qui en outre résiste à toute tentative d'accès par la conscience, **non seulement l'individu n'est pas libre** (il ne maîtrise pas complètement ses pensées, ses désirs, le refoulement lui échappe, etc.), **mais en plus il n'est pas totalement transparent à lui-même**.

> « Dans le cours des siècles, la science a infligé à l'égoïsme naïf de l'humanité deux graves démentis. La première fois, ce fut lorsqu'elle a montré que la terre, loin d'être le centre de l'univers, ne forme qu'une parcelle insignifiante du système cosmique dont nous pouvons à peine nous représenter la grandeur. Cette première démonstration se rattache pour nous au nom de Copernic, bien que la science alexandrine ait déjà annoncé quelque chose de semblable. Le second démenti fut infligé à l'humanité par la recherche biologique, lorsqu'elle a réduit à rien les prétentions de l'homme à une place privilégiée dans l'ordre de la création, en établissant sa descendance du règne animal et en montrant l'indestructibilité de sa nature animale. Cette dernière révolution s'est accomplie de nos jours, à la suite des travaux de Ch. Darwin, de Wallace et de leurs prédécesseurs, travaux qui ont provoqué la résistance la plus acharnée des contemporains. Un troisième démenti sera infligé à la mégalomanie humaine par la recherche psychologique de nos jours qui se propose de montrer au moi qu'il n'est seulement pas maître dans sa propre maison, qu'il en est réduit à se contenter de renseignements rares et fragmentaires sur ce qui se passe, en dehors de sa conscience, dans sa vie psychique. »
>
> Sigmund Freud, *Introduction à la psychanalyse,* 1917,
> trad. S. Jankélévitch, 1922.

Avec la révolution copernicienne, l'homme ne peut plus s'imaginer être au centre de l'univers. Avec Charles Darwin et la théorie de l'évolution, l'homme ne peut plus s'imaginer être un empire au sein de la nature puisqu'il s'inscrit en réalité dans la continuité des autres espèces animales. Avec la psychanalyse enfin, l'homme ne peut plus continuer à prétendre être parfaitement libre et transparent à lui-même.

Freud ne renonce pas pour autant à l'idée du moi mais nous permet de la repenser totalement. **La connaissance de soi n'est pas impossible mais elle ne peut se faire seule et l'idée d'une transparence totale à soi reste un horizon inaccessible qui peut seulement guider le travail de connaissance de soi.** C'est précisément le travail psychanalytique qui permet de progresser dans cette connaissance de soi. Or ce travail passe par la relation entre le psychanalyste et son patient.

c. Le moi comme objet d'étude pour les sciences humaines et non plus comme sujet

Enfin, la mutation survenue durant les dernières années du XVIIIe siècle dans le domaine des sciences participe également de la déconstruction du moi. Que ce soit avec Descartes ou Kant (sous des modalités différentes puisque pour Kant le moi n'est pas une substance comme chez Descartes mais une unité purement formelle), le moi est sujet de la connaissance. C'est en effet le moi qui donne un sens à tous les faits qui se présentent à lui et qui à ce titre est le pôle à partir duquel un savoir ou une connaissance peuvent se constituer.

Avec cette mutation dans le domaine des sciences, le moi va rester ce sujet qui connaît, mais il va aussi devenir **objet de connaissance**. Il occupe donc une position ambiguë dans la mesure où il est tout à la fois le sujet de la connaissance et l'objet de la connaissance.

D'un côté le moi apparaît ainsi comme un objet dans ces savoirs que sont la biologie (où le moi apparaît comme moi vivant), l'économie (où le moi apparaît tantôt comme moi qui travaille, tantôt comme moi rationnel, c'est-à-dire moi qui cherche à atteindre des objectifs de la meilleure façon possible en fonction des contraintes qu'il a, etc.), la sociologie (où le moi apparaît comme moi social), la linguistique (où le moi apparaît comme moi parlant), etc.

Mais d'un autre côté le moi demeure sujet de la pensée. Autrement dit il demeure celui qui constitue ces savoirs et donc se pense lui-même dans ces savoirs. Il est cet être qui réfléchit son propre être dans sa pensée.

Lorsque la connaissance passe de la connaissance de la nature à la connaissance de soi du moi, le moi se trouve donc déconstruit. En effet, la distinction ne passe plus entre le moi comme sujet de connaissance et la nature extérieure à lui comme objet de sa connaissance, mais au sein même du moi puisque celui-ci est un être qui se donne à la fois comme sujet et comme objet de la connaissance et qui, de ce fait, est soumis à une **méconnaissance fondamentale**.

En effet, le moi ne peut commencer à penser, et à se penser (comme moi vivant, moi social, moi parlant, etc.) qu'à partir d'un fond de réalités déjà là qui déterminent son être. Autrement dit, le moi qui commence à se penser comme un moi social appartient toujours déjà à une société qui détermine ce qu'il est ; le moi vivant qui commence à se penser comme moi parlant est toujours déjà pris dans un langage qui le structure, etc.

Dès lors, le moi n'est jamais parfaitement transparent à lui-même parce que ce qu'il cherche à connaître constitue la condition même de possibilité de sa connaissance. Toutes les réalités qui structurent l'être du moi sont cela même qui constituent le fond et l'horizon d'élaboration de la connaissance de soi du moi.

Cela ne veut pas dire qu'aucune connaissance n'est possible, mais que la parfaite transparence à soi du moi est un horizon indéfiniment repoussé.

C'est pour cela que le moi se trouve déconstruit. Chez Descartes ou chez Kant, le moi était non seulement sujet de la connaissance mais en outre il était transparent à lui-même. Désormais, le moi est certes encore sujet de la connaissance mais il **ne se caractérise plus par la transparence à soi.**

3. L'éclatement du Moi ou à la recherche du moi perdu

a. Le je autobiographique

Face à la complexité du moi l'écriture autobiographique a souvent été entreprise par des écrivains désireux de mieux **se connaître** et, au-delà d'eux-mêmes, de **mieux connaître l'homme**. Des formes nombreuses et variées d'écritures ont vu le jour pour tenter de dire l'intime, de parler de soi. Les motivations profondes de l'écriture de soi semblent être aussi multiples que le « moi » dont il est question. Des *Confessions* de Saint Augustin relatant son itinéraire spirituel et sa conversion à Dieu, seule voie selon lui menant à la sagesse et à la vérité, au dialogue instauré entre elle et son double par Nathalie Sarraute dans *Enfance*, quel point commun si ce n'est la recherche d'une authenticité dans l'introspection et une tentative de compréhension de soi-même ? Au cours des siècles, enjeux et formes de l'écriture autobiographique n'ont cessé de varier au gré de la place accordée au sujet, du questionnement autour du « moi ». La littérature a largement participé à ce questionnement. Ce n'est qu'au XVIIIe siècle, grâce à l'affirmation de la notion d'individu, que l'écriture de soi se développe véritablement. La parution des *Confessions* de **Rousseau**, entre 1782 et 1789, en constitue, nous l'avons vu, l'acte de naissance. L'auteur y livre au lecteur les clés pour le comprendre « de l'intérieur » et promet dès le préambule de s'y livrer « dans toute la vérité de la nature ». La citation mise en exergue en est d'emblée une promesse : « **Intus et in cute », « à l'intérieur et sous la peau** », citation du poète latin Perse (*Satires*, III). Cet engagement de sincérité est bien celui que l'on retrouve dans le **pacte autobiographique** défini par **Philippe Lejeune**. Il s'agit d'un contrat de lecture passé entre l'auteur et son lecteur, fondé sur une exigence de sincérité. Telle est la définition proposée par le théoricien de l'autobiographie dans son ouvrage paru en 1975 : « Récit rétrospectif en prose qu'une personne réelle fait de sa propre existence, lorsqu'elle met l'accent sur sa vie individuelle, en particulier sur l'histoire de sa personnalité. » (*Le Pacte autobiographique,* Seuil) Dans cette définition, auteur, personnage principal et narrateur ne font qu'un et l'écrivain conclut un pacte autobiographique en affirmant qu'il est bien le héros de son récit et en même temps il nous promet de **dire « toute la vérité. »** Or de nombreux **obstacles** s'opposent à un engagement aussi ferme et précis : comment ne pas contester ou du moins remettre en question la similitude entre l'auteur et le narrateur ? entre l'auteur et le personnage principal ? Les fluctuations mêmes du « moi », ses métamorphoses d'un âge à l'autre, les défaillances de la mémoire, la mise en forme du récit selon des intentions très variées pouvant aller de la simple reconstitution de sa vie pour mieux la comprendre à la justification apologétique de soi, les enjeux sociaux et collectifs à l'œuvre sont autant de raisons de douter de la capacité à respecter le pacte autobiographique sans douter pour autant de la bonne foi de l'auteur. Les différentes formes d'écritures autobiographiques sont sans doute une réponse possible à cette entreprise périlleuse bien que nécessaire à beaucoup d'écrivains, même ceux qui en semblaient le plus éloignés. Nombreux sont les auteurs qui ont tenté de cerner et dire ce « moi » dans des formes aussi diverses que les essais, les journaux intimes, les mémoires, les récits de vie, ou même le roman autobiographique. Fiction et autobiographie sont souvent intimement mêlées et l'ambiguïté de certains textes a fait naître sous la plume des critiques un terme nouveau : **autofiction**. Autant d'expressions de la subjectivité que de formes, nuances, transformations de ce « moi ». Certaines œuvres sont particulièrement déroutantes, glissant d'un sous-genre à l'autre, ignorant une frontière à la fois trop stricte et dérisoire. Dans quelle catégorie classer *L'Amant* de Marguerite Duras paru en 1984 ? Alors même que l'écrivaine semble confirmer l'authenticité des souvenirs évoqués « J'ai quinze ans et demi. Cet amour a laissé loin derrière lui tous les amours que j'ai vécus... » elle écrit aussi dans les premières pages : « l'histoire de ma vie n'existe pas. » Plus tard en 1990 Marguerite Duras présente *L'Amant de la Chine du Nord* comme une réécriture : « Enfin maintenant, *L'Amant,* je l'ai réécrit. » Cela nous autorise-t-il à penser que le texte précédent n'était qu'une transposition de souvenirs transformés par le temps et l'imagination ? Il est certain que l'entreprise d'écriture autobiographique, même la plus sincère possible, est une mise en forme de vie à travers **la mise en scène d'un « moi » issu, entre autres, de la mémoire, plus ou moins fidèle du sujet** qui écrit sa vie. Ne peut-on chez un même auteur lire deux écritures du « moi » ? François René de **Chateaubriand** en est un des nombreux exemples. Sous sa plume en effet, nous lisons deux formes bien différentes de récit autobiographique : *René,* en 1802 d'un côté et *Mémoires d'outre-tombe* en 1848 de l'autre. Le « je » de la première œuvre, celui de ce personnage incarnant le mal du siècle, caractéristique de la période romantique, rongé par la mélancolie, en quête d'apaisement, que peut-il bien avoir en commun avec celui des « mémoires », qui nous livre la formation d'une pensée en lien avec les événements politiques majeurs de son temps mais aussi un récit autobiographique fait outre-tombe et **donnant sens** à une existence, dans une œuvre monumentale ? Bien plus qu'il n'y paraît au premier abord sans doute : une existence qui se dit, s'écrit, se recompose, dans ses méandres, les plis et replis de son « moi ». Mieux vaut décidément parler d'écriture autobiographique au sens large que d'autobiographie au sens strict. La liste des textes appartenant à la littérature autobiographique serait bien longue à établir, surtout si l'on tient compte de l'éclatement du genre en des formes multiples au XXe siècle. Ce « je » autobiographique aux formes si variées tente de dire l'éclatement du moi et c'est le fait d'écrire sa vie qui permet à un auteur aussi de mieux se connaître, même si, ou parce que, les chemins empruntés sont parfois des chemins de traverse jusqu'au surgissement d'une « vérité » difficile à dégager. Certains auteurs, y compris les plus réticents, donnent à lire ce parcours. Pensons à Nathalie Sarraute qui, à un âge fort avancé, après une œuvre placée sous le signe du nouveau roman, après avoir déclaré : « je n'aime pas l'autobiographie : on veut s'y montrer sous un certain jour. », méfiante à l'égard des souvenirs préfabriqués, se livre dès le début d'*Enfance* à une remise en question ironique de ses propres contradictions. Aujourd'hui cette tendance à vouloir « se montrer sous un certain jour » est précisément un des plus grands risques de l'écriture de soi sur les réseaux sociaux. « Selfies » et « stories » se succèdent sans cesse disant la vie de leurs auteurs, leur donnant vie et importance à condition que d'autres daignent les voir et les commenter. Mais selon quels critères ? Quel est le « je » qui se montre, se pare, se représente ? En quoi dit-il sa singularité ? L'intime semble être livré à autrui comme si seule cette exposition pouvait lui conférer une valeur. Que dit-on de soi sur les réseaux ? Le paradoxe est que cette exposition de son intimité qui pourrait laisser penser que l'on est fier de soi, de sa vie, révèle surtout que l'on ne peut s'accorder aucun crédit tant que les autres, connus ou inconnus ne nous le confirment pas par leur « like ».

Zoom notion

Selfie, autoportrait

- **Selfie :** ANGLICISME Autoportrait numérique, généralement pris avec un smartphone et publié sur les réseaux sociaux. *Poster un selfie*. (Dictionnaire Le Robert)
- **Autoportrait :** *PEINT*. Portrait d'un artiste-peintre fait par lui-même. *P. anal.* Portrait d'un artiste et notamment d'un écrivain par lui-même. (Site du CNRTL)

Maître de conférences à Paris-III et Lille-III, Laurence Allard a co-dirigé l'ouvrage *Téléphone mobile et création,* sorti en février chez Armand Colin. Extrait d'un entretien paru dans le journal

Libération du 24 avril 2014 et intitulé « Le selfie est un portrait de soi dans le monde. »

Un selfie, ce n'est donc pas un autoportrait ?

Ça l'était quand on utilisait simplement ces portraits de soi pour se créer des « avatars » sur les réseaux sociaux. Mais il a connu une double consécration : d'abord quand le mot « selfie » est entré dans l'*Oxford dictionary* en novembre 2013 en tant que « mot de l'année », et surtout en devenant un genre à part entière dans la culture. La photographie mobile est foisonnante de pratiques sauvages et triviales : on peut utiliser son mobile pour photographier son emploi du temps, voire s'en servir comme un miroir ou un périscope sans même déclencher la photo. Mais la consécration du selfie en tant que genre a ramené la photo mobile dans l'histoire noble de la photographie et de l'autoportrait.

b. Le constat de la multiplicité du Moi dans le temps et dans l'instant

La littérature a souvent précédé les sciences humaines dans ses découvertes. C'est ce que constate avec ironie le critique littéraire Pierre Bayard dans *Peut-on appliquer la littérature à la psychanalyse ?* Il montre que non seulement les découvertes freudiennes existent en germe dans les textes littéraires mais qu'en plus tout texte littéraire porte en soi une véritable réflexion sur le moi. Ainsi Stevenson, dans *L'Étrange cas du Dr Jekyll* (1886), nous parle de notre **dualité interne**.

Document

« L'homme n'est en réalité pas un, mais bien deux. Je dis deux, parce que l'état de mes connaissances propres ne s'étend pas au-delà. D'autres viendront après moi qui me dépasseront dans cette voie ; et j'ose avancer l'hypothèse que l'on découvrira finalement que l'homme est formé d'une véritable confédération de citoyens multiformes, hétérogènes et indépendants. » (Traduit de l'anglais par Théo Varlet, 1926)

Stevenson pose la dualité, voire la **multiplicité du moi.** Le Dr Jekyll possède deux faces, l'une bonne, l'autre mauvaise lorsqu'il se transforme en Mr Hyde. On ne saurait réduire cette dualité en ça et surmoi, ces concepts freudiens étant anachroniques. Pour Stevenson le bien, incarné par Dr Jekyll, coexiste avec le mal, Mr Hyde. Les deux personnages souffrent de cette coexistence. Comment alors affirmer l'unité du sujet ? Qui est le moi profond qui traverse Dr Jekyll ? Existe-t-il ? Ce dernier affirme : « Je n'étais pas plus moi-même quand je rejetais la contrainte et me plongeais dans le vice, que lorsque je travaillais, au grand jour, à acquérir le savoir qui soulage les peines et les maux. » Stevenson exploite ce qui est devenu un topos de la littérature fantastique, le thème du **double**.

Zoom notion

Le Doppelgänger

Le mot « *doppelgänger* » signifie sosie ou double en allemand. Il exprime l'angoisse du sujet à se penser comme un. Il en vient à se demander s'il n'est pas, lui, le double de l'autre. Le *doppelgänger* pose un questionnement ontologique : qui suis-je ? Suis-je réductible à une unité ? Exploité par des auteurs comme Maupassant dans *le Horla* (1887), Oscar Wilde dans *Le portrait de Dorian Gray* (1890), ou Edgar Poe, ce thème fragilise le moi en le posant comme duel.

Cette conscience de l'absence d'unité du moi va atteindre son apogée en Europe dans les années 20, à en croire Jacques le Rider dans *Modernité viennoise et crise de l'identité* (PUF, 2000). D'une part, Freud « introduit le trouble dans les notions de permanence, de continuité, de cohésion, traditionnellement liées à l'identité du sujet », d'autre part les écrivains européens ne croient plus non plus en une quelconque unité du sujet, que ce soit Arthur Schnitzler en Allemagne, Virginia Woolf en Angleterre ou Marcel Proust en France. Dans son œuvre cathédrale, *À la Recherche du temps perdu* (1913-1927), Marcel Proust affirme la multiplicité du Moi dans le temps. Ainsi, alors qu'enfant, dans *Du côté de chez Swann*, le narrateur proustien aimait Gilberte, dans *Sodome et Gomorrhe*, il se rend compte, devenu jeune adulte, qu'elle est devenue comme une morte pour lui. Il pense à elle avec indifférence et ne comprend pas comment elle a pu le faire souffrir autant :

> « Je n'aimais plus Gilberte. Elle était pour moi comme une morte qu'on a longtemps pleurée, puis l'oubli est venu, et, si elle ressuscitait, elle ne pourrait plus s'insérer dans une vie qui n'est plus faite pour elle. Je n'avais plus envie de la voir, ni même cette envie de lui montrer que je ne tenais pas à la voir et que chaque jour, quand je l'aimais, je me promettais de lui témoigner quand je ne l'aimerais plus. » (p. 715, pléiade)

Le temps a modifié le moi en profondeur. Le narrateur ne peut que noter l'écart qui existe entre ce qu'il ressentait autrefois et ce qu'il ressent désormais. Le verbe « aimer » ne peut qu'être nié. L'amour a laissé place à l'indifférence, une indifférence sur laquelle il insiste en utilisant une comparaison particulièrement violente pour Gilberte : elle est comme une morte. Cette comparaison devient une **métaphore filée**, dans la mesure où le narrateur parle d'une éventuelle résurrection : s'il venait à tisser de nouveau avec elle des liens sociaux, il ne parviendrait plus à ressentir pour elle ce qu'il ressentait dans le passé. Avec l'amour sont morts les sentiments de jalousie et de vengeance. Il y a alors bien une **antithèse** entre deux moi, celui du passé et celui d'aujourd'hui, antithèse que résout en partie la mémoire involontaire, que l'on nomme réminiscence et dont le narrateur proustien fait l'expérience dès l'ouverture du recueil : en trempant sa madeleine dans une infusion, la sensation qu'il éprouve est similaire à celle qu'il éprouvait, enfant, lorsque sa tante Léonie lui faisait goûter une madeleine trempée elle aussi dans une infusion. Ce souvenir s'était effacé de sa mémoire et voilà que durant quelques secondes il ressent ce qu'il ressentait enfant : la fracture entre le moi enfant et le moi adulte est abolie. Le narrateur voit ainsi ce qu'est « un morceau de temps à l'état pur ».

La multiplicité du moi proustien se manifeste dans le temps mais aussi dans l'instant, notamment dans le monde des rêves, sur lequel nous reviendrons. **Virginia Woolf,** dans *Les Vagues* (la pochothèque), perçoit aussi **le moi comme multiple.** Elle fait dire à l'un de ses personnages, Bernard :

Document Virginia Woolf, *Les Vagues* (1931)

« Il devient évident que je ne suis pas un, que je ne suis pas simple mais bien multiple et compliqué. Bernard, tout bouillant en public, est réservé dans l'intimité. Voilà ce que ne comprennent pas ces gens, à qui je sers indubitablement en ce moment de sujet de conversation. Ils disent que je suis fuyant, évasif. Ils ne comprennent pas que je dois effectuer des transitions, et couvrir de mon mieux les entrées et les sorties de plusieurs individus très différents les uns des autres qui jouent tour à tour le rôle de Bernard. » (traduction de 1937 et 1974)

Bernard affirme la multiplicité du moi. Il prend acte de la fracture qui existe entre le **moi sociable** de Bernard, qualifié mélioratívement de « bouillant » lorsqu'il est en public, et de « **réservé** » alors qu'il se trouve dans l'intimité. Il y a une antithèse entre ses deux moi. Bernard en vient même à considérer qu'il a en lui « plusieurs individus ». On rejoint là le propos de Stevenson. Cependant, Bernard associe à cette multiplicité du moi la notion de théâtralité, reprenant le topos du ***theatrum mundi*** suivant lequel le monde est un théâtre au sein duquel nous sommes les acteurs. L'unité du moi n'existant pas, nous devons, intérieurement, opérer des transitions entre nos « Moi » afin de faire surgir sur scène celui auquel s'attend notre entourage et c'est là que réside la difficulté : ce n'est pas nécessairement le « moi bouillant » de Bernard qui va surgir.

Zoom auteur

Virginia Woolf (1882-1941)

Virginia Stephen est issue d'un milieu intellectuel. Elle fait son entrée en littérature d'abord en tant que critique littéraire au *Times Literary Supplement*. Dès 1905, elle veut devenir romancière avec la ferme volonté de transformer le genre romanesque en y capturant l'éphémère. Elle entend traduire les sensations et les émotions fugitives. Son écriture sera alors qualifiée d'impressionniste. Elle épouse à 30 ans Léonard Woolf, homme de lettres et romancier. Elle fait partie d'un groupe d'intellectuels, le *Bloomsbury*, groupe qui cherche à révolutionner l'économie (avec Keynes) ou encore la littérature (avec Huxley). Ce groupe audacieux s'amuse également beaucoup, ce qui influencera l'écriture de la romancière. Fragile, Virginia Woolf souffre d'hallucinations et de crises de folie qui la conduiront, en 1941, à la noyade.

Cette multiplicité du Moi qui préoccupe tant les romanciers européens se manifeste aussi dans le milieu artistique.

L'autoportrait en est l'un des vecteurs, il est une représentation picturale où le peintre ou le dessinateur se représente lui-même. Connu depuis l'Antiquité, l'artiste mettra en avant **ses représentations du Moi**. Ce genre pictural s'est imposé peu à peu. L'Autoportrait va rapidement devenir un outil d'introspection pour le peintre, laissant, de ce fait, la possibilité au spectateur d'entrer dans son intimité. Pour autant, la représentation doit-elle toujours être fidèle au modèle ? Si le Moi est ce qui est représenté sur les autoportraits, il est une évidence ; ce **Moi est en perpétuelle évolution**. Proust le souligne et l'explique ; le changement est permanent car nous sommes toujours à la recherche de ce que nous sommes. Ainsi Alberto **Giacometti**, sculpteur et peintre ne cesse de se questionner, comment les différentes représentations du Moi peuvent-elles saisir une vérité ? Explorer les différents lieux qui nous construisent est sans nul doute le but de l'artiste. Au XXe siècle, cet art contribue à une recherche sur le **Moi**, il n'est plus question de mettre en place une représentation sociale, il est le moyen pour le spectateur d'entrer dans l'intime de l'artiste. Il est la permission d'explorer son identité.

Le but de l'autoportrait est-il de représenter la réalité ou une réalité ?

Zoom Artiste

Alberto Giacometti (1901-1966)

Sculpteur et peintre Suisse, Giacometti est surtout connu pour ses sculptures de personnages filiformes.

Sur les différents autoportraits de l'artiste, il est mis en place une sorte « d'étouffante quiétude ». Les fonds sont souvent de couleur brune, ocre, terre et gris, ils semblent inachevés. Sillonnés de grandes lignes verticales qui délimitent l'œuvre, c'est une impression d'enfermement qui se dégage alors des portraits.

Ses autoportraits se caractérisent par une totale absence de décor, le modèle y est souvent figé et toujours de face. La palette du peintre s'articule autour de couleurs monochromes qui accentuent cette idée d'effacement rendue aussi par les nombreuses retouches que l'artiste fait au niveau du visage.

C. Rêve et folie comme portes d'accès à soi

Dès le XIXe siècle, les écrivains considèrent que le rêve est une porte d'accès à soi. Les rêves nous permettraient de mieux nous connaître, et cela les hommes et femmes de lettres n'ont pas attendu que Freud le conceptualise.

Document Gérard de Nerval, *Aurélia* (1855)

Le rêve est une seconde vie. Je n'ai pu percer sans frémir ces portes d'ivoire ou de corne qui nous séparent du monde invisible. Les premiers instants du sommeil sont l'image de la mort ; un engourdissement nébuleux saisit notre pensée, et nous ne pouvons déterminer l'instant précis où le *moi*, sous une autre forme, continue l'œuvre de l'existence. C'est un souterrain vague qui s'éclaire peu à peu, et où se dégagent de l'ombre et de la nuit les pâles figures gravement immobiles qui habitent le séjour des limbes. Puis le tableau se forme, une clarté nouvelle illumine et fait jouer ces apparitions bizarres : – le monde des Esprits s'ouvre pour nous.

Le narrateur d'*Aurélia* établit une double analogie entre le sommeil et la mort d'une part et le sommeil et la vie, d'autre part. **Le sommeil interroge le moi, le fragilise, notre conscience abdique.** Nerval parle bien d'une « autre forme » du moi, ce qui contribue à remettre en cause la notion même d'unité du sujet. Il utilise les marques de la première personne du pluriel, montrant bien l'universalité de l'expérience de la mort et de la vie qu'est le sommeil. La métaphore du « souterrain vague » renforce cette idée suivant laquelle nous ne nous connaissons pas véritablement. Cependant, cet univers nous conduit à un mode singulier de connaissance de soi dans la mesure où ce souterrain « s'éclaire peu à peu ». Ce que nous y vivons peut passer du confus à l'intelligible. Des souvenirs pourront rester de ce séjour dans les limbes du sommeil. Le mot « limbes » n'est pas utilisé par hasard par Nerval. Il renvoie à la mort : le monde du sommeil peut ressusciter les morts. Il peut révéler nos désirs cachés ou non – le narrateur va revoir une femme qu'il a aimée –, raviver des émotions perdues ou encore, comme le montre Marcel **Proust** dans *À la recherche du temps perdu* nous apprend à non seulement mieux nous connaître mais encore à connaître l'homme. Ainsi, **le monde du sommeil peut résoudre des questions ontologiques et existentielles** posées par le monde de la veille. L'une des problématiques de la *Recherche* est : l'inversion (l'homosexualité) est-elle naturelle et comment faire en sorte qu'elle soit acceptée par la société ? Les rêves décrits par le narrateur montrent que le genre auquel nous appartenons – masculin, féminin – ne compte pas car, dans nos rêves, les gens changent d'apparence et nous savons que nous sommes face à eux et non à d'autres personnes. Dans *Sodome et Gomorrhe*, nous pouvons lire que dans le monde du sommeil, « un homme y apparaît au bout d'un instant sous l'aspect d'une femme. Les choses y ont une aptitude à devenir des hommes, les hommes des amis et des ennemis. » (p. 981) L'enveloppe corporelle compte si peu dans le monde du sommeil que le narrateur n'est pas surpris de voir Mme Verdurin porter une paire de moustaches. Si l'enveloppe corporelle ne compte pas, c'est que seule l'âme compte et que nous pouvons être attirés par des hommes comme par des femmes. On voit là qu'en montrant à quel point notre identité est instable, Marcel Proust justifie pleinement l'homosexualité.

Zoom auteur

Marcel Proust

Marcel Proust est un esthète et écrivain qui a marqué les esprits en écrivant, entre 1906 et 1922 ce que l'on a nommé l'œuvre cathédrale, *A la recherche du temps perdu*. Histoire d'une vocation – le petit Marcel devient écrivain –, la *Recherche* se décompose en plusieurs ouvrages dont l'action se déroule au moment de l'affaire Dreyfus et de la première guerre mondiale : *Du côté de chez Swann, A l'ombre des jeunes filles en fleurs, Le côté des Guermantes, Sodome et Gomorrhe, la Prisonnière, Albertine disparue, le Temps retrouvé*. Le narrateur cherche à retrouver le temps perdu et à résoudre la question de la multiplicité du moi dans le temps : la **réminiscence** (mémoire involontaire) permet de juxtaposer un moment du passé à un moment du présent : le goût de la madeleine trempée dans la tisane au début de *Du côté de chez Swann*, est le même que celui que le narrateur ressentait enfant chez sa tante Léonie. Il est alors brutalement replongé dans le passé et a l'impression de vivre « un morceau de temps à l'état pur » : il n'y a alors plus de contradiction entre le moi passé et le moi présent. Ce temps retrouvé est ensuite capturé dans l'écriture.

L'intérêt pour le monde du sommeil s'accentue dans les années 1920 : André **Breton** s'intéresse aux phrases involontaires que l'on prononce dans l'état de demi-sommeil. Il marque la naissance du surréalisme en découvrant **l'écriture automatique** : dans *les champs magnétiques,* il s'astreint avec Philippe Soupault à reproduire l'état de demi-sommeil au moment de prendre la plume : ils écoutent leur voix intérieure, renoncent à toute conscience. Breton, dans le *Manifeste du surréalisme* décrit ainsi l'écriture automatique : « un monologue de débit aussi rapide que possible, sur lequel l'esprit critique du sujet ne fasse porter aucun jugement, qui ne s'embarrasse, par suite, d'aucune réticence, et qui soit, aussi exactement que possible, la pensée parlée. » Il s'agit de laisser parler l'inconscient pour construire une sur-réalité. André Masson a quant à lui utilisé le processus de peinture automatique.

En intégrant l'inconscient au processus de création artistique, les surréalistes prennent acte de la complexité du moi.

Zoom

Les jeux surréalistes

Les jeux surréalistes cherchent à faire surgir un **inconscient collectif, notion qui complexifie la notion de sujet.** Le plus célèbre d'entre eux est défini par André Breton et Paul Eluard dans leur *Dictionnaire abrégé du surréalisme* (1938). Il s'agit du **cadavre exquis**, « jeu qui consiste à faire composer une phrase, ou un dessin, par plusieurs personnes sans qu'aucune d'elles puisse tenir compte de la collaboration ou des collaborations précédentes. Ce jeu tire son nom de la première phrase obtenue de cette manière : Le cadavre – exquis – boira – le vin – nouveau. » D'autres jeux jouent avec l'inconscient. On peut retenir le jeu des définitions – quelqu'un note une question et plie la feuille sans montrer son contenu ; le voisin note une réponse sans avoir vu la question. Ainsi André Breton et Suzanne Muzart écrivent en 1928 : « Qu'est-ce que la liberté ? Une multitude de petits points multicolores dans les paupières. »

Fiche méthode

L'analyse filmique

I. Renseigner le titre, le réalisateur, la date de sortie, le pays, le genre

II. Quelles relations avec le thème ?

En quoi le film est-il en relation avec le thème, en quoi permet-il un éclairage de ce dernier, une nouvelle approche, une analyse plus fine ou plus approfondie, telles sont les questions que vous devez avoir à l'esprit à la vision du film afin de constituer une fiche détaillée et constructive. Parfois il est possible de rapprocher le film d'un livre lu.

La musique joue un rôle important : elle est porteuse de suspense ; dans *Hiroshima mon amour*, d'Alain Resnais (1959) se met en place la récurrence d'un thème où le piano triste et langoureux relayé par les violons nous dit la violence et le danger.

La musique peut même parfois faire office de narrateur, comme dans *Blade Runner*, de Ridley Scott (1982) qui raconte la traque de cyborgs déviants : le thème musical est sans cesse récupéré par la voix d'un synthétiseur qui, telle une sirène, ne cesse de rappeler la menace imminente. Les travellings, supportés par une musique délivrant des quasi-vibrations, racontent la chasse et l'enfermement.

Enfin, elle peut représenter un personnage ; dans *L'Enfant Sauvage*, de François Truffaut (1970) les notes aiguës jouées à la flûte annoncent la liberté, l'innocence et la fragilité de Victor, petit garçon sauvage et attachant.

III. Le film

Comment se met en place la narration ? personnages, plan séquence, narrateur externe ?

Les couleurs : qu'apportent-elles à la compréhension ?

Les plans, leur signification :

Le gros plan = C'est un cadrage qui a pour but d'isoler une partie du corps du personnage ou d'un objet. Il permet de mettre en avant des qualités, des particularités. Ce plan met en valeur certains aspects du personnage ou de l'objet et ainsi d'en faire ressortir la dramaturgie.

Plan rapproché poitrine et plan taille = Ils permettent une certaine intimité avec le personnage, les rendant parfois vulnérables : leurs émotions sont alors plus fortes, leur fragilité plus intense.

Plan italien = Le cadrage du personnage se fait au-dessous du genou, cependant ce cadrage sera rapidement abandonné en faveur du plan américain.

Plan américain = Le personnage est filmé mi cuisses, il est mis en avant.

Plan séquence = Scène filmée sans coupures, raconte un événement dans sa totalité.

Traveling = Déplacement réel de la caméra, il suit les personnages et leurs actions.

Il faut aussi s'intéresser à la musique, si elle est parfois un personnage, elle raconte également une histoire. On parle souvent de thème musical, il est donc nécessaire de comprendre en quoi elle est un plus lorsqu'un personnage apparaît à l'écran.

IV. Le contexte

Qu'il soit historique et/ou politique, il marque une œuvre et en donne souvent une interprétation. L'œuvre est la mise en place d'une opinion, elle se donne à voir et doit aussi être interprétée selon un contexte.

Enfin, il faut donner du sens, expliquer vos ressentis, confronter le film avec vos connaissances et d'autres œuvres si possible.

Sujet corrigé

Question d'interprétation littéraire

↳ En quoi cet extrait peut-il être rattaché au mouvement du romantisme ?

Document Chateaubriand, *René* (1802)

René est d'abord un récit destiné à illustrer le chapitre « le vague des passions » dans Le Génie du Christianisme. *Dans ce chapitre, Chateaubriand définit ce qui sera nommé par la suite le mal du siècle, « on habite avec un cœur plein un monde vide et, sans avoir usé de rien, on est désabusé de tout. » Le personnage de René se trouve en Amérique chez les Natchez, des Indiens qui lui demandent de raconter ce qui l'a conduit dans les déserts de Louisiane. Il raconte son mal-être, sa fuite chez des « peuples qui ne sont plus », son retour en France au sein de la société puis son choix de la solitude, propice à une communion avec la Nature.*

Je me mis à sonder mon cœur, à me demander ce que je désirais. Je ne le savais pas, mais je crus tout à coup que les bois me seraient délicieux. Me voilà soudain résolu d'achever dans un exil champêtre une carrière à peine commencée et dans laquelle j'avais déjà dévoré des siècles. J'embrassai ce projet avec l'ardeur que je mets à tous mes desseins ; je partis précipitamment pour m'ensevelir dans une chaumière, comme j'étais parti autrefois pour faire le tour du monde.

On m'accuse d'avoir des goûts inconstants, de ne pouvoir jouir longtemps de la même chimère, d'être la proie d'une imagination qui se hâte d'arriver au fond de mes plaisirs, comme si elle était accablée de leur durée ; on m'accuse de passer toujours le but que je puis atteindre : hélas ! je cherche seulement un bien inconnu dont l'instinct me poursuit. Est-ce ma faute si je trouve partout des bornes, si ce qui est fini n'a pour moi aucune valeur ? Cependant je sens que j'aime la monotonie des sentiments de la vie, et si j'avais encore la folie de croire au bonheur, je le chercherais dans l'habitude.

La solitude absolue, le spectacle de la nature, me plongèrent bientôt dans un état presque impossible à décrire. Sans parents, sans amis, pour ainsi dire, sur la terre, n'ayant point encore aimé, j'étais accablé d'une surabondance de vie. Quelquefois je rougissais subitement, et je sentais couler dans mon cœur comme des ruisseaux d'une lave ardente ; quelquefois je poussais des cris involontaires, et la nuit était également troublée de mes songes et de mes veilles. Il me manquait quelque chose pour remplir l'abîme de mon existence : je descendais dans la vallée, je m'élevais sur la montagne, appelant de toute la force de mes désirs l'idéal objet d'une flamme future ; je l'embrassais dans les vents ; je croyais l'entendre dans les gémissements du fleuve ; tout était ce fantôme imaginaire, et les astres dans les cieux, et le principe même de vie dans l'univers.

Toutefois cet état de calme et de trouble, d'indigence et de richesse, n'était pas sans quelques charmes : un jour je m'étais amusé à effeuiller une branche de saule sur un ruisseau et à attacher une idée à chaque feuille que le courant entraînait. Un roi qui craint de perdre sa couronne par une révolution subite ne ressent pas des angoisses plus vives que les miennes à chaque accident qui menaçait les débris de mon rameau.

Chateaubriand est considéré comme l'un des premiers écrivains romantiques en France. S'inscrivant dans la lignée de Goethe et de ses *Souffrances du jeune Werther* (1774), il publie *René*, récit dans lequel le personnage est en proie au mal du siècle que Chateaubriand nomme dans *Le génie du christianisme* (1802) « le vague des passions ». Ce récit a un retentissement tel que le mal de René devient le mal du siècle : il génère une centaine de suicides, ce qui fait écrire à celui que l'on surnomme l'Enchanteur qu'il n'aurait jamais dû écrire *René*. Nous verrons en quoi cet extrait de René est symptomatique de la sensibilité romantique.

Pour cela, nous montrerons d'abord comment il traduit la fracture entre un cœur plein et un monde vide, puis de quelle manière le contact avec la Nature renforce l'exaltation des sentiments.

Chateaubriand, dans son chapitre consacré au vague des passions, écrit que l'« **on habite avec un cœur plein un monde vide** ». Cette vision du monde conduit alors à une certaine **inconstance** dont fait état ici le personnage : « on m'accuse d'avoir des goûts inconstants ». Il passe ainsi de la société à la solitude. La vie sociale « qui m'avait d'abord enchanté, ne tarda pas à me devenir insupportable. » Les mots utilisés sont très forts et fonctionnent de façon **antithétique** : on passe de l'enchantement à quelque chose d'impossible à supporter, ainsi que l'indique l'utilisation du préfixe privatif « in ». Le narrateur se justifie aussitôt en dénonçant l'éternelle répétition du même qui structure la vie en société. Inconstant, il choisit de renoncer à la société pour choisir « l'exil champêtre ». Le substantif « exil » traduit bien sa volonté de se couper des autres hommes. René a été désabusé par la société au point qu'il a la sensation, toute romantique, d'avoir « dévoré des siècles ».

Il semble **la proie des « chimères »**, des constructions de son imagination. Qui dit chimère dit décalage avec la réalité et déception. René désire encore et toujours plus. D'où l'idée du cœur « trop plein » dont parle Chateaubriand :

le verbe « passer » au sens de « dépasser » traduit bien l'absence de limite. René est à la recherche de quelque chose qu'il ne parvient pas à caractériser autrement que par la périphrase « bien inconnu dont l'instinct [le] poursuit. » Parce qu'il est convaincu que ce bien existe, il passe de chimère en chimère. Il aspire à quelque chose d'**infini** et rejette le fini qui n'a, pour lui, « aucune valeur ». Comment atteindre l'infini ? Est-il réellement atteignable ?

Le personnage est désabusé : **il ne croit plus au bonheur** et parle même de « folie » concernant ceux qui y croient encore. Il pense que le bonheur peut naître de l'habitude mais l'habitude ne semble pas faite pour lui dans la mesure où il se lasse rapidement de tout : il « ne peut jouir longtemps de la même chimère. » La phrase négative est claire. Le personnage ne pourra pas trouver le bonheur du fait de son inconstance et de son désabusement.

Désabusé, René se réfugie dans la Nature.

Cette dernière le plonge dans la plus profonde **exaltation**. Il ressent une « surabondance de vie » – ce qui rejoint de nouveau l'idée du « cœur trop plein ». Cette surabondance le fait se trouver dans des états violents. Stylistiquement, le balancement « quelquefois… quelquefois » montre l'alternance temporelle entre différents états. D'une part, la Nature l'émeut au point de rougir et provoque en lui les troubles de la passion traduits par la métaphore de la lave. D'autre part, elle fait surgir ses désirs profonds, des « cris involontaires ».

Cette surabondance de vie cherche à être comblée. René va se créer une **compagne imaginaire**, désignée par la périphrase « l'idéal objet d'une flamme future ». La Nature favorise son imagination : « je l'embrassais dans les vents ; je croyais l'entendre dans les gémissements du fleuve ». Les éléments naturels, vent, fleuve, sont au service de la création de celle que l'on nommera la sylphide. Ce « fantôme imaginaire » prend vie dans la totalité de l'étant, désignée par l'indéfini « tout ». Elle fait partie des « astres ». Sans la Nature, elle ne prendrait pas forme. Son statut même de « fantôme imaginaire » laisse entendre que René ne peut qu'être déçu : elle n'existe pas.

La Nature favorise l'imagination amoureuse mais aussi une imagination plus intellectuelle, si l'on peut dire. René nous livre un récit singulatif dans lequel nous apprenons qu' « un jour », il a effeuillé « une branche de saule sur un ruisseau » et qu'il a « attaché une idée à chaque feuille que le courant entraînait. » Il surveille alors ses feuilles qui descendent le cours d'eau, espérant qu'il ne leur arrive rien. Se moquant de lui-même, il se compare à un « roi qui craint de perdre sa couronne par une révolution subite », comme si, symboliquement l'eau, emblème du temps qui passe, pouvait faire disparaître ses idées. « Chaque accident » menaçant ses feuilles lui fait ressentir de « vives angoisses ».

Cet extrait semble donc symptomatique de la sensibilité romantique dans la mesure où il met en scène un personnage désabusé, dont le cœur trop plein ne peut le conduire au bonheur. La Nature, loin de combler l'abîme de son cœur, semble creuser cet abîme plus profondément en faisant naître en lui des désirs inconnus et une passion pour un être imaginaire. Le statut même de fantôme imaginaire de cet être ne peut que le conduire de nouveau à la déception. Romantique, le personnage se sert de la Nature comme réceptacle de ses sentiments et de ses idées.

Question de réflexion philosophique

↳ Peut-on se connaître soi-même ?

Plan détaillé :

I. La connaissance de soi-même est rendue possible…

- **A.** Par la conscience de soi et la mémoire.
- **B.** Par le fait que l'individu se retrouve dans le monde extérieur. En le transformant, il y laisse autant de marques qui lui permettent d'apprendre à se connaître.

II. La connaissance de soi-même est néanmoins rendue difficile…

- **A.** Par le fait que le moi ne cesse de changer, de se transformer au cours du temps.
- **B.** Par le fait que le moi n'est pas parfaitement transparent à lui-même : problème de l'inconscient.
- **C.** Par le fait que l'individu qui cherche à se connaître est à la fois sujet de la connaissance (c'est lui qui mène cette activité de connaissance) et objet de la connaissance. Il risque donc de ne pas être parfaitement objectif (il peut notamment se mentir à lui-même). Or la connaissance véritable implique l'objectivité.

III. Ces difficultés font d'une connaissance de soi parfaite et définitive un horizon indéfiniment repoussé.

- **A.** Il existe de multiples moyens pour s'efforcer de surmonter les difficultés inhérentes à la connaissance de soi : psychanalyse, écriture autobiographique, etc.
- **B.** Pour autant la connaissance de soi parfaite reste un idéal qui guide l'effort de connaissance de soi-même sans jamais pouvoir être atteint. C'est ce que Kant appelle un idéal régulateur.

Question d'interprétation philosophique

↳ Quelle vision du moi Alain élabore-t-il dans ce texte ?

« Il est assez évident que l'idée du Moi se forme corrélativement à l'idée des autres ; que l'opposition la modifie tout autant que l'imitation ; que le langage, le nom propre, les jugements, les sentences, tout le bruit propre à la famille, y ont une puissance décisive ; qu'enfin c'est des autres que nous tenons la première connaissance de nous-mêmes. Quelle application de tous pour me rappeler à moi-même, pour m'incorporer mes actes et mes paroles, pour me raconter mes propres souvenirs ! La chronologie est toujours élaborée, discutée, contrôlée en commun ; j'apprends ma propre histoire (...). Aussi cette idée de moi individu, lié à d'autres, distinct des autres, connu par eux et jugé par eux comme je les connais et les juge, tient fortement tout mon être ; la conscience intime y trouve sa forme et son modèle ; ce n'est point une fiction de roman ; je suis toujours pour moi un être fait de l'opinion autour de moi ; cela ne m'est pas étranger ; c'est en moi ; l'existence sociale me tient par l'intérieur (...). »

Alain, *Études*

Quand nous faisons mention de notre moi, nous nous référons à ce qui forme selon nous notre identité à travers le temps, ce qui fait que nous restons la même personne alors que nous ne cessons pourtant de passer à travers une multiplicité d'états différents au fil du temps. Mais, précisément, comment se forme ce moi ? D'où vient cette identité personnelle qui ferait de nous une même personne à travers le temps ? La thèse soutenue par Alain dans ce texte est que le moi se forme dans le rapport aux autres.

Il montre ainsi dans un premier temps que la première connaissance que nous avons de nous-mêmes provient de notre rapport à autrui. Il approfondit cette idée dans un second temps en soutenant que notre rapport aux autres n'est pas seulement ce qui nous permet de développer une connaissance de nous-même, il est en réalité constitutif de ce que nous sommes. Le moi est constitué par le rapport à l'altérité.

Alain commence par affirmer que **l'idée du moi naît avec le rapport à autrui.** Une telle affirmation va à l'encontre de ce qu'un philosophe comme Descartes soutient. Pour Descartes en effet, le moi est une réalité substantielle dont toute l'essence est de penser et qui se caractérise par la transparence à soi-même et par la liberté. Le point de vue de Descartes est solipsiste : nous n'avons pas besoin des autres pour être ce que nous sommes (une substance pensante) et pour savoir ce que nous sommes (puisque la pensée est consciente selon Descartes : quand je suis en train de penser, j'aperçois que je pense et j'aperçois ce que je pense). Pour Alain, c'est au contraire de notre rapport aux autres que nous tenons notre première connaissance de nous-même. C'est en m'opposant aux autres, en les imitant, en discutant avec eux, en étant jugé par eux, etc. que je forme peu à peu une connaissance de mon identité personnelle. Alain va même plus loin en soutenant que cette connaissance acquise dans le rapport à autrui est une connaissance solide et assurée (« ainsi mes premiers pas dans la connaissance de moi-même sont les plus assurés de tous »). Ce sont également les autres qui m'aident à me souvenir de mon histoire personnelle (que ce soit en me racontant ce dont je ne me souviens plus ou ce dont je ne peux pas me souvenir, en corrigeant certains de mes souvenirs, en les précisant, etc.) et à développer ainsi une connaissance progressive de moi-même. Alain nuance ici la thèse du philosophe empiriste John Locke. Pour ce dernier c'est en effet la mémoire qui fonde l'identité personnelle. Locke considère que la mémoire n'est autre que la conscience d'actes, de pensées, de perceptions passés. Si la mémoire fonde l'identité personnelle, c'est parce qu'elle lie les souvenirs de ce que l'on a réalisé dans le passé et ce que l'on fait au présent. Alain ne conteste pas l'importance de la mémoire pour l'identité personnelle mais montre que les souvenirs que nous avons de notre histoire personnelle se développent toujours en relation avec autrui. De ce point de vue, là où Locke considérait que si on oublie une partie de notre vie, cela signifie que nous ne sommes plus la même personne que celle qui a réalisé ces actions ou pensées oubliés, Alain soutient qu'autrui peut nous aider à lever le voile sur ces zones d'ombre et à développer ainsi une connaissance de nous-même qui les intègre.

Pour autant, si on en restait à cette première partie du texte, on pourrait penser que le moi se forge de manière solipsiste et que c'est seulement la connaissance que l'on a de ce moi ou de notre identité personnelle qui nécessite le rapport à autrui. Alain va donc approfondir sa réflexion sur le moi en montrant dans un second temps que **notre identité personnelle, notre moi, est constitué par le rapport à autrui** (« je suis toujours pour moi un être fait de l'opinion autour de moi ; cela ne m'est pas étranger ; c'est en moi »). Cela revient à dire que le moi ne peut pas être séparé de l'altérité parce que celle-ci en est constituante. Or Alain semble limiter l'autre à l'ensemble des individus qui forment ce qu'on nomme le corps social. Mais ne peut-on pas penser que cette altérité constitutive du moi recouvre aussi bien l'inconscient que les structures économiques, langagières, etc. ? Le problème qui se pose alors également est de savoir si Alain nous invite ici à renoncer à toute liberté du moi. Si celui-ci est constitué par l'altérité, ne faut-il pas admettre qu'il est déterminé par cette altérité ? La position d'Alain semble plus nuancée que cela dans la mesure où il souligne la possibilité d'un dialogue avec autrui.

Question de réflexion littéraire

↳ Sujet de réflexion littéraire : Qu'est-ce que le Moi ?

Descartes définissait l'homme comme une substance pensante et ne remettait aucunement en question l'unité du Moi. Il a fallu attendre la fin du XIXe siècle pour que se pose la question de ce qu'est véritablement le Moi. Les écrivains ont interrogé sa dualité, voire sa multiplicité. Psychanalystes et philosophes se sont heurtés à quelque chose d'impossible à définir. Nous allons pourtant chercher à circonscrire ici ce qu'est le Moi.

Nous verrons d'abord en quoi le Moi se perçoit comme singulier, unique. Nous montrerons ensuite sur quoi repose sa complexité. Enfin, nous verrons que le Moi correspond à un être en perpétuel changement.

Le Moi correspond à l'ego d'un individu qui se considère comme unique. Déjà, au XVIIIe siècle, Rousseau écrivait : « Je ne suis fais comme aucun de ceux que j'ai vus. J'ose croire n'être fait comme aucun de ceux qui existent. » Il est certes un « homme dans toute la vérité de sa nature » mais un être singulier avant tout, un être qui se perçoit comme un et indivisible. Les autobiographes qui, dans la lignée de Rousseau, ont écrit leurs mémoires, ont tous voulu mettre l'accent sur la singularité de leur Moi. Chateaubriand, au XIXe siècle, se perçoit bien comme unique. Il raconte sa vie en parallèle de celle de son siècle, apportant ainsi une documentation historique à son lecteur. Son parcours politique et littéraire lui est propre. De même, au XXe siècle, le général de Gaulle entreprendra de rédiger ses Mémoires, témoignant de sa vie et de la guerre. Chacun de ces hommes ne remet pas en cause l'unité du Moi. Les philosophes ont eux aussi perçu le moi comme un. Descartes distinguait la substance pensante, l'âme, de la substance étendue, l'esprit, mais pour dire que le Moi était l'union de ces deux substances.

Cependant, la question de la connaissance du Moi se pose depuis l'Antiquité. Ne lisait-on pas sur le fronton du temple de Delphes « Connais-toi toi-même » ? Si l'on ne se connaît pas, c'est bien que l'on ne sait pas qui est ce Moi censé nous caractériser. *Œdipe-Roi* de Sophocle, traduit de façon infidèle au XXe siècle par un auteur comme Jean Anouilh, pensait être l'homme le plus heureux. Roi, époux aimé et aimant, père de quatre enfants, il ne savait pas qu'il était en réalité l'homme le plus malheureux, incestueux et parricide. Le chœur antique conclut la pièce en disant qu'on ne peut connaître un homme qu'au terme de sa vie. On pourrait également affirmer qu'il n'y a pas de réelle connaissance du Moi dans la mesure où, en plus d'être unique, le Moi est surtout complexe.

La complexité du Moi est affirmée par Freud qui distingue le ça, les pulsions animales, le Moi, et le Surmoi, les interdits parentaux. Le ça et le Surmoi lutteraient en permanence au sein du Moi, guidant ses décisions. Cette idée existait déjà en littérature : Stevenson dans *l'étrange cas du Dr Jekyll et de Mister Hyde*, montrait que le ça pouvait prendre le dessus sur le surmoi, et ces concepts étaient loin d'exister au moment de la rédaction du livre. De façon plus ludique, le conflit entre le ça et le Surmoi est mis en scène dans la bande dessinée *Tintin* d'Hergé, lorsque Milou, le chien, au moment de prendre une décision a d'un côté un Milou angélique, représentant le Surmoi et d'un autre un Milou diabolique, représentant le ça. Comment se déterminer ? Qui écouter ? Un équilibre entre le ça et le Surmoi est en général attendu…

Le Moi est d'autant plus complexe qu'il comporte une conscience mais aussi un préconscient et un inconscient. La découverte de l'inconscient psychique a fait exploser les frontières du moi. Rêves, lapsus, actes manqués, révèlent toute la complexité du moi. Certains souvenirs sont refoulés et peuvent remonter à la surface par l'intermédiaire du rêve. À l'analyste de le décrypter pour parfois soigner nos âmes, comme le fait Freud dans ses *cinq essais de psychanalyse*. Le cas de l'homme au loup montre à quel point les souvenirs d'enfance refoulés peuvent être destructeurs, générateurs parfois même de névrose obsessionnelle. La preuve de l'existence de l'inconscient psychique repose sur le fait qu'une fois que le souvenir refoulé remonte à la surface, le symptôme disparaît. Nos actes manqués et lapsus révèlent également nos désirs profonds.

Le Moi semble donc complexe dans l'instant mais il semble qu'il le soit aussi dans le temps.

Le Moi est complexe dans le temps, ne serait-ce que sur le plan physique. Schopenhauer, dans *le monde comme volonté et comme représentation*, fait état des changements physiques que le temps nous fait subir. Proust, dans le dernier tome d'À *la recherche du temps perdu*, se rend dans le salon des Guermantes, dans lequel il n'est pas allé depuis plusieurs années. Il a alors l'impression d'assister à un bal costumé. Il croit que tout le monde s'est grimé. Tous ont en réalité vieilli. Odette ressemble même à une « rose cristallisée ». Le narrateur se rend compte de l'effet dévastateur du temps sur une partie de ce qui semblait fonder la singularité du moi, à savoir l'enveloppe corporelle.

Ce Moi qui change physiquement sous l'effet du temps, change aussi de l'intérieur. Alors que le narrateur croit son amour d'enfance, Gilberte, morte, il ne ressent rien, ne souffre pas. Les sentiments évoluent au fil du temps. Le fait même de ne plus aimer Gilberte, lui fait écrire : « Elle était comme une morte pour moi. » De même, dans *Un amour de Swann*, de Proust, le narrateur, Swann, se rend compte qu'il a énormément souffert pour une femme, Odette, qui n'était même pas son genre. Il a cristallisé sur elle dans la mesure où elle ressemblait à un portrait peint par Botticelli, il s'est pris à aimer son franglais qu'il trouvait d'abord ridicule. Des années plus tard, la décristallisation ayant fait son effet, il ne comprend plus pour quelles raisons il a aimé cette femme.

Cette complexité du Moi dans le temps donne lieu en plus à une dissociation entre le Moi de la veille et le Moi du sommeil, voire une dissociation entre le Moi social et le Moi intime. Le Moi qui évolue dans le monde du rêve fait et voit des choses surprenantes, comme l'a noté à maintes reprises Proust. Tout ce qui se passe ne peut avoir lieu dans la réalité. Virginia Woolf, dans *les Vagues*, a, quant à elle, montré que le Moi exubérant de Bernard en société s'oppose au possible à son Moi intime. Il n'est pas le même avant et après avoir ouvert la porte à ses amis.

En somme, le Moi semble bien indéfinissable. Il est certes unique, que ce soit sur le plan physique ou intellectuel mais il ne parvient jamais à une véritable connaissance de soi. Complexe, éclaté, fragmenté, mouvant, tels sont les adjectifs qui cherchent à définir, de façon incomplète, le Moi.

Thème 2

L'humanité en question

Introduction générale

Le début du XXe siècle hérite à la fois d'un **culte de l'avenir** et d'une **foi dans le Progrès**, pensé comme la synthèse de tous les progrès singuliers. **Cette idée d'un progrès général de l'humanité se lie ainsi à une vision eschatologique de l'histoire**, où celle-ci avance inéluctablement vers un avenir positif qui marquera la fin de l'histoire dans la mesure où l'humanité se sera enfin accomplie et réalisée. **Cette foi dans le Progrès trouve son origine dans au moins trois sources** : le savoir scientifique moderne, le paradigme politique et économique moderne, la synthèse entre les luttes émancipatrices et la pensée judéo-chrétienne.

Sur un premier axe, le savoir scientifique moderne n'a cessé d'enregistrer des succès depuis le XVIe siècle. Corrélativement, les avancées techniques se sont accumulées. S'est ainsi peu à peu formée l'idée d'un Progrès prenant la forme d'une accumulation des connaissances et des avancées techniques acquises au cours des siècles.

Sur un second axe, l'intrication étroite entre économie, démocratie et État de droit a contribué à diffuser l'idée d'une humanité progressant vers une pacification graduelle des rapports sociaux.

Sur un troisième axe, les succès des luttes émancipatrices (cf. thème 1, chapitre 1) se sont soudés à une laïcisation de l'eschatologie religieuse judéo-chrétienne : l'humanité finirait ainsi par atteindre une fin de l'histoire où elle serait totalement émancipée et où toute relation de pouvoir aurait disparu.

C'est cette synthèse entre culte de l'avenir et foi dans le Progrès qui est entrée en crise au XXe siècle et a ainsi conduit l'humanité à s'interroger de nouveau sur sa direction et son futur. Les violences récurrentes du XXe siècle (guerres mondiales, génocides, violences sociales, etc.) ont ainsi conduit l'humanité à se questionner sur ce qu'elle pouvait encore espérer de l'histoire (chapitre 2). L'idée que toute avancée technique participait d'un Progrès général est également entrée en crise. La technique apparaît ainsi désormais comme inquiétante et suscite des débats (chapitre 3). Enfin, la rupture avec une histoire pensée comme progressant nécessairement et inéluctablement vers un point de perfection pour l'humanité a conduit à réenvisager l'histoire du point de vue des événements et des ruptures et non plus du point de vue de la continuité (chapitre 1).

Créations, continuités, ruptures

Synthèse de cours

Méthodologie

Découvrir et comprendre le sens des mots

- **Création :** emprunté au dérivé latin *creatio*. D'abord employé en parlant de la création divine (création du monde) il s'est laïcisé au sens « d'action d'établir une chose pour la première fois » au XIVe siècle A la fin du XVIIIe siècle « ensemble des êtres et des choses créées » et « chose créée ». Puis, après *créateur*, il est passé en art au sens d'« action de créer » et « œuvre créée », particulièrement dans le domaine poétique (1810) au sein du débat qui l'oppose à *imitation*, et dans le domaine théâtral (1843, d'un rôle interprété pour la première fois).
- **Continuité :** substantif formé sur le radical de *continuer*, emprunt ancien au latin *continuare* « prolonger dans l'espace, joindre de manière à former un tout sans interruption », « faire succéder dans le temps », « poursuivre ce qui est entrepris » et « prolonger ».
- **Rupture :** XIVe siècle emprunté au latin *ruptura* « rupture, bris », dérivé du radical du supin *rumpere* « rompre ». Le mot, rare avant le XVIe siècle, désigne le fait de se rompre, l'action par laquelle une chose est rompue. Il est employé dans un contexte guerrier (1549) à propos de l'opération ouvrant une brèche dans le dispositif défensif de l'adversaire. Au figuré, « rupture » se dit de la désunion, de la séparation entre personnes liées par l'amitié, le sang, l'amour (1636). Il s'applique aussi au fait de faire cesser brusquement un état existant, d'interrompre le cours de quelque chose. Le mot indique aussi une opposition tranchée, un changement brusque entre les éléments d'un ensemble et interrompant leur continuité, d'abord en peinture (1684, *rupture des couleurs*).

Introduction

Les recherches historiques ont connu une mutation importante avec le **structuralisme** (on peut notamment citer les travaux de Boas en ethnologie dès 1911, ou ceux de Troubetskoï en linguistique dès 1929). Il s'agissait à cet égard de rompre avec une pratique des recherches historiques qui consistait essentiellement à reconstituer la *continuité* de l'histoire passée des grands ensembles nationaux. Pour cela, les structuralistes s'efforçaient de dégager les structures derrière les phénomènes qu'ils étudiaient, dans la mesure où c'était le fonctionnement même de ces structures qui devait rendre compte des phénomènes en question (une structure consistant en un jeu de relations entre éléments). Par-là même, ils se dotaient d'un outil permettant d'analyser et de comprendre les changements ou discontinuités enregistrés par les sociétés ; une rupture s'expliquant ainsi par un réagencement des relations entre les éléments caractéristiques de la structure. **Dès lors, l'histoire ne s'organisait plus autour de la continuité, mais autour des notions de *changement* et *d'évènement*.** Or en parallèle de cette mutation dans les recherches historiques, les pratiques artistiques et culturelles se sont également de plus en plus donné comme objectif de rompre avec les formes passées instituées en inventant de nouveaux modes d'expression.

Si le XXe siècle a vu la crise de l'identité, il s'est ouvert également sur de nombreuses autres crises, que ce soit une crise morale ou intellectuelle, dans la mesure où la croyance au progrès diminue du fait de la permanence des guerres ; une crise sociale, la technologie creusant le gouffre entre les classes sociales au lieu de le réduire ; une crise religieuse : du fait des guerres surgit l'idée suivant laquelle, comme l'affirmait Nietzsche, Dieu est mort. Philosophie de l'absurde et philosophie existentialiste surgissent, affirment la mort de Dieu et conquièrent l'espace littéraire. Ces crises donnent naissance à une crise esthétique. L'idée de beau peut-elle perdurer alors que tout n'est que violence ?

Le XXIe siècle semble marqué, quant à lui, par une crise écologique. L'anthropocentrisme est battu en brèche, la place de l'animal est discutée par des hommes engagés tandis que ce que l'homme fait subir à la planète par ses inventions ou ses actes violents, qui ont vu la naissance du nucléaire, est dénoncé.

1. Un changement radical de vision du monde : sciences et humanités à l'avant-garde

a. Rompre avec le passé

L'acte de création est inhérent à la nature humaine. La technique et les sciences en général connaissent un essor durant la Révolution Industrielle du XIXe siècle. Depuis, cette expansion n'a cessé de se poursuivre. Le XXe siècle fait entrer l'homme dans une phase nouvelle de l'histoire de l'humanité, tout se fait à l'échelle planétaire et **les avancées technologiques** sont légion. La période est celle de découvertes majeures, les progrès scientifiques et technologiques sont la démonstration de la puissance des nations rivales. Les hommes vivent mieux, grâce aux progrès de la médecine et à un habitat plus décent et confortable. Ces découvertes et ces avancées enrichissent le questionnement artistique. Le **modernisme** s'est imposé dans tous les domaines. **Le passé reste un patrimoine qu'il faut dépasser**, la science est moteur de cette rupture. Le cinéma par sa technique, permet à la fois de sublimer, de magnifier le banal, le quotidien : « (...) À travers l'exploration d'un environnement banal, sous la géniale direction de l'objectif (...) ce cinéma parvient à nous assurer un espace de jeu immense et insoupçonné (.) Avec le gros plan l'espace se dilate ; avec le ralenti, c'est au mouvement de se diffracter à son tour. » (Walter Benjamin. *L'œuvre d'art à l'époque de sa reproductivité technique. 1939*) Le cinéma permet une réflexion sur les découvertes, la physique, l'astronomie... Par exemple, le film de Christopher Nolan en 2014, *Interstellar*, mais encore *2001 Odyssée de l'espace* (que ce soit le livre de Clarke ou le film de Stanley Kubrick).

Le progrès suscite un enthousiasme qui est cependant contrebalancé par l'éthique : est-ce que tout progrès est bon, souhaitable, justifiable ?

La remise en question des bienfaits du progrès ne tarde pas à apparaître dans les œuvres des romanciers et penseurs : ils sont critiques envers une technologie dont les conséquences parfois néfastes modifient la vie des hommes au point que ces derniers puissent y perdre leur place et leurs repères.

Document Robert Musil, *L'homme sans qualités* (1930), traduction de Jacottet, seuil, 1956

Les romanciers mettent en avant le danger de la science, Robert Musil dans son roman inachevé, *L'Homme sans qualités*, écrira en 1930 :

Parmi ces idées fixes sociales est apparue, depuis longtemps déjà, une espèce de ville hyper-américaine, où tout marche et s'arrête au chronomètre. (...) Les transports, de surface, aériens et souterrains, les déplacements humains par pneumatique, les files d'automobiles foncent dans l'horizontale tandis que dans la verticale des ascenseurs ultrarapides pompent les masses humaines d'un palier de circulation à l'autre (...) Les questions et réponses s'emboîtent les unes dans les autres comme les pièces d'une machine, chacun n'a devant soi que des tâches bien définies, les professions sont groupées par quartiers, on mange tout en se déplaçant, les plaisirs sont concentrés dans d'autres secteurs, et ailleurs encore se dressent les tours où l'on retrouve son épouse, sa famille, son gramophone et son âme. La tension et la détente, l'activité et l'amour ont tous leurs moments distincts calculés sur la base de minutieuses expériences de laboratoire.

Le but est donc de montrer que la vie des hommes n'est plus laissée au hasard de rencontres ou de possibles. Tout doit devenir méthodique, répondant à une sorte de rationalité mathématique. Les hommes évoluent dans un espace créé pour eux, mais dans lequel la fantaisie et le libre arbitre n'ont plus de place. Tout est calculé, dimensionné, établi. La technologie est-elle véritablement au service de l'homme ? N'est-ce pas la question que pose Robert Musil ?

b. L'humanité en crise

Zoom auteur

Edmund Husserl (1859-1938)

Philosophe et logicien, autrichien de naissance, puis prussien, il est surtout le fondateur de la phénoménologie, qui constitue un des courants philosophiques essentiels du XXe siècle. En même temps que le philosophe français Henri Bergson, mais d'une manière totalement différente, Husserl tente de résoudre la situation de crise dans laquelle se trouve la philosophie européenne. Celle-ci oscille en effet de manière insatisfaisante entre idéalisme et matérialisme, entre une conception qui fait de la conscience ce qui donne dans une autonomie absolue un sens à tous les faits qui se présentent à elle (idéalisme) et une conception qui réduit la conscience à être un simple effet des causalités naturelles qui s'exercent dans le monde (matérialisme). C'est alors l'intentionnalité qui constitue le cœur de la solution husserlienne et de la phénoménologie.

On ne peut pas séparer la conférence « La crise de l'humanité européenne et la philosophie », prononcée par Husserl le 7 mai 1935, du contexte historique dans lequel elle s'inscrit. Depuis 1933 les nazis sont au pouvoir et Husserl, d'origine juive, est privé de ses responsabilités académiques, de toute manifestation publique et de toute liberté de presse. Ce que Husserl voit ainsi monter à l'époque, c'est un échec du pouvoir de la raison.

Au début de la Krisis, Husserl fait le constat d'une **crise des sciences.** Il faut bien comprendre ce que Husserl veut dire par là. Il ne critique en effet ni la méthodologie des sciences, ni les réussites incontestables et multiples auxquelles elles parviennent. Ce que le terme de **crise des sciences recouvre, c'est en fait le positivisme** dans lequel les sciences ont alors tendance à s'enfermer. Ce positivisme signifie que la science se concentre tellement sur l'étude du fait, quel qu'il soit (fait social, phénomène physique, phénomène psychique, etc.), qu'elle en finit par perdre de vue l'instance subjective qui est pourtant nécessairement à l'œuvre dans les démarches qu'elle réalise. Autrement dit, l'esprit scientifique est si concentré sur son objet qu'il en finit par être aveugle à lui-même comme subjectivité constituante. Comme l'écrit ainsi Husserl, « de pures sciences positives font des hommes purement positifs », c'est-à-dire des hommes qui sont tellement obnubilés par les faits qu'ils ne songent plus même à interroger en retour le regard qu'ils portent sur ces faits. Ce que finit ainsi par cacher le positivisme, c'est ce qu'Husserl nomme **l'intentionnalité**.

Husserl reprend en effet à Brentano l'idée que **toute conscience est conscience de quelque chose.** C'est ce qu'il va nommer l'intentionnalité : « Le mot intentionnalité ne signifie rien d'autre que cette particularité foncière et générale qu'a la conscience d'être conscience de quelque chose » (E. Husserl, *Méditations Cartésiennes*, « Deuxième Méditation », trad. G. Pfeiffer et E. Levinas, 1947). L'intentionnalité enveloppe une véritable révolution philosophique, au sens où elle vise à rompre avec l'opposition traditionnelle entre sujet et objet. Une certaine tradition philosophique avait en effet tendance à opposer le sujet (caractérisé par sa pensée consciente) et l'objet (comme objet de pensée) comme deux pôles séparés et extérieurs l'un à l'autre. L'intentionnalité signifie au contraire que **conscience et objet n'existent pas l'un sans l'autre ou l'un en dehors de l'autre.** La conscience en effet est toujours ouverte sur autre chose qu'elle-même et elle n'est pas ce qu'elle est qu'en visant, qu'en se rapportant à cette autre chose dont elle s'emplit alors. En même temps, l'objet ne possède une existence en tant qu'objet qu'en tant qu'il est visé par la conscience qui lui donne un sens.

On comprend donc mieux le problème posé par le positivisme. En se focalisant sur les faits et en faisant abstraction de l'intentionnalité, il perd de vue le sens inhérent à tout fait. En effet, et c'est que dit l'intentionnalité, un fait n'est rien sans le sens que lui confère la conscience en le visant.

En outre, Husserl voit aussi dans la crise des sciences un oubli de ce qu'il appelle le monde de la vie.

Le monde de la vie n'est pas le monde objectif tel qu'il est pensé par la science moderne, comme un objet abstrait régi par des lois universelles. C'est au contraire le lieu de la tradition, des habitudes, des croyances, de la vie quotidienne. Or ce monde de la vie est présupposé par l'attitude scientifique, au sens où il constitue une sorte de couche sous-jacente sédimentée dans laquelle s'enracine l'activité du scientifique. Autrement dit, l'activité scientifique elle-même ne peut s'élaborer que sur la base d'un ensemble d'habitudes, de croyances, de comportements, etc.

C'est donc de nouveau un problème de sens qui se pose ici. En finissant par omettre le monde de la vie, c'est bien le sens de toutes ces habitudes, croyances, comportements, etc. qui n'est plus questionné. Or il y a toujours lieu de l'interroger puisque c'est toujours la subjectivité qui constitue le sens. Seulement cette activité de constitution peut finir par être oubliée.

En définitive, la crise des sciences est pour Husserl **une crise du sens**. En se focalisant sur les faits et en perdant de vue le monde de la vie, les sciences ont fini par se couper de la question du sens de la vie qui est fondamentale pour l'humanité.

C'est pourquoi Husserl en appelle à un **renouveau spirituel de l'humanité.** Il s'agit de continuer à progresser dans la recherche de la vérité tout en gardant à l'esprit que ce progrès ne peut s'opérer que par une totalisation et une répétition permanente des acquis passés. Autrement dit, une étape scientifique n'est pas seulement la survenue dans l'histoire d'un nouveau sens, d'une nouvelle vérité, mais l'intégration dans un nouveau projet de la totalité du sens antérieur.

De ce point de vue, l'intérêt de la réflexion de Husserl est de proposer une perspective originale quant à la question de la continuité ou de la discontinuité dans les savoirs. **L'approche continuiste** soutient ainsi qu'il n'existe pas de véritable rupture ou bifurcation dans l'histoire du savoir, mais que la progression se fait par accumulation continue et modification graduelle. **L'approche discontinuiste** considère au contraire qu'il existe de véritables **révolutions dans l'histoire du savoir**, qui marquent autant de discontinuités ou de ruptures. L'épistémologue Thomas S. Kuhn soutient ainsi dans son ouvrage *La structure des révolutions scientifiques* (1962) que l'histoire des sciences voit se succéder des plages de continuité et des révolutions qui introduisent autant de bifurcations fondatrices de nouvelles plages de continuité. Une plage temporelle de continuité se caractérise par l'adoption par la communauté scientifique d'un paradigme commun jugé cohérent et satisfaisant pour expliquer la réalité. Surviennent alors des anomalies, c'est-à-dire des énigmes non ou partiellement résolues, mettant donc à mal les conditions d'application du paradigme en vigueur. Ces anomalies font entrer la science en crise, jusqu'à ce qu'elles soient résolues et qu'apparaisse ainsi un nouveau paradigme. On parlera ainsi de **révolution scientifique** pour désigner cette séquence temporelle anomalie-résolution de l'anomalie-mise en place d'un nouveau paradigme en rupture avec le précédent.

L'intérêt de la position de Husserl au sein de ce débat est de parvenir à joindre en quelque sorte les deux bords opposés. Il existe bien en effet des discontinuités au sens du surgissement de vérités nouvelles, mais celles-ci doivent

– pour que le progrès des sciences ne se coupe pas de la question du sens de la vie qui est fondamentale pour l'humanité – intégrer dans un projet nouveau la totalité du sens antérieur.

c. S'essayer à de nouvelles formes d'expression

La crise de l'humanité conduit à des interrogations qui ébranlent les écrivains : **Dieu existe-t-il ?** Ne serait-il pas **mort**, comme l'affirme Nietzsche, sans quoi pourquoi laisserait-il l'homme commettre le mal ? Deux philosophies surgissent, celle de **l'absurde**, représentée par Camus, et la **philosophie existentialiste**, représentée par Sartre. Pour l'une comme pour l'autre, Dieu est mort. Pour Camus, notre existence est absurde, semblable à celle de Sisyphe qui, dans l'Antiquité, avait été condamné à monter un rocher en haut d'une colline. Le rocher redescendait. Sisyphe recommençait à l'infini à pousser le rocher au sommet de la colline pour rien... Il est, d'après Camus dans son essai *Le mythe de Sisyphe* (1942), le symbole de la condition humaine. Le théâtre de l'absurde est lui aussi fondé sur l'idée suivant laquelle la vie n'a pas de sens. Dans *En attendant Godot* (1953), de Samuel Beckett, deux personnages attendent Godot... mais Godot ne viendra jamais. Dans Godot nous identifions « God », Dieu. La croyance en Dieu s'évapore et avec elle le sens de la vie et des mots que nous prononçons, ainsi que le constate Ionesco dans sa pièce absurde *La Cantatrice chauve* (1950), pièce écrite en partie sur le modèle de la méthode d'apprentissage des langues Assimil : les personnages peuvent affirmer tout et son contraire, qu'importe puisque nos vies n'ont pas de sens. A l'inverse, pour les tenants de l'existentialisme, la mort de Dieu laisse l'homme libre. À lui d'user convenablement de cette liberté. Dans *Les Mouches* (1943), Sartre réécrit le mythe d'Electre. Le personnage d'Oreste se dressera face à Zeus pour affirmer une liberté qui lui donne le droit de tuer sa mère pour venger son père...

Cette crise religieuse et identitaire va avoir des répercussions sur le roman. Le roman a fait long feu ! C'est ce que semblent nous dire les théoriciens du **Nouveau Roman**. Dans les années 1950, un groupe d'écrivains français, N. Sarraute, A. Robbe-Grillet, C. Simon et quelques autres réinventent, modernisent le roman. Il s'agit avant tout de casser les codes de ce qui a précédé et surtout du roman balzacien. L'histoire ne doit plus jouer le premier rôle ; il n'est plus question d'évoquer les actions des personnages, de mettre en avant tout ce qui peut donner l'illusion du réel. Balzac donne à ses descriptions une fonction diégétique ; le lieu explique la personne, de la même manière ses traits physiques annoncent son caractère. **Le personnage du Nouveau Roman est une conscience dont on explore les flux**, les personnages n'ont pas de contours définis, ils ont parfois un nom réduit à une **initiale** ou en sont totalement privés. Les personnages évoluent dans une intrigue souvent énigmatique. Robbe-Grillet considère le personnage de roman balzacien comme une « momie ». **Le monde est complexe**, il est en mutation, c'est ce que traduisent les auteurs de ce Nouveau Roman. « Le Nouveau Roman c'est l'aventure d'une écriture et non l'écriture d'une aventure », selon la formule de Jean Ricardou.

La rupture avec le passé passe aussi par **la réinvention des formes connues** : en littérature L'**OuLiPo** (L'ouvroir de littérature potentielle) est créé en 1960 par un groupe de mathématiciens, de peintres et d'écrivains surréalistes. Il faut redécouvrir de nouvelles potentialités au langage. Inventer, réinventer l'écriture passe par de nouvelles formes. Écrire est un acte engagé, étonnant et original. L'invention est ici le moyen de la découverte du plaisir. Le but n'est plus de trouver un sens total et inclusif mais de voir quels sens peuvent avoir les mots. Pour cela l'**OuLiPo inventera des contraintes**, elles seront nombreuses, originales voire totalement loufoques. Les mots sont mis en avant, la création peut sembler aléatoire, non conformiste mais le/les sens produits doivent surprendre. La recherche est avant tout novatrice, le paradoxe naît alors de la contrainte exercée sur les textes, des recherches… on aboutit à l'extravagant. Comment comprendre ces recherches si ce n'est par le biais de la création, de la recréation ? L'OuLiPo montre que le texte peut être à la fois le modèle et la synthèse du changement. Les transformations sont infinies !

Zoom notion

L'OuLiPo

Créé en 1960, il est nécessaire pour ce groupe de surréalistes de réinventer le langage, de le moderniser par des jeux d'écriture. En voici quelques exemples :

- **S+7** : Il est question de remplacer dans un texte chaque substantif par le **septième** qui le suit dans le dictionnaire. « La cigale et la fourmi » devient, sous la plume de Queneau, « la cimaise et la fraction ».
- **L'Anaérobie** : En asphyxiant un texte, c'est-à-dire en le privant d'**R**, on obtient un autre texte. Ce texte obtenu est dit anaérobie du premier. Ex : cette rose amorale a fait crouler le parterre à Cet os à la moelle a fait couler le pâté !
- **Le Lipogramme** : Écrire tout un texte en lui retranchant une lettre de l'alphabet. Le lipogramme le plus connu est le roman de Georges Perec, *La Disparition* (1969). Perec a écrit son roman sans utiliser la lettre **E.**
- **Le poème Boule de Neige :** le premier mot du vers comporte une lettre, le deuxième mot du vers comporte deux lettres, le troisième mot du vers comporte trois lettres…

Zoom auteur

André Breton (1896-1966)

Poète et écrivain, principal théoricien et animateur du mouvement surréaliste. En 1924, André Breton rencontre une femme énigmatique, Nadja. Cette dernière lui raconte sa vie, ses amours, ses détresses, Breton y trouvera des coïncidences avec les évènements de sa propre existence…

Zoom notion

Le surréalisme

Mouvement artistique du XXe siècle, comprenant l'ensemble des procédés de créations et d'expression. Le but est d'arriver à l'acte de création par le moyen de forces psychiques diverses comme le rêve ou l'inconscient. Ainsi la création est-elle totale et absolue dans la mesure où elle se libère de la raison et des attentes consensuelles. Le surréalisme est un mouvement qui aime mêler les arts, et met en avant la collaboration de ses acteurs.

L'humanité en crise a conduit à un renouvellement des arts et de la littérature mais elle a surtout permis à des penseurs ou encore à des architectes de rêver d'autres mondes.

2. Rêver d'autres mondes: utopies et contre-utopies

a. Les utopies architecturales

Le monde change, sa perception aussi, et cette dernière passe par une nouvelle façon de penser la vie en commun. De ce fait, la ville symbolise le lieu des attentes et du bien-être. Cette ville se retrouve donc au centre des préoccupations. Les projets architecturaux sont inscrits et déterminés dans un espace urbain. Tout comme le baron Haussmann l'avait souhaité, l'architecture d'une ville doit mettre en scène cette dernière ainsi que les questions qu'elle dévoile.

Un grand nombre de réalisations d'architecture s'inscrivent dans le processus d'urbanisation de nos sociétés. **L'urbanisation** n'est plus laissée au hasard, elle est une question centrale. L'environnement urbain est au cœur des sociétés modernes. La ville est un lieu pensé. Elle est à la fois porteuse de culture et d'histoire, elle doit être unique, belle, et interroger ses habitants. Le bâtiment a une fonction, il est l'objet esthétique que montre la ville, le reflet d'un paysage urbain en constante transformation. Construire une ville, c'est mettre en avant un art visuel dans lequel se mêlent prouesses technologiques et esthétisme. La ville se montre, elle doit être enviable, c'est ce que confirme **Jean Nouvel**, architecte et lauréat du prix Pritzker en 2008 : « L'avenir de l'architecture n'est pas architectural (...) elle (l'architecture) est la pétrification d'un moment de culture, il « faut » chercher son devenir en dehors de sa propre histoire. » Beaucoup se sont élevés contre ce discours... plus loin, Nouvel dira encore : « j'essayais alors de faire prendre conscience de l'existence d'une nouvelle couche géologique : **le chaos urbain.** »

Ce que nous explique encore Jean Nouvel c'est que selon lui, les éléments qui constituent une ville ne sont pas toujours déterminés par avance, cependant ce mélange, cet agrégat constitue la ville. De ces hasards peut naître la poésie. Jean Nouvel confirmera cette idée en affirmant : « l'architecture n'est jamais qu'un processus de modification. Il est nécessaire de se battre contre une architecture générique et de promouvoir une architecture vivante, qui évolue, apparaît et disparaît. »

Zoom

La cité radieuse. Charles-Edouard Jeanneret-Gris, dit Le Corbusier (1887-1965)

Au sortir de la seconde Guerre mondiale, la France se reconstruit et il faut des logements sociaux. L'État passe des commandes. À Marseille, il est demandé à Le Corbusier la création d'une « unité d'habitation ». On demande surtout à l'architecte de « montrer un nouvel art de bâtir qui transforme le mode d'habitat ».

Le Corbusier apporte une solution à ce problème du logement et transforme l'habitat en véritable service public. **La cité radieuse** est le résultat d'une longue réflexion menée par Le Corbusier depuis 1914. Parmi ses sources d'inspiration, on trouve le paquebot, les maisons collectives constructivistes soviétiques. Son principe : une habitation type immeuble-villa, où il s'agit de construire des appartements comme de petites maisons familiales à double niveau prolongées par des loggias qui font office de jardin. Le Corbusier cherche à apporter la nature dans le logement. Le Corbusier élabore une architecture qu'il veut humaine. Elle est basée intégralement sur le **MODULOR**, inventé en 1945, fondé sur la mesure standardisée d'un homme européen mesurant 1,83 m. À partir de cette unité, il sera calculé le volume du bâtiment et ses aménagements intérieurs. Ainsi sera créé, selon Le Corbusier, une harmonie architecturale.

b. Les contre-utopies

Si les utopies architecturales sont nombreuses, tant dans la réalité que dans la littérature, elles mettent toujours en avant un modèle identique : celui de l'ordre, de la beauté, du bien-être. **La ville « rêvée » est toujours ordonnée et prospère.** Les hommes y évoluent sans violence et vivent en harmonie. La technologie est au service de l'humain et permet ainsi la facilitation de la vie.

Les **contre-utopies** mettent en avant une toute autre réalité : la société est fermée, souvent autoritariste et donne peu de place à l'humain. Dans son roman *Ravages* paru en 1943, René Barjavel raconte, dans un univers post-apocalyptique, la fin de l'humanité technologique. La guerre a conduit à l'arrêt des usines, la vie sociale et économique s'effondre ; de ce fait, les hommes, pour survivre, quittent les mégalopoles. La reconstruction passe par la terre. Les romans d'anticipation racontent souvent la fin d'un système, l'étouffement de la terre dont les causes sont dues aux villes tentaculaires, aux mégapoles tournées vers une industrie compulsive où l'humain perd peu à peu le contrôle de ses actions. La masse, entassée dans des villes tristes et hiérarchisées, est gérée par des systèmes dictatoriaux. Mais ces **dystopies** sont aussi notre lot : les cités, les banlieues construites pour tous mais habitées par les plus pauvres atteignent leurs limites et montrent les dangers d'une **ghettoïsation**. Ces banlieues ne sont pas favorables aux interactions, elles ne sont pas des lieux de modernité ou d'ouverture. Elles sont en dehors, aux abords des villes, constituées d'un agglomérat humain où la population est, pour partie, ostracisée. Il faut alors se demander si l'idéologie à l'origine de ces villes dortoir, cités en dehors de la ville, ne vise pas à **réduire les mouvements sociaux. L'exclusion sociale se fait par l'habitat.** L'inhumanité qui constitue ces cités en est la preuve. Les révoltes sont légion. Cependant les cataclysmes étant souvent internes, ils ne constituent que des « gênes » pour les habitants des villes. La dystopie existe, elle est le quotidien de nombre de nos contemporains ; elle se met en place dans la réalité d'une vie où l'habitation ne constitue pas un lieu de bien-être ou d'épanouissement. Ces minorités sociales, économiques et politiques sont les conséquences d'un enfermement dans des **villes ghetto** où la sous-culture et le manque de moyens génèrent la **violence**. C'est exactement ce que nous raconte Suzanne Collins dans sa trilogie *Hunger Games* (2009). Les districts constitutifs de Panem (*panem et circenses* littéralement « pain et jeux du cirque » dans l'Antiquité), ne servent qu'à produire pour les besoins du Capitole, sorte d'État-capitale de ce Panem, où seule l'élite (les riches) résident.

Document Barjavel, *Ravages*, 1943

« Pendant les cinquante dernières années, les villes avaient débordé de ces limites rondes qu'on leur voit sur les cartes du XXe siècle. Elles s'étaient déformées, étirées le long des voies ferrées, des autostrades, des cours d'eau. Elles avaient fini par se rejoindre et ne formaient plus qu'une seule agglomération en forme de dentelle, un immense réseau d'usines, d'entrepôts, de cités ouvrières, de maisons bourgeoises, d'immeubles champignons. (...) Les hommes ont libéré les forces terribles que la nature tenait enfermées avec précaution. Ils ont cru s'en rendre maîtres. Ils ont nommé cela le Progrès. C'est un progrès accéléré vers la mort. Ils emploient pendant quelque temps ces forces pour construire, puis un beau jour, parce que les hommes sont des hommes c'est-à-dire des êtres chez qui le mal domine le bien, parce que le progrès moral de ces hommes est loin d'avoir été aussi rapide que le progrès de leur science, ils tournent celle-ci vers la destruction. »

C. Prolongement : penser la ville aujourd'hui

Nombreuses sont les dystopies depuis le XXe siècle qui ont permis à des écrivains d'alerter leurs contemporains sur les risques d'une industrialisation massive et sans respect pour l'environnement, notamment à travers la représentation de villes particulièrement monstrueuses. De nos jours ce sujet n'est plus réservé à l'anticipation : la réflexion se poursuit et s'intensifie au quotidien. L'aménagement des villes est au cœur de **la réflexion écologique et politique.** Plus de la moitié de la population mondiale vit désormais dans des villes. Légèrement inférieur à 30 % en 1950, le taux d'urbanisation franchit en 2007 la « barre » de 50 %. D'après les Nations unies, il devrait se situer un peu au-dessus de 60 % en 2030. **La planète compte aujourd'hui 3,3 milliards de citadins, soit quatre fois et demie plus qu'en 1950. En 2030, l'effectif de la population urbaine devrait atteindre 5 milliards ; il y aurait alors autant de citadins dans le monde que d'habitants sur terre en 1987.** Le XXe siècle a vu la ville s'imposer comme modèle d'occupation des territoires. Si dans les pays en voie de développement comme dans les pays industrialisés les paramètres évolutifs sont de même nature – concentration des hommes et des activités dans les villes, et extension progressive des périmètres urbains – la gestion de ces schémas diffère suivant le niveau de développement politique et économique de chaque pays. **Quelles seront les tendances d'évolution du phénomène urbain ?** Grâce aux matériaux intelligents, une nouvelle architecture dessinera la physionomie des villes pour un renouvellement urbain déjà commencé. L'étalement urbain et la métropolisation des territoires participeront au développement des réseaux de transports, de même que la répartition entre transports collectifs et individuels est appelée à évoluer dans un souci toujours plus présent de lutter contre l'effet de serre, les nuisances sonores et atmosphériques, par l'utilisation de nouvelles énergies dites « propres ». Des changements de même envergure interviendront dans les aménagements intérieurs : entre domotique et robotisation, quelle est la réalité de l'imminence de la cybercité ? La vie du citadin sera transformée par ces multiples évolutions. De quelle manière l'amélioration des réseaux de communication jouera-t-elle sur l'organisation du travail ? Quels seront les enjeux de la mobilité urbaine ? La ville-espace d'émulation et d'intégration soulève pourtant des inquiétudes persistantes : comment y garantir un bien-être nécessaire à la pérennisation de la vie de quartier et donc à la vie urbaine ?

Depuis plusieurs années de nombreux projets voient le jour dont la préoccupation est de concilier la cité des hommes, à taille humaine, et la nature nourricière. Nombreux sont les architectes et urbanistes qui tentent de recréer une sociabilité de proximité dans une ville agréable pour les humains qui la peuplent, trop souvent confrontés à des logements trop petits. Dans un entretien à Télérama, à l'occasion de la parution de son livre *Mesure et démesure des villes* (éd. CNRS), le « philosophe de l'urbain » Thierry Paquot, s'interroge sur leur taille idéale. Aux mégalopoles, de plus en plus invivables pour les plus pauvres, et à la métropolisation, qui concentre emplois et richesses dans quelques capitales régionales, il oppose un retour à une échelle plus humaine. **« La ville est un lieu extraordinaire pour autant qu'il puisse combiner les trois qualités qui font sa richesse : l'altérité, la diversité et l'urbanité**. Or, aujourd'hui, les conglomérats urbains en sont privés. Ils s'y opposent même, à en juger par la multiplication des *gated communities*, les quartiers protégés par des grilles, qui sont le produit immobilier numéro un dans le monde. Ce type d'urbanisation va à l'encontre de la diversité, donc de la ville. » (*Télérama.fr*, publié le 07/06/2020) Les grandes catastrophes, les pandémies, comme celles de la COVID 19, nous rappellent la nécessité de repenser notre manière d'habiter la terre et de nous demander quelle ville, quelle nature nous voulons. **Le virus et le confinement de la population ont révélé « les inégalités spatiales de nos conditions d'habitation. Non seulement ce qui est trop petit – les appartements des grandes villes et de leurs périphéries – mais aussi ce qui est trop grand – ces mêmes grandes villes »** constate Nicolas Delon, architecte du collectif *Encore Heureux* (Télérama 3669, 06/05/20). Mais certains n'ont pas attendu de telles situations pour proposer une autre façon d'envisager la ville. Tel est le cas de **Rob Hopkins** : depuis une vingtaine d'années, ce Britannique, à l'origine du **mouvement des villes en transition,** remet l'imagination à l'honneur pour affronter un monde sans pétrole. Il est à la tête d'un réseau tentaculaire qui invite des groupes de citoyens du monde entier à réviser leur mode de vie, leurs déplacements et le contenu de leur assiette. Il a commencé ses expérimentations à Totnes, au sud de l'Angleterre. En 2020, plus de 1500 groupes composent le réseau transition dans une cinquantaine de pays, aussi bien en ville, comme à Londres, qu'à la campagne.

Zoom

DOCUMENTAIRE DEMAIN (2015)
De Cyril Dion et Mélanie Laurent

Et si montrer des solutions, raconter une histoire qui fait du bien, était la meilleure façon de résoudre les crises écologiques, économiques et sociales, que traversent nos pays ? **Suite à la publication d'une étude qui annonce la possible disparition d'une partie de l'humanité d'ici 2100, Cyril Dion et Mélanie Laurent sont partis**

avec une équipe de quatre personnes enquêter dans dix pays pour comprendre ce qui pourrait provoquer cette catastrophe et surtout comment l'éviter. Durant leur voyage, ils ont rencontré les pionniers qui réinventent l'agriculture, l'énergie, l'économie, la démocratie et l'éducation. En mettant bout à bout ces initiatives positives et concrètes qui fonctionnent déjà, ils commencent à voir émerger ce que pourrait être le monde de demain… D'ici vingt ou trente ans, lorsque les ressources seront de plus en plus rares, que les réfugiés climatiques seront encore plus nombreux qu'aujourd'hui, que les rendements agricoles chuteront, il n'y aura pas d'autre voie possible que de changer. Toutes ces initiatives comme la permaculture, les monnaies locales, les énergies renouvelables, sont les prémices d'une nouvelle civilisation. Il ne s'agit que d'initiatives isolées, mais elles ne demandent qu'à être réunies. Il y a déjà un monde qui existe, des solutions déjà disponibles, dans tous les domaines, et qui peuvent inspirer chacun. Comment faire le jour où tout se casse la figure ? Comment continuer à manger ? Comment produire de l'énergie ? Comment faire pour qu'un minimum d'économie survive ? Ces questions préoccupent des personnes qui ne se connaissent pas du tout et qui vivent dans dix pays différents. Elles disent toutes la même chose. C'est un des axes les plus forts du film : la diversité, le désir d'autonomie, la création de communautés humaines pour entrer dans l'action.

3. La création contemporaine, entre continuité et rupture

Le XXe siècle est marqué par un certain nombre de révolutions artistiques. L'Art se veut en rupture avec le passé. Rompre avec le passé signifie être à l'avant-garde. Pour autant, on ne peut que constater l'existence paradoxale de continuités par rapport à l'art antérieur. Il n'est qu'à observer la Joconde tournée en dérision par Marcel Duchamp : il a beau avoir ajouté une moustache au personnage et les initiales L.H.O.O.Q, il travaille tout de même à partir d'un matériau du passé, à savoir la Joconde de Léonard de Vinci. Duchamp fonde le dadaïsme, mouvement artistique de la rupture qui entend rompre à coups de marteau avec le passé mais, symboliquement, il nous montre que sans mémoire du passé son entreprise est vaine.

a. Deux voies de dépassement de l'art comme représentation

La peinture a longtemps été prise dans une **perspective représentative**. **Elle devait ainsi soit représenter un modèle, soit représenter une histoire.** D'un côté, l'image picturale était supposée devoir représenter fidèlement un objet, un modèle. D'un autre côté, elle était supposée devoir raconter une histoire. Il s'agit là de deux tendances pures qui dans les faits se mélangeaient régulièrement dans les œuvres, puisqu'une histoire pouvait toujours se glisser entre deux figures purement illustratives, réintroduisant ainsi une narration. De manière très schématique, on trouverait ainsi d'un côté la grande tradition de l'*ut pictura poesis*, et d'un autre côté une tradition comme celle de la peinture flamande. L'*ut pictura poesis* est une tradition (depuis *l'Art poétique* d'Horace au Ier siècle av. J.-C. où la poésie est définie comme une peinture parlante et la peinture comme une poésie muette) qui met en avant l'idée selon laquelle peinture et poésie se ressemblent et doivent mettre à l'œuvre cette ressemblance dans leurs productions respectives. Soit que le peintre imite le poète et cherche à retranscrire par l'image la puissance du récit, soit que le poète imite le peintre et tente de rendre visible un récit. L'*ut pictura poesis* contraint ainsi le peintre à rendre visible un récit, une histoire, un texte, souvent issu de la mythologie ou de l'histoire religieuse. Mais parallèlement à ce modèle de l'*ut pictura poesis*, on trouve dans la peinture flamande un art purement descriptif. La peinture flamande va à la fois peindre l'intériorité de l'individu en ce qu'elle permet d'en marquer la singularité, mais aussi s'attacher à donner à voir la nature. Mais dans les deux cas, il s'agit de donner à voir de la manière la plus précise et la plus fidèle possible le monde visible.

On peut considérer que l**a peinture a progressivement rompu avec cette perspective représentative.** Les impressionnistes marqueraient à cet égard le coup d'envoi de cette coupure. Or on peut penser qu'il y eût au fond deux voies possibles pour la peinture pour se dégager de cette perspective représentative.

Zoom courant artistique

L'impressionnisme

Le terme même d'impressionnisme est initialement critique. Il provient d'un article du critique Louis Leroy, dans lequel il se moque du tableau *Impression, soleil levant* (1872) de Claude Monet. Le terme a finalement été conservé par les artistes eux-mêmes et par le public pour désigner ce mouvement artistique né de l'association de plusieurs artistes vivant en France lors de la seconde moitié du XIXe siècle. Très critiqué à ses débuts (aussi bien en raison de la technique employée que des sujets choisis), l'impressionnisme est pourtant un mouvement essentiel en ce qu'il marque la rupture de l'art moderne avec les conventions picturales précédentes : traits de pinceau visibles, juxtaposition de touches de couleur, importance du travail en plein air, des paysages et des scènes de la vie ordinaire, recherche du rendu des impressions, des sensations… Parmi les principaux représentants de ce courant, on peut citer Claude Monet, Camille Pissarro, Auguste Renoir, Paul Cézanne, Edgar Degas, Berthe Morisot, Armand Guillaumin, Albert Lebourg, Édouard Manet, Mary Cassatt, Gustave Caillebotte, etc.

Lisez les QR codes ci-dessous pour voir les œuvres mentionnées.

https://fr.wikipedia.org/wiki/Impression,_soleil_levant#/media/Fichier:Claude_Monet,_Impression,_soleil_levant.jpg

On trouverait ainsi d'un côté une tendance à l'abstraction et d'un autre côté une tendance à une nouvelle figuration cherchant à peindre la sensation.

Commençons par la **tendance à l'abstraction**. On peut s'appuyer sur les travaux du critique d'art américain Clément Greenberg pour reconstituer la tradition de cette tendance. Suivant Greenberg, l'art suivrait une évolution finalisée. Cette évolution consisterait en outre dans le fait que chaque art ferait progressivement l'acquisition de son autonomie à l'égard des autres arts. L'accession à cette autonomie par chaque art se traduirait dans sa réduction graduelle aux éléments qui lui sont exclusivement propres. L'impressionnisme serait ainsi le point de départ de ce mouvement pour la peinture, dans la mesure où s'imposent peu à peu dans les œuvres les éléments exclusivement propres au tableau : la surface, le cadre, la frontalité.

Les fonds abstraits et la platitude de certaines œuvres de Manet donneraient ainsi le coup d'envoi de ce mouvement qui s'achèverait avec les monochromes abstraits comme ceux de de Barnett Newman.

https://www.musee-orsay.fr/fr/collections/oeuvres-commentees/recherche/commentaire.html?no_cache=1&zoom=1&tx_damzoom_pi1%5BshowUid%5D=2484

https://www.moma.org/collection/works/14603?sov_referrer=artist&artist_id=4285&page=1

Zoom courant artistique

L'expressionnisme abstrait

Barnett Newman (1905-1970) est un peintre américain considéré comme l'un des représentants majeurs du courant de **l'expressionnisme abstrait.** Le terme provient du critique d'art Robert Coates, en 1946, et désigne le courant artistique qui s'est développé à la sortie de la seconde guerre mondiale aux États-Unis. Se caractérisant à la fois par la recherche de l'abstraction (« abstrait ») et par l'intensité émotionnelle (« expressionnisme »), le mouvement est généralement séparé entre les tenants de l'*action painting* (Jackson Pollock notamment) et ceux de la *colorfield painting* (dont fait partie Barnett Newman). Là où, schématiquement, l'*action painting* met en avant les gestes du peintre, la *colorfield painting* privilégie les effets de surface de couleurs.

https://www.moma.org/collection/works/78386?sov_referrer=artist&artist_id=0&page=2

À côté, on trouverait une autre tendance, non plus à l'abstraction mais à l'élaboration d'une nouvelle figuration cherchant à peindre la sensation. Il ne s'agit ainsi plus de rapporter la représentation du mouvement à la reconnaissance d'un modèle ou d'une histoire, mais d'en faire une analyse de la sensation. Il s'agit non seulement de peindre les corps en tant qu'ils éprouvent telle ou telle sensation, se déforment ou se transforment du fait des sensations par lesquelles ils passent, mais aussi de transmettre directement cette sensation au spectateur, sans passer par le détour d'une histoire.

Zoom artiste

Francis Bacon

Francis Bacon est un peintre britannique, né en 1909 et mort en 1992. Dans un entretien avec David Sylvester, en 1984, Francis Bacon considère *Water from a Running Tap* comme son tableau le plus accompli. Comme le commente Didier Ottinger : « Comment donner une image plus claire et synthétique de son projet artistique, visant à exprimer l'impermanence, la versatilité, la précarité, le flux ? ». Loin de chercher à consigner l'aspect stable des choses, Francis Bacon tente dans ses œuvres de donner à voir le devenir des corps en fonction des sensations qui s'emparent d'eux.

https://www.francis-bacon.com/artworks/paintings/water-running-tap

b. Vers une redéfinition de la notion d'œuvre

La notion d'art est évolutive, elle passe par le progrès. L'art est une production, une activité qui passe par une idée. Depuis le XXe siècle l'idée de l'art est de plus en plus pensée : il y a réflexion sur la notion d'œuvre et remise en question de ce qui fait œuvre. L'idée de l'art s'élargit, n'est plus figée, est en rupture avec la tradition, peut être une **provocation** ; de ce fait l'art prend de multiples formes. La rupture est à la fois morale et esthétique : **morale** du fait de la remise en question de l'ordre bourgeois déjà entamée au XIXe mais dont l'expression explose après la seconde guerre mondiale ; **esthétique** car les sujets sont nouveaux et peuvent choquer le spectateur. Les manifestes esthétiques se multiplient et se placent à l'avant-garde de l'évolution artistique. **Marcel Duchamp** par exemple, un des plus influents de l'art contemporain (art conceptuel), se réclame de l'esprit DADA. Ainsi en 1917 propose-t-il ***Fontaine*, un urinoir inversé** qu'il signe et expose à New-York à la société des artistes indépendants. Pour autant l'œuvre sera refusée car non considérée comme œuvre d'art. **La rupture est esthétique** : l'œuvre d'art s'affranchit de l'esthétisme de l'art classique (qui est le modèle depuis l'Antiquité) et de la représentation mimétique du réel. Ce qui prédomine c'est **l'expression de l'artiste, son point de vue, l'originalité des sujets, la transformation du matériel** qui par l'action de l'artiste devient œuvre. Il est aussi donné à voir le processus créatif : ce qui importe alors pour de nombreux artistes c'est la création, **l'acte de création.** Ainsi Jean Dubuffet l'explique dans « *l'art brut* *préféré aux arts culturels. 1949* » : « De l'art donc où se manifeste la seule fonction de l'invention, et non celles, constantes dans l'art culturel, du caméléon et du singe ». Pour Pierre Soulages (1919-) l'art est un positionnement dans un rapport cognitif et réflexif. Dans notre rapport à l'art, l'émotion n'est plus au centre des préoccupations, il déclare : « Je ne représente pas, je présente. Je ne dépeins pas, je peins. » Ainsi son approche picturale n'est pas celle de choix prédéfinis, mais s'élabore dans la peinture en train d'être faite.

Cette idée se retrouve dans **l'art urbain** et ses formes multiples ; pochoirs, graffitis, stickers… L'affranchissement des critères académiques donne libre cours à la création et à son accessibilité au plus grand nombre. Le Street-Art, le Land-Art offrent la possibilité d'une irruption de l'art dans un univers qui au départ n'est pas celui attendu, la rue, la nature. Comment l'artiste vit-il cet art éphémère et fragile ? À l'occasion de son collage en trompe-l'œil sur la grande pyramide du Louvre, l'artiste JR commente : « Les images comme la vie sont éphémères, une fois collée, l'œuvre d'art vit toute seule. (…) le projet parle de présence et d'absence, de réalité et de souvenirs et de l'éphémère » (*In l'incroyable trompe-l'œil de JR – petit film)*. L'artiste JR met en place une œuvre à la fois hommage et participative (400 volontaires, amis et supporters de l'artiste ont contribué à la mise en place de l'immense collage). Il y a dans la perception de l'œuvre continuité et rupture, car célébrant les 30 ans de la pyramide du Louvre, l'immense trompe-l'œil réalisé fait apparaître les fondations de l'œuvre de PEI. La mise en abyme consiste non pas à balayer le passé, mais à lui rendre hommage. JR nous invite à comprendre que **son art se construit non pas contre mais avec la tradition**, la mémoire de ce qui nous précède tout en proposant, par le concept de l'œuvre éphémère, une nouvelle vision de l'art.

Zoom

Notions clés

- **Art conceptuel** : Apparu dans les années 1960, les origines en sont le READY-MADE de Marcel Duchamp au début du XXe siècle. Il se définit non par les propriétés esthétiques des objets ou des œuvres, mais seulement par le concept ou l'idée de l'art.
- **ART BRUT** : Jean Dubuffet désigne par ce terme les productions de personnes exemptes de culture artistique.
- **Mouvement DADA** : Mouvement intellectuel, littéraire et artistique du début du XXe siècle, il est une remise en cause de toutes les conventions et contraintes idéologiques, esthétiques et politiques.
- **PERFORMANCE et HAPPENING :** Manifestations artistiques qui privilégient la spontanéité et l'improvisation.
- **READY MADE** : Appropriation par un artiste d'un objet manufacturé auquel est retiré sa fonction utilitaire.

Zoom

Marcel Duchamp (1887-1966)

Le cas Richard Mutt

Texte non signé mais vraisemblablement écrit par Duchamp en signe de protestation après le refus essuyé par l'artiste de son œuvre Fontaine. Dans une « lettre ouverte », intitulée le Cas Richard Mutt, il écrira : « … pour quelles raisons la fontaine de Mr mutt a-t-elle été refusée ?

1. Certains ont prétendu qu'elle était immorale, vulgaire.
2. D'autres que c'était du plagiat, une simple pièce d'appareil sanitaire.

… (Mr Mutt) l'a CHOISIE. Il a pris un objet de la vie quotidienne, l'a mis en situation de façon à faire oublier son caractère utilitaire par un nouveau titre et un nouveau point de vue – et il a créé une conception nouvelle de cet objet. »

https://fr.wikipedia.org/wiki/Fontaine_(Duchamp)#/media/Fichier:Fontaine_Duchamp.jpg

c. La question de la réception

La question de la réception est devenue fondamentale pour définir une œuvre d'art. Ne peut-on en arriver à penser que le concept même d'art repose autant sur celui qui regarde l'œuvre, **le spectateur**, que sur l'artiste ? En ce sens, on peut établir une analogie entre ce qui se passe pour le lecteur et ce qui se passe pour le spectateur. Umberto Eco, dans *Lector in fabula. Le rôle du lecteur ou la coopération interprétative dans les textes narratifs* (1979), interroge le rôle du lecteur. Pour Umberto Eco le texte est une « machine paresseuse » qui demande un **travail coopératif** du lecteur pour remplir les « blancs ». Le texte attend que le lecteur actualise son sens. Il attend, de la part du lecteur, une coopération interprétative. Il est, sans lui, incomplet, tissu de « non-dit », de « blancs », à compléter.

Déjà, dans *L'œuvre ouverte* (1962), Eco écrivait : « L'œuvre d'art est un message fondamentalement ambigu, **une pluralité de signifiés qui coexistent en un seul signifiant.** » Au récepteur de **décrypter** ce message. Tout artiste sait qu'il travaille pour un récepteur. « Toute œuvre d'art alors même qu'elle est une forme achevée et close dans sa perfection d'organisme exactement calibré, est **ouverte** au moins en ce qu'elle peut être interprétée de différentes façons, sans que son irréductible singularité soit altérée. Jouir d'une œuvre d'art revient à en donner une interprétation, une exécution, à la faire revivre dans une perspective originale. » Umberto Eco emprunte ses exemples au domaine musical. Pierre Boulez, dans la troisième sonate pour piano, laisse libre l'interprète de choisir la durée des notes. Face à une œuvre picturale contemporaine, l'imagination de chacun peut se déployer. Aucune interprétation ne pourra être jugée fausse. Dans sa pièce de théâtre *Art* (1994), Yasmina Reza interroge l'art contemporain. L'un des personnages achète un tableau blanc avec des liserés blancs. Que signifie-t-il ? Peut-on encore voir là de l'art ? Des amis, Serge et Marc se déchirent. Pour l'un, ce tableau est « de la merde ». Il ne saurait être une œuvre d'art. Pour l'autre, cette œuvre vaut bien les deux cent mille francs qu'il a investis dans la mesure où elle a été peinte par un célèbre artiste. Le nom même d'un artiste suffit-il à donner de la valeur à une œuvre ? À la fin de la pièce, Marc va dessiner sur l'œuvre. L'œuvre est dénaturée mais les amis, accompagnés de leur ami commun Yvan, y voient désormais le symbole de leur amitié.

https://commons.wikimedia.org/wiki/File:White_on_White_(Malevich,_1918).png

Fiche méthode

La lecture d'image

I. Renseigner l'œuvre

Auteur, titre, date, quel type (peinture, dessin, gravure, photographie, image).

Quelle est la technique employée : cela vous aidera à mieux comprendre la relation avec le thème ; la volonté de l'artiste est aussi dévoilée par la technique utilisée, comme par exemple les collages qui peuvent évoquer une superposition, un palimpseste...

Le format est aussi un moyen de comprendre l'œuvre ; quand Gustave Courbet peint *Enterrement à Ornans* au format dit « Gloire », généralement utilisé pour les représentations de sacres, de peintures héroïques ou de représentation divine, il se moque ouvertement des conventions, c'est donc une provocation volontaire.

Il est parfois nécessaire, pour comprendre l'œuvre, de connaître le parcours de son auteur, ses particularités, ses recherches artistiques et son évolution ; Pablo Picasso, Francis Bacon sont des exemples du genre (à voir ; l'évolution de leurs autoportraits), de fait, il faudra situer l'œuvre par rapport à ce parcours, l'artiste évoluant, les messages retranscrits dans les œuvres en sont la preuve. Les contextes historique et politique sont importants ; le sujet, le thème sont porteurs de sens.

II. Que nous montre l'œuvre ?

Quel en est le sujet ? Le personnage principal ? Qu'est-ce qui est représenté et pourquoi ?

Quel est donc le thème de l'œuvre, en quoi est-il en rapport avec la notion étudiée ?

Il est donc nécessaire de décrire l'œuvre, de comprendre comment elle est organisée dans l'espace, pour cela il faut trouver les lignes de force, les plans et leur organisation dans l'œuvre, comment ces plans (premier plan, centre, arrière-plan, lignes de force…) sont organisés par rapport à l'ensemble : qu'est-ce qui est dit ? Avec quoi est-ce associé ? Le choix des couleurs, (elles permettent un début d'explication ; ternes ou vives, chaudes, froides, ont-elles des correspondances ?) Qu'est-ce qui est dit ? Quelle est leur fonction ? (Relisez les explications données sur l'autoportrait de Giacomo Giacometti).

À qui s'adresse l'œuvre, en quoi faut-il y voir une adresse ? Toute œuvre est porteuse de message, il faut donc penser au contexte historique, à la représentation même de l'œuvre : réaliste ? onirique ? informative ?…

Puis confrontez vos réponses au thème étudié, mais aussi à vos connaissances d'autres œuvres ; livres, films, musiques…, sur ce même thème et à la façon dont il est développé. Vous enrichirez ainsi vos analyses.

Sujet corrigé

Vers l'oral

↳ Peut-on vraiment rompre avec le passé ?

Voici quelques pistes de réflexion en vue d'un grand oral en lien avec cette première partie.

I. Une rupture nécessaire

1. Due à la déconstruction du concept de sujet. Le moi n'est plus un mais multiple. Les théories du moi héritées du passé sont détruites.
2. Due à l'amoindrissement de la croyance en Dieu. Si Dieu est mort, la vie a-t-elle un sens ? (philosophie de l'absurde) l'homme est libre de ses actes (existentialisme)
3. Affirmer une liberté absolue : en art, on se permet tout. On s'éloigne de l'art figuratif. Le but de l'art n'est plus d'imiter le réel.

Cependant, s'il nous faut prendre nos distances avec une partie de l'héritage du passé, il semble nécessaire de ne pas l'ignorer.

II. Un héritage nécessaire

1. Absence de création réellement ex nihilo. Rien ne peut être pensé sans référence explicite ou implicite au passé. Ex : La Joconde de Duchamp
2. La construction de l'esprit critique par l'analyse du passé. Cours de SES.
3. Le devoir de mémoire (voir partie suivante). Cours de géopolitique

Chapitre 2

Histoire et violence

Synthèse de cours

Méthodologie

Découvrir et comprendre le sens des mots

- **Violence :** (XIIIe siècle) , emprunté au latin *violentia* « caractère violent, emporté, violence », dérivé de *vis* « force » ; le mot se dit de l'abus de la force pour contraindre quelqu'un à quelque chose, *faire violence à une femme* « la violer » (XVIIIe siècle) ; il désigne aussi la force brutale employée pour soumettre ; *se faire violence* « se contenir, se contraindre » (XVIIe siècle) ; *non-violence*, traduit du sanskrit *ahimsa* pour désigner la doctrine prêchée par Gandhi et recommandant d'éviter la violence dans l'action politique en toutes circonstances.
- **Génocide :** (v. 1944) composé du grec *genos* « naissance, race » (-> gène, genre) et de l'élément –cide*; le mot a été créé en anglais (*genocide*) en 1944 par l'Américain Lemkin, d'origine polonaise, et doit être contemporain en français. D'abord employé à propos des nazis et de leur « solution finale » du problème juif, se dit de la destruction méthodique d'un groupe ethnique et, par extension (v. 1970), de l'extermination d'un groupe en peu de temps ; le mot s'emploie aussi au figuré (*génocide scientifique, politique*).

Introduction

Cette volonté que manifestent les artistes de rompre avec le passé provient du **désenchantement** qu'a fait naître en eux l'Histoire contemporaine qui semble n'être que **violence**.

Le mouvement d'émancipation qui se met en place pendant le siècle des Lumières s'accompagne d'une perspective eschatologique : l'humanité serait en marche vers une fin de l'histoire où elle serait enfin libérée de toute forme de pouvoir et de violence. Rappelons à cet égard que l'eschatologie est initialement une conception religieuse qui postule qu'après la fin des temps se réalisera une société parfaite. De ce point de vue, le grand récit d'une humanité en route vers une société totalement et parfaitement émancipée constitue une laïcisation de la perspective eschatologique. C'est précisément cette vision eschatologique de l'histoire que le XXe siècle a balayé. Les violences sociales, génocidaires, les guerres… ont transformé la vision que nous nous faisons de l'histoire. Nous ne croyons plus en une fin de l'histoire qui verrait l'humanité réconciliée et la violence définitivement supprimée. **L'enjeu dès lors est de parvenir à penser et à dire la violence**, de manière à construire un monde plus juste et plus émancipé ; tout en sachant que nous n'avons jamais aucune garantie que justice et émancipation se réalisent et que nous n'en aurons de toute manière jamais fini avec le pouvoir et la violence. À l'idée d'une histoire progressant nécessairement vers sa fin s'est ainsi substituée une histoire **contingente et interminable**.

1. Le désenchantement à l'égard d'une approche téléologique de l'Histoire

La philosophie chrétienne de l'Histoire a donné naissance au concept d'eschatologie. L'Histoire avancerait vers une fin, elle aurait un sens, nous progresserions vers un mieux. Or, nous allons voir que la violence tire l'une de ses causes de la religion elle-même.

a. La violence sociale

L'espoir d'une société progressant vers une disparition de la violence trouve son origine dans le système économique et social qui se met en place à partir du XVIe siècle.

Le début du XVIe siècle connaît en effet une **crise** religieuse avec le conflit entre catholiques et protestants qui **met à mal les fondements de l'obéissance des individus** aux formes de gouvernement alors en place. Les systèmes politiques de l'époque reposent en effet sur une imbrication étroite des pouvoirs religieux et politiques. La sphère religieuse constituait la source des valeurs et des lois morales dont la légitimité tenait au caractère sacré de la religion concernée. La sphère politique s'assurait alors de l'application de ces règles et lois en usant de la coercition, et était légitimée dans son action et son existence par la sphère religieuse elle-même. Or ce système est progressivement entré en crise pour au moins deux raisons. En premier lieu, le conflit entre protestants et catholiques a mis à mal le principe d'une légitimité inquestionnée de la religion et de ses valeurs, du fait de la critique exercée par chaque confession à l'égard de l'autre. En second lieu, le rôle de coercition joué par la sphère politique est progressivement devenu problématique. D'abord parce que la perte de légitimité de la religion rejaillissait nécessairement sur le politique lui-même. Ensuite parce que l'exercice même de la force était risqué. C'est ce que montre notamment Foucault dans *Surveiller et punir*. Comme tout crime était une attaque personnelle contre le souverain, celui-ci restaurait sa souveraineté un instant blessée en suppliciant le criminel aux yeux de tous. Le risque était que le peuple puisse faire de la scène du supplice le lieu de son refus du pouvoir punitif et parfois même de sa révolte. L'usage de la force constituant donc un danger politique. Le problème qui s'est ainsi présenté à l'époque peut être résumé de la manière suivante : comment assurer la stabilité de l'ordre social et politique sans avoir recours à une légitimation religieuse désormais impossible ou à un simple recours à la force de plus en plus dangereux ?

L'ouvrage de Albert Hirschman (*Les passions et les intérêts. Justifications politiques du capitalisme avant son apogée*) s'efforce ainsi de reconstituer la **manière dont ce problème a été résolu** entre la seconde moitié du XVIIe siècle et la fin du XVIIIe. Le principe de cette solution est le suivant : il **consiste non plus à réprimer les passions des individus, mais à les mettre en valeur et les exploiter**. Le point de départ d'une telle solution réside donc dans la reconnaissance des passions humaines et l'impossibilité de les faire disparaître. Dans la mesure où ces passions menacent la stabilité de l'ordre social et qu'on ne peut raisonnablement espérer ni leur disparition, ni la capacité des individus à les contrôler par eux-mêmes, il ne reste qu'à faire jouer le principe de la passion compensatrice. Le principe en est simple : contre une passion donnée, il s'agira de faire jouer une passion de sens contraire et qui pèse de manière plus importante dans la détermination du comportement de l'individu, de manière à contrebalancer les effets de l'autre passion et à produire ainsi – à partir de ce seul jeu des passions – un ordre social stable. De ce point de vue, on pourrait penser que la crainte constitue une passion compensatrice efficace dans la mesure où elle détermine fortement le comportement individuel (notamment la crainte de la mort). Or Hirschman fait remarquer qu'une telle solution est doublement risquée : elle risque de reproduire les dangers déjà étudiés liés à l'usage de la force ; et elle risque de faire de l'État un système absolutiste ou despotique face auquel les sujets n'auront plus de liberté.

C'est alors **l'intérêt** et non la crainte qui va constituer la passion compensatrice fondamentale dans cette **reconstruction d'un ordre social et politique stable.** L'intérêt se présente en effet comme une passion compensatrice à la fois par sa dimension égocentrique (puisque l'individu se préoccupe avant tout des conséquences de ses actions pour lui-même) et par sa dimension rationnelle (puisque l'individu compare les coûts et les bénéfices de chacune de ses actions et réfléchit aux moyens à mettre en œuvre pour satisfaire son intérêt). Au XVIIIe siècle, l'intérêt va alors être de plus en plus défini et pensé comme intérêt économique, c'est-à-dire comme amour des richesses. Dès lors, ce sont les **activités économiques et l'intérêt qui leur est lié qui constituent la pierre angulaire de la construction d'un ordre social stable**. Autrement dit, les activités économiques sont considérées comme cette passion assez forte pour contrebalancer les autres passions et ainsi pacifier l'ordre social. L'idée est relativement simple : l'intérêt économique étant une passion plus forte que les autres, elle va l'emporter et freiner les passions qui mènent à la violence, parce que celles-ci sont tout simplement nuisibles au bon déroulement de l'activité économique. Un pas de plus sera franchi dans cette logique quand se développera l'idée que le marché économique, par le mécanisme de la libre concurrence, est capable d'harmoniser par lui-même les intérêts individuels et produire ainsi un intérêt général.

On peut néanmoins se demander s'il n'existe pas une pluralité d'intérêts que les individus peuvent poursuivre et qui peuvent jouer ce rôle de passion compensatrice, si bien qu'on ne saurait réduire la notion d'intérêt au seul intérêt économique. Ce qui émerge dès lors, c'est une autre solution pour reconstruire l'ordre social, celle du **contrat social**. On trouve une telle solution chez des penseurs aussi différents que Pufendorf, Locke, Rousseau, Kant. Mais dans le cadre de cet ouvrage nous nous concentrerons sur **Hobbes**.

Pour comprendre sa pensée il faut rappeler la rupture entre politique moderne et politique antique et médiévale. L'ordre social n'est en effet plus pensé comme une réalité naturelle mais comme un artifice, un produit de la volonté humaine. Les penseurs du contrat social retiennent alors des comportements humains un certain nombre de traits qu'ils jugent essentiels. Ils les placent dans une situation pré-politique, appelée **état de nature, où ils vivent en l'absence de toute loi.** L'objectif est de comprendre ce qui conduit les individus à vouloir constituer un ordre social stable (puisque celui-ci n'est plus pensé comme une réalité naturelle) et quelle structure politique ils veulent constituer. Tous les penseurs du contrat social confèrent alors à l'être humain à l'état de nature des **droits naturels**. Ils parlent ainsi d'un droit individuel inscrit dans la nature de l'individu (nature qui le pousse à **vouloir se conserver** car il s'agit là de son désir le plus fort) là où la conception classique inscrivait le droit naturel dans un ordre cosmique. Par ailleurs, le droit naturel de l'individu se définit chez Hobbes comme une **liberté illimitée** tandis que la conception classique déduisait des devoirs à partir de l'ordre cosmique. Enfin **le droit naturel chez Hobbes a pour fin la conservation** là où la conception classique pensait les devoirs comme premiers car permettant à chaque individu de réaliser une perfection inscrite dans l'ordre cosmique.

À l'état de nature, en l'absence de lois, chaque individu a donc une **liberté illimitée** (c'est-à-dire que chaque individu possède un droit sur toute chose et un droit à faire tout ce qu'il juge favorable à son désir le plus puissant : se conserver) de décider des moyens qu'il juge les plus adaptés en vue de sa conservation. Le problème, c'est que chaque individu a une même liberté illimitée à l'état de nature. Dès lors Hobbes décrit comment ils vont entrer en concurrence pour assurer leur conservation et comment la rivalité, la méfiance, la vanité vont instaurer un **état de guerre permanente**, c'est-à-dire une situation où chacun devient l'ennemi de chacun. La liberté illimitée de chacun entre ainsi en contradiction avec ce que chacun désire plus que tout, à savoir persévérer dans son existence. Ce que chacun finit alors par éprouver dans cet état de guerre de tous contre tous, c'est une crainte à l'égard de sa propre mort.

Chacun réalise alors qu'une telle situation est intenable et que le seul moyen d'en sortir est que chacun se dessaisisse du droit qu'il a sur toute chose. La conséquence en est la réalisation du pacte social qui est un mécanisme de **transfert du droit naturel** de chacun à un tiers distinct de l'ensemble des individus. Ce mécanisme de transfert institue ainsi un pouvoir souverain qui dispose de la force collective et qui a pour finalité d'assurer la sûreté des individus (puisque c'est en vue de cela que les individus ont accepté de contracter et de se dessaisir ainsi de leur droit naturel). On le voit, c'est donc l'accord volontaire des individus qui donne sa légitimité à l'État. **Chaque individu est ainsi tenu d'obéir à l'État**, au souverain (à ses lois), parce qu'il est supposé avoir donné librement son accord à l'instauration d'un tel pouvoir dans la mesure où il constituait la seule solution rationnelle pour permettre à chacun de réaliser son désir le plus puissant : persévérer dans son existence et ainsi pouvoir en jouir. **C'est donc bien l'intérêt qui conduit les individus à instaurer un ordre social stable.** C'est le souci de leur propre conservation (égocentrisme) qui conduit les individus à juger (calcul rationnel) que le meilleur moyen d'assurer cette conservation est de se dessaisir de leur droit naturel au profit de l'État ainsi institué. Et c'est bien cette passion plus forte (conserver son existence) qui contrebalance les autres passions (la vanité notamment) qui conduisaient à une situation de violence à l'état de nature. La finalité de l'État ainsi institué par le contrat social est de **mettre un terme à cette violence et de maintenir la sûreté** (qui recouvre à la fois la paix intérieure, la protection de la vie et des biens des individus et la protection contre les menaces extérieures). L'État est ainsi le moyen de contrebalancer des tendances passionnelles qui, laissées hors de contrôle, aboutissent à un déferlement de violence. Or pour ce faire l'État va lui-même faire usage d'une violence qu'on peut dite seconde dans la mesure où elle vise à empêcher la résurgence de la violence de l'état de nature. Le pouvoir souverain doit en effet garantir la sûreté, ce qui va passer par les lois et par l'éducation. Mais on ne peut perdre de vue que les êtres humains sont des êtres de passion, ce qui peut les conduire à violer la loi et donc mettre en péril la sûreté des autres. C'est pourquoi le souverain doit aussi être craint.

On aboutit ainsi à l'idée d'une société où **la violence devait progressivement disparaître, sous l'effet conjoint de l'économie et de l'État.**

Or c'est précisément cette lecture optimiste de l'histoire que conteste le **marxisme**. Loin de pacifier les rapports sociaux, l'économie capitaliste place toute une classe sociale sous la domination d'une autre. Quant à l'État, sa neutralité n'est qu'un voile idéologique qui masque la réalité de son accaparation par la classe bourgeoise qui le met au service de la reproduction de sa **domination**. L'intérêt de l'analyse marxiste à cet égard est de rompre avec l'analyse d'une violence d'État qui ne serait que seconde dans la mesure où elle vise à empêcher la résurgence de la violence de l'état de nature. L'analyse marxiste de la violence d'État contribue au contraire à montrer que celle-ci est première, au sens où elle crée cela même sur quoi la violence s'exercera. Autrement dit l'État crée cette **figure du travailleur forcé de vendre sa force de travail au capitaliste pour survivre** (première forme de violence), travailleur qui va être **exploité et aliéné** (seconde forme de violence), exploitation qui va être reproduite grâce à l'intervention de l'État (troisième forme de violence).

Précisons un peu ces trois formes de violence. La première forme de violence consiste à créer cette figure du travailleur qui sera ensuite exploité et aliéné. On peut penser à cet égard à ce que nous avons déjà vu sur l'éducation qui permet de créer un travailleur productif et obéissant. À cet égard il y aurait donc **une violence de l'éducation dans la mesure où elle crée cette figure du travailleur** qui sera ensuite exploité. Mais Marx met également la violence de la législation étatique qui contribue à créer cette figure du travailleur ensuite aliéné. Il accorde ainsi une grande importance au **mouvement des enclosures**. Ce mouvement, qui s'est opéré en Angleterre à partir de la fin du XVIe siècle et au XVIIe siècle, a consisté en la transformation d'une agriculture traditionnelle qui fonctionnait sur le principe d'un système de coopération et de communauté d'administration des terres en une agriculture caractérisée par un **système de propriété privée des terres.** Un grand nombre de paysans qui dépendaient de ce système traditionnel se retrouvent ainsi forcés de **vendre leur force de travail aux industries naissantes dans les villes pour pouvoir survivre.** De ce point de vue, c'est bien une décision juridique qui crée cette figure du travailleur nécessaire au système capitaliste.

La seconde forme de violence a déjà été analysée dans le chapitre sur l'éducation : c'est la **violence de l'aliénation du prolétariat**, qui se présente à la fois comme mise en concurrence des travailleurs, comme obligation pour les travailleurs de vendre leur force de travail pour survivre et comme spoliation de la plus-value produite.

La troisième forme de violence peut passer aussi bien par une **législation étatique** qui va permettre la reproduction de l'exploitation que par une **répression pure et simple** de tous les mouvements ouvriers qui chercheraient à renverser l'exploitation capitaliste. Marx analyse à cet égard la manière dont la République française réprime dans le sang la Révolution de février 1848, qu'il interprète comme l'acte de naissance de l'indépendance du mouvement ouvrier.

L'analyse marxiste de la violence est finalement intéressante en ce qu'elle montre qu'**on ne saurait réduire la violence sociale ou politique à la seule violence physique**.

b. Les guerres de conquête et de libération

En plus de la violence sociale, existent des guerres entre les Nations. La violence de ces guerres est décrite dans des romans, des pièces de théâtre, voire des poèmes… **La littérature se fait le reflet de l'Histoire**. En ce sens, le titre choisi par Philippe Roussin *Misère de la littérature, terreur de l'Histoire* (2005) fait sens. Cet essai s'appuie essentiellement sur l'œuvre de Louis Ferdinand Céline et sur la littérature contemporaine présentée comme un « **manifeste** » contre l'Histoire. Pour refléter la terreur de l'Histoire du XXe siècle, la littérature choisit de modifier son langage en rejetant la rhétorique, déstructurant la syntaxe, utilisant **l'argot**. L'argot, d'après Roussin, « est d'abord le langage de l'injure et de la blasphémie né de la guerre. Il est le prix à payer et **le transport du conflit dans le langage**. Autant qu'une mobilisation des hommes, la guerre est, de ce point de vue, « une guerre publique des discours » (Alain), une mobilisation du langage. Elle donne autorité au langage épique et emphatique, expression de la force et de puissance. (…) La guerre est expérience de l'épreuve et expérience du langage. (…) Expérience hors du langage (…), elle laisse interdit, muet, « souillé de boue », celui qui la subit, « foirant d'émotion », dans la « menace, le purin et le dégoût », mangeant « la boue (…) à pleine bouche, plus que la bouche même, fendue jusqu'aux oreilles par un éclat. » Roussin cite là le narrateur de *Voyage au bout de la nuit* (1932) de Céline, un narrateur qui s'engage dans l'armée sur un coup de tête et qui, rapidement, est terrifié par la guerre. Cette dernière est bien la « boucherie héroïque » que décrivait Voltaire dans *Candide* (1759). Seuls les lâches survivent. Le narrateur multiplie les images traduisant sa peur, d'où le champ lexical des excréments décliné dans le passage cité par Roussin. Seuls des mots familiers, argotiques, peuvent traduire au mieux l'horreur des guerres.

Les guerres sont, généralement, dénoncées par les écrivains : c'est ce que fait Sartre dans *La Nausée* (et là encore, le titre est explicite) ou encore Céline. Cependant, certaines guerres semblent moins critiquables. C'est le cas des guerres de décolonisation, associées à un mouvement de libération d'un pays. Jean Genet dans *les Paravents* a voulu opposer, dit-il, « une Force à une autre Force ». Cependant, les spectateurs qui ont vu la pièce ont perçu derrière les arabes les Algériens et derrière les colons les Français : représentée en 1966 au théâtre de l'Odéon suite à la décolonisation de l'Algérie, la pièce donne l'impression que son auteur prend le parti des Algériens contre les Français, ce qui déclenche ce que l'on a nommé **la bataille des *Paravents*** : des bagarres éclatent, y compris au sein du théâtre. D'anciens combattants d'Indochine et d'Algérie manifestent, demandant l'interdiction de la pièce. Alors ministre de la Culture, André Malraux prend la parole à l'assemblée nationale le 27 octobre 1966 pour défendre la pièce, affirmant qu'elle n'est pas anti-française :

Document Malraux, Discours du 27 octobre 1966 à l'Assemblée nationale

Si nous étions vraiment en face d'une pièce antifrançaise, un problème assez sérieux se poserait. Or, quiconque a lu cette pièce sait très bien qu'elle n'est pas antifrançaise. Elle est antihumaine. Elle est anti-tout. Genet n'est pas plus antifrançais que Goya anti-espagnol. Vous avez l'équivalent de la scène dont vous parlez dans les Caprices. Par conséquent, le véritable problème qui se pose ici – il a d'ailleurs été posé – c'est celui, comme vous l'avez appelé de la « pourriture ». Mais là encore, Mesdames, Messieurs, allons lentement ! car avec des citations on peut tout faire :

« Alors ô ma beauté, dites à la vermine qui vous mangera de baisers... », c'est de la pourriture ! Une charogne ce n'est pas un titre qui plaisait beaucoup au procureur général, sans parler de Madame Bovary.

Malraux reprend implicitement l'idée de Baudelaire selon laquelle **avec de la boue, on peut faire de l'or.** Genet s'est intéressé à la pourriture qu'est la **guerre** en général et non pas seulement la guerre d'Algérie en particulier. Il a représenté **symboliquement** toute la violence de la guerre. Cette dernière est dessinée sur des paravents. On voit ainsi des personnages défiler sur scène et dessiner un cri, du sang, un pistolet... Les personnages s'expriment durant cette scène de plus en plus fort et de plus en plus vite, montrant ainsi la violence inhérente à toute guerre. Toutefois il s'agit bien d'une **guerre de décolonisation** : les colons portent des faux ventres et marchent sur des échasses au début de la pièce. Ils perdent ensuite faux ventres et échasses, montrant ainsi symboliquement qu'ils perdent la guerre. De même, alors que les arabes marchaient courbés, ils se redressent, montrant bien qu'ils sont symboliquement en train de gagner la guerre. La littérature s'engage ainsi symboliquement contre la guerre et **pour la liberté**. D'autres auteurs ont pris parti pour la décolonisation. C'est le cas d'**Aimé Césaire**, principal représentant du **mouvement de la négritude**, un mouvement qui entend faire entrer le Noir en littérature et surtout renouveler la langue française. Sa pièce, *La tragédie du roi Christophe* (1963), commence après la décolonisation d'Haïti et montre les difficultés de cette nation à se relever de plusieurs dizaines d'années de conquête. Léopold Sédar **Senghor**, quant à lui, écrit un recueil de poèmes, *Hosties noires*, dans lequel se trouve une « prière de paix (pour grandes orgues) » qui fait état de ce que l'Europe a fait subir à l'Afrique. En voici un extrait.

Document Senghor, « Prière de paix »

II

Seigneur Dieu, pardonne à l'Europe blanche !

Et il est vrai, Seigneur, que pendant quatre siècles de lumières elle a jeté la bave et les abois de ses molosses sur mes terres

Et les chrétiens, abjurant Ta lumière et la mansuétude de Ton cœur

Ont éclairé leurs bivouacs avec mes parchemins, torturé mes talbés, déporté mes docteurs et mes maîtres-de-science.

Leur poudre a croulé dans l'éclair la fierté des tatas et des collines.

La violence des images permet de comprendre ce qui a conduit au processus de décolonisation, de libération.

c. Les génocides

La terreur de l'Histoire passe aussi par la présence de **génocides**, que ce soit le génocide arménien, la Shoah, le génocide rwandais, le génocide cambodgien... Le mot « génocide » a été forgé par un juriste américain juif d'origine polonaise, Raphaël Lemkin : il associe le mot « genos » (en grec, la famille, le groupe, la race) au suffixe « -cide » issu du latin « caedere », tuer. Il s'agit, pour certains États, de détruire une catégorie de population jugée inférieure à une autre pour ce qui est de sa nationalité, sa religion, son ethnie ou sa race (concept qui prête à discussion...). Cette catégorie n'est plus considérée comme humaine. C'est pourquoi les images de **déshumanisation**, d'**animalisation**, voire de **réification** sont nombreuses sous les plumes de Primo Levi décrivant son expérience concentrationnaire à Auschwitz, de Rithy Panh racontant le génocide cambodgien, de Gaël Faye évoquant le génocide rwandais. Ces images sont la conséquence des **techniques d'avilissement** utilisées par certains régimes, techniques que décrit Gabriel Marcel dans *les Hommes contre l'humain* (1951) : « Au sens restreint, j'entends par techniques d'avilissement l'ensemble des procédés mis en œuvre pour attaquer et détruire chez les individus appartenant à une catégorie déterminée, le respect qu'ils peuvent avoir d'eux-mêmes, et pour les transformer peu à peu en **déchet** qui s'appréhende lui-même comme tel, et ne peut en fin de compte que désespérer, non pas simplement intellectuellement mais vitalement. » Avilir quelqu'un revient alors à le priver de son moi, le sortir de la catégorie de l'humain. L'être avili par la propagande ou encore la torture s'appréhende comme un « déchet »que l'on peut abattre en toute légalité. Nicola Kovač, dans *Le cannibalisme idéologique* (2002), en vient à écrire : « les principes de l'idéologie nazie ont ceci de spécifique qu'ils **légalisent le génocide** et le mettent sous la protection des lois. » Les nazis considèrent les juifs comme appartenant à une sous-race. Ce sont des **déchets** dont ils cherchent à se débarrasser au point même de désinfecter les camps, comme on peut le lire dans *le Tambour* (1959) de Günter Grass, traduit de l'allemand par Jean Amsler. Le narrateur, Oscar, discute avec Fanjgold, un juif que les nazis ont cherché à déshumaniser, en le contraignant à désinfecter les corps de ses semblables : « Chaque jour, à deux heures, le désinfecteur Mariusz Fajngold avait ordre d'arroser d'eau coupée de lysol les rues du camp, les baraques, les douches, les crématoires, les ballots de vêtements, ceux qui attendaient la douche, ceux qui sortaient de la douche, les pieds les premiers, tout ce qui sortait des fours, tout ce qui devait y entrer. » Ce mépris des nazis pour les « sous-races » les conduit d'abord à **animaliser** les juifs, comme le note Primo Levi dans *Si c'est un homme*. Transportés dans des wagons à bétail, tatoués, désignés par leur numéro de matricule, les déportés font l'expérience de l'animalisation avant de faire celle de la réification, réification qui passe d'abord par une métamorphose du corps, sous l'effet des traitements subis. Non seulement les déportés ont du mal à se reconnaître entre eux lorsqu'ils ne se voient plus pendant quelques jours, mais ils sont en plus transparents aux yeux des nazis. Primo Levi raconte ainsi comment alors qu'un déporté interrogeait un SS, ce dernier a fait comme s'il était transparent. Animal, objet, déchet, le déporté fait donc l'expérience de la déshumanisation.

Cette expérience de la déshumanisation se retrouve dans des récits liés à d'autres génocides. On peut la voir dans le roman de Gaël Faye, *Petit pays* (2016) : le Burundi, comme le Rwanda, vit un génocide. Les Tutsis sont abattus par les Hutus.

Document Gaël Faye, *Petit pays*, 2016

> Chaque jour, la liste des morts s'allongeait, le Rwanda était devenu un immense terrain de chasse dans lequel le Tutsi était le gibier. Un humain coupable d'être né, coupable d'être. Une vermine aux yeux des tueurs, un cancrelat qu'il fallait écraser. Maman se sentait impuissante, inutile. Malgré sa détermination et l'énergie qu'elle déployait, elle ne parvenait à sauver personne. Elle assistait à la disparition de son peuple, de sa famille sans rien pouvoir faire.

La métaphore du cancrelat est une métaphore que l'on retrouve dans d'autres livres sur ce génocide, notamment dans *Notre-Dame du Nil* (2012) de Scolastique Mukasonga. Au Cambodge, les films et livres de Rithy Panh témoignent également de l'entreprise de déshumanisation d'une partie de la population par une autre.

d. La fin des grands récits

Le XXe siècle a finalement été un siècle de guerres et de violence et a ainsi **remis en cause l'idée même d'un progrès de l'humanité.** Ce qui a été brisé, c'est ce qu'on peut appeler une vision eschato-téléologique de l'histoire (c'est-à-dire une vision où l'histoire progresse vers une finalité ou un but – téléologie – qui marque la fin de l'histoire – eschatologie). L'histoire était ainsi censée progresser vers une fin de l'histoire où la société serait pacifiée et où l'être humain pourrait se réaliser pleinement. C'est cette vision de l'histoire qui s'est effondrée avec le XXe siècle.

C'est cet effondrement d'une conception eschato-téléologique de l'histoire que présentent chacun à leur manière la philosophe Hannah Arendt et l'écrivain Stefan Zweig.

> « L'idée de l'existence d'un progrès de l'humanité dans son ensemble, inconnue avant le XVIIe siècle, fut communément partagée par les hommes de lettres au cours du XVIIIe siècle ; le XIXe allait l'élever au rang d'un dogme, presque universellement accepté. (…) Ai-je besoin d'ajouter que toutes nos expériences de ce siècle, qui nous ont constamment placés en face de l'inattendu le plus total, sont en flagrante contradiction avec ces idées et ces doctrines… »
>
> Hannah Arendt, « Sur la violence », 1971,
> in *Du mensonge à la violence*, tr. G. Durand, 1994.

Zoom auteur

Hannah Arendt

Hannah Arendt (1906-1975) est une philosophe allemande naturalisée américaine. Ses recherches portent notamment sur le totalitarisme, sur la condition humaine et sur l'action politique. Ses ouvrages les plus connus sont *Les Origines du totalitarisme* (1951), *Condition de l'homme moderne* (1958) et *La Crise de la culture* (1961).

> « Dans cette touchante confiance où l'on était sûr de pouvoir entourer sa vie de palissades sans la moindre brèche par où le destin eût pu faire irruption, il y avait, malgré toute la sagesse rangée et toute la modestie des conceptions de vie qu'elle supposait, une grande et dangereuse présomption. Le XIXe siècle, dans son idéalisme libéral, était sincèrement convaincu qu'il se trouvait sur la route rectiligne et infaillible du "meilleur des mondes possibles". On considérait avec dédain les époques révolues, avec leurs guerres, leurs famines et leurs révoltes, comme une ère où l'humanité était encore mineure et insuffisamment éclairée. Mais à présent, il ne s'en fallait plus que de quelques décennies pour

que les dernières survivances du mal et de la violence fussent définitivement dépassées, et cette foi en un “Progrès” ininterrompu et irrésistible avait véritablement, en ce temps-là, toute la force d'une religion. »

Zweig, *Le monde d'hier : souvenirs d'un Européen*, 1943, trad. S. Niémetz, 1996.

Zoom auteur

Stefan Zweig

Stefan Zweig (1881-1942) est un écrivain, dramaturge, journaliste et biographe autrichien. Auteur à la fois de biographies (*Joseph Fouché*, *Marie Antoinette*, *Marie Stuart*) et de romans et de nouvelles (parmi lesquels *Amok*, *La Pitié dangereuse*, *La Confusion des sentiments*, *Le Joueur d'échecs*), il choisit de quitter l'Autriche en 1934 face à la montée du nazisme. Dans *Le Monde d'hier. Souvenirs d'un Européen*, il décrit une Europe qu'il voit disparaître et se suicider, celle de la sécurité et du progrès.

C'est aussi ce que résume le philosophe français Jean-François Lyotard en parlant, dans son ouvrage *La Condition postmoderne : rapport sur le savoir* (1979) d'entrée dans le postmoderne ou de postmodernisme. La thèse centrale de Lyotard est que les progrès des sciences ont tout à la fois rendu possible *et* exigé l'incrédulité à l'égard des grands récits de la modernité (d'où l'idée de postmodernité). Ces grands récits fournissaient un cadre explicatif global pour l'histoire humaine et son savoir. Or ces grands récits soutenaient précisément que l'humanité dans son ensemble progressait vers plus d'émancipation et plus de liberté.

2. Dire la violence

a. De façon tragique

La violence est associée à la tragédie. De nombreux auteurs ont choisi d'exprimer la violence avec l'aide de la violence du langage et en utilisant le genre et ou le registre tragique. Dans *Incendies* (2003), Wajdi Mouawad transpose le mythe d'Œdipe durant la guerre du Liban – même si aucun lieu n'est explicitement nommé, c'est ce que comprend le spectateur en s'appuyant en partie sur la biographie de l'auteur libanais. La guerre détruit les repères, plus rien n'est respecté. Un homme peut tuer son père sans le savoir ou ignorer qu'il est en train de violer sa mère. Dans la scène 25 (même si l'on serait tenté de parler de chapitre), Wajdi Mouawad réécrit le massacre du camp de Sabra et Chatila. Le personnage de Sawda raconte l'arrivée dans le camp de réfugiés de la milice chrétienne.

Document Wajdi Mouawad, *Incendies*, 2003

Ils sont entrés dans les camps comme des fous furieux. Les premiers cris ont réveillé les autres et rapidement on a entendu la fureur des miliciens ! Ils ont commencé par lancer les enfants contre le mur, puis ils ont tué tous les hommes qu'ils ont pu trouver. Les garçons égorgés, les jeunes filles brûlées. Tout brûlait autour, Nawal, tout brûlait, tout cramait ! Il y avait des vagues de sang qui coulaient des ruelles. Les cris montaient des gorges et s'éteignaient et c'était une vie en moins.

Dans ce début de tirade, on retrouve le concept tragique de ***furor*** (la fureur) qui conduit rapidement au *nefas* (le crime inexpiable que l'on rencontre dans de nombreuses tragédies) Cette fureur s'entend derrière l'allitération en f « fous furieux ». Le ***nefas*** s'exprime par le fait de tuer des enfants, des hommes, des filles. Rien n'échappe à la fureur des miliciens, comme le montre le polyptote « tous »/« tout ». Le titre même de l'oeuvre, *Incendies*, se trouve justifié avec le polyptote « brûlées »/« brûlait » qui laisse place, par épanorthose, au verbe « cramer », verbe familier mais qui, par sa familiarité dit d'autant mieux la violence qui naît de ***l'hubris*** (démesure, orgueil, fait de se croire supérieur aux autres hommes et aux dieux) des miliciens. Dans une tragédie classique, l'*hubris* est punie par les dieux. Dans cette tragédie du XXIe siècle dont l'action s'inscrit au XXe siècle, il n'y a plus de châtiment venant des dieux. Les personnages ne peuvent que compter sur la cour pénale internationale pour que soient punis ceux qui ont fait de ce camp un camp ensanglanté. Le *pathos* est également présent dans cette tirade avec la répétition de « et » puis le retour de ce son renforcé par l'utilisation de l'imparfait. Dire la violence de façon tragique revient à chercher à provoquer la *catharsis* (purgation des passions) dans l'âme d'un spectateur qui ressent face à ce récit une profonde terreur.

Cette terreur peut être transmise également par l'intermédiaire du roman. Giono, dans *Le grand troupeau* (1939), se sert du genre romanesque pour transmettre la terreur et l'effroi que la première guerre mondiale a imprimés en lui.

Document Jean Giono, *Le grand troupeau*, 1939

Les morts bougeaient. (...) l'homme se tordait dans la terre, tremblant de toutes ses ficelles relâchées. Il reprenait une parcelle de vie. Il ondulait des épaules, comme à son habitude d'avant quand sa femme le reconnaissait au milieu des autres, à sa façon de marcher. Et les rats s'en allaient de lui. Mais, ça n'était plus son esprit de vie qui faisait onduler ses épaules, seulement

> la mécanique de la mort, et au bout d'un peu, il retombait immobile dans la boue. Et les rats revenaient.
>
> La terre même s'essayait à des gestes moins lents avec sa grande pâture de fumier. Elle palpitait comme un lait qui va bouillir. Le monde, trop engraissé de chair et de sang, haletait dans sa grande force. Au milieu des grosses vagues du bouleversement, une vague vivante se gonflait ; puis l'apostume se fendait comme une croûte de pain. Cela venait de ces poches où tant d'hommes étaient enfouis. La pâte de chair, de cuir, de draps, de sang et d'os levait. La force de la pourriture faisait éclater l'écorce.

L'horreur passe ici par la description de l'agonie des mourants déjà qualifiés de morts. Le vocabulaire de la pourriture se déploie avec les mots « pourries », « noire ». Le corps n'est plus qu'une simple mécanique, une marionnette – comme le laisse entendre le mot « ficelles » – son âme, « l'esprit de vie », l'a quitté et il ne peut plus qu'être la proie des rats. Le narrateur montre que la terre elle-même est en train de pourrir. Elle n'est plus qu'une pâte composée de restes humains. La métaphore filée de la pâte la présente en train de lever et d'exploser, tant il y a de chair et de sang. « L'apostume » est une tumeur, ou encore du pus, de la suppuration. Le lexique de la pourriture ne concerne donc plus seulement l'homme mais son environnement que, par les guerres qu'il mène, il détruit. La violence est d'autant plus présentée tragiquement ici qu'elle pourrit tout sur son passage.

b. De façon burlesque

La littérature permet de comprendre, d'interpréter l'histoire, elle est aussi un moyen de dire la violence. Raconter l'horreur des guerres, les exactions commises par les hommes est à la fois un acte politique et polémique. Ainsi Alfred Jarry (1873-1907) dans sa pièce de théâtre ***Ubu roi*** (1896), donne à voir la folie de celui qui gouverne. La pièce emprunte à la farce moyenâgeuse par l'utilisation de gestes et de mots grossiers et au *Macbeth* de Shakespeare, pièce dans laquelle, dès l'acte I, Lady Macbeth convainc son mari de tuer le roi légitime. C'est ce que fait aussi la mère Ubu dès le début de la pièce. Ubu l'usurpateur est alors en place, son royaume sera celui de la tyrannie, du mépris et de l'avidité. Ubu incarne la cruauté liée à la bêtise, il est un personnage immoral. Le grotesque des scènes de guerres ou de décision politique a pour but la dénonciation. C'est l'arbitraire comme guide, le pouvoir sans éthique : « Mais enfin, Père Ubu, quel roi tu fais, tu massacres tout le monde » (acte III, scène 2), dira la Mère Ubu, c'est un retournement des valeurs que Jarry donne à lire ; la duplicité humaine ne connaît pas de limites dès lors que le pouvoir est à portée. Jarry met en place les prémonitions des horreurs du XXe siècle ; le désir de pouvoir est sans bornes, il ne connaît aucune inhibition. Ubu représente la nature ignoble de l'homme, le meurtre, la méchanceté, la soif illimitée de pouvoir. C'est ce que Céline appelle lui **LE BOUT DE LA NUIT**.

Voyage au bout de la nuit de Louis Ferdinand Céline est un roman dont la langue populaire, le discours pittoresque de l'anti-héros Ferdinand Bardamu, sont utilisés afin de mieux dénoncer la guerre. C'est par ce contraste entre ce qui est raconté et la façon dont cela est raconté que se créent le comique et le burlesque dans le roman. Bardamu est le témoin de l'absurde : la guerre dans laquelle il s'est enrôlé par jeu, se révèle être une confrontation brutale avec la réalité. Bardamu, comme les autres soldats, est le pantin d'une guerre sans merci et dont le sens lui échappe : « Avec casques, sans casques, sans chevaux, sur motos, hurlants, en autos, sifflants, tirailleurs, comploteurs dans les sentiers, pétaradant, enfermés sur la terre comme dans un cabanon, pour y tout détruire, Allemagne, France et Continents, tout ce qui respire, détruire, plus enragés que des chiens, adorant leur rage... ». Sur le front, la sidération du personnage est totale. Les informations lui arrivent en rafales, le bruit, les odeurs, les goûts... nous sommes dans le corps de Bardamu et, avec lui nous ressentons la confusion de ce capharnaüm qu'est le champ de bataille « Après ça, rien que du feu et puis du bruit avec. Mais alors un de ces bruits comme on ne croirait jamais qu'il en existe. On en a eu tellement plein les yeux, les oreilles, le nez, la bouche... ». Plus tard, Bardamu prend conscience de son insignifiance, on trompe les soldats, il n'y a pas de gloire pour eux sur le front, seule l'horreur comme réalité. La guerre et les politiciens sont immoraux. C'est aussi cette brutalité et ces mensonges que Jean Giraudoux (1882-1944) mettra en avant dans sa pièce *La Guerre de Troie n'aura pas lieu* (1935). Il y est une fois encore question de la bêtise des hommes, du cynisme des dirigeants et de l'aspect absurde de la guerre. Ce texte remet en question le rôle des hommes, des dieux et du destin. Ce contexte antique met pourtant bien à l'honneur la fatalité et l'impuissance des humains face à leur destin. Le conflit est inévitable. Giraudoux fera dire à Ulysse, son personnage : « c'est un duo avant l'orchestre, c'est le duo des récitants avant la guerre. Parce que nous avons été créés justes et courtois, nous parlons, une heure avant la guerre, comme nous nous parlerons longtemps après, en anciens combattants. Nous nous réconcilions avant la lutte même, c'est toujours cela. » (II, 3). Par cette réplique Ulysse explique et dénonce à la fois. Les hommes aiment la guerre. La réplique d'Ulysse met en lumière toute l'absurdité des hommes et de la violence qui les anime. La volonté des hommes ne suffit pas et les raisons du conflit sont encore trop souvent insignifiantes et dérisoires, telle est la conclusion de la pièce. Sans doute faut-il (re)lire les mythes pour en tirer des leçons.

Document Louis Ferdinan Céline, *Voyage au bout de la nuit*, 1932

Lui, notre colonel, savait peut-être pourquoi ces deux gens-là tiraient, les Allemands aussi peut-être qu'ils savaient, mais moi, vraiment, je ne savais pas. Aussi loin que je cherchais dans ma mémoire, je ne leur avais rien fait aux Allemands. J'avais toujours été bien aimable et bien poli avec eux. Je les connaissais un peu les Allemands, j'avais même été à l'école chez eux étant petit, aux environs de Hanovre. J'avais parlé leur langue... Mais de là à nous tirer maintenant dans le coffret, sans même venir nous parler d'abord et en plein milieu de la route, il y avait de la marge et même un abîme. Trop de différence.

La guerre en somme c'était tout ce qu'on ne comprenait pas. Ça ne pouvait pas continuer.

Il s'était donc passé dans ces gens-là quelque chose d'extraordinaire ? Que je ne ressentais, moi, pas du tout. J'avais pas dû m'en apercevoir...

c. De façon objective

Dire la violence semble être difficilement conciliable avec l'objectivité. Comment la parole des victimes peut-elle être posée de manière objective ? Comment le récit peut-il se situer à « bonne distance » pour ne pas être trop pris dans l'émotion du souvenir ? Comment parvenir à rendre crédible, vraisemblable, ce qui est trop horrible, inhumain, pour « être vrai » ? Comment dire la violence des génocides, des guerres, des camps de concentration ? Comment dire l'indicible ? Et comment le dire en dépassant le stade de la subjectivité douloureuse, meurtrie ? Nombreux sont les témoignages de rescapés de ce voyage « au bout de la nuit, au bout de l'horreur ». Beaucoup sont restés silencieux longtemps avant de parvenir à raconter, à en parler. **Jorge Semprun (1923-2011)** est un exemple de cette incapacité, temporaire certes en ce qui le concerne, mais profonde. Déporté à Buchenwald, Jorge Semprun est libéré par les troupes de Patton, le 11 avril 1945. L'étudiant du lycée Henri IV, le lauréat du concours général de philosophie, le jeune poète qui connaît déjà tous les intellectuels parisiens découvre à Buchenwald ce qui n'est pas donné à ceux qui n'ont pas connu les camps : vivre sa mort. Un temps, il va croire qu'on peut **exorciser la mort par l'écriture. Mais écrire renvoie à la mort.** Il s'en est expliqué, dans un entretien pour Gallimard, à l'occasion de la parution de ***L'Écriture ou la vie* (1994)** : « Dès mon retour, j'ai donc voulu écrire. Quelques mois plus tard (...) je me suis rendu compte qu'à la différence d'autres expériences, notamment celles de Robert Antelme et de Primo Levi, qui se sont dégagés de l'horreur de la mémoire par l'écriture, il m'arrivait précisément l'inverse. J'ai donc décidé d'abandonner l'écriture pour choisir la vie, d'où ce titre. Et ce “ou”. » Cette seule issue pour survivre à l'horreur lui a donné une objectivité presque amnésique et traumatique : « **J'ai pratiqué**

une sorte de thérapie systématique, parfois brutale, de l'oubli. Et j'y suis parvenu au point d'entendre des anciens déportés parler des camps sans avoir conscience que moi aussi j'étais des leurs. » Mais il s'agit de l'objectivité factice, du silence protecteur. L'écriture arrivera cependant plusieurs années plus tard chez Semprun. Ainsi poursuit-il dans l'entretien sur sa relation à l'écriture de cette partie de sa vie : « **Beaucoup plus tard, en 1987,** j'écrivais *Netchaïev est de retour* et, un samedi d'avril, je racontais une scène où l'un des personnages du roman se rendait à Buchenwald pour tenter de retrouver un compagnon de résistance déporté (...). Je me suis retrouvé en train d'écrire, à la première personne, un autre livre : c'étaient les premières pages de *L'Écriture ou la vie*. »

L'écriture dans ces conditions semble être davantage un acte altruiste, engagé, qu'un épanchement, pourtant largement légitime et tellement compréhensible, pour dire ce que l'on a souffert. Plus précisément, la subjectivité du témoignage, qui par sa nature même est bien l'expression d'un sujet, semble d'emblée destinée à servir la cause de l'humanité. Cette parole personnelle a pour objet l'Autre, le frère d'humanité, celui qui peut empêcher que de telles horreurs se reproduisent. L'écriture de **Primo Levi** est particulièrement admirable de ce point de vue : le besoin de raconter ce qu'il a vécu à l'époque du « Lager » est si intense qu'il a déjà commencé à écrire son livre, encore à l'état de « notes griffonnées à la dérobée », au camp. Il poursuit : « Mais j'ai écrit ce livre dès que je suis revenu et en l'espace de quelques mois, tant j'étais travaillé par ces souvenirs. » Réaction à l'opposé de celle de Jorge Semprun donc, et pourtant mue par les mêmes causes : la violence de l'horreur et son inhumanité. Mais à la différence de Semprun dont la subjectivité bafouée et traumatisée l'empêche d'écrire cette violence extrême, Primo Levi écrit très vite. Le témoignage de l'écrivain et docteur en chimie raconte de façon édifiante l'année passée dans le camp d'Auschwitz. Entre février 1944 et janvier 1945, Primo Levi découvrit l'horreur du massacre organisé. ***Si c'est un homme*** compte aujourd'hui parmi les récits les plus puissants de la **déportation.** Publié à Turin en 1947 par Francesco De Silva, le livre fait régulièrement allusion à *L'Enfer* de Dante, considérant ce voyage sans possible rédemption – là où le poème originel, à travers les cercles concentriques, permet de s'extirper pour atteindre progressivement le Paradis. Ce récit autobiographique est un des tout premiers témoignages sur l'horreur des camps. L'auteur en appelle au devoir de mémoire et à la vigilance contre une barbarie susceptible de se reproduire si l'on ne combat pas la xénophobie et l'antisémitisme. Dès la préface le ton et l'enjeu sont donnés : aucun apitoiement sur soi-même, mais en revanche le souci clairement formulé de rendre compte avec le plus de retenue possible et d'objectivité.

Document Primo Levi, *Si c'est un homme* (paru en Italie en 1947, traduit en français par Martine Schruoffeneger en 1987)

Préface

J'ai eu la chance de n'être déporté à Auschwitz qu'en 1944, alors que le gouvernement allemand, en raison de la pénurie croissante de main-d'œuvre, avait déjà décidé d'allonger la moyenne de vie des prisonniers à éliminer, améliorant sensiblement leurs conditions de vie et suspendant provisoirement les exécutions arbitraires individuelles.

Aussi, en fait de détails atroces, mon livre n'ajoutera-t-il rien à ce que les lecteurs du monde entier savent déjà sur l'inquiétante question de camps d'extermination. Je ne l'ai pas écrit dans le but d'avancer de nouveaux chefs d'accusation, mais plutôt pour **fournir des documents à une étude dépassionnée de certains aspects de l'âme humaine.** [...] **Puisse l'histoire des camps d'extermination retentir pour tous comme un sinistre signal d'alarme.**

[...]

Primo Levi

Turin, janvier 1947

Après une première phrase dans laquelle le mot « chance » sonne d'une manière étrange et déroutante dans ce contexte, le lecteur ne tarde pas à découvrir, et très clairement, le projet de l'auteur. Le propos de ce dernier va d'emblée bien au-delà de sa propre personne et il est frappant de voir que très vite le « je » est intégré à un « nous » qui représente les hommes « individus ou peuples ». Le « je » du début ne semble être qu'une énonciation discrète pour évoquer l'expérience, le témoignage, d'un homme parmi d'autres. La réflexion, ou plus exactement **« l'étude dépassionnée de certains aspects de l'âme humaine » qui nous est proposée, prend rapidement une dimension universelle soulignée par les verbes au présent de vérité générale comme « cette conviction sommeille dans les esprits » ou « lorsque cela se produit » ou encore « alors, au bout de la chaîne logique, il y a le Lager »**. Primo Levi ne fait du cas personnel qu'il incarne que l'un des témoins chargés d'alerter les autres hommes. De retour de l'horreur il s'empresse, pour le bien de l'humanité, de dire son analyse sobre, rationnelle, d'un phénomène terriblement humain, inéluctable et monstrueux. L'urgence d'écrire la violence devient quasiment une urgence vitale pour la survie des hommes ; l'écriture est un acte altruiste dans cette œuvre. Ne se réduisant ni à une introspection douloureuse, ni à une thérapie (la fin tragique de Primo Levi l'atteste d'ailleurs malheureusement) cette écriture permettra peut-être en revanche d'éviter une nouvelle et sinistre « infection lente » de l'humanité. Telle est la mission que Primo Levi porte en lui au retour des camps.

3. Penser la violence

a. Comment rester un homme ?

Des déportés comme **Primo Levi**, **Robert Antelme** (1917-1990) ou encore **Jorge Semprun,** ont survécu à l'horreur des camps. Ils ont alors témoigné de leurs souffrances, et cherché à comprendre ce qui leur avait permis de rester des hommes. Cette « littérature concentrationnaire » propose, au-delà des témoignages bouleversants, une réflexion sur l'humanité, ses limites et sa force aussi. Robert Antelme entré en 1943 dans la Résistance, est membre du groupe M.N.P.D.G., que dirige François Mitterrand. Arrêté par la Gestapo, emprisonné à Fresnes, il est déporté en juin 1944 et reste près d'un an prisonnier des camps nazis (Buchenwald, Dachau). Il a publié sur les camps un livre de grande portée, ***L'Espèce humaine*****, en 1947**. Cet ouvrage est dédié à Marie Louise, sa sœur morte en déportation. Ce livre, le seul d'Antelme, n'est pas un témoignage, encore moins un récit, sur les camps de concentration mais **un livre des camps**, un livre dont on peut croire qu'il a commencé d'être écrit là-bas, pour lutter chaque jour, de manière muette et tenace, contre des hommes, les S.S., qui auraient voulu nier l'humanité de ces autres hommes qu'étaient les prisonniers. Vaine volonté : les S.S. pouvaient rayer les noms, effacer les visages, réduire à l'animalité, tuer, mais ils ne pouvaient pas changer l'être humain en autre chose. « Il n'y a pas d'ambiguïté, **écrit Antelme**, nous restons des hommes, nous ne finirons qu'en hommes. **C'est parce que nous sommes des hommes comme eux que les S.S. seront en définitive impuissants devant nous. »** Quant à Primo **Levi** son projet était de raconter sans jugement l'entreprise de déshumanisation au « Lager » et ce qui lui a permis de survivre à cette barbarie. À plusieurs reprises le récit de Primo Levi rappelle des noms de personnes, des faits, qui ont permis au prisonnier qu'il était de garder son humanité. En particulier les paroles de Steinlauf, compagnon de captivité de Primo Lévi qui rappelle à ce dernier son humanité, en l'incitant à continuer à se laver malgré tout. De même l'auteur raconte le rôle important que Lorenzo a joué dans sa vie au camp puisqu'il insiste sur le fait que c'est grâce à lui qu'il est « toujours vivant ». Au milieu de la barbarie et de la déshumanisation : **« Lorenzo était un homme. C'est à Lorenzo que je dois de n'avoir pas oublié que moi aussi j'étais un homme. »** L'humanité, faite de simplicité et de bonté, de Lorenzo est salvatrice par tout ce qu'elle rappelle. Elle permet de survivre au cœur de cette barbarie. **L'œuvre de Dante** elle aussi rappelle à Primo Levi son passé, sa vie d'avant les camps, les vers qui lui reviennent avec difficulté pour certains sont aussi de précieux **rappels de son humanité**. Cette réflexion sur la violence subie et sur la résistance à cette déshumanisation s'accompagne aussi d'une réflexion sur la violence des bourreaux, certes, mais aussi sur la transformation de certaines victimes en bourreaux. En effet rester un homme face à la barbarie, dans la vie des camps, c'est, entre autres, se raccrocher à des rituels de la vie ordinaire, comme l'hygiène, se souvenir de ce que l'on a appris, lu, aimé, mais aussi ne pas devenir soi-même un tortionnaire. Or le constat de Primo Levi est objectivement et sans jugement de valeur absolument effrayant : si dans une situation d'asservissement on place certains dans une position de privilégié au prix de la vie d'autrui, de leurs camarades « il se trouvera toujours quelqu'un pour accepter. » Nulle leçon sous la plume de l'auteur, juste une analyse clairvoyante et réaliste : comment rester un homme face à la barbarie et à la déshumanisation ? Chacun fait comme il peut et certains ont plus de chance que d'autres, notamment grâce aux rencontres qu'ils font au sein même de cet enfer. La Shoah a conduit à s'interroger sur la notion d'humanité, qui semble fragile et menacée dès lors que des hommes, la plupart du temps ordinaires, peuvent devenir des victimes ou des bourreaux. La Shoah n'est pas le seul génocide du XXe siècle et la réflexion sur cette humanité/inhumanité est malheureusement toujours d'actualité. Cependant la seconde guerre mondiale et les camps de concentration et d'extermination ont suscité les premières véritables interrogations sur les limites de l'humain. Au-delà des témoignages de prisonniers comme Primo Levi et de la littérature concentrationnaire, des documentaires, des fictions, des œuvres d'art ont souvent tenté de répondre, sous diverses formes, à cette grave question : comment rester un homme ? D'autres ont ainsi parfois pris la parole à la place de ceux qui ne pouvaient plus, leur redonnant ainsi aussi leur humanité tout en nous rappelant ce dont l'être humain est capable à l'égard d'un autre être humain. **Parfois la parole d'autrui peut dire l'inhumanité du bourreau à travers la description de la victime**. Marguerite Duras a vécu la dernière guerre à la fois comme femme dont le mari, Robert Antelme, avait été déporté, comme résistante, mais aussi, comme écrivaine. Lucide, étonnée, désespérée parfois, elle a, pendant ces années, tenu un journal, écrit des textes que lui inspirait tout ce qu'elle voyait, ce qu'elle vivait, les gens qu'elle rencontrait ou affrontait. Ce sont ces récits et des extraits de son journal, que Marguerite Duras a réunis sous le titre *La Douleur*. Tombée dans un guet-apens durant la seconde guerre mondiale avec son mari, elle a réussi à s'échapper grâce à l'aide de François Mitterrand, futur président de la République. Robert Antelme est arrêté et déporté dans les camps de Buchenwald et de Dachau.

Document Marguerite Duras, *La Douleur* (1985)

Marguerite Duras décrit dans l'extrait suivant l'état de son mari à son retour des camps.

« Je ne le reconnais pas. Il me regarde. Il sourit. Il se laisse regarder. Une fatigue surnaturelle se montre dans son sourire, celle d'être arrivé à vivre jusqu'à ce moment-ci. C'est à ce sourire que tout à coup je le reconnais, mais de très loin, comme si je le voyais au fond d'un tunnel. C'est un sourire de confusion. Il s'excuse d'en être là, réduit à ce déchet. Et puis le sourire s'évanouit. Et il redevient un inconnu. Mais la connaissance est là, que cet inconnu c'est lui, Robert L., dans sa totalité. [...] Tout, ou presque, lâchait son contenu, même les doigts qui ne retenaient plus les ongles, qui les lâchaient à leur tour. Le cœur, lui, continuait à retenir son contenu. Le cœur. Et la tête. Hagarde, mais sublime, seule, elle sortait de ce charnier, elle émergeait, se souvenait, racontait, reconnaissait, réclamait. Parlait. Parlait. »

Les mots de l'écrivaine tout en disant la destruction disent aussi ce qu'il reste d'humain, montrent le corps décharné, mutilé, et le font exister, au-delà de tous les détails terrifiants, de toutes les douleurs. Le regard échangé entre les deux époux redonne vie à cet homme que son épouse pourtant avoue ne plus reconnaître. Pourtant le sourire surmontant cette « fatigue surnaturelle » permet la reconnaissance de l'être aimé. L'humanité est encore là, ravagée, humiliée mais résistante. Seul le sourire permet de recréer le lien entre l'homme et la femme, entre le passé et le présent. L'instant est fugitif, fragile mais les mots lui donnent une force au-delà de l'éphémère. **Les étapes, les nuances de l'écriture confirment l'humanité résiliente : « Mais la connaissance est là, que cet inconnu c'est lui, Robert L., dans sa totalité ».** Formulation paradoxale qui rappelle que malgré les meurtrissures du corps l'être humain est là, encore, et lutte, comme il peut. Dans cette description insoutenable de l'horreur du corps les mots s'attardent et répètent « le cœur », synecdoque magnifique qui peut nous rappeler le magnifique poème de Robert Desnos, autre admirable résistant « Ce Cœur qui haïssait la guerre ». Le cœur qui l'emporte sur l'enveloppe charnelle détruite, le cœur qui continue à battre au rythme de l'humain, qui a survécu à la barbarie. De même la tête « Hagarde mais sublime » : désarroi de la terreur et noblesse de l'humanité. Et cette partie de corps témoigne et survit. Les personnifications énumérées sont autant de preuves que malgré toute l'horreur ce corps est encore celui d'un homme, dont la tête est en quelque sorte comme le dernier bastion de résistance courageux et puissant.

b. Les mécanismes qui conduisent à la violence

Face au déchaînement de violence de la shoah, la pensée a pu être tentée d'opter pour la mise à distance ou pour le recul. Dans un cas (la mise à distance) il s'agit de faire de la shoah une parenthèse catastrophique qui ne concernerait que des régimes totalitaires relevant eux-mêmes de l'exception. Dès lors, aussi horrible soit-elle, la shoah ne serait qu'une parenthèse qui n'interrompt pas le cours d'une histoire allant vers toujours plus de progrès. En ce sens il n'y aurait rien à apprendre de la shoah quant au fonctionnement de nos régimes démocratiques. Dans l'autre cas, la pensée préfère reculer devant l'horreur et avouer son impuissance devant ce qui apparaît comme indicible et irreprésentable. Le problème est que dans les deux cas on ne comprend pas ce qui a rendu possible la shoah et on ne voit pas non plus que ce qui l'a rendu possible appartient à nos sociétés, à notre époque, à la modernité.

C'est précisément cet effort de compréhension qu'Hannah **Arendt** a mis en œuvre dans son ouvrage *Les origines du totalitarisme – Le système totalitaire* (1951). Elle explique **l'apparition du totalitarisme par la diffusion au sein de la modernité d'une expérience qu'elle nomme désolation.** Cette expérience de la désolation se caractérise par le fait que des individus sont objectivement **exclus** du monde commun et se sentent exclus de ce monde. Dans la désolation, l'individu est et se sent totalement isolé et coupé de tout monde commun. Dès lors que cette expérience se répand, se généralise, ce sont ainsi des masses entières qui se forment, privées de monde commun et donc repliées sur la seule sphère privée. Ces masses abandonnent alors la prise en charge du devenir collectif entre les mains d'une hypothétique volonté supérieure (lois de la nature dans le cas du totalitarisme nazi, lois de l'histoire dans le cas du totalitarisme soviétique). Le totalitarisme naît ainsi de la **généralisation de la désolation** et la perpétue, la répand, dans la mesure où elle est ce qui soutient son existence. Les camps sont ainsi la radicalisation de cette expérience de la désolation qui constitue tout à la fois l'origine, le milieu et l'horizon du totalitarisme.

L'intérêt de la réflexion de Hannah Arendt à cet égard est de nous interroger sur notre actualité. Est-ce que cette expérience de désolation n'est pas encore répandue dans nos sociétés ? Peut-on alors réellement faire comme si le totalitarisme n'était qu'une parenthèse ne remettant pas en question le fonctionnement de nos sociétés et leur marche vers le progrès ? C'est ce que nous verrons notamment dans la suite avec ce qu'Étienne Balibar nomme l'hyper-violence.

Hannah Arendt a en outre assisté en 1961 et 1962 au procès d'Adolf Eichmann, criminel de guerre nazi, en tant qu'envoyée spéciale pour le magazine américain *The New Yorker*. Rappelons qu'Adolf **Eichmann** était le responsable nazi de la logistique de la « solution finale ». Ce qui frappe Arendt durant ce procès est que, loin d'être un monstre de méchanceté ou de cruauté, Eichmann se caractérise avant tout par son insignifiance. Ce qui le définit en fait avant tout, selon Arendt, c'est son **renoncement complet à penser par lui-même pour obéir aveuglément aux ordres de ses supérieurs.** Selon Arendt, Eichmann n'a au fond ni conviction ni véritable idéologie. Il a totalement renoncé à toute pensée ou à tout jugement personnels. Arendt forge à ce sujet l'expression de **banalité du mal.** Il s'agit par-là de montrer que les individus ne font pas tant le mal par conviction ou méchanceté que, bien souvent, par l'absence de réflexion personnelle. À cet égard, Arendt montre à la fois qu'il y a là quelque chose qui relève de la responsabilité personnelle (avoir au fond, comme on l'a déjà vu avec Kant, le courage de penser par soi-même) et de l'époque dans laquelle on vit. Car la désolation, une fois de plus, rend difficile l'exercice d'une pensée critique. Comment exercer une véritable pensée personnelle lorsqu'on est objectivement exclu du monde commun et qu'on se sent exclu de ce monde ? N'est-il pas alors tentant et rassurant de se réfugier dans une supposée volonté supérieure entre les mains de laquelle remettre notre pensée ?

Ces analyses d'Hannah Arendt sur Eichmann ont conduit à l'expérience de Milgram.

Zoom

L'expérience de Milgram et le jeu de la mort

Suite à la publication d'*Eichmann à Jérusalem* d'Hannah Arendt en 1963, le psychologue américain, Stanley Milgram, conduit une expérience de psychologie tendant à mesurer le taux de personnes se soumettant aveuglément à l'autorité. Des étudiants sont recrutés pour poser des questions à d'autres et leur donner des décharges électriques en cas d'erreur. Ils ne savent pas que les victimes sont interprétées par des acteurs. Des expérimentateurs les poussent à continuer à sanctionner, même si les décharges sont de plus en plus élevées. En 1963, 62.5 % des sujets ont donné des décharges de plus de 450 volts, décharges qui, si elles avaient été réelles, auraient conduit à la mort.

En 2009, cette expérience traitée dans le cadre de la télé-réalité montre que désormais 81 % des sujets sont soumis à l'autorité au point de donner des décharges mortelles si leur supérieur le leur demande. Il est possible de visionner *le Jeu de la mort* sur internet.

On peut être un bourreau sans être méchant. La question de l'humanité du bourreau déclenche des polémiques. François Bizot, dans *le Silence du bourreau*, présente l'un des principaux tortionnaires cambodgiens, Douch, comme un homme ordinaire, voire humain car à l'origine de sa libération alors qu'il était détenu depuis trois mois et condamné à mort par les Khmers rouges.

Document François Bizot, *Le silence du bourreau,* 2011

Je ne savais pas qu'orchestrer le mal pouvait n'exclure ni la sincérité ni la générosité. J'imaginais que la sauvagerie était une chose innée, le tribut payé à la nature par les individus dangereux, indépendamment de toutes les déterminations. Je croyais que tuer, frapper, dénonçait un tempérament, provenait d'un besoin dominant, de dispositions psychophysiologiques déviantes, d'une nature. J'ignorais que l'humanité qui fait de chacun de nous le père aimé, le fils aimé, l'être chéri, puisse ne jamais céder la place un seul instant aux monstres qu'elle enfante.

Accomplir le mal ne suppose pas d'être méchant : c'est à cette conclusion qu'arrive Bizot, rejoignant Arendt et détruisant les représentations que le lecteur peut se faire des figures de bourreau. Le Eichmann décrit par Arendt est devenu une figure littéraire, apparaissant par exemple dans *Les Bienveillantes* (2006) de Jonathan Littell ou encore *Le songe d'Eichmann* (2008) de Michel Onfray avec cette idée suivant laquelle Eichmann, homme ordinaire, n'aurait accompli le mal que par soumission à l'autorité, allant jusqu'à prétendre s'être toujours comporté en bon kantien.

Zoom

Le camp des Milles

Près d'Aix-en-Provence se trouve un ancien camp de transit et d'internement devenu un mémorial accessible au public depuis 2012. Ce mémorial s'inscrit dans la démarche du « devoir de mémoire ». Il comporte aussi un volet réflexif qui, à partir de l'histoire de la Shoah élargie aux autres génocides, cherche à mettre au jour les mécanismes qui conduisent à l'innommable. Sont mis en avant les stéréotypes et préjugés racistes ou antisémites présents dans le terreau social. Au moment de crises sociales, économiques ou morales, les populations ont peur de l'avenir et cherchent des boucs émissaires, appelant alors à les exclure, voire à les détruire. Les démocraties deviennent des régimes autoritaires qui légalisent le crime, contrôlent les médias, musellent la liberté d'expression… Les opposants sont éliminés, les discriminations imposées, la population surveillée, le crime de masse instauré… Ce volet réflexif est un appel à la résistance. L'une des devises du mémorial est « Ne rien faire, c'est laisser faire ». Le camp nous invite à choisir **le débat démocratique** pour surmonter les tensions initiales du terreau social. Il nous invite également à réfléchir à la façon dont un homme ordinaire devient un bourreau, que ce soit, comme l'a noté Hannah Arendt, par la soumission aveugle à l'autorité, par le conditionnement à la violence et à la déresponsabilisation, par la passivité ou du fait du conformisme. Les actes des **justes** face aux génocides sont alors présentés comme des modèles pour éviter que le pire ne se reproduise.

c. Une analyse différentielle de la violence aujourd'hui

Dans la mesure où l'idée d'une histoire téléologique progressant vers la disparition de la violence n'est plus d'actualité, où les analyses marxistes comme foucaldiennes ont permis de montrer que la violence n'est pas réductible à la seule violence physique, les réflexions contemporaines sur la violence prennent la forme d'une description et d'une analyse *des* formes de violence, plurielles et irréductibles.

Autrement dit, ces réflexions admettent en premier lieu que *la* violence n'existe pas et que tout ce qui existe ce sont *des* formes de violence, plurielles, singulières et irréductibles les unes aux autres. De même que chez Michel Foucault *le* pouvoir n'existe pas dans la mesure où il n'y a que *des* rapports de pouvoir, on doit analyser ***des* formes de violence**, sans présupposer une quelconque essence de la violence, fixe et immuable. Il faut alors décrire et évaluer ces formes de violence, en fonction de leur intensité, de leurs modalités d'exercice, de ce sur quoi ou qui elles s'exercent, et de la manière dont elles sont vécues subjectivement par ceux qui les exercent et les subissent.

On peut se demander à cet égard si ce qui caractérise notre époque n'est pas le passage de la violence à ce que le philosophe français contemporain Étienne **Balibar** nomme, dans *Violence et civilité* (2010) une **« hyper-violence »**. Ce qui définit cette hyper-violence, c'est qu'elle produit non seulement des **exploités**, mais plus précisément des **exclus**. Balibar mobilise sur ce point les travaux d'un autre philosophe français contemporain, Bertrand Ogilvie, sur **l'homme jetable.** La violence dont il est l'objet fait non seulement de lui un dominé, mais en plus elle le prive de toute possibilité de s'opposer à cette violence en le coupant de tout lien qui pourrait le relier à la société (par quoi on retrouve l'expérience de la désolation décrite par Hannah Arendt). En plus d'être exploité, l'homme jetable est placé hors du jeu social de sorte qu'il ne puisse plus résister à la violence qu'il subit. C'est pourquoi l'hyper-violence est indissociablement hyper-violence objective et hyper-violence subjective. Non seulement l'homme jetable est objectivement dominé et exclu du jeu social, mais il sait et se sent tel. C'est précisément parce que l'hyper-violence est à la fois objective et subjective qu'elle retire aux dominés toute possibilité de se retourner contre la violence qu'ils subissent.

Cette hyper-violence se présente alors sous trois aspects : premièrement, le capitalisme exerce une hyper-violence à l'égard d'un certain nombre de travailleurs : chômage, burn-out, délocalisations, pressions sur les salaires et les conditions de travail... Deuxièmement, notre époque est celle du développement d'hyper-violences identitaires : nationalismes, xénophobie, communautarisme identitaire, rejet des sans-papiers... Troisièmement, une hyper-violence écologique prend la forme de la destruction des écosystèmes.

On peut à cet égard revenir sur la question de l'éducation et de l'émancipation, abordée dans un précédent chapitre. C'est bien l**a perspective émancipatrice qui se trouve menacée par l'hyper-violence** contemporaine. D'où, plus que jamais, le besoin d'une éducation critique afin de donner aux individus la possibilité de repérer et de contrecarrer cette hyper-violence et ses différents visages.

d. La question de la résistance à la violence

Si l'on admet donc que la violence est plus que jamais d'actualité (à la fois au sens où il faut renoncer à la vision d'une histoire progressant vers la disparition totale de la violence et des rapports de pouvoir, et au sens où il existe *des* violences qui s'exercent quotidiennement sur les individus), la question est de savoir comment les individus peuvent y résister (on a vu à cet égard le problème posé par l'hyper-violence). Le débat tourne alors régulièrement autour de la question de savoir s'il est légitime ou non que les mouvements de résistance à la violence fassent eux-mêmes usage de violence.

Du côté des arguments contre la violence des mouvements de résistance, on trouve tout d'abord l'argument selon lequel l'exercice d'une telle violence reviendrait au fond à une *vengeance* à l'égard de la violence subie. **Les mouvements de résistance violents ne feraient ainsi que se venger**, en exerçant une violence à l'égard de ceux qui les ont d'abord violentés. Le risque alors (qui n'est autre que celui de la vengeance) est que : premièrement, leur jugement ne soit pas objectif, étant troublé par les sentiments qu'ils éprouvent (colère, indignation, etc.) ; deuxièmement, ils agissent de manière disproportionnée par rapport à la violence subie ; troisièmement, leur réaction apparaisse comme une nouvelle offense qui appellera à son tour une nouvelle violence, et ainsi de suite. L'exercice de la violence par les mouvements de résistance serait ainsi un **danger pour la possibilité même d'un *ordre* social**. En plus d'être contre-productif, l'exercice de la violence serait *inutile* puisqu'il existe dans nos sociétés démocratiques une **justice**, caractérisée par son impartialité et sa capacité à sanctionner de manière proportionnée les infractions commises. Plus même, dans un État de droit, l'État lui-même – comme tout individu – se trouve soumis à la puissance du droit. Dès lors, les mouvements de résistance devraient passer par la justice et non par la violence puisque tout individu peut se saisir de la justice.

On oppose alors généralement la solution de **la désobéissance civile** (le terme apparaît pour la première en 1849, dans l'essai *La Désobéissance civile* d'Henry David Thoreau, dans lequel il conteste l'idée de devoir payer une taxe afin de financer une guerre contre le Mexique qu'il estime être injuste) à celle de la violence. En effet, la désobéissance civile se caractérise de la manière suivante : il s'agit d'un acte contraire à la loi, pacifique, qui doit être exprimé de manière publique, en nom propre, de façon collective, en expliquant pourquoi à l'heure actuelle certains principes supérieurs à la légalité existante ne sont pas respectés ou appliqués (et justifient à cet égard l'acte de désobéissance civile), de manière à amener un changement dans la loi ou bien dans la politique du gouvernement. Il faut en outre que cet acte donne lieu à une action en justice dans la mesure où le procès constitue le moment où instituer un débat public autour de la légitimité ou non de l'acte de désobéissance civile.

Historiquement qui plus est, on justifie la désobéissance civile par le succès du **mouvement de Gandhi**. Opposé à la violence coloniale britannique, sa théorie et sa pratique de la résistance à l'oppression par la désobéissance civile de masse a contribué à conduire l'Inde à l'indépendance.

Zoom

Malcolm X et Martin Luther King

On oppose régulièrement les figures de Martin Luther King et de Malcolm X quant à la question de savoir si la violence peut être justifiée pour résister à la violence, et en l'occurrence à la violence du racisme aux États-Unis. Figures majeures de la lutte aux États-Unis visant à abolir les discriminations raciales, Malcolm X et Martin Luther King divergeaient quant à la stratégie à adopter. Dans la *Lettre de la prison de Birmingham* écrite le 16 avril 1963 alors qu'il est arrêté pour une manifestation non-violente, Martin Luther King défend le principe de la désobéissance civile non-violente, en en faisant un devoir moral face aux injustices et en soutenant que la résistance violente ne peut engendrer qu'une spirale de violence. Inversement, Malcolm X reprochait précisément au mouvement des droits civiques des noirs américains sa stratégie de non-violence.

Pour autant, on peut se demander si cette solution ne présente pas aussi des limites. En effet, la désobéissance civile enserre la résistance à la violence dans un certain nombre de limites. Premièrement, la désobéissance civile joue quoi qu'il arrive le jeu de la démocratie moderne. Deuxièmement, elle implique un certain nombre de conditions restrictives, dont l'expression publique, en nom propre, de façon collective et surtout la non-violence. Troisièmement, elle vise une amélioration du droit, que ce soit par la modification du droit déjà existant ou par l'introduction de nouveaux droits.

Or premièrement, et de manière assez générale, on peut se demander ce qui justifie ainsi de réduire a priori les formes d'exercice de la résistance à la violence. Est-il vraiment possible et souhaitable de décider à l'avance les formes que la résistance prendra ? Ne s'agit-il pas là d'un moyen d'étouffer par avance la capacité des individus à s'auto-organiser et à inventer de nouvelles formes de résistance en fonction des nouveaux visages que la violence prend ? Deuxièmement, et toujours dans le même ordre d'idées, rien ne justifie non plus de décréter a priori que la résistance à la violence ne s'exerce qu'au niveau du droit. Elle peut s'exercer à ce niveau tout comme elle peut, en fonction des violences exercées qui la suscitent, prendre d'autres cibles. Troisièmement, on peut se demander si la violence ne constitue pas parfois, dans des situations bien précises, une solution adaptée. Enfin, on ne voit pas non plus pourquoi les mouvements de résistance à la violence devraient nécessairement jouer le jeu des démocraties modernes ? Ne peut-on pas envisager d'autres visages pour la démocratie, plus justes et émancipateurs ?

Fiche méthode

La lecture cursive

- Tout comme vous avez dû le faire en classe de première, il est conseillé, et encore plus systématiquement au cours de l'année de terminale, de lire des œuvres qui vous permettront d'enrichir votre culture générale, en particulier sur les thèmes au programme.
- Outre l'épreuve écrite, il convient d'enrichir ses connaissances en littérature et philosophie aussi pour préparer au mieux l'épreuve du Grand Oral qui portera sur vos deux spécialités, dont Humanités, Littérature et Philosophie.
- Prenez l'habitude de lire crayon à la main afin de pouvoir consigner au cours de votre lecture vos impressions, vos attentes, vos hypothèses, vos questions, des citations… Vous pouvez noter ces remarques spontanées sur des fiches ou dans un carnet sans oublier de noter les numéros des pages.

Organisation de la fiche

- À rédiger au propre sur une fiche ou dans un carnet de lecteur à partir de vos remarques au cours de la lecture.
- Pensez à laisser de la place dans votre mise en page pour pouvoir ajouter des remarques au cours de l'année, au gré de vos cours, de vos travaux, de vos réflexions.
- Vous pouvez aussi utiliser une carte mentale si cela vous aide à retenir ce que vous avez pu retirer de la lecture cursive.
- Pensez à souligner les titres d'ouvrages et à mettre entre guillemets le titre d'un chapitre ou d'un poème.

I. Présentation de l'œuvre

- Nom de l'auteur et quelques éléments biographiques intéressants, notamment la période où il a vécu, pour mieux contextualiser et comprendre l'œuvre, par rapport aux thèmes du programme (La recherche de soi ; l'Humanité en question) et aux questionnements qui en découlent.
- Titre du livre : titre original et nom du traducteur s'il s'agit d'une traduction
- Date de l'édition originale ou de la création s'il s'agit d'une pièce de théâtre.

II. Résumé et mise en relation avec le programme

- Résumé qui doit être à la fois court et complet : attention à l'emploi cohérent des temps des verbes.

1. S'il s'agit d'un ouvrage littéraire donnez des précisions sur :
   - le cadre spatio-temporel : notez les lieux où l'action se déroule (pays, ville, quartier, etc.) ainsi que les références temporelles (année, saison, mois, jour, etc.).
   - les personnages : notez les noms des personnages au fur et à mesure qu'ils apparaissent dans l'histoire et ajoutez pour chacun d'eux les informations que l'on rencontre : âge, profession, situation de famille, portrait physique, portrait moral, etc. Présentation des personnages principaux et mise en relation avec les autres personnages.
   - l'action : vous pouvez recourir au schéma narratif (situation initiale, élément perturbateur, péripéties, résolution, situation finale).
   - les thèmes principaux, les orientations argumentatives éventuelles données par l'auteur.
2. S'il s'agit d'un essai, d'un ouvrage philosophique dégagez et reformulez clairement les concepts et la ou les thèses développées.

- Le livre est à mettre en relation avec les thèmes du programme : quelles problématiques en lien avec l'un d'eux l'ouvrage soulève-t-il ? Comment vous semble-t-il y répondre ? Apporte-t-il un point de vue nouveau par rapport à ce que vous avez vu en classe ? une confirmation ? une nuance ? Posez-vous des questions comme par exemple : « Dans quelle mesure la lecture de telle œuvre donnée en lecture cursive m'a-t-elle permis de mieux comprendre le thème au programme ou une problématique en particulier ? »

III. Références précises

Relevez des extraits, des citations en les associant à des mots-clés en lien avec le programme. Par exemple vous pourriez à juste titre associer les mots « éducation, émancipation, instruction » à cette citation de l'ouvrage de Simone de Beauvoir, paru en 1949, *Le Deuxième Sexe* : « Par suite de ce défaitisme, la femme s'accommode facilement d'une médiocre réussite ; elle n'ose pas viser haut. Abordant son métier avec une formation superficielle, elle met très vite des bornes à ses ambitions. Souvent le fait de gagner sa vie elle-même lui semble un assez grand mérite. »

Sujet corrigé

Question d'interprétation philosophique

↳ Comment Hans Jonas défend-il l'idée de progrès dans ce texte ?

Document Hans Jonas, *Le Principe responsabilité : une éthique pour la civilisation technologique*, 1979, trad. J. Greisch, 1998

« Il n'y a pas de doute qu'il y a du progrès dans la "civilisation", et généralement dans toutes les modalités du pouvoir humain qui sont capables de s'accroître par-delà la vie individuelle (qui sont donc transmissibles) et qui sont un bien collectif (...) Dans tout cela il y a du progrès vers le meilleur, du moins vers le plus désirable – et, on le sait, il y a également de nouveau de la régression, parfois même une régression affreuse. Mais dans l'ensemble on peut sans doute bien parler d'une "ascension" de l'humanité jusqu'à présent, et également de nouvelles possibilités qu'elle continue à le faire dans l'avenir. Seulement (...) il faut payer un prix pour cela, avec chaque gain on perd également quelque chose de valable (...) Pourtant (...) nous serions prêts à assumer ces coûts ou à les faire porter par "l'humanité" : à l'exception de ceux qui privent l'entreprise entière de son sens, voire qui menacent de l'anéantir ».

L'idée de progrès se développe à partir du XVIIe siècle au croisement de trois sources différentes : le savoir scientifique moderne et les avancées techniques, le paradigme économique et politique moderne, la synthèse entre les luttes émancipatrices et la pensée de l'eschatologie judéo-chrétienne. On considère alors régulièrement que le XXe siècle marque la fin de la foi dans le Progrès. Dans ce texte Hans Jonas cherche au contraire à montrer qu'il existe toujours du progrès dans la civilisation. Il ne défend néanmoins l'idée de progrès qu'en la repensant : non seulement un progrès dans un domaine donné peut s'accompagner d'une régression dans un autre domaine ; mais en outre nous nous devons de réfléchir aux coûts de certaines avancées pour ne conserver que celles qui sont compatibles avec une avancée générale de l'humanité et ne menacent pas son existence même.

Nous verrons ainsi dans un premier temps comment Hans Jonas définit ce qu'est un progrès et comment il montre que l'humanité est encore en progrès. Nous pourrons alors étudier dans un second temps que le maintien d'un progrès d'ensemble de l'humanité implique que nous sachions évaluer les coûts d'une avancée et l'écarter quand elle menace la possibilité d'un progrès d'ensemble de l'humanité ou sa survie.

Hans Jonas commence par affirmer quelque chose qui lui semble indubitable, hors de doute : la civilisation progresse. Une telle affirmation a de quoi surprendre dans la mesure où le XXe siècle est généralement associé à la fin de la foi dans le Progrès. Le propos de Hans Jonas pose donc problème : comment comprendre qu'il puisse considérer comme indubitable qu'il y a du progrès dans la civilisation alors même que bien des événements du XXe siècle semblent nous enseigner le contraire ? Hans Jonas répond partiellement à cette interrogation en définissant ce qu'il entend par un progrès : une modalité du pouvoir humain qui est capable de s'accroître par-delà la vie individuelle (qui est donc transmissible) et qui constitue un bien collectif. Autrement dit il y a progrès quand l'être humain produit quelque chose (qu'il s'agisse d'une idée, d'une technique, d'une théorie scientifique, d'une nouvelle structure politique, etc.) dont les générations ultérieures vont pouvoir hériter et qui va s'intégrer à ce qui forme les structures du monde commun, du monde partagé. C'est en ce sens qu'Hans Jonas considère que l'humanité continue de progresser : malgré toutes les horreurs du XXe siècle, les êtres humains continuent à produire de tels artefacts qui permettent à tout nouvel être de naître dans un monde commun, partagé. De ce point de vue, Hans Jonas produit dès le début du texte une redéfinition implicite de l'idée de progrès. Il ne postule plus que l'humanité s'acheminerait vers un point de perfection. S'il y a progrès ou avancée c'est parce que dans tous les domaines nous continuons à produire les conditions même d'un monde commun liant entre elles les générations successives. Hans Jonas précise en outre la nouvelle conception du progrès qu'il dessine en avançant l'idée selon laquelle des progrès dans certains domaines peuvent s'accompagner de régressions dans d'autres domaines. On voit là encore qu'il ne s'agit plus pour lui de penser le Progrès comme une marche inéluctable vers une fin de l'histoire. Progrès et régressions coexistent. Hans Jonas est à cet égard optimiste : malgré l'horreur de certaines régressions, si on regarde le tableau d'ensemble de l'histoire de l'humanité, il convient de reconnaître que celle-ci reste en progrès et demeure capable de progrès dans l'avenir.

Hans Jonas reste pour autant lucide. Certaines avancées (qu'elles soient là encore scientifiques, techniques, politiques, etc.) s'accompagnent d'un coût très lourd pour l'humanité. L'enjeu dès lors est d'évaluer ce coût pour s'assurer que l'avancée en question constitue bel et bien un progrès pour l'humanité. Hans Jonas dessine à cet égard un double critère d'évaluation. En premier lieu il convient de s'assurer qu'une avancée constitue bien un progrès, autrement dit qu'elle répond à la définition avancée par Jonas (constituer un bien commun dont les générations ultérieures hériteront). En second lieu, il convient de s'assurer qu'une avancée ne menace pas la survie même de l'humanité. On peut en réalité penser que ces deux critères n'en font qu'un, qu'Hans Jonas présente dans le reste de son ouvrage à l'aide de ce qu'il appelle un nouvel impératif : « Agis de façon que les effets de ton action soient compatibles avec la permanence d'une vie authentiquement humaine sur Terre. ». Chaque avancée (sociale, politique, technique, scientifique, etc.) doit ainsi être évaluée à l'aide de cet impératif et c'est cette évaluation qui permet de dire s'il s'agit ou non d'un progrès et s'il faut donc conserver ou non cette avancée. Ainsi, une avancée qui menacerait la survie de l'humanité ne passe pas le test de ce nouvel impératif (et ne constitue donc pas un progrès) puisqu'elle n'est pas compatible avec la *permanence* d'une vie humaine sur terre. De même, une avancée qui ruinerait par avance pour les générations futures la possibilité de naître dans un monde commun, partagé, vivable ne passe pas le test de l'impératif et ne constitue donc pas un progrès puisqu'elle n'est pas compatible avec la permanence d'une vie *authentiquement humaine* sur terre.

Question de réflexion philosophique

↳ Peut-on se passer de l'idée de progrès ?

Plan détaillé :

I. L'idée de progrès est une idée historiquement récente et qui caractérise essentiellement la civilisation occidentale.

- **A.** L'idée de Progrès s'élabore progressivement à partir du XVIIe siècle, au croisement de trois sources différentes : cf. introduction du chapitre.
- **B.** Il s'agit en outre d'une idée qui n'a rien d'universel et qui caractérise essentiellement la civilisation occidentale : cf. notamment les analyses de l'ethnologue français Claude Lévi-Strauss.

  Il est donc envisageable de se passer de l'idée de Progrès dans la mesure où elle n'est ni intemporelle (A) ni universelle (B).

II. Il s'agit en outre d'une idée contestable.

- **A.** La crise de cette idée suite aux violences du XXe siècle.
- **B.** Rien ne justifie de penser qu'une avancée technique constitue nécessairement un progrès social et politique.
- **C.** L'idée de progrès peut s'avérer dangereuse quand elle justifie des atrocités au nom de la réalisation de la marche de l'histoire vers sa fin.

III. Néanmoins, il s'agit d'une idée qui peut conserver une utilité et une valeur positive, à condition d'être repensée.

- **A.** Il faut tout d'abord renoncer à une vision eschatologique : les progrès ne s'accumulent pas jusqu'à un point de perfection qui marque la sortie hors de l'histoire.

B. Il faut en outre renoncer à une vision totalisante : des progrès dans certains domaines peuvent s'accompagner de régressions dans d'autres domaines, un progrès peut s'accompagner d'un coût trop lourd à supporter pour une société, etc.

C. À condition de repenser ainsi l'idée de progrès, elle peut conserver une utilité en ce qu'elle donne aux êtres humains le « désir sérieux de faire quelque chose d'utile au bien général » (Kant, « Sur l'expression courante : il se peut que ce soit juste en théorie, mais en pratique cela ne vaut rien », 1793, trad. L. Guillermit, 1980).

Question d'interprétation littéraire

↳ Comment cet extrait démontre-t'il l'absurdité de la guerre ?

Dénoncer la guerre : Dénoncer de façon burlesque.

Louis Ferdinand Céline, *Voyage au bout de la nuit*, 1932.

I. Rappels

A. Mise en contexte

Avec Voyage au bout de la nuit, Céline dénonce les horreurs de la guerre, de la colonisation, de l'exploitation capitaliste. Adepte du « parler vrai », il s'attaque aux représentations idéalisées des combats et aux idéologies. Le protagoniste du roman, Ferdinand Bardamu, incarne, en effet, un individu très ordinaire, qui, séduit par une parade militaire, s'engage dans l'armée sur un coup de tête. Il se retrouve confronté aux dures réalités des combats qui se déchaînent dans l'est de la France, durant la Première Guerre mondiale.

B. L'extrait

Serais-je donc le seul lâche sur la terre ? Pensais-je. Et avec quel effroi ! ...Perdu parmi deux millions de fous héroïques et déchaînés et armés jusqu'aux cheveux ? (...) cent, mille fois plus enragés que mille chiens et tellement plus vicieux ! Nous étions jolis ! Décidément, je le concevais, je m'étais embarqué dans une croisade apocalyptique.

On est puceau de l'Horreur comme on l'est de la volupté. Comment aurais-je pu me douter moi de cette horreur en quittant la place Clichy ? Qui aurait pu prévoir, avant d'entrer vraiment dans la guerre, tout ce que contenait la sale âme héroïque et fainéante des hommes ? À présent, j'étais pris dans cette fuite en masse, vers le meurtre en commun, vers le feu... Ça venait des profondeurs et c'était arrivé.

Donc pas d'erreur ? Ce qu'on faisait à se tirer dessus, comme ça, sans même se voir, n'était pas défendu ! (...) C'était même reconnu, encouragé sans doute par les gens sérieux, comme le tirage au sort, les fiançailles, la chasse à courre ! ... Je venais de découvrir d'un coup la guerre tout entière. J'étais dépucelé. On venait d'allumer la guerre entre nous et ceux d'en face, et à présent ça brûlait !

C. Analyse

Introduction

Louis Ferdinand Céline (1894-1961) a marqué le XXe siècle de son œuvre si particulière : la publication, en 1932, de *Voyage au bout de la nuit* a été un événement. On peut affirmer que ce récit rompt avec la tradition romanesque. Céline fait part dans ce roman d'un style novateur et insolite, dont la particularité repose surtout sur l'utilisation de la langue populaire.

La première partie du roman met en place une dénonciation appuyée de la guerre. Bardamu, anti-héros provocateur, se retrouve sur le front, tout comme ses compagnons d'infortune, tel un pantin pathétique dont la vie ou la mort ne semble avoir que peu d'importance. C'est l'absurdité de la guerre qui est ici dénoncée, tout y semble effectivement vide de sens. Le personnage est un témoin essentiel, son regard critique et acerbe met en lumière les fondements mêmes de la guerre. Ses interrogations et ses ressentis deviennent la preuve que sur le champ de bataille, l'humanité est bafouée.

I. Bardamu témoin de l'horreur

La découverte de l'horreur de la guerre et notamment du front est totale et immédiate. Bardamu, narrateur interne, nous livre ses réflexions. Si le texte comporte de nombreux modalisateurs, tels que « lâches, fous héroïques et déchaînés, enragés, vicieux, croisade apocalyptique » C'est que le héros se révèle être tout le contraire du soldat courageux que la France attend de lui. Les réflexions du personnage sont réalistes, dures, brutales, et par cette crudité de la langue, nous sommes au cœur de l'horreur, comme lui, au cœur des combats. Bardamu est humain, sa langue vivante et rude souligne cette humanité, ce qui contribue aussi à nous intégrer dans ce tourbillon de folie que personne ne semble maîtriser.

Si le personnage admet que son engagement est absurde – « je m'étais embarqué dans une croisade apocalyptique » –, il nous explique aussi que tout ce qui l'entoure ne l'est pas moins, l'agitation sur le front est frénétique, personne (« deux millions de fous héroïques »), ne semble avoir d'autre désir que de se battre. Bardamu est dépassé, il n'est pas acteur de ce qu'il voit, tout autour de lui est en activité. L''utilisation d'une ponctuation marquée est ici preuve de l'aberration ressentie par cet anti-héros ; « Comment aurais-je pu me douter moi de cette horreur en quittant la place Clichy ? Qui aurait pu prévoir, avant d'entrer vraiment dans la guerre, tout ce que contenait la sale âme héroïque et fainéante des hommes ? » Tout en lui n'est que description de son effroi. Le choix des pronoms « Nous » et « On » montre bien qu'il n'existe aucun moyen de s'opposer à cette guerre. Notre héros avoue ses peurs et sa lâcheté dès la première ligne. Sans doute, il voudrait être ailleurs. C'est la peur de la mort et le bon sens qui sont ici exprimés. La simplicité du langage de Bardamu, « ce parler » populaire, ces phrases raccourcies n'ont pour but que de créer une sorte de délire verbal dans lequel Bardamu CRIE littéralement ses peurs et son angoisse. Il ne s'agit pas d'une narration, d'un récit a posteriori du héros : tout est viscéral, le héros est sur le front. La distance entre l'émotion et le mot s'en trouve abolie. Bardamu est un prisonnier sur le front, victime de l'horreur dont il est témoin et que jamais il n'aurait pu soupçonner. Avouant ses peurs, il nous apparaît comme humain et lucide, c'est aussi pour cela que sa dénonciation de la guerre n'en est que plus frappante.

II. Dénoncer la guerre

Les qualificatifs dénonçant la guerre sont nombreux et tous à connotation négative : « croisade apocalyptique, horreur, fuite en masse, le meurtre en commun, vers le feu, meurtre ». En outre, aucune explication historique ne paraît dans le texte. Il semble n'y avoir aucune raison pour faire la guerre : « ça venait des profondeurs et c'était arrivé ». Le héros ne comprend pas du reste pourquoi se tirer dessus n'est pas défendu. Pour lui, tout est absurde.

Dans ce passage, une question est posée : de qui, de quoi faut-il avoir peur ? De la guerre ? De la folie des hommes qui se battent sans raison ? Il faut avoir peur de ceux qui n'ont pas peur justement : « Serais-je donc le seul lâche sur la terre ? (...) Perdu parmi deux millions de fous héroïques » : « fous héroïques » ressemble à un oxymore mais ici, le narrateur souligne qu'il faut avoir peur des héros. L'héroïsme mène à l'aveuglement, il empêche de voir l'horreur en face.

Si la guerre est banalisée, c'est parce qu'elle est décrite comme un passage obligé. On fait la guerre pour être un homme. Cette idée est énoncée par le texte « on est puceau de l'horreur comme on l'est de la volupté ». Céline tourne ce champ de bataille, cette guerre, en dérision, les soldats sont tels des chiens enragés. On ne comprend pas pourquoi tant de folie. C'est aussi sur la déshumanisation que porte la comparaison, les soldats ne sont pas plus considérés que des animaux : « mille fois plus enragés que mille chiens », l'utilisation du comparatif de supériorité accentue cette impression.

L'horreur, c'est donc la dénonciation de cette guerre sans fondements, guerre où les hommes ne sont plus que des pantins obéissant aux ordres de gradés absents du front. Rire de la guerre, en faire une farce permet de pouvoir encore mieux en dénoncer l'absurdité. Cette langue crue, forte, âpre utilisée par Céline sait au mieux raconter l'intensité des combats.

Conclusion

En définitive, loin de toute description héroïque et épique, Céline se sert de Bardamu, narrateur simple, mais lucide pour nous livrer une vision « vraie » de la guerre. Bardamu est un soldat perdu au milieu d'un champ de bataille, où s'exerce la folie des hommes, dont il ne saisit aucun enjeu mais dont il perçoit toutes les absurdités. C'est par ce regard lucide porté sur une humanité bafouée, que Louis Ferdinand Céline dénonce la guerre, cette même guerre dont la totale incompréhension s'écrira aussi du côté allemand dans le roman d'Erich Maria Remarque, *A l'Ouest rien de Nouveau*. 1930.

Question de réflexion littéraire

↳ Que peut la littérature contre la violence ?

La violence semble inhérente à l'Histoire de l'humanité. Beaucoup d'écrivains se sont dressés pour la dénoncer, pensant que l'une des fonctions de la littérature consiste à pouvoir modifier le réel. Telle est la littérature engagée. Face à ceux qui pensent qu'elle ne peut pas améliorer le monde, des écrivains continuent à se servir des mots comme d'une arme, ainsi que l'a fait Paul Eluard durant la seconde guerre mondiale alors que son poème « Liberté » était bombardé dans les maquis pour favoriser l'esprit de résistance. Que peut donc la littérature face à la violence ?

Elle peut la dénoncer de façon tragique, ou encore de façon burlesque, voire objective, la finalité étant d'ébranler le lecteur.

I. Le tragique pour déclencher la *catharsis*

1. Les écrivains peuvent mettre en scène l'*hubris* à l'origine de la violence. Ex : l'*hubris* des miliciens dans *Incendies* de Wajdi Mouawad, des « fous furieux ».
2. Les écrivains peuvent décrire la mort, l'agonie de façon à déclencher terreur et pitié. Ex : *le grand troupeau* de Giono
3. La disparition des dieux dans les tragédies modernes effraie d'autant plus les spectateurs que l'homme est seul à l'origine de sa violence.

Il ne subit aucun châtiment divin, ce dont témoigne *Les Mouches* de Sartre.

En ébranlant leurs lecteurs en utilisant les outils de la tragédie, les écrivains espèrent que la littérature va servir de repoussoir par rapport à la violence. Il arrive qu'ils se servent paradoxalement d'un autre outil, le burlesque...

II. Le burlesque comme mode d'action

1. Le burlesque repose sur l'utilisation du grotesque, du vulgaire, pour désigner des choses nobles. Le traitement épique de la guerre (Homère) laisse place à une réécriture burlesque dans laquelle les héros sont considérés comme des lâches. Ex : *La guerre de Troie n'aura pas lieu*, Giraudoux
2. L'art de l'hyperbole pour mieux dénoncer. Ex : *Ubu Roi* de Jarry. Le comique de répétition permet, par la dérision, de montrer que la vio lence ne cesse malheureusement de se répéter.
3. L'ironie du personnage sur lui-même ou sur le monde qui l'entoure nous permet de comprendre qu'il faut cesser de considérer la violence comme normale. Ex : ironie de Bardamu dans *Voyage au bout de la nuit*

Beaucoup de lecteurs ne pourront que penser que la violence ne devrait pas faire partie de l'essence de l'homme. Ils en seront d'autant plus convaincus que d'autres auteurs choisissent de décrire la violence de façon objective, sans porter de jugement de valeur.

III. L'art de l'objectivité pour dénoncer la violence

1. Une posture d'entomologiste. Primo Levi, en décrivant le camp d'Auschwitz, semble se poster en simple observateur alors qu'il y a lui-même été interné. Il se pose en témoin et non en victime. Il nous livre « une étude dépassionnée de l'âme humaine ».
2. Le choix de l'objectivité permet de considérer l'œuvre comme un document à analyser d'un point de vue historique pour éviter que les mêmes mécanismes se reproduisent.
3. L'objectivité permet de partir à la recherche d'une définition de l'homme. D'où le titre, *Si c'est un homme*.

Quelle que soit la stratégie utilisée, les écrivains entendent agir sur le réel. Il s'agit avant tout de nous choquer par la description tragique de la violence, nous surprendre par son traitement burlesque ou encore nous glacer paradoxalement par un traitement dépassionné de la violence qui permet de montrer au mieux ce que l'homme est capable de faire à son semblable.

Sujet d'interprétation philosophique

↳ Pourquoi Sartre défend-il la violence du colonisé dans cet extrait ?

Document J.-P. Sartre, *Préface* à l'édition de 1961 de Frantz Fanon, *Les damnés de la terre*

« Elles auront profit à lire Fanon ; cette violence irrépressible il le montre parfaitement, n'est pas une absurde tempête ni la résurrection d'instincts sauvages ni même un effet du ressentiment : c'est l'homme lui-même se recomposant. Cette vérité, nous l'avons sue, je crois, et nous l'avons oubliée : les marques de la violence, nulle douceur ne les effacera : c'est la violence qui peut seule les détruire. Et le colonisé se guérit de la névrose coloniale en chassant le colon par les armes. Quand sa rage éclate, il retrouve sa transparence perdue, il se connaît dans la mesure même où il se fait ; de loin nous tenons sa guerre comme le triomphe de la barbarie ; mais elle procède par elle-même à l'émancipation progressive du combattant, elle liquide en lui et hors de lui, progressivement, les ténèbres coloniales. »

Plan détaillé :

I. Sartre commence par préciser la nature de la violence du colonisé en la distinguant de ce qu'elle n'est pas.

- **A.** La violence du colonisé envers le colon n'est pas une absurdité, un phénomène n'ayant aucun sens.
- **B.** Elle ne s'explique pas non plus par les instincts sauvages du colonisé qui remonteraient à la surface.
- **C.** Enfin elle ne s'explique pas par le ressentiment du colonisé envers le colon. Autrement dit elle ne renvoie pas à une volonté de vengeance.

  N.B. : toutes ces explications feraient de la violence du colonisé quelque chose de négatif. En les refusant, Sartre prépare le terrain pour une défense de cette violence.

II. Il peut ainsi montrer dans un second temps que cette violence est positive en ce qu'elle permet au colonisé de se défaire des stigmates de la colonisation et de se construire en tant qu'homme libre.

- **A.** Le colonisé est traité comme un objet par le colon et toutes les marques de la violence qu'il porte sur son corps et conserve en mémoire le ramènent sans cesse à cette condition d'objet.
- **B.** La violence permet au colonisé de chasser ces marques.
- **C.** Dès lors la violence lui permet d'échapper à son statut d'objet et de se construire comme être humain libre.

Question de réflexion littéraire

↳ L'Histoire de l'homme peut-elle se passer de violence ?

À bien observer l'histoire humaine, on a le sentiment qu'elle est structurée par la violence : les guerres se succèdent, laissant parfois même place aux génocides, ce qui laisse à penser que la paix n'est pas prête d'advenir, contrairement à ce que pensait Kant dans son *Projet de paix perpétuelle*. Est-il possible que l'Histoire de l'homme se fasse de façon pacifique ?

Nous verrons d'abord que l'Histoire semble avoir pour synonyme la violence puis nous montrerons qu'elle peut se faire de façon plus apaisée.

L'Histoire humaine est associée à la violence. Cette violence s'exprime d'abord dans les rapports sociaux, dans ce que Marx a nommé la lutte des classes. L'ouvrier opprimé ne peut que chercher à se révolter, ce qui se voit, par exemple, dans *Germinal* de Zola : Étienne Lantier travaille à la mine et exhorte ses compagnons mineurs à entrer en grève pour obtenir plus de droits sociaux. La misère s'aggrave, les tensions entre les mineurs grévistes et les non-grévistes s'exacerbent. Le patronat se sent menacé, agressé. Les rapports entre les classes sociales ont pu conduire à la révolution française de 1789, non sans quelques actes de violence évoqués par Chateaubriand dans *les Mémoires d'outre-tombe* : alors qu'il ouvre ses fenêtres, il voit, durant la Terreur, une tête plantée sur une fourche... De même, dans *les Justes* de Camus, nous assistons aux prémisses de la révolution russe. Des enfants meurent de faim. Pour autant la fin (libérer la Russie) justifie-t-elle les moyens, à savoir l'usage d'une violence qui, pour s'en prendre à l'un des tenants du pouvoir, serait prête à tuer elle aussi des enfants innocents qui l'accompagneraient ? L'usage de la violence peut être présenté comme légitime lorsque cette violence est au service d'une cause jugée noble, comme la décolonisation telle que la décrit Jean Genet dans *Les Paravents*. La violence permet aux colonisés de faire entendre leurs revendications. Au théâtre, elle est symbolisée sur scène par des personnages qui s'expriment de plus en plus vite, de plus en plus fort et par les dessins qu'ils font sur des paravents – un pistolet, une tache de sang pour le viol... Grâce à ces actes de violence, les personnages retrouvent paradoxalement leur dignité perdue. Courbés au début de la pièce, ils se redressent progressivement, montrant qu'ils sont prêts à entrer en guerre pour retrouver leur liberté.

La violence est alors surtout associée aux guerres, que ces guerres soient des guerres de conquête ou de libération. Elle peut être décrite en littérature de façon particulièrement brutale, comme le fait Wajdi Mouawad dans *Incendies* alors qu'il réécrit le massacre de Sabra et Chatila : des miliciens chrétiens sont entrés dans un camp de réfugiés palestiniens pour les massacrer. Le personnage de Sawda décrit le sang qui coulait des ruelles, les « garçons égorgés, les jeunes filles brûlées », les enfants fracassés contre les murs. Les miliciens ne se privent d'aucun acte de violence. Tout est fait pour déclencher, dans cette scène, la catharsis du spectateur. C'est bien de la terreur et de la pitié que nous ressentons en entendant ce terrible récit. D'autres auteurs font le choix du burlesque ou de l'ironie. Déjà au XVIIIe siècle, Voltaire, dans *Candide*, décrivait la « boucherie héroïque » qu'est la guerre. Céline, dans *Voyage au bout de la nuit*, porte un regard similaire sur la guerre : seuls les lâches survivent à ce qui lui semble être l'apocalypse. Le narrateur, Bardamu, se moque de lui-même et de sa propre lâcheté alors qu'il devient, à l'instar d'autres personnages, « foireux » du fait de la peur qui l'envahit.

La violence implique parfois la destruction de l'autre, son anéantissement. Aussi fait-elle partie intégrante des génocides. Le mot « génocide » implique, par son étymologie, l'idée – fausse – de race. Faire un génocide revient d'abord à chercher à tuer une race jugée inférieure. C'est ce que décrit Primo Levi dans *Si c'est un homme* ou encore Jorge Semprun dans *l'Écriture ou la vie*. Levi raconte son internement dans le camp de concentration d'Auschwitz, la façon dont ses co-détenus et lui étaient animalisés – tatoués, mis dans des wagons à bestiaux surchargés –, voire réifiés tant le regard des nazis se voulait déshumanisant. Cette réification a pu s'accompagner d'extermination. On retrouve cette déshumanisation associée à la violence dans d'autres génocides, comme le génocide rwandais, tel que le décrit Scolastique Mukasonga dans *Notre Dame du Nil*. Les Hutus ont voulu exterminer les Tutsis. Au Cambodge, ce n'est pas la « race » qui a guidé l'entreprise d'extermination mais la condition sociale : les intellectuels ont été envoyé dans des camps de la mort, comme S21, ainsi que le raconte Rithy Panh dans ses films documentaires.

Plus l'Histoire avance, plus la violence semble aller croissant, notamment par les moyens de masse utilisés – camp, usage du nucléaire... On en vient à se demander sous quelles conditions l'Histoire de l'homme pourrait s'écrire autrement.

Cette Histoire qui s'écrit sous le signe de la violence nous pousse à considérer comme utopiques des approches comme celle de Kant, philosophe qui pensait que nous avancions vers une paix perpétuelle. Le fait même que l'un des tenants du nazisme, Adolf Eichmann, se soit prévalu de sa philosophie, a contribué à le décrédibiliser, comme l'a noté, non sans sarcasmes, Michel Onfray dans *Le songe d'Eichmann*. Cependant, ce n'est pas parce qu'Eichmann a su définir l'impératif catégorique qu'il s'est pour autant comporté en bon kantien. Revenons rapidement sur la morale kantienne, à l'origine de l'approche positive que Kant a de l'Histoire. Dans le *premier supplément à son projet de paix perpétuelle*, Kant estime que la constitution même de l'État peut être tenue comme la première étape de moralisation des hommes. Tout se passe comme si la Nature conduisait l'homme à des institutions, ou encore à l'esprit de commerce qui, en s'emparant des Nations, devrait leur faire éviter des guerres. Par l'exercice de la raison pratique, je suis contraint à postuler, à vouloir le progrès qui conduira l'homme à un état moralement plus satisfaisant. Nous sommes contraints de poser ce point à l'infini, de vouloir le progrès. Nous avons le devoir d'agir, de progresser, comme si c'étaient des vérités. Je ne peux m'accomplir en tant qu'être humain comme sujet soumis à la loi sans vouloir en même temps pour tous l'avènement du souverain bien. De fait, nous ne pouvons qu'affirmer que la violence devrait progressivement diminuer, voire disparaître.

En ce sens, l'éducation contribue au développement de la non-violence. Les programmes scolaires sont là pour sensibiliser les élèves à ce que l'homme est capable de faire à son semblable. Si des sites mémoriels comme le camp des Milles existent, c'est bien pour que nous adoptions une démarche réflexive : en réfléchissant à ce qui conduit au pire, peut-être pouvons-nous échapper au pire. Voir quels sont les points communs entre la Shoah, les génocides rwandais, cambodgiens ou encore arméniens peut nous permettre d'éviter qu'un autre génocide s'effectue. Il s'agit de se donner les moyens du « plus jamais ça ». Dans *Une cicatrice dans l'Histoire* (édition musée d'histoire et des sciences de l'homme), Alain Chouraqui et Bernard Mossé écrivent dans l'avant-propos à propos du génocide rwandais : « ce crime emprunte des chemins communs aux autres génocides, parmi lesquels : un terreau de stéréotypes et de préjugés d'où germent rejet de l'autre et violences discriminatoires ; une montée des intolérances individuelles, collectives et institutionnelles, avec des étapes comparables du racisme ordinaire au crime de masse ; des mécanismes psychosociaux de soumission aveugle à l'autorité, de conditionnement et d'effet de groupe (...) ; des conflits armés (...)» Il s'agit, en mettant au jour ces points communs, d'agir « contre les récurrences tragiques de l'histoire. » C'est probablement là l'une des fonctions des sciences humaines : lutter contre la violence en sensibilisant les hommes. Aussi n'est-il pas étonnant qu'elle soit l'un des thèmes dominants de la littérature.

La révolte algérienne actuelle mise sur la non-violence. Elle se définit comme pacifique. Le Hirak désigne ce mouvement populaire qui manifeste son mécontentement face au pouvoir en place sans user de violence. Il s'inscrit dans la continuité d'autres soulèvements populaires nommés les révolutions de couleur et ayant conduit à la chute de pouvoirs en place, comme en Géorgie en 2003, par exemple. Les révoltes pacifiques existent mais force est de constater, comme le fait Mandela dans *Un long chemin vers la liberté* (1994) que si la personne ou le pouvoir contre lequel on s'élève pacifiquement choisit la violence, il ne reste pas d'autre arme que la violence : « Nous avions utilisé toutes les armes non violentes (...). Un combattant de la liberté apprend de façon brutale que c'est l'oppresseur qui définit la nature de la lutte, et il ne reste souvent à l'opprimé d'autre recours que d'utiliser les méthodes qui reflètent celles de l'oppresseur. À un certain moment, on ne peut combattre le feu que par le feu. » (traduit de l'anglais par Jean Guiloneau) Une Histoire sans violence semble difficilement envisageable mais elle doit être pensée par ceux qui font progresser l'humanité.

La violence est inhérente à l'Histoire de l'humanité. Les conflits entre les classes sociales ou encore entre les pays donnent lieu à des révoltes, voire des guerres. Pire, des crimes de masse ont pu être organisés. Le regard que l'on porte sur l'Histoire semble ne pouvoir qu'être négatif. Toutefois, si nous voulons que les choses changent, il nous faut agir comme si la paix pouvait advenir, ainsi que le prescrit Kant. Éduquer les esprits à la non-violence peut faire progresser l'humanité. Les mouvements non violents se multiplient ces dernières années. Face à eux, la violence peut rester présente et ne pas laisser d'autre choix que de recourir à elle.

Chapitre 3

L'humain et ses limites

Synthèse de cours

Méthodologie

Découvrir et comprendre le sens des mots

- **Écologie :** (1910), emprunté à l'allemand *Okologie*, du grec *oikos* « maison » et *logos* « discours » au sens de « étude des milieux où vivent des êtres vivants et des rapports de ces êtres avec le milieu. »
- **Bioéthique :** du grec *bios* « vie » et du grec *éthicos* « qui concerne les mœurs, moral » discipline qui étudie les problèmes d'éthique (problèmes moraux) liés à la recherche en biologie, en médecine, en **génétique** et à leurs **applications**. La bioéthique veille au respect de la personne humaine.
- **Utopie :** vient du grec signifiant « nulle part », ou « lieu du bonheur » (en grec *topos* signifie « lieu » ; « u » est en grec une négation, mais par dérivation on peut penser aussi au préfixe « eu » qui signifie « bien ») ; genre qui imagine une société idéale ordonnée par une raison éclairée et sert indirectement à critiquer la société existante.
- **Dystopie :** préfixe –dys issu du grec *dus* marquant la difficulté, le mauvais état. Société imaginaire régie par un pouvoir totalitaire ou une idéologie néfaste, telle que la conçoit un auteur donné.

Introduction

La civilisation occidentale s'est tournée, depuis le XVIIIe siècle, vers le perfectionnement, grâce aux progrès scientifiques, « des techniques variées dont se sert l'homme et qui sont elles-mêmes "des procédés bien définis et transmissibles destinés à produire certains résultats jugés utiles". »

(Georges Friedmann, *La puissance et la sagesse*, 1970). Ce progrès technique était alors pensé comme faisant partie intégrante du Progrès général de l'humanité. Autrement dit, l'accumulation des avancées techniques était perçue comme un bienfait pour l'humanité. Cette vision positive et optimiste de la technique est désormais débattue : l'arme nucléaire a montré que la technique pouvait se retourner contre la possibilité même d'une survie de l'humanité, la robotisation et l'Intelligence Artificielle amènent à s'interroger sur ce qu'il restera du travail humain, les avancées dans les techniques de communication peuvent devenir des outils de surveillance de masse... Dans ce contexte, l'humanité est contrainte de s'interroger sur l'usage qu'elle entend faire de la technique et jusqu'où elle peut aller.

1. De l'homme réparé à l'homme augmenté

Avant tout, il convient de définir la notion d'humain : l'homo sapiens, l'homme moderne, l'être humain, tout cela définit une espèce de primate dont les origines naissent en Afrique et qui est aujourd'hui répandue sur l'ensemble de la planète. Cet humain possède un corps voué à grandir, vieillir et mourir, c'est une loi naturelle. Cependant, depuis des millénaires, les hommes ont cherché à repousser ces limites. Ainsi, le corps, cette enveloppe physique soumise aux lois de la nature, va être sans cesse amélioré, réparé, augmenté, afin de repousser le plus possible la lente dégradation vers laquelle il tend. Depuis le début du XXe siècle, il est question d'**homme réparé, d'homme augmenté**, mais qu'est-ce que cela implique ? S'il est question de guérison ou de suppression d'un handicap pour l'un, pour ce que l'on appelle l'homme augmenté, le rapport change totalement. Il est question d'un **apport génétique, mécanique, qui rend l'individu supérieur**. Le projet d'homme augmenté consiste à suppléer aux défaillances humaines. Si les mutations engendrées sont courantes aujourd'hui – implants, prothèses...-, c'est que la première guerre mondiale a permis une avancée considérable dans ce domaine lié au corps, à ses traumatismes, mais surtout à sa « réparation ». Les dangers existent : améliorer les performances humaines, qu'elles soient physiques ou intellectuelles n'est pas anodin, et le **transhumanisme** pose encore aujourd'hui des questions d'ordre éthique et moral.

a. De la fiction...

La littérature n'a pas été en reste dans l'exploitation de ce thème : le corps fascine, il est un sujet complexe et universel. Dès 1818, Mary Shelley publie *Frankenstein ou le Prométhée moderne*. Il est ici question, pour le savant Victor Frankenstein, de créer l'homme idéal, repoussant ainsi les limites de la création et de la mort. Si Victor Frankenstein joue les démiurges, créant la vie à partir de la mort, tel Prométhée voleur du feu sacré de l'Olympe (nous revenons sur ce mythe plus loin), il sera puni, car incapable d'accepter et d'assumer sa monstrueuse création : les parties assemblées ont beau être les plus belles, leur union, faite à partir de points de suture, donne naissance à un personnage effrayant par son physique. Victor s'enfuit, abandonne sa créature et contribue à la rendre mauvaise, elle qui ne demandait qu'à aimer. Pour Villiers de l'Isle Adam, dans son roman *L'Ève Future* (1886), la création est au service de la rédemption d'un monde moderne dans lequel la part du divin tend peu à peu à disparaître. Ainsi, la science-fiction prend le relais de la religion. À la lecture de ces romans une question se pose : quand la **technique** est soumise à la raison humaine, devient-elle progrès libérateur ou source de nouveaux conflits ?

Le monstre créé par Victor Frankenstein ou la belle Andréide d'Edison dans le roman de Villiers de l'Isle Adam r**epoussent les limites de l'humain.** Cependant, ce dépassement entraîne toujours, à terme, la folie ou le chaos. La construction de ce « nouvel humain » passe par l'explosion de la norme, la disparition des modèles physiques ou sociaux. On dépasse les critères établis mais, ce faisant, on s'expose aussi au rejet des autres. Le corps est une carte d'identité, une marque de reconnaissance sociale ; le modifier ou le transformer n'est pas sans conséquences, et c'est bien cette douloureuse expérience que les héros de nos romans font. On comprendra que l'Andréide de *L'Ève Future* n'est finalement que la **matérialisation robotisée d'un idéal féminin.** Il est impossible à la science d'être à l'origine d'une création alternative au malheur amoureux. La belle Hadaly n'est qu'une illusion, un artifice, il n'est pas permis avec elle la mise en place d'une osmose véritable, son langage est calculé, jamais véritablement interactif. L'illusion est rattrapée par la cruelle réalité, Hadaly n'est que le reflet d'une femme, finit par penser Lord Ewald.

On le comprend à la lecture de ces romans, les troubles liés aux métamorphoses du corps, qu'ils soient assemblage, transformation ou création, sont encore trop importants pour pouvoir être facilement assimilables, l'humain reste encore la plus parfaite et complexe des créations.

Document Mary Shelley *Frankenstein ou le Prométhée Moderne*. 1818. In Pocket. Traduction de Rocartel et Cuvelier. P 71 (1944)

C'est parce qu'il refuse la mort de sa mère, qu'il trouve injuste, que Victor Frankenstein, étudiant en médecine, se sent capable de pouvoir recréer la vie. Repousser les limites passe pour lui avant toute conception éthique.

« Ce fut par une lugubre nuit de novembre que je vis enfin mon œuvre terminée. Avec une anxiété mêlée de terreur, je rassemblai autour de moi les instruments qui devaient me permettre d'infuser l'étincelle de vie dans cette chose inerte gisant à mes pieds... Ma bougie presque entièrement consumée jetait une lueur vacillante, lorsque tout à coup, je vis s'ouvrir l'œil jaune et vitreux de cet être. Sa poitrine se soulever et il commença à respirer péniblement. Brusquement un mouvement convulsif agita ses membres. »

b. ... à la réalité

On le voit, le corps est en perpétuelle mutation. Mais il est parfois des souffrances endurées par ce dernier qui ne sont pas exclusivement naturelles. Les accidents de la vie poussent ainsi à la réparation de corps blessés ou mutilés. La première guerre mondiale voit apparaître les premières **greffes**, celle de la peau et celle des os, qui correspondent aux besoins des **« Gueules cassées »,** ces soldats atrocement mutilés sur le champ de bataille par les obus. Si la chirurgie fait d'incommensurables progrès, la greffe en sera indubitablement la plus grande performance. Il est important de comprendre que ces greffes se feront aussi dans une optique esthétisante : il faut réparer et redonner aux soldats mutilés au front une apparence qui les fasse sortir de la monstruosité due à leurs nombreuses blessures. Désormais, la chirurgie est aussi l'alliée de l'image que nous voulons rendre de nous-même. Quand on ne « reconnaît » plus son corps, il est alors possible de le modifier, mais est-ce l'embellir ou le transformer ? Cultiver son apparence, mettre en place la quête d'un idéal, passe depuis des millénaires par tous les **artéfacts** possibles, que ce soit le maquillage depuis l'Antiquité, ou la chirurgie esthétique aujourd'hui. À ce corps idéal et idéalisé se greffe l'idée d'une beauté et donc d'une éternelle jeunesse. Reculer les effets du vieillissement est possible et cette fonction se trouve dans tous les domaines. En sport, le **culturisme** met en place un travail extrême sur le corps, il devient sans aucun doute un corps augmenté pour lequel l'excès, la performance et le dépassement sont des valeurs cardinales.

Par ailleurs, Gilles Lipovetsky, dans son ouvrage *Plaire et Toucher* (2017), explique comment une société où l'individualisme prime met en avant une nouvelle valeur : la **séduction**. Séduire est à la fois mode et moyen. La séduction n'a pas de limites, toutes les strates sociales y succombent. Cependant, mettre en avant une telle valeur n'est pas sans danger. C'est pourquoi Gilles Lipovetsky écrit : « dans *la civilisation séductrice*, (il ne s'agit pas de croire qu'elle serait la résultante d'un *"narcissisme euphorique"* : *La réalité est aussi cruelle que paradoxale, la société de séduction étant à l'origine d'une marée montante de désarrois, d'insécurité intérieure, de déséquilibres psychiques et comportementaux. En ruinant les derniers restes de tradition, en désagrégeant l'emprise des encadrements collectifs* [...], *la société de séduction a affaibli les défenses intérieures des individus et par là, accentué leur insécurité psychique, les sentiments d'échec personnel* [...], *les malaises existentiels.* » *In Plaire et Toucher*. Gallimard.

On le comprend, dans nos sociétés, le souci de soi, la volonté d'obtenir un corps parfait (apparenté à celui des Dieux, celui-là même que les statues antiques nous exposent depuis des millénaires) est un idéal.

Cependant, il est de nos jours un postulat selon lequel l'homme serait arrivé aux limites de son évolution naturelle. Les progrès de la médecine ont pulvérisé les lois du Darwinisme, les nanotechnologies, les biotechnologies, repoussent les contraintes que notre nature d'humain nous imposaient. Cependant il reste toujours le danger de transformer le monde pour n'en laisser qu'une humanité trop parfaite sélectionnée suivant des critères génétiques favorisant un QI élevé ou une espérance de vie plus longue. Si cela est envisageable à l'état d'embryon, quel devenir pour l'humanité ? Les humains seront alors destinés à devenir des machines, et quel sera le sens de la vie ? À quoi sert l'humain dans une société parfaite et planifiée ? Transformer le corps, repousser la mort c'est transformer l'humanité.

Zoom notion

Le transhumanisme

Le but du transhumanisme est de prendre le relais de l'évolution, et ainsi, de créer un humain libéré de ses contraintes corporelles. L'homme est ainsi au service de l'homme, il en est le créateur. Cependant cela n'est pas sans risques ; la fabrique de l'humain implique sans doute la création d'une humanité dépendante de technologies. Si ces dernières modèlent notre corps, elles modèlent aussi notre cerveau, et de ce fait, nos interactions au monde et aux autres. L'humain est complexe, c'est ce qui fait sa spécificité. Ainsi, nos faiblesses et notre finitude sont les conditions de notre humanité, vouloir les gommer est-ce vouloir mettre fin à l'humain ?

Zoom Artiste

Orlan

Mireille Porte dite ORLAN, née en 1947, est une artiste peintre, sculptrice et vidéaste

Connue pour ses performances, elle filme ses opérations chirurgicales. Son corps transformé par la chirurgie esthétique est le matériau de son travail. Dans une interview au journal *le Monde* en mars 2004, elle dira : « … Tout mon travail depuis 1964, que ce soit par la peinture, la sculpture ou des installations, porte sur le statut du corps dans la société et sur les pressions sociales qui s'exercent sur le corps, notamment celui des femmes ». Ainsi, selon ORLAN : « L'humain s'est hybridé avec l'intelligence artificielle, sa propre invention… Je m'intéresse au rapport art science, au médical, aux biotechnologies, au corps augmenté… Il y a des frontières entre l'expérience artistique et expérimentation scientifique mais il existe aussi de nombreuses

> passerelles de porosités. Et beaucoup de scientifiques ont des comportements d'artistes qui participent à la recherche, l'élaboration, et travaillent avec l'intuition. »

c. Vers une multiplication des dystopies

L'apparition du genre de la science-fiction permet la mise en avant de progrès scientifiques réels ou possibles et de ce fait, donne à voir une image de l'avenir. Au travers de la représentation d'une société future, nous est présenté le devenir de l'humanité : **les robots, les cyborgs, les corps mutants** y sont légion, ces corps sont le plus souvent hors normes, ils sont améliorés, augmentés, leurs capacités cognitives et intellectuelles dépassent l'entendement, mais c'est toujours finalement le même sujet qui est traité : quel devenir pour notre humanité ? La science-fiction a cependant ses thèmes favoris : il est aussi souvent question d'opposer l'humain à la machine et, de ce fait, nous sont toujours données à voir les spécificités de l'homme. Ces mondes futurs mettent l'accent sur des questions éthiques : le transhumanisme est-il véritablement au service des hommes ? Créer des monstres, des machines, transformer génétiquement les hommes pour les rendre performants est-ce véritablement une avancée vers une société meilleure ? Les sociétés décrites dans ces univers sont le plus souvent froides et lisses. Ridley Scott dans *Blade Runner (1982)*, oppose, dans un Los Angeles pluvieux et triste, l'homme au cyborg et pose la question des l**imites de l'humanité : quand la ligne est-elle franchie ? Quand parle-t-on d'humain ?** Les sentiments, les pensées ou simplement le désir de vivre en sont-ils les caractéristiques premières ?

Bienvenue à Gattaca (1998), du cinéaste Andrew Niccol, met en avant un monde en apparence parfait, dans lequel tout le monde se doit de tenir son rôle, la sélection et la distribution des tâches se faisant en fonction de son ADN. Si le film nous montre que les hommes sont toujours à la recherche de la perfection, cette dernière passe, dans ce **futur dystopique**, par la manipulation génétique dans laquelle sont choisis les embryons. La génétique, au cœur de l'histoire, nous plonge dans un univers où se distingue une race supérieure et dominante et une inférieure. Bien que se situant dans un futur idéal, le fonctionnement de Gattaca n'est pas sans nous rappeler celui projeté par l'idéologie nazie durant la seconde guerre mondiale : créer un homme parfait et donc supérieur, l'aryen.

Les scénarii nous proposent toujours un début de projet qui séduit mais se transforme rapidement en cauchemar. Les conclusions sont donc souvent identiques : est-il moral de modifier la nature humaine ?

Document Science-Fiction et dystopie. Aldous Huxley, *Le Meilleur des mondes*. 1932. L'eugénisme en question.

L'extrait se situe au début du roman :
Toujours appuyé contre les couveuses, il leur servit (...) une brève description du procédé moderne de la fécondation(...) il continua par un exposé sommaire de la technique de la conservation de l'ovaire excisé à l'état vivant et en plein développement ; passa à des considérations sur la température, la salinité, la viscosité optima (...), leur montra (...) comment (le vase contenant les ovules) était immergé dans un bouillon tiède contenant des spermatozoïdes qui y nageaient librement, – « à la concentration minima de cent mille par centimètre cube », insista-t-il ; et comment, au bout de dix minutes, le vase était retiré du liquide et son contenu examiné de nouveau ; comment, s'il y restait des ovules non fécondés, on l'immergeait une deuxième fois, et, si c'était nécessaire, une troisième ; comment les ovules fécondés retournaient aux couveuses ; où les Alphas et les Bêtas demeuraient jusqu'à leur mise en flacon définitive, tandis que les Gammas, les Deltas et les Epsilons en étaient extraits, au bout de trente-six heures seulement, pour être soumis au Procédé Bokanovsky...

Aldous Huxley *Le Meilleur des mondes*.1932. Trad J. Castier 1932, Plon

La fierté du directeur passe ici par sa capacité à expliquer comment la technologie peut créer des humains. La naissance de tous ces individus identiques met en lumière la volonté d'un gouvernement dont l'objet est la production d'humains à des fins utilitaires. Les sentiments sont exclus, la fantaisie hors de propos. Il est nécessaire de « lisser » l'humain afin qu'il corresponde aux besoins. C'est la démonstration de la parfaite fusion entre science, industrialisation et progrès qui est avancée ici.

2. Comment sortir d'une vision anthropocentrique du monde ?

En cherchant à donner à son tour la vie, l'homme fait preuve d'hubris, de démesure. Il se croit supérieur aux autres espèces, voire à Dieu. La vision anthropocentrique du monde revient à considérer que l'homme est au centre de la création. Le monde aurait été pensé pour lui et serait à son service. Aussi en a-t-il tiré profit. Il s'agit ici d'interroger l'humain et ses limites : à trop avoir pensé que le monde lui était soumis, l'homme a détruit une partie de l'écosystème. Il lui faut changer d'urgence sa relation à la Nature en commençant à prendre conscience du danger qu'il représente au fond pour la planète et pour lui-même.

a. Prendre conscience du danger que représente l'homme pour la Nature

De nombreux auteurs se sont alarmés de ce que l'homme est en train de faire à la planète, que ce soit Claude Levi-Strauss, dans *Tristes Tropiques* (1955), Marguerite Duras, dans *Hiroshima mon amour* (1960) ou plus récemment Svetlana Alexievitch dans *La Supplication* (1997). Il devient urgent de restaurer une harmonie entre l'homme et la Nature. L'homme modifie la planète de sorte que les dystopies semblent prendre corps, réalité. Il n'est qu'à lire ce célèbre extrait de *Tristes tropiques*, essai rédigé par l'anthropologue Claude Levi-Strauss.

Document Claude Levi-Strauss, *Tristes tropiques* (1960)

Aujourd'hui où des îles polynésiennes noyées de béton sont transformées en porte-avions pesamment ancrés au fond des mers du Sud, où l'Asie tout entière prend le visage d'une zone maladive, où les bidonvilles rongent l'Afrique, où l'aviation commerciale et militaire flétrit la candeur de la forêt américaine ou mélanésienne avant même d'en pouvoir détruire la virginité, comment la prétendue évasion du voyage pourrait-elle réussir autre chose que nous confronter aux formes les plus malheureuses de notre existence historique ?

Levi-Strauss dénonce avec virulence les conséquences de la civilisation sur la Nature. Les îles polynésiennes, personnifiées, sont « noyées » par le béton, l'Afrique est « rongée » par les bidonvilles tandis que la forêt a perdu sa virginité à cause de l'homme. Il semble tout détruire autour de lui. En voyageant, l'homme ne peut qu'être confronté à ce qu'il a fait de pire. L'industrialisation a défiguré la planète mais elle n'est pas la seule. Les conséquences des progrès scientifiques sont terribles. La bombe d'Hiroshima ou encore l'explosion de la centrale nucléaire de Tchernobyl ont montré qu'à trop vouloir dominer la Nature l'homme va à sa perte. Philosophes et écrivains ont dénoncé les dangers de la science et des techniques. Günther Anders dans *Le temps de la fin* (1960) déplore le fait que la fin du monde peut arriver désormais à n'importe quel instant à cause de la force du nucléaire. Un homme peut appuyer sur un simple bouton et faire sauter la planète. Anders écrit après le largage des bombes nucléaires d'Hiroshima et de Nagasaki des 6 et 9 août 1945. Il prend acte de la fragilité de l'humanité. Marguerite Duras et Alain Resnais ont, un an auparavant, mis en scène cette même fragilité dans le film *Hiroshima mon amour*.

Zoom

Hiroshima, mon amour, Alain Resnais, 1959

Ce film, tourné en 1959 par Alain Resnais d'après un scénario de Marguerite Duras, sorti au Japon sous le titre *Une histoire d'amour de 24 h,* n'est resté que quinze jours à l'affiche. Marguerite Duras décrit les conséquences de la guerre et de la bombe atomique sur le monde. Une Française tourne un film sur la paix au Japon. Elle vit une aventure d'un soir avec un Japonais, architecte de son métier. Elle pense savoir ce qui s'est passé à Hiroshima, grâce aux actualités. Elle le décrit et il ne peut que lui répondre « Tu n'as rien vu à Horoshima, rien », tant les choses qu'il a pu voir relèvent de l'innommable. De même, par un effet de miroir, il ne peut pas savoir comment cette femme a vécu la Libération, alors qu'elle a vu mourir un soldat allemand dont elle s'était éprise. La description des effets d'Hiroshima sur la Nature ne peut que déclencher la *catharsis*, à ceci près que les événements décrits n'ont pas eu lieu dans le seul cadre de la fiction.

Un autre drame, celui de Tchernobyl, a pu être décrit. Le 26 avril 1986, à 1 h 23, une série d'explosions a détruit le réacteur et le bâtiment de la quatrième tranche de la centrale nucléaire de Tchernobyl. Svetlana Alexievitch, autrice biélorusse ayant reçu le prix Nobel de littérature, est allée interviewer ceux qui ont survécu à l'explosion de Tchernobyl. De ses interviews, un livre est né : *la Supplication* (1997). Il s'agit de supplier l'homme de ne pas laisser un tel drame survenir de nouveau. Tchernobyl a tout détruit, tout ravagé.

Document Svetlana Alexievitch, *La supplication,* « monologue sur la joie d'une poule qui trouve un ver »

Mon fils m'a appelée de Gomel :

– Vois-tu les hannetons voler ?

– Il n'y a pas de hannetons. On ne voit même pas leurs larves. Ils se cachent.

– Et des vers de terre ?

– Lorsque la poule en trouve un, elle est contente. Mais il n'y en a pas, non plus.

– C'est le premier signe : là où il n'y a plus de hannetons ni de vers de terre, la radiation est très forte.

– Qu'est-ce que c'est, la radiation ?

– Maman, c'est une sorte de mort. Tu dois convaincre papa de partir. Vous passerez quelque temps chez nous.

La Nature parle d'elle-même : l'homme la tue. Il faut lui redonner sa place, la considérer de nouveau comme un sujet et non plus comme un objet.

b. Rétablir une harmonie entre l'homme et la Nature

Le mouvement littéraire du ***Nature writing*** invite l'homme à se rapprocher de la Nature. Le fondateur de ce mouvement serait Henry David **Thoreau**, mais force est de constater l'existence de nombreux points communs entre son esthétique et celle du Jean-Jacques **Rousseau** des *Rêveries du promeneur solitaire* (1782). Cependant, là où l'auteur pré-romantique projetait ses sentiments sur la nature, Thoreau considère cette dernière comme un sujet à part entière. Thoreau, en 1845, s'est coupé des hommes pour aller vivre dans une clairière, au bord de l'étang de Walden, dans le Massachusetts, et être plus proche que ses contemporains de la Nature. Il demeure dans sa cabane deux ans, deux mois et deux jours. Son livre, *Walden ou la vie dans les bois* (1854), s'ouvre sur un chapitre intitulé « économie » : Thoreau déplore l'importance prise par l'économie dans la vie des hommes. Les soucis matériels les rendent malheureux. Il leur faudrait redécouvrir une forme de simplicité et pour cela observer la Nature et les leçons qu'elle nous donne. Dans le second chapitre, « où je vécus et ce pour quoi je vécus », dont nous proposons un extrait, Thoreau, après avoir décrit son habitation en bois, fait l'éloge des heures matinales auxquelles il peut être éveillé, heures qui lui permettent d'apprécier la beauté de la Nature.

Document Thoreau, *Walden ou la vie dans les bois* (1854), traduction par Louis Fabulet, 1922

Il n'était pas de matin qui ne fût une invitation joyeuse à égaler ma vie en simplicité, et je peux dire en innocence, à la Nature même. J'ai été un aussi sincère adorateur de l'Aurore que les Grecs. Je me levais de bonne heure et me baignais dans l'étang ; c'était un exercice religieux, et l'une des meilleures choses que je fisse. On prétend que sur la baignoire du roi Tching-thang des caractères étaient gravés à cette intention : « Renouvelle-toi complètement chaque jour ; et encore, et encore, et encore à jamais. » Voilà que je comprends. Le matin ramène les âges héroïques. Le léger bourdonnement du moustique en train d'accomplir son invisible et inconcevable tour dans mon appartement à la pointe de l'aube, lorsque j'étais assis porte et fenêtre ouvertes, me causait tout autant d'émotion que l'eût pu faire nulle trompette qui jamais chanta la renommée. C'était le requiem d'Homère ; lui-même une Iliade et Odyssée dans l'air, chantant son ire à lui et ses courses errantes. Il y avait là quelque chose de cosmique ; un avis constant jusqu'à plus ample informé, de l'éternelle vigueur et fertilité du monde.

Le mouvement du Nature writing comporte essentiellement des œuvres à dimension autobiographique qui décrivent un lien fort entre l'homme et la Nature. Thoreau, dans cet extrait de *Walden, ou la vie dans les bois*, œuvre à la croisée de l'autobiographie, du roman et de l'essai, fait une véritable ode à la Nature. Il cherche à se régler sur elle. Il n'hésite pas à utiliser des **arguments d'Autorité** pour montrer que sa démarche s'inscrit dans la filiation aussi bien des Grecs que des Chinois. Il en vient à diviniser l'Aurore qui contribue, avec l'étang, à sa régénération. La citation qui se trouve sur la baignoire du roi Tching-thang comporte la répétition de l'adverbe de fréquence « encore » renforcé par la locution adverbiale « à jamais » qui permet d'inscrire les ablutions dans un cycle éternel. Chaque jour voit ainsi la renaissance du sujet. Cela, Thoreau ne le comprend qu'une fois qu'il vit en harmonie avec la Nature. En prise avec la Nature, il se montre sensible au moindre son, à l'instar de celui du moustique, par exemple. Il va jusqu'à comparer son bourdonnement au son d'une trompette dont le clairon a pour fonction d'héroïser les hommes, ou encore à Homère lui-même. Le moustique devient auteur d'épopées comparables à *l'Iliade* et à *l'Odyssée*. Ainsi, implicitement, Thoreau nous appelle à davantage d'humilité : ramenées à l'échelle du cosmos, les actions de l'homme n'ont rien d'extraordinaire. La notion de « fertilité » souligne les richesses inépuisables du monde.

Thoreau fonde, d'après Lawrence Buell, dans *The environmental imagination, Thoreau, Nature writing and the Formation of American Culture* (1995), le Nature writing en ce que **l'environnement non humain** n'est pas seulement le cadre de l'expérience humaine mais **acteur du récit** ; « les préoccupations environnementales se rangent légitimement à côté des préoccupations humaines ». Thoreau cherche, à partir de son ancrage écologique, à redéfinir l'éthique humaine. Il nous invite à changer de regard sur la Nature et à abandonner notre anthropocentrisme au profit d'une vision **biocentrée** du monde.

En 1862, Thoreau publie un essai intitulé *De la marche*. Il y célèbre de nouveau la Nature. Parmi les auteurs du Nature writing, on peut également retenir le nom de **Muir**. Dans *Un été dans la Sierra* (1911), ce dernier raconte l'été qu'il a passé en 1869 dans les montagnes de Californie. Il y chante les beautés de la Nature, qu'elle soit minérale, végétale ou animale. John Muir fonde, en 1892, le Sierra club, une organisation non gouvernementale américaine pour la **préservation de l'environnement.** Cette organisation est encore active aujourd'hui. Plus récemment, une autrice comme Jean Hegland, avec son roman *Dans la forêt* (2018) a pu s'inscrire dans ce mouvement du Nature writing. La maison d'éditions Gallmeister s'est d'ailleurs spécialisée dans la publication d'œuvres relevant de ce mouvement. Les écrivains se montrent de plus en plus sensibles aux problèmes environnementaux. **Alice Ferney**, *dans le Règne du vivant* (2014), publie un roman d'inspiration écologique. Son héros, Magnus Wallace, dont certains traits sont empruntés au militant écologiste Paul Watson, cherche à sauver les baleines par tous les moyens, y compris illégaux. L'homme ne doit en aucun cas se considérer maître et possesseur de la Nature mais doit la respecter. Alice Ferney s'inscrit ainsi dans la filiation de Romain Gary qui, dans *les racines du ciel* (prix Goncourt 1956), prenait la défense des éléphants en s'élevant contre leur massacre.

Document Alice Ferney, *Le règne du vivant, 2014*

> J'ai vu la violence de l'homme industriel se jeter sur la richesse des mers, ses mains de fer mettre à mort les plus gros, les plus rapides, les plus formidables prédateurs. J'ai vu les grands chalus ramasser en aveugle une faune inconnue. J'ai su de quoi les humains sont capables. J'ai redouté ce qu'ils font quand ils se savent invisibles, en haute mer, sur la banquise, dans le face-à-face sans mot avec les bêtes à leur merci. J'ai combattu l'horreur : les tueries, les mutilations, les dépeçages, l'entassement des cadavres. J'ai vu mourir dans leur sang des baleines qui criaient comme des femmes.

Cette comparaison entre les baleines et les femmes sera suivie de l'affirmation suivant laquelle les baleines sont dotées d'une intériorité. Ce passage fait partie du prologue. Le narrateur, un cameraman, conclut un pacte de vérité avec son lecteur. Son propos se veut avant tout témoignage de la violence de l'homme à l'égard de la Nature. Le vocabulaire utilisé est particulièrement violent et montre bien le mépris que l'homme ressent pour les baleines. « L'homme industriel » est armé de « mains de fer » avec lesquelles il broie la Nature. Les grands chaluts cherchent à ramasser certaines proies mais en tuent d'autres car la pêche se fait « en aveugle » : l'économie a pris le pas sur le respect de la faune marine. Alice Ferney s'engage, prend parti contre les gros industriels et défend ardemment les baleines et les requins massacrés sans pitié par l'homme.

c. Le spécisme

La réflexion sur la place de l'homme au sein de la nature n'est pas nouvelle et dès le début du XXe siècle des scientifiques ont sollicité la mise en place de **règlements internationaux** destinés à préserver les baleines. C'est le cas de Jean-Baptiste **Charcot** (1867-1936), explorateur de l'Antarctique, qui fut aussi, avec son neveu, le biologiste Jacques Liouville (1879-1960), le premier à dénoncer le massacre des baleines. Au cours d'une expédition menée entre 1908 et 1910, ils constatent que la pêche à la baleine ne relève plus d'une simple pêche de subsistance, mais qu'elle est désormais une activité industrielle. Leurs travaux posent les bases des premières initiatives en faveur de la protection des baleines mais il faut attendre 1946 pour voir la naissance de la Commission baleinière internationale, rassemblant 88 pays membres. Elle réglemente encore aujourd'hui la chasse à la baleine. **Cette prise de conscience va de pair avec une remise en question de la suprématie de**

l'homme sur l'animal. La réflexion et les questionnements autour de la place de l'homme vis-à-vis de l'animal sont fréquents et intenses dès **le XVIIe siècle. Descartes,** qui compare l'animal à une machine, n'explique le comportement animal que par des processus strictement physiologiques. Comparable à un automate, dénué d'intelligence et de sensibilité, cette « machine sans âme » ne saurait pas ce que c'est que souffrir. À l'opposé de cette théorie, des auteurs, comme Maupertuis ou Condillac, pensent et affirment que les animaux sont doués de sensibilité, voire d'intelligence. Le débat occupe la deuxième moitié du XVIIe siècle et la première du XVIIIe. Par leur capacité à s'interroger sur eux-mêmes, à se représenter le monde, à penser des valeurs, les hommes se distinguent des animaux. Or l'homme, soulignant cette différence en tant qu'espèce, s'est souvent octroyé une place privilégiée, supérieure, par rapport à l'animal. Déjà au XVIe siècle, Montaigne tentait de ramener l'homme à une position plus modeste dans ses *Essais*. Ainsi écrivait-il : « La présomption est notre maladie naturelle et originelle. **La plus malheureuse et la plus frêle de toutes les créatures, c'est l'homme, et en même temps la plus orgueilleuse.** » (Michel de MONTAIGNE, *Essais*, livre II) L'humaniste balaie en termes antagonistes, qui soulignent l'outrecuidance de l'homme, cet orgueil si peu fondé à ses yeux. Un peu plus loin il poursuit : « Comment connaît-il, par l'action de son intelligence, les mouvements internes et secrets des animaux ? Par quelle comparaison d'eux avec nous conclut-il à la stupidité qu'il leur attribue ? » Les deux questions rhétoriques remettent en question avec un étonnement feint la suprématie des hommes sur l'animal. De plus, des voix se sont élevées, et à notre époque elles se font de plus en plus entendre, pour dire que rien ne justifie une maltraitance à l'égard de l'animal. Ce n'est pas parce que celui-ci ne pense pas et ne parle pas que nous avons tous les droits sur lui, y compris celui de le faire souffrir. Nous sommes moralement responsables de notre attitude vis-à-vis de tout être sensible et dès le XIXe siècle des lois ont été votées en faveur des animaux afin de les préserver des mauvais traitements. La première loi française est votée le 2 juillet 1850, à l'initiative du député Jacques Delmas Comte de Grammont et concerne les animaux domestiques. Suivent une série de lois et décrets concernant les animaux d'élevage destinés à la consommation afin de leur garantir des conditions de vie et de mort décentes. Enfin **en 1978 avec la Déclaration universelle des droits de l'animal émanant de l'Unesco, l'animal acquiert un statut juridique et l'article premier déclare que « Tous les animaux naissent égaux devant la vie et ont les mêmes droits à l'existence. »** D'autres articles rappellent à l'homme que certains actes à l'égard des animaux sont considérés comme des crimes. Ainsi l'article 12 qualifie-t-il clairement la destruction d'un grand nombre d'animaux sauvages de « génocide, c'est-à-dire un crime contre l'espèce. » Malgré ces textes l'opposition entre les partisans d'un traitement doux et respectueux de l'animal comme être sensible et ceux qui considèrent celui-ci comme un « bien » que l'on possède perdure. Pourtant la réflexion mérite de dépasser un antagonisme manichéen entre l'Homme supérieur et tout puissant et l'animal soumis au bon vouloir de ce dernier. La frontière entre les deux n'est sans doute pas si rigide et **l'animal nous permet souvent de nous interroger sur notre propre humanité.** De nombreux auteurs, depuis l'antiquité, ont mis en scène des animaux pour inciter leurs congénères à remettre en question leurs comportements. Les apologues en sont un exemple clair. Jean de La Fontaine, s'inspirant d'Esope et de Phèdre, n'ouvre-t-il pas le premier livre de ses *Fables* avec cette affirmation : « Je me sers d'animaux pour instruire les hommes » ? Les titres de ses fables annoncent dès l'abord les forces en présence et les caractères humains au-delà du lion, du renard ou du loup... Inversement en littérature, les animaux sont parfois élevés au rang de compagnons très proches de l'homme, questionnant nos valeurs et la nature du héros. Le chien notamment, allégorie de la fidélité, est souvent associé à la loyauté indéfectible dans l'adversité, au courage face à l'adversité, au don total et généreux de soi. Déjà au VIIIe siècle avant J.-C., dans *L'Odyssée* d'Homère c'est son chien qui reconnaît Ulysse le premier, lorsqu'il revient à Ithaque déguisé en mendiant, après vingt ans d'absence. Dans *Le Collier rouge* (2014) de Jean-Christophe Ruffin, le héros de guerre Morlac, repensant au rôle de son chien à ses côtés, au cœur des combats, lui confère le rôle principal : « C'était lui le héros. C'est ça que j'ai pensé, voyez-vous. Pas seulement parce qu'il m'avait suivi au front et qu'il avait été blessé. Non, c'était plus profond, plus radical. Il avait toutes les qualités qu'on attendait d'un soldat. Il était loyal jusqu'à la mort, courageux, sans pitié envers les ennemis. » De même dans son roman *Dans la guerre* (2003) Alice Ferney fait du chien Prince **un personnage à part entière** dès le début. Le lien entre l'animal et son maître Jules, mobilisé, est une complicité de l'ordre de celle qui peut exister entre deux êtres humains. Une empathie hors du commun les lie. C'est à son chien que Jules se confie sur ses peurs, sa révolte, sa certitude des morts à venir. Cet homme dit à l'animal ce qu'il n'ose dire à son épouse Félicité afin de la protéger de la douleur déjà immense à l'approche de son départ et de leur séparation.

Document Alice FERNEY, *Dans la guerre* (Actes Sud, 2003)

1914. La guerre éclate et personne n'y croit. Personne ne croit à sa durée, à la douleur et à la violence, et personne n'imagine combien d'hommes vont périr. Jules est appelé sous les drapeaux. Félicité, sa jeune épouse se persuade que l'absence sera brève. Il y a aussi Prince, leur chien. Ce Colley, incapable de comprendre et de supporter l'absence de son maître, traversera la France entière pour le rejoindre. À la veille du départ, Jules se confie à Prince.

C'est un empereur qui veut la guerre, disait Jules à son chien. Nous n'y pouvons rien toi et moi. Les yeux de Prince étaient lourds de tristesse parce que ceux de Jules en étaient pleins. L'inquiétude donnait à l'animal des tressaillements que seule l'attention prêtée aux paroles humaines contribuait à contenir. Prince tremblait dans la prescience d'un départ imminent. Lorsque son maître l'entraînait à part pour lui parler c'était le signe de l'abandon. Il y aurait un départ. Le chien était certain de cela.

Les mots utilisés pour décrire le chien comme « lourds de tristesse », « inquiétude », « attention prêtée », « tremblait dans la prescience » pourraient être appliqués à un être humain. Ils font de Prince un miroir de l'homme, de Jules, un miroir de son maître, dans une relation d'empathie d'une profondeur extraordinaire, digne des relations d'amitié rares et uniques. Le discours indirect libre « Lorsque son maître l'entraînait à part pour lui parler c'était le signe de l'abandon » prête subtilement à l'animal une réflexion intérieure, une capacité d'analyse que la dernière phrase de l'extrait confirme dans une formulation à la fois vague et précise qui donne à l'adjectif « certain » une résonance complexe : à la fois la certitude de l'instinct, de l'intime conviction, de l'appréhension, de l'intuition, de la compréhension de la situation. La littérature romanesque est un des moyens efficaces de nous faire **réfléchir à notre place et à nos devoirs d'homme**, nous poussant à nous interroger sur notre humanité. L'empathie que nous éprouvons à l'égard des animaux mis en scène est une étape qui peut sans doute nous conduire à nous intéresser de plus près à cette réflexion, qui nous demande, pour être véritablement féconde, d'être capables d'un changement de point de vue sur nous-mêmes. La fiction romanesque peut participer à une prise de conscience à laquelle scientifiques et philosophes nous invitent aussi depuis longtemps. Au XXe siècle en particulier **réfléchir au comportement de l'homme vis-à-vis de l'animal s'inscrit dans une réflexion plus large par rapport à l'environnement mais aussi à notre façon d'être au monde.** Le naturaliste et biologiste allemand **Jacob von Uexküll** (1864-1944) remet complètement en question dans son ouvrage *Mondes animaux et monde humain* (1934) le cliché de l'homme au centre d'une nature réduite à l'état de décor et dans laquelle les autres animaux seraient de simples figurants. Il introduit le concept d'***Umwelt*** (« monde propre ») selon lequel chaque espèce, chaque être vivant, porte son monde avec lui. Autant donc d'expériences singulières que le biologiste nous invite à envisager en proposant une nouvelle façon de penser le comportement et les rapports de détermination entre les sujets et leur milieu. Il aura une forte influence sur des penseurs comme le philosophe Martin Heidegger (1889-1976) ou le psychanalyste Jacques Lacan (1901-1981). Que l'homme se libère de ses préjugés à l'égard de l'animal est une étape indispensable à la réflexion et à l'amélioration de son comportement. En outre les observations scientifiques permettent de se poser des questions éthiques. Le philosophe australien **Peter Singer** (né en 1946), professeur de bioéthique à l'université de Princeton, estime que l'homme doit se libérer de ses préjugés à l'égard des animaux, qu'il utilise comme de simples moyens de satisfaire ses besoins sans prendre en compte leur souffrance. **Selon ce penseur les critères à prendre en compte pour une réflexion éthique ne sont pas la culture ou l'intelligence mais la sensibilité,**

l'intérêt des animaux. Refuser de prendre en compte cet intérêt revient alors à tomber dans le « spécisme ». Dans son ouvrage, *La Libération animale*, publié en 1975 aux États-Unis, vendu à plus de 500 000 exemplaires à travers le monde, Singer cherche à effacer les frontières arbitraires tracées entre humains et animaux. Le principe d'égalité des intérêts « non-humains » et « humains » qu'il défend implique que soient menées des réformes concrètes contre les pratiques cruelles comme la vivisection ou l'élevage en batterie. La question de la qualité de vie des animaux comme problème moral amène l'homme à repenser son rapport à la nature dans son ensemble et à réfléchir au devenir de la planète.

Zoom notion

Spécisme

Ce terme, inventé par le psychologue britannique Richard Ryder (né en 1940) en 1970, sur le même principe que le racisme et le sexisme, postule une hiérarchie entre les espèces, justifiant une discrimination de traitement.

3. La nécessité de changer notre rapport au monde

a. Reprendre conscience de notre finitude

On parle de **finitude** pour désigner ce qui est fini, c'est-à-dire ce qui, sous un aspect ou un autre, **possède une limite**. On opposait ainsi traditionnellement l'infinité de Dieu à la finitude de l'être humain sur au moins deux aspects. Tout d'abord, là où Dieu est éternel, l'être humain naît et meurt. Ensuite, là où la connaissance de Dieu est infinie, le pouvoir de connaissance ou de compréhension de l'être humain demeure fini ou limité. Dans cette partie, nous nous intéresserons à la finitude de l'être humain entendue dans le sens de sa **mortalité** (autrement dit l'idée selon laquelle l'existence humaine est enfermée dans deux limites temporelles indépassables, naissance et mort).

Que l'être humain soit mortel est un fait, que l'on a tendance à évacuer en croyant à sa propre immortalité, et ce parce que ce fait est proprement angoissant. On considère en effet régulièrement que seul l'être humain a un rapport à la mort *en tant que telle*, au sens où il est le seul être à *se représenter* sa propre mort. Les animaux par exemple sentiraient qu'ils vont mourir, mais ne se représenteraient pas pour autant leur propre mort. C'est cette capacité à se rapporter à notre propre mort qui fait de celle-ci un phénomène angoissant. Or cette angoisse, nous sommes bien souvent tentés de l'esquiver, que ce soit grâce aux religions qui promettent une continuation de la vie après la mort, aux promesses transhumanistes d'une vie immortelle, en limitant la mort aux décès des autres êtres humains, et en esquivant sa propre mort en se laissant absorber par la vie quotidienne, ou encore grâce à la philosophie. Certains philosophes ont en effet tenté de démontrer l'immortalité de l'âme tandis que d'autres, comme le philosophe grec de l'antiquité Epicure ont cherché à élaborer un remède contre l'angoisse de la mort (tant que la mort n'est pas là, elle n'est rien pour nous, quand elle est là elle n'est plus rien pour nous car nous n'y sommes plus). Mais faut-il nécessairement chercher à se rassurer contre cette angoisse provoquée par le fait que nous pouvons nous représenter ou nous rapporter à notre propre mort ? Être angoissé par sa propre mort ne pourrait-il pas constituer un phénomène positif ?

L'intérêt de la réflexion philosophique de Martin Heidegger à cet égard est de chercher à penser l'être de l'être humain *à partir* de sa naissance et de sa mort. Il ne s'agit donc plus de penser les limites de l'existence humaine (naissance et mort) comme des limitations, comme quelque chose de négatif, mais comme ce qui fait l'être de l'être humain. Il s'agit ainsi selon lui pour chaque individu d'endurer la possibilité de sa propre mort comme possibilité à la fois certaine (nous finirons tous par mourir) et indéterminée (la mort peut survenir à tout instant et on ne peut jamais être certain de l'instant de notre mort), et ce dans l'angoisse qui lui est liée. Il s'agit par là même de se comprendre, c'est-à-dire de comprendre que **notre essence réside dans notre existence** et dans rien d'autre, et que nous avons ainsi à mener une existence authentique en ne nous réfugiant pas dans des possibilités que nous n'avons pas choisies et qui se sont imposées à nous parce que nous les avons trouvées déjà là à notre naissance.

Zoom auteur

Heidegger

Martin Heidegger (1889-1976) est un philosophe allemand et un des philosophes majeurs du XXe siècle. D'abord connu pour son analyse des structures existentiales de l'être humain (dans *Être et Temps*), il oriente ensuite de plus en plus sa pensée vers la question de l'être. Il s'agit également d'une figure controversée en raison de ses responsabilités académiques sous le régime nazi, de son adhésion au parti national-socialiste et de l'antisémitisme de plusieurs passages de ses cahiers de travail.

Mais assumer sa finitude peut aussi prendre la forme d'une réflexion sur l'héritage, telle que Derrida la développe notamment. Naître, c'est toujours déjà hériter puisque nous tenons toujours notre être de tous les êtres auxquels nous renvoyons, qu'ils soient encore vivants ou déjà morts. En outre, toutes les traces que nous émettons durant notre existence (nos écrits, nos paroles, activités, etc.) *peuvent* nous survivre au sens où elles vont continuer à fonctionner dans d'autres contextes que ceux de leurs émissions (cela ne veut pas dire qu'elles fonctionneront nécessairement dans d'autres contextes mais que c'est la possibilité de le faire qui constitue leur être, qui fait d'elle des traces). Ce livre que vous tenez en ce moment même entre vos mains, par exemple, n'est une trace que parce qu'il continue à fonctionner (vous pouvez le lire, développer une certaine compréhension, etc.) même si son ou ses auteurs sont morts. À cet égard, Derrida considère que l'héritage ne va jamais sans transformations, sélection ou tri dans ce qui est hérité. À partir du moment où vous lisez ce livre vous avez toujours la possibilité d'en faire un usage différent de celui qui a été prévu par ses concepteurs, de le comprendre différemment de l'idée que ses écrivains avaient en tête au moment de l'écriture, etc. De même, un enfant n'hérite pas un certain nombre de traits de ses parents sans en abandonner certains, en transformer d'autres, etc. Ou encore on peut penser qu'une œuvre d'art n'est ce qu'elle est – une œuvre d'art – que parce que chaque génération *peut* s'en ressaisir différemment de ce que faisait la génération précédente (ce qui ne veut pas dire qu'elle le fera *nécessairement* mais que la *possibilité* de le faire structure l'être de l'œuvre d'art). Dès lors, assumer sa finitude ce serait à la fois assumer notre responsabilité d'héritier (puisque naître c'est hériter) et aussi la responsabilité de toutes les traces que nous émettons durant notre existence (puisque ces traces peuvent survivre à notre mort).

La responsabilité de l'héritier, ainsi, c'est d'assurer la survie de ce dont il hérite. Or pour Derrida cette survie n'est pas simple reproduction à l'identique, simple continuation de l'existence, car – on l'a vu – l'héritage ne va pas sans transformation, tri ou sélection. On peut penser à cet égard que l'enjeu pour l'héritier est de transformer ce dont il hérite de manière à permettre plus de justice, plus d'émancipation. Quant à la responsabilité de celui qui émet des traces tout au long de son existence, elle est de faire en sorte que ces traces lui survivent, c'est-à-dire qu'elles puissent fonctionner dans d'autres contextes que celui dans lesquels il les a émises. On pourrait à cet égard dire que la responsabilité d'un parent est de laisser ses enfants libres de transformer ce dont ils héritent, que la responsabilité d'un écrivain est de laisser ses lecteurs libres d'interpréter ses œuvres, etc. Mais on peut aussi se demander si dans le contexte actuel cette responsabilité ne prend pas la forme plus tragique de savoir si des traces nous survivront encore. C'est toute la question, désormais dramatique, de savoir quelle planète nous laisserons à tous ceux qui vont nous survivre. On pourrait reformuler en ce sens **le nouvel impératif formulé par le philosophe Hans Jonas** dans son ouvrage *Le Principe responsabilité* : « Agis de façon que les effets de ton action soient compatibles avec la permanence d'une vie authentiquement humaine sur Terre. ».

b. Se responsabiliser face à la technique

« Il fut jadis un temps où les dieux existaient, mais non les espèces mortelles. Quand le temps que le destin avait assigné à leur création fut venu, les dieux les façonnèrent dans les entrailles de la terre d'un mélange de terre et de feu et des éléments qui s'allient au feu et à la terre. Quand le moment de les amener à la lumière approcha, ils chargèrent Prométhée et Épiméthée de les pourvoir et d'attribuer à chacun des qualités appropriées. Mais Épiméthée demanda à Prométhée de lui laisser faire seul le partage. (...) Cependant Épiméthée, qui n'était pas très réfléchi avait sans y prendre garde dépensé pour les animaux toutes les facultés dont il disposait et il lui restait la race humaine à pourvoir, et il ne savait que faire. Dans cet embarras, Prométhée vient pour examiner le partage ; il voit les animaux bien pourvus, mais l'homme nu, sans chaussures, ni couvertures ni armes, et le jour fixé approchait où il fallait l'amener du sein de la terre à la lumière. Alors Prométhée, ne sachant qu'imaginer pour donner à l'homme le moyen de se conserver, vole à Héphaïstos et à Athéna la connaissance des arts avec le feu ; car, sans le feu, la connaissance des arts était impossible et inutile ; et il en fait présent à l'homme. L'homme eut ainsi la science propre à conserver sa vie ; mais il n'avait pas la science politique ; celle-ci se trouvait chez Zeus et Prométhée n'avait plus le temps de pénétrer dans l'acropole que Zeus habite et où veillent d'ailleurs des gardes redoutables. Il se glisse donc furtivement dans l'atelier commun où Athéna et Héphaïstos cultivaient leur amour des arts, il y dérobe au dieu son art de manier le feu et à la déesse l'art qui lui est propre, et il en fait présent à l'homme, et c'est ainsi que l'homme peut se procurer des ressources pour vivre. Dans la suite, Prométhée fut, dit-on, puni du larcin qu'il avait commis par la faute d'Épiméthée. Quand l'homme fut en possession de son lot divin, d'abord à cause de son affinité avec les dieux, il crut à leur existence, privilège qu'il a seul de tous les animaux, et il se mit à leur dresser des autels et des statues ; ensuite il eut bientôt fait, grâce à la science qu'il avait d'articuler sa voix et de former les noms des choses, d'inventer les maisons, les habits, les chaussures, les lits, et de tirer les aliments du sol. Avec ces ressources, les hommes, à l'origine, vivaient isolés, et les villes n'existaient pas ; aussi périssaient-ils sous les coups des bêtes fauves toujours plus fortes qu'eux ; les arts mécaniques suffisaient à les faire vivre ; mais ils étaient d'un secours insuffisant dans la guerre contre les bêtes ; car ils ne possédaient pas encore la science politique dont l'art militaire fait partie. En conséquence ils cherchaient à se rassembler et à se mettre en sûreté en fondant des villes ; mais quand ils s'étaient rassemblés, ils se faisaient du mal les uns aux autres, parce que la science politique leur manquait, en sorte qu'ils se séparaient de nouveau et périssaient. Alors Zeus, craignant que notre race ne fût anéantie, envoya Hermès porter aux hommes la pudeur et la justice pour servir de règles aux cités et unir les hommes par les liens de l'amitié. Hermès alors demanda à Zeus de quelle manière il devait donner aux hommes la justice et la pudeur. "Dois-je les partager comme on a partagé les arts ? Or les arts ont été partagés de manière qu'un seul homme, expert en l'art médical, suffît pour un grand nombre de profanes, et les autres artisans de même. Dois-je répartir ainsi la justice et la pudeur parmi les hommes ou les partager entre tous" – "Entre tous répondit Zeus ; que tous y aient part, car les villes ne sauraient exister, si ces vertus étaient comme les arts, le partage exclusif de quelques-uns ; établis en outre en mon nom cette loi que tout homme incapable de pudeur et de justice sera exterminé comme un fléau de la société." »

Platon, *Protagoras*, trad. E. Chambry, 1936.

Le mythe de Prométhée constitue une bonne porte d'entrée pour réfléchir à la question de la technique. Dans ce mythe, en effet, l'être humain apparaît comme étant initialement démuni, dépourvu des moyens de survie que possèdent les autres animaux, et devant pourtant faire face à une nature perçue comme hostile. Prométhée vole donc le feu pour le donner aux êtres humains (et ainsi réparer l'erreur de son frère). Ce qui est ainsi symbolisé par le feu, c'est l'intelligence technicienne, c'est-à-dire l'intelligence en tant qu'elle est tournée vers la conception et la fabrication d'objets techniques (Hermès intervenant ensuite sur ordre de Zeus pour donner aux êtres humains l'intelligence politique et morale).

Ce mythe véhicule donc deux idées intéressantes : en premier lieu, l'idée selon laquelle l'être humain aurait un statut d'exception au sein de la nature, étant le seul être doté non seulement de la capacité à fabriquer des objets techniques, mais aussi de s'organiser politiquement pour vivre en cités. Ensuite, la nature est perçue comme hostile, comme une menace pour l'être humain à laquelle il parvient à faire face grâce à la technique.

En définitive la technique est donc valorisée en ce qu'elle permet d'arracher l'être humain à sa condition animale et à le mettre à l'abri d'une nature menaçante.

L'intérêt de la réflexion de Martin Heidegger sur la **technique** est qu'il ne la réduit pas à un ensemble d'objets rassemblés et organisés pour remplacer l'être humain dans un certain nombre de tâches, c'est-à-dire un ensemble d'outils. Pour Heidegger, la technique est une époque dans l'histoire de la manière dont l'être humain se rapporte au monde.

Heidegger comprend ainsi la technique comme un **dévoilement, une provocation** adressée à tout ce qui est dans le monde d'apparaître comme un stock disponible. Autrement dit, l'être humain se rapporte au monde comme à un stock disponible pour la **consommation**. Dans un tel rapport au monde, une rivière apparaîtra par exemple comme un stock d'énergie disponible dans lequel puiser. En outre, l'être humain entre lui-même dans ce dispositif qu'est la technique. Non seulement parce qu'il la met en œuvre en faisant de **tout ce qui est un stock exploitable**, mais aussi parce que lui-même devient une partie comme une autre de ce stock. Autrement dit, l'être humain lui-même devient une ressource comme une autre, stockable et exploitable. Heidegger voit ainsi dans l'époque de la technique un danger majeur.

Mais on peut se demander si ce qu'il convient aujourd'hui de faire n'est pas plutôt de **penser de manière différenciée la technique.** Il ne s'agirait ainsi pas de la valoriser a priori (mythe de Prométhée) ou de la critiquer en son entièreté (Heidegger) mais de comprendre la singularité de chaque objet technique pour être capable d'évaluer finement et avec précision ses aspects positifs et négatifs. Il nous semble que c'est précisément ce que propose le philosophe français Gilbert **Simondon**. Simondon critique ainsi aussi bien ce qu'il nomme le facile humanisme qui s'oppose à la technique que les adorateurs de celle-ci car dans les deux cas on ne comprend rien à la technique en elle-même.

Simondon commence ainsi par se demander comment définir un **objet technique.** Deux possibilités semblent alors s'offrir à lui. En premier lieu, on pourrait définir un objet technique par le **mécanisme** qu'il met en jeu. On pourra par exemple définir une horloge mécanique par le mécanisme par engrenages qu'elle comporte. Le problème, c'est qu'une horloge atomique est tout autant une horloge alors même qu'elle ne comporte pas un tel mécanisme. D'où la seconde voie qui semble possible pour définir un objet technique : le définir par sa **finalité**. On dira ainsi d'une horloge qu'il s'agit d'un objet technique qui sert à indiquer l'heure. Or là encore Simondon considère qu'une telle voie de définition n'est pas entièrement satisfaisante car un objet technique peut toujours avoir d'autres finalités que celles pour lesquelles il a d'abord été inventé. Simondon propose ainsi de définir un objet technique par la lignée technique dans laquelle il s'inscrit. Il ne s'agit donc plus de définir un objet technique par son usage ou par son mécanisme, mais par les transformations, changements, évolutions d'une lignée technique au sein de laquelle il s'inscrit. Le problème alors est de savoir quel critère s'avère pertinent pour penser cette évolution. Comme l'usage et le mécanisme ont déjà été écartés, Simondon va proposer une piste différente : la prise en considération de ce qu'il nomme **la direction de convergence.** Si on se penche sur un ancien modèle de moteur, chacune de ses pièces fonctionne comme un système fermé, isolé, complémentaire du fonctionnement de toutes les autres pièces. Dans un moteur moderne en revanche, toutes les pièces sont reliées par un réseau d'échange d'énergie, si bien que l'objet technique n'est pas une totalité de parties extérieures les unes aux autres, mais un système pleinement unifié. Si Simondon considère qu'il y a là un critère pertinent pour penser l'évolution des lignées techniques, c'est parce que la direction de convergence augmente l'espérance de vie de l'objet technique. La finalité de l'évolution de la lignée technique, c'est de parvenir à **un objet technique qui n'a plus besoin de l'activité humaine pour s'adapter à son environnement (réglage) et pour conserver et reproduire son existence (réparation et remplacement).** Une telle perspective est à la fois rassurante d'un point de vue écologique et peut sembler inquiétante d'un point de vue humain : n'est-il pas dangereux de vouloir tendre ainsi vers un monde d'objets techniques autonomes ? C'est pourquoi il faut tenir compte de la seconde thèse importante de Simondon sur la technique. **Le danger, face à la technique, c'est de lui rester extérieur.** Ce à quoi Simondon nous invite, c'est à ne pas rester simples utilisateurs extérieurs de l'objet technique mais à comprendre son fonctionnement.

c. Inventer de nouveaux agencements entre les humains et les non-humains

Alors que la **biodiversité est en recul permanent et que les écosystèmes sont de plus en plus menacés,** il est plus urgent que jamais de repenser le rapport que l'être humain entretient à la nature.

C'est précisément l'idée même de nature que les travaux de l'anthropologue français Philippe **Descola** permettent d'interroger. En effet, l'idée de nature n'a rien d'universel et est propre à la seule pensée occidentale telle qu'elle s'est développée depuis la fin de la Renaissance.

En effet, depuis ce temps, la pensée occidentale a eu tendance à penser la nature par opposition à la culture. Pour le comprendre, on peut repartir de la pensée de Descartes. Ce qu'on a appelé par la suite le dualisme cartésien consiste, on l'a vu, à poser la distinction réelle de la pensée et de l'étendue. D'un côté, la pensée concerne tout ce qui est ou se fait en nous de manière à ce que nous en soyons toujours immédiatement conscients. Penser c'est toujours apercevoir que l'on est en train de penser. On parlera plus tard de conscience ou de conscience de soi. D'un autre côté, l'étendue est tridimensionnelle (longueur, largeur et profondeur) et divisible à l'infini et constitue la nature de la substance corporelle dont dérivent les notions de figure et de mouvement. On peut ainsi, à partir du dualisme cartésien, comprendre que le naturalisme qui constitue le mode de représentation du monde occidental post-Renaissance consiste à poser une distinction entre les humains et les non-humains dans la mesure où seuls les êtres humains possèdent une pensée (au sens où penser c'est s'apercevoir que l'on est en train de penser) tandis que tous les autres êtres relèvent de l'étendue et sont à ce titre soumis aux mêmes lois physiques. D'un côté donc, le domaine de la culture, réservé au seul être humain dans la mesure où il est le seul à posséder la pensée (au sens de la pensée consciente), de l'autre le domaine de la nature. Dans la représentation du monde naturaliste, le monde est donc scindé en deux : d'un côté

la sphère de la subjectivité, de l'intériorité de l'être humain définie par la pensée ; de l'autre côté **la sphère de l'objet** tel qu'il est pensé par le sujet et se ramène à une pure étendue tridimensionnelle soumise aux lois de la mécanique. L'être humain (défini par la pensée) fait désormais face à une nature réduite à l'étendue.

Ce qui est ainsi instauré par le naturalisme, c'est une frontière, une limite une et indivisible valant comme rupture abyssale entre deux bords opposés bien délimités, **la nature d'un côté, la culture de l'autre**. Le problème c'est que cette partition entre nature et culture va généralement de pair avec une **dévalorisation ontologique de la nature**. Posséder la pensée consciente est en effet perçu comme une supériorité de l'être humain sur la nature. L'être humain se différencierait ainsi des êtres naturels en ce qu'il n'est pas entièrement dominé par ses instincts ; et qu'ainsi, il se caractériserait par sa capacité à configurer son monde et à choisir librement ce qu'il entend faire de son être. La possession de la pensée consciente le ferait échapper au règne de l'instinct, lui permettrait de penser la nature et donc de réfléchir à la manière dont il entend configurer son monde.

Le naturalisme ne saurait être réduit à un pur geste théorique, qui ne concernerait au fond que la philosophie et ses penseurs. En instaurant une telle coupure entre nature et culture, et en ayant tendance à penser cette coupure sur le mode d'une dénivellation ontologique, on peut se demander si le naturalisme n'a pas rendu possible, ou au moins favorisé, **la crise écologique** dans laquelle nous nous trouvons actuellement. A tout le moins, on peut se demander si la sortie de cette crise n'implique pas la nécessité de sortir du naturalisme et de cette coupure entre nature et culture qui tend à faire de la nature un objet posé face à l'activité de pensée de l'être humain.

Ne faut-il pas au contraire, comme nous y invite Philippe Descola, inventer des formes complètement nouvelles de couplage ou d'assemblage entre les humains et les non-humains ? « Et quand je parle de « non-humains critiques », je ne pense pas seulement aux animaux d'élevage, aux tigres ou aux baleines, mais à cette foule d'entités qui sont en interaction constantes avec nous, depuis le CO2 jusqu'aux glaciers, en passant par les virus. » (P. Descola, *La composition des mondes,* 2014).

Une telle invention est nécessairement possible puisque, comme Philippe Descola le montre, notre manière actuelle de nous représenter le monde (le naturalisme) n'a rien de naturel ou de nécessaire : « Les milliers de façons de vivre la condition humaine sont en effet autant de preuves vivantes de ce que notre expérience présente n'est pas la seule envisageable. (...) d'autres voies sont possibles puisque certaines d'entre elles, aussi improbables qu'elles puissent paraître, ont été explorées ailleurs ou jadis. (...) l'avenir n'est pas un simple prolongement linéaire du présent, (...) il est gros de potentialités inouïes dont nous devons imaginer la réalisation afin de réaliser au plus tôt, sinon peut-être une véritable maison commune, à tout le moins des mondes compatibles, plus accueillants et fraternels. » (Philippe Descola, *La Composition des mondes*, 2014)

Le naturalisme n'est qu'une manière de se représenter le monde parmi d'autres. Ainsi les Achuar (tribu indienne d'Amazonie étudiée par Philippe Descola de 1976 à 1978) composent leur monde de manière animiste (mais il existe aussi ce que Descola appelle l'analogisme et le totémisme) :

> « Ce qui m'a le plus frappé, c'est que les Achuar traitaient les non-humains, tous les éléments de leur environnement, comme des partenaires sociaux, des êtres humains. Ils entraient en communication avec eux par le moyen des rêves et d'incantations. (…) La discontinuité principale que les Achuar voyaient entre humains et non-humains n'était pas celle qui nous est familière. Pour eux, la discontinuité était dans les corps : dans le fait que chaque classe d'êtres a des atouts biologiques, corporels morphologiques qui lui permettent d'agir dans un certain type de milieu. Mais pour eux, toutes les espèces ont une intériorité et peuvent communiquer par cette espèce de langage universel de l'âme. C'est exactement l'inverse de notre système dans lequel l'axe principal de discontinuité passe par l'intériorité, l'esprit. »
>
> Propos de Philippe Descola rapportés dans « L'opposition entre nature et culture n'est pas universelle », article du journal *l'Humanité*, publié le vendredi 14 décembre 2012.

Cette idée d'inventer des couplages inédits entre les êtres pourrait en tout cas trouver un écho dans la philosophie de Gilles Deleuze.

La pensée philosophique de **Deleuze** se donne en effet comme une pensée de la différence en elle-même, indépendamment de tout ce qui s'efforce de la ramener à l'identique et de la faire passer par le négatif. Il ne s'agit donc plus de rechercher une supposée essence, identité ou propre des êtres, mais de **penser le rapport du différent avec le différent,** le jeu des différences qui produit des identités toujours variables, fluctuantes, susceptibles de transformations sans nécessité ni finalité en fonction des rencontres faites. Autrement dit, les êtres diffèrent les uns des autres et ne cessent de se transformer en fonction des nouveaux rapports qui s'établissent entre eux et tous les autres êtres qui peuplent la terre.

Rien pour Deleuze n'a ainsi d'essence éternelle ou d'identité anhistorique. En effet, tout être tient son individualité de l'agencement spécifique dans lequel il s'inscrit, c'est-à-dire de l'ensemble des relations dans lesquelles il est pris avec d'autres termes hétérogènes, qui eux-mêmes ne tiennent leur forme et fonction, leur individualité, que de ces relations.

Prenons deux exemples qui reviennent régulièrement sous la plume de Deleuze pour illustrer ce qu'est l'agencement : **l'agencement guêpe-et-orchidée, et l'agencement cheval-et-étrier.**

Partons ainsi de l'agencement qui se met en place au Moyen Âge entre l'homme, le cheval et l'étrier. Il s'agit là d'un agencement guerrier, l'étrier donnant au cavalier une stabilité qui lui permet de coincer sa lance sous un seul bras et de concentrer ainsi tout l'élan du cheval dans l'impact de la lance. Ce que Deleuze souligne, c'est que chacun des termes hétérogènes (étrier, homme, cheval, lance, etc.) prend de nouvelles formes et fonctions relatives aux relations dans lesquelles il entre avec les autres termes. L'homme devient un chevalier, le cheval devient cheval de guerre aux fonctions nouvelles, la lance joue un rôle qu'elle n'avait pas auparavant, de même que l'étrier qui n'est plus utilisé comme cela pouvait être le cas chez les nomades, etc. En entrant dans un nouvel agencement, et donc dans de nouveaux rapports, homme et animal changent tous deux. On voit donc bien qu'il ne s'agit plus pour Deleuze de rechercher une éventuelle essence de l'homme ou de l'animal, mais d'analyser au cas par cas les agencements toujours singuliers dans lesquels les hommes et les animaux entrent, de manière à voir quelle figure singulière de l'homme et de l'animal se produit dans ces agencements, et quels rapports s'établissent entre ces figures singulières.

Le cas de la guêpe et de l'orchidée revient également souvent sous la plume de Deleuze. L'orchidée ne peut en effet assurer sa reproduction par elle-même, et c'est précisément le bourdon ou la guêpe qui intervient pour assurer sa reproduction en pollinisant les fleurs. Ce qui intéresse de nouveau Deleuze dans cet exemple, c'est que chacun des termes qui entre dans cet agencement y prend un nouveau visage et y joue un nouveau rôle. Chacun des termes se transforme en effet dans l'agencement singulier guêpe (ou bourdon) et orchidée : l'orchidée présente ainsi, dessinée sur sa fleur, l'image de la guêpe ou du bourdon avec ses antennes, car c'est cette image qui va attirer l'insecte et qu'il va venir féconder, assurant ainsi la fécondation de la fleur femelle par la fleur mâle ; tandis que la guêpe ou le bourdon prend le rôle de reproducteur externe pour l'orchidée. L'exemple retient par ailleurs l'attention de Deleuze parce que s'y joue un agencement entre termes hétérogènes, dont on pourrait penser a priori qu'ils ne peuvent pas communiquer ou fonctionner ensemble dans la mesure où ils appartiennent à des règnes distincts.

L'intérêt de la réflexion de Deleuze est donc de nous montrer qu'il est toujours possible d'inventer de nouveaux agencements inédits entre les êtres, même « entre des choses dont on pourrait croire à première vue qu'elles ne sont pas combinables » (Descola, *La composition des mondes*).

Fiche méthode

Réussir son année d'enseignement d'humanités, littérature et philosophie

Dans cette dernière fiche méthode nous allons voir comment réussir au mieux votre année d'enseignement de spécialité humanité, littérature et philosophie, ainsi que l'épreuve de baccalauréat que vous aurez à passer à la fin de l'année.

I. Travailler tout au long de l'année

C'est évident, mais il n'en reste pas moins que la meilleure façon de réussir votre épreuve finale est de vous y préparer de manière régulière tout au long de l'année. Si vous travaillez de la sorte, vous serez à l'aise non seulement avec tout ce que vous aurez appris pendant l'année, mais aussi vis-à-vis des méthodes à mettre en œuvre pour l'épreuve. Voici donc quelques conseils pour mettre en œuvre ce travail régulier.

II. Fiches de révision

Tout d'abord, suivez le calendrier établi par votre professeur et travaillez les chapitres du programme au fur et à mesure de son avancée. C'est la meilleure manière de ne pas se laisser prendre par le temps et de préparer votre épreuve finale dans les meilleures conditions. Dès que vous terminez un chapitre avec votre professeur, faites des fiches de révision. Par chapitre, il peut être intéressant de réaliser trois types de fiches différents :

- Fiche de définitions : vous allez y noter les définitions des notions clés du chapitre.
- Fiche de références : vous allez y indiquer l'ensemble des références étudiées lors du chapitre. Notez à chaque fois le nom de l'auteur, le titre de l'ouvrage, la date de publication et l'idée essentielle développée par l'auteur dans l'ouvrage en relation avec le thème du chapitre.

N.B. 1

Soyez synthétique. Les fiches de révision n'ont pas vocation à se substituer à votre cours ou à ce manuel mais à faciliter votre travail de mémorisation et votre capacité à mobiliser facilement le jour J des références pertinentes.

N.B. 2

Un même ouvrage pourra apparaître dans plusieurs fiches de références selon les chapitres. Faites bien l'effort de spécifier à chaque fois ce que l'auteur dit d'intéressant relativement au chapitre précis sur lequel porte votre fiche.

N.B. 3

Vous pouvez vous aider des étymologies données dans cet ouvrage au début de chaque chapitre, mais aussi de l'anthologie de morceaux choisis qui clôture ce livre.

- Fiches de plans : notez à la fois le plan du cours de votre professeur, le plan de ce manuel, mais aussi les plans des éventuels sujets corrigés en relation avec ce chapitre.

III. Culture personnelle

Constituez-vous tout au long de l'année une culture personnelle.

Faites des lectures afin d'approfondir le travail effectué avec votre professeur et avec ce manuel. Rien ne vaut la fréquentation personnelle des auteurs et votre travail pendant l'année sera beaucoup plus stimulant si vous parvenez à vous investir personnellement et à vous approprier le thème par un choix de lectures. À ce titre, pensez à jeter un coup d'œil à la bibliographie du programme de terminale mais n'hésitez pas à non plus à demander conseil à votre professeur et aux documentalistes de votre lycée. Pensez par ailleurs à faire des fiches de lecture : pour cela, reportez-vous à la fiche méthode sur la lecture cursive présente dans ce manuel.

Efforcez-vous également de regarder des films en rapport avec les thèmes travaillés pendant l'année (et pensez à les ficher en vous reportant à la fiche méthode sur l'analyse filmique), d'aller voir des expositions, de fréquenter les musées (reportez-vous à la fiche méthode sur la lecture d'image), etc.

Vous pouvez également installer les applications de *Courrier international* ou encore du *Monde* qui, dans leurs pages « culture » et « Histoire », proposent souvent des entrées en lien avec votre programme. Les émissions en podcast de *France culture* présentent aussi un intérêt certain.

IV. Travailler la méthode

Entraînez-vous régulièrement. En plus des devoirs prévus par votre professeur tout au long de l'année, n'hésitez pas à faire des sujets supplémentaires de votre côté : ce manuel est aussi là pour cela ! À force de répéter ces exercices et de vous entraîner à faire des sujets type bac, vous verrez que vous serez de plus en plus performant et prêt pour l'épreuve finale.

Enfin, relisez attentivement vos copies corrigées tout au long de l'année. Au-delà de la note que vous avez à chaque devoir, essayez de comprendre ce qui vous est reproché et ce que vous avez bien fait. Notez-le de manière à corriger vos défauts lors de votre prochain devoir et à vérifier que ce qui était bien fait l'est encore. Ne vous laissez pas abattre par une mauvaise note : vous découvrez une nouvelle matière et il faut un certain temps pour se l'approprier. Restez positif et cherchez toujours comment vous améliorer en sollicitant si besoin est l'aide de votre professeur.

V. Pendant la période de révision avant l'épreuve du bac

Si vous avez suivi nos conseils, vous avez à vos dispositions tout un ensemble de fiches de révision, en plus de votre cours, de ce manuel et de vos devoirs réalisés pendant l'année. Il faut maintenant relire tout cela, en ayant en tête que l'objectif est double :

- Maîtriser suffisamment bien tous les contenus que vous pourrez mobiliser pendant le devoir. L'épreuve est rapide et il faut donc que vous soyez efficace. Vous devez être capable d'identifier rapidement quelle référence, notion, raisonnement… peut être mobilisé par rapport au sujet posé, et être capable de le restituer avec précision, clarté et esprit de synthèse.
- Être à l'aise sur la méthode et savoir ainsi ce que l'on attend de vous et ce que vous avez à faire pour réussir l'épreuve. N'oubliez pas de vous reporter pour cela aux fiches méthodes de ce manuel consacrées aux deux types de questions de l'épreuve de baccalauréat.

Sujet corrigé

Question d'interprétation littéraire

↳ Selon vous, l'identité humaine peut-elle être transférable à la machine ?

Document ou sujet L'humain et ses limites. Support : Villiers de L'Isle-Adam, *L'Ève Future*, 1886. Livre V

Alors que Lord Ewald a sauvé Edison de la misère, il vient voir ce dernier en proie à la mélancolie. La cause de son mal : son amour pour une femme extrêmement belle mais sotte. Edison, lui propose une solution, créer un double synthétique d'Alicia, la femme dont Lord Ewald est amoureux. Cette femme artificielle prend vie, elle sera parfaite car sans défauts, c'est Hadaly l'andréide. Dans cet extrait, Edison explique à son ami Lord Ewald les mécanismes complexes de sa création.

Première apparition de la Machine dans l'Humanité.

Solus cum solo, in loco remoto, non cogitabuntur orare pater noster.

Tertullien.

Edison dénoua le voile noir de la ceinture.

– L'Andréïde, dit-il impassiblement, se subdivise en quatre parties :

1° Le Système-vivant, intérieur, qui comprend l'Équilibre, la Démarche, la Voix, le Geste, les Sens, les Expressions-futures du visage, le Mouvement-régulateur intime, ou, pour mieux dire, « l'Âme. »

2° Le Médiateur-plastique, c'est-à-dire l'enveloppe métallique, isolée de l'Épiderme et de la Carnation, sorte d'armure aux articulations flexibles en laquelle le système intérieur est solidement fixé.

3° La Carnation (ou chair factice proprement dite) superposée au Médiateur et adhérente à lui, qui, – pénétrante et pénétrée par le fluide animant –, comprend les Traits et les Lignes du corps-imité, avec l'émanation particulière et personnelle du corps reproduit, les repoussés de l'Ossature, les reliefs-Veineux, la Musculature, la Sexualité du modèle, toutes les proportions du corps, etc.

4° L'Epiderme ou peau-humaine, qui comprend et comporte le Teint, la Porosité, les Linéaments, l'éclat du Sourire, les Plissements-insensibles de l'Expression, le précis mouvement labial des paroles, la Chevelure et tout le Système-pileux, l'Ensemble-oculaire, avec l'individualité du Regard, les Systèmes dentaires et ungulaires.

Edison avait débité cela du ton monotone avec lequel on expose un théorème de géométrie dont le quod erat demonstrandum est virtuellement contenu dans l'exposé même. Lord Ewald sentait, dans cette voix, que non seulement l'ingénieur allait résoudre, au moins théoriquement, les postulata que cette série d'affirmations monstrueuses suscitait dans l'esprit, mais qu'il les avait déjà résolus et allait en fournir la preuve.

C'est pourquoi le noble Anglais, remué outre mesure par l'aplomb terrible de l'électricien, sentit le froid de la Science lui glacer le cœur à cet extraordinaire énoncé. Néanmoins, en homme calme, il ne prononça pas une parole d'interruption.

La voix d'Edison était devenue singulièrement grave et mélancolique.

– Milord, dit-il, ici, du moins, je n'ai pas de surprises à vous faire. À quoi bon ! La réalité, comme vous allez le voir, est suffisamment surprenante pour qu'il soit fort inutile de l'entourer d'un autre mystère que le sien. – Vous allez être le témoin de l'enfance d'un être idéal, puisque vous allez assister à l'explication de l'intime organisme de Hadaly. Quelle Juliette supporterait un tel examen sans que Roméo s'évanouît ?

En vérité, si l'on pouvait voir, d'une façon rétrospective, les commencements positifs de celle que l'on aime et quelle était sa forme lorsqu'elle a remué pour la première fois, je pense que la plupart des amants sentiraient leur passion s'effondrer dans une sensation où le Lugubre le disputerait à l'Absurde et à l'Inimaginable.

Mais l'Andréïde, même en ses commencements, n'offre jamais rien de l'affreuse impression que donne le spectacle du processus vital de notre organisme. En elle, tout est riche, ingénieux et sombre. Regardez :

Et il appuya le scalpel sur l'appareil central rivé à la hauteur des vertèbres cervicales de l'Andréïde.

– C'est la place du centre de la vie chez l'Homme, continua-t-il. C'est la place de la vertèbre où s'élabore la moelle allongée. – Une piqûre d'aiguille, ici, vous le savez, suffit pour nous éteindre à l'instant même. En effet, les tiges nerveuses dont dépend notre respiration prennent racines en ce point : de sorte que, si la piqûre les touche, nous mourons étouffés. Vous voyez que j'ai respecté l'exemple de la Nature, ici : ces deux inducteurs, isolés en ce point, correspondent au jeu des poumons d'or de l'Andréïde.

Examinons d'abord, à vol d'oiseau, pour ainsi dire, l'ensemble de cet organisme : je vous en expliquerai le détail ultérieurement.

C'est grâce au mystère qui s'élabore aussi dans ces disques de métaux, et qui s'en dégage, que la chaleur, le mouvement et la force sont distribués dans le corps de Hadaly par l'enchevêtrement de ces fils brillants, décalques exacts de nos nerfs, de nos artères et de nos veines. C'est grâce à ces petits disques de verre trempé, qui s'interposent, – par un jeu très simple, et dont je vous nettifierai tout à l'heure le système, – entre le courant et les divers réseaux de ces fils, que le mouvement commence ou s'arrête dans l'un des membres ou dans la totalité de sa personne. Ici, est le moteur électro-magnétique des plus puissants, que j'ai réduit à ces proportions et à cette légèreté, et auquel viennent s'ajuster tous les inducteurs.

Cette étincelle, léguée par Prométhée, qui court, domptée autour de cette baguette vraiment magique, produit la respiration en impressionnant cet aimant situé verticalement entre les deux seins et qui attire à lui cette lame de nickel, annexée à cette éponge d'aciers, – laquelle, à chaque instant, revient à sa place, à cause de l'interposition régulière de cet isolateur. J'ai même songé à ces soupirs profonds que la tristesse arrache du cœur : Hadaly, étant d'un caractère doux et taciturne, ne les ignore pas et leur charme ne lui est pas étranger. Toutes les femmes vous attesteront que l'imitation de ces mélancoliques soupirs est facile. Toutes les comédiennes en vendent à la douzaine, et des mieux conditionnés, pour notre illusion. Voici les deux phonographes d'or, inclinés en angle vers le centre de la poitrine, et qui sont les deux poumons de Hadaly. Ils se passent l'un à l'autre les feuilles métalliques de ses causeries harmonieuses – et je devrais dire célestes, – un peu comme les presses d'imprimerie se passent les feuilles à tirer.

Le but du roman de Villiers De L'Isle Adam, est sans doute de montrer que la science a des prétentions, qui se veulent trop souvent au-dessus de la nature. Si le sujet de ce récit met en place la recherche de la femme idéale (recherche impossible), il est important de noter que c'est surtout une vision du monde que l'on y trouve, celle de l'auteur qui semble vouloir nous dire que notre esprit serait sans doute capable de créations magnifiques. Cependant, leurs mises en application ne sont pas toujours satisfaisantes. Edison présente ici son œuvre : l'andréide, dont le fonctionnement et les composants sont expliqués. Il reste à nous demander si la machine inventée par Edison relève du merveilleux ou du monstrueux.

Dès la première ligne, il est question de comparer l'humain et la machine. De ce fait, nous noterons que l'utilisation des majuscules aux mots « Machine » et « Humanité » les met sur un pied d'égalité, Edison dévoile ainsi son domaine de compétence, la création d'une machine plus vraie que nature.

Dès lors, la description de l'andréide (dont la signification est : automate à forme humaine), se fait à partir d'un lexique emprunté au vivant, à la nature humaine. Il est donc question d'Epiderme, de Carnation, de Chair, de Voix... – les mots sont mis en relief par des majuscules. La comparaison avec l'être humain se poursuit, Edison parle de « ...la totalité de sa personne ». Cette

Andréide est absolue, c'est ce que démontre l'ingénieur, dans sa création, aucun oubli, tout est pensé, de la respiration, aux sentiments. Elle respire et est dotée d'une « Âme » ! Edison est passionné, il est lui-même pénétré par sa création à laquelle il est persuadé d'avoir insufflé la vie. De ce fait, Hadaly est un humain, un être total mais à la différence qu'elle est, selon son créateur, parfaite. Même si, pour la rendre véritablement parfaite, il a fallu lui donner une personnalité mettant en place « un caractère doux et taciturne », propre aux femmes selon son créateur ! C'est cette part obscure, cette petite faiblesse dont Edison est fier, c'est aussi ce qui la rend véritablement humaine selon lui. Cette machine est donc idéale. Les tournures mélioratives employées pour la décrire le prouvent, « moteur électro-magnétique des plus puissants », ou encore « un être idéal » ne cessent d'établir le lien entre une invention extraordinaire et les qualités de cette dernière. Qu'il s'agisse de ses facultés, des matériaux utilisés, ou encore de ses proportions, tout dans l'andréide tant à dépasser la nature humaine, elle est robuste mais légère, puissante et belle, tout en elle n'est qu'harmonie. C'est bien un être idéal qui nous est présenté.

On le comprend, l'Andréide dépasse l'homme : « Mais l'Andréïde, même en ses commencements, n'offre jamais rien de l'affreuse impression que donne le spectacle du processus vital de notre organisme. En elle, tout est riche, ingénieux et sombre. » Sa naissance est belle, elle relève de l'extraordinaire, loin de celle des hommes qui n'est que « lugubre, absurde », naissance qui est du reste quasi comparée à une scène d'horreur : « En vérité, si l'on pouvait voir, d'une façon rétrospective, les commencements positifs de celle que l'on aime et quelle était sa forme lorsqu'elle a remué pour la première fois, je pense que la plupart des amants sentiraient leur passion s'effondrer dans une sensation où le Lugubre le disputerait à l'Absurde et à l'Inimaginable. » Bien que le caractère merveilleux de l'Andréide soit mis en avant, nous ne pouvons, nier que Villers de L'Isle Adam cherche aussi à nous prouver que son créateur est en proie à un certain déséquilibre mental : passionné par sa création, il se prend pour Prométhée pensant être seul détenteur d'un immense pouvoir.

Le discours (direct) d'Edison, bien que scientifique, est parsemé de citations latines qui participent à rendre ses paroles plus crédibles. Sa démonstration se fait par la mise en place d'un discours argumentatif développé en quatre parties. Les termes techniques, scientifiques et médicaux renvoient à l'objectivité du propos « système intérieur, fluides, preuve, puis ; vertèbre, moelle, nerfs, artères… » à cela s'ajoute l'emploi récurrent du présent de vérité générale. L'ingénieur est passionné, sa présentation de l'Andréide nous le prouve, mais c'est sa fascination, son enthousiasme qui mettent en place la persuasion. Les nombreux modalisateurs, « vous savez/vous voyez », les interpellations constantes envers Lord Ewald, donnent à penser qu'Edison est totalement possédé par son œuvre, il ne cesse de parler (NB : les occurrences de l'emploi de la première personne), et considère l'Andréide comme une véritable personne. Il est fier, et totalement sous l'emprise de sa propre création. Est-il capable de comprendre ou d'accepter que son œuvre puisse susciter l'appréhension, la crainte, une réticence justifiée ? Il ne laisse à aucun moment à Lord Ewald la possibilité d'énoncer une remarque quelle qu'elle soit. Il est presque impossible pour ce dernier de s'exprimer tant le discours d'Edison reste passionné (l'emploi de questions rhétoriques, ou d'apostrophes faisant son propre éloge le prouve). Créer la vie, utiliser la science à ces fins, c'est mettre en place un nouvel espoir, la création est à portée d'homme. Si Edison insuffle la vie au moyen de l'électricité, faut-il comprendre que rien ne sera désormais impossible pour lui ?

Edison apparaît ici comme un être dont le discours enflammé est tout à la fois fascinant et inquiétant. Sa passion l'emporte vers la description d'une machine qui est si complexe qu'il reste difficile d'en comprendre véritablement le fonctionnement. Si le discours d'Edison reste celui d'un scientifique, ce que nous montre en substance Villiers De L'Isle Adam, c'est qu'il est sans doute nécessaire de rester méfiant quant à cet enthousiasme effréné auquel succombe l'ingénieur, l'Andréide est et doit rester une machine. Tous les signes qui la rendent « humaine » restent copies de nos agissements ou encore de nos sentiments. À ce titre, elle ne peut prétendre à une quelconque humanité.

Question de réflexion philosophique

↳ Qu'est-ce que les dystopies peuvent nous apporter ?

Plan détaillé :

Intro : il faut bien noter la tension au cœur du sujet. Le préfixe dys- signifie négation, malformation, mauvais, erroné. Il y a donc une tension entre le caractère essentiellement *négatif* de la dystopie et l'idée qu'elle pourrait nous apporter quelque chose (sous-entendu : quelque chose de *positif*).

I. La dystopie peut d'abord sembler n'être que négative.

- **A.** En nous présentant un futur sombre et négatif, elle nous désespère et nous angoisse.
- **B.** Le plus souvent, elle reste au plus près du réel connu et des valeurs *déjà* existantes. Elle ne propose rien de véritablement neuf et semble donc conduire à la vision désespérante d'un futur inéluctable.

II. Néanmoins, la dystopie nous permet de mieux comprendre notre présent.

- **A.** La dystopie permet d'explorer les possibles latéraux liés à notre présent.

B. Si elle ne développe pas une connaissance scientifique du monde présent, elle nous permet de prendre de la distance à son égard et de mieux comprendre les principes qui sont à son fondement.

III. Elle tient ainsi notre liberté en éveil et nous rattache aux générations futures.

A. En nous permettant de prendre de la distance par rapport au présent et de l'interroger, elle nous rend capable d'envisager ce que *pourrait* être l'organisation sociale.

B. Elle nous met ainsi en lien avec les générations futures et nous force à nous interroger sur ce que nous leur laisserons et sur ce que *pourrait* être l'espèce humaine.

N.B. Sur tout cela on pourra se reporter à l'ouvrage du philosophe français Raymond Ruyer, *L'utopie et les utopies*.

Question d'interprétation littéraire

↳ Pourquoi peut-on dire que ce texte s'inscrit dans le mouvement du Nature writing ?

Document Thoreau, *Walden ou la vie dans les bois*, traduction de 1922

Cette charpente, si légèrement habillée, m'enveloppait comme d'une cristallisation, et réagissait sur le constructeur. C'était suggestif, quelque peu l'esquisse d'un tableau. Je n'avais pas besoin de sortir pour prendre l'air, car l'atmosphère intérieure n'avait rien perdu de sa fraîcheur. C'était moins portes closes que derrière une porte que je me tenais, même par les plus fortes pluies. Le Harivansa dit : « Une demeure sans oiseaux est comme un mets sans assaisonnement. » Telle n'était pas ma demeure, car je me trouvai soudain le voisin des oiseaux ; non point pour en avoir emprisonné le moindre, mais pour m'être mis moi-même en cage près d'eux. Ce n'était pas seulement de ceux qui fréquentent d'ordinaire le jardin et le verger que j'étais plus près, mais de ces chanteurs plus sauvages et plus pénétrants de la forêt, qui jamais ne donnent, ou rarement, la sérénade au citadin, – la grivette, la litorne, le scarlatte, le friquet, le whip-pour-will et quantité d'autres.

Je me trouvais installé sur le bord d'un petit étang, à un mille et demi environ sud du village de Concord et tant soit peu plus haut que lui, au milieu d'un bois spacieux qui s'étendait entre cette bourgade et Lincoln, et à deux milles environ sud de ce seul champ que nous connaisse la renommée, le champ de bataille de Concord ; mais j'étais si bas dans les bois que la rive opposée, à un demi-mille de là, couverte de bois comme le reste, était mon plus lointain horizon. La première semaine, toutes les fois que je promenai mes regards sur l'étang, il me produisit l'impression d'un « tarn » en l'air sur le seul flanc d'une montagne, son fond bien au-dessus de la surface des autres lacs, et, au moment où le soleil se levait, je le voyais rejeter son brumeux vêtement de nuit, pour, çà et là, peu à peu, ses molles rides révéler ou le poli de sa surface réfléchissante, pendant que les vapeurs, telles des fantômes, se retiraient furtivement de tous côtés dans les bois, ainsi qu'à la sortie de quelque conventicule nocturne. La rosée même semblait s'accrocher aux arbres plus tard dans le jour que d'habitude, comme sur les flancs de montagnes.

Ce petit lac était sans prix comme voisin dans les intermittences d'une douce pluie d'août, lorsqu'à la fois l'air et l'eau étant d'un calme parfait, mais le ciel découvert, le milieu de l'après-midi avait toute la sérénité du soir, et que la grivette chantait tout à l'entour, perçue de rive à rive. Un lac comme celui-ci n'est jamais plus poli qu'à ce moment-là ; et la portion d'air libre suspendue au-dessus de lui étant peu profonde et assombrie par les nuages, l'eau, remplie de lumières et de réverbérations, devient elle-même un ciel inférieur d'autant plus important. Du sommet d'une colline proche, où le bois avait été récemment coupé, il était une échappée charmante vers le Sud au-delà de l'étang, par une large brèche ouverte dans les collines qui là forment la rive, et où leurs versants opposés descendant l'un vers l'autre suggéraient l'existence d'un cours d'eau en route dans cette direction à travers une vallée boisée, quoique de cours d'eau il n'en fût point. Par là mes regards portaient entre et par-dessus les vertes collines proches sur d'autres lointaines et plus hautes à l'horizon, teintées de bleu. Que dis-je ! en me dressant sur la pointe des pieds, je pouvais entrevoir quelques pics des chaînes plus bleues et plus lointaines encore au nord-ouest, ces coins vrai-bleu de la frappe même du ciel, ainsi qu'une petite partie du village. Mais dans les autres directions, même de ce point, je ne pouvais voir par-dessus ou par-delà les bois qui m'entouraient.

Le Nature writing est un mouvement littéraire qui a pris naissance avec Thoreau au XIXe siècle. Ce mouvement se poursuit de nos jours, les revendications écologiques étant de plus en plus prégnantes. Dans *Walden ou la vie dans les bois*, Thoreau propose une œuvre à la croisée des genres : la dimension autobiographique croise l'essai. Aussi n'est-il pas étonnant de lire derrière l'éloge de la Nature fait par Thoreau une critique implicite de notre société. Nous verrons que Thoreau fonde le Nature writing en ce qu'il considère la Nature comme un sujet et non un objet mais aussi en ce qu'il critique implicitement notre civilisation. Enfin, nous verrons que l'écriture du Je est bien une caractéristique de ce mouvement.

Ce texte s'inscrit dans le mouvement du Nature writing en ce que Thoreau considère **la Nature comme un sujet** à part entière et non comme un objet. Thoreau se qualifie de « voisin des oiseaux ». Sa cabane dans les bois lui donne une position privilégiée : il décline ainsi les noms des oiseaux qu'il entend, n'hésitant pas à utiliser une comparative de supériorité alors qu'il les compare aux oiseaux de la ville : ils sont « plus sauvages et plus pénétrants. » La façon dont l'étang est décrit en fait un sujet : il est **personnifié**, doté d'un « brumeux vêtement de nuit » qu'il rejette au lever du jour, montrant alors « ses molles rides » alors que les « vapeurs », **comparées** à des « fantômes » le libèrent de leur présence. Le second paragraphe de cet extrait est particulièrement **poétique** : tout prend vie sous la plume de Thoreau, jusqu'à la rosée qui s'accroche aux arbres. Thoreau se plaît à décrire ensuite le lac sur lequel il ne projette nul sentiment, contrairement à ce que pouvait faire un écrivain romantique. Le lac est « voisin » de Thoreau. Il réfléchit, double le ciel et participe à la **quiétude du paysage**. Cette quiétude passe par le moment – le soir – et les protagonistes présents – la grivette, dont le chant envahit l'espace. Thoreau est si précis que l'on pourrait peindre le paysage décrit, et ce d'autant plus qu'il donne des détails concernant l'arrière-plan : du sommet de la colline, il imagine la naissance d'un cours d'eau, « quoique de cours d'eau, il n'en fut point ». Cette **proposition subordonnée** marque l'opposition entre l'imagination et la réalité. Thoreau privilégie la réalité par rapport à l'imagination et s'empresse de décrire les chaînes de montagnes « plus bleues ». Cette **comparative de supériorité** montre bien qu'il va d'émerveillement en émerveillement. Il nous invite à contempler le paysage, à partir à la recherche du « vrai bleu. »

Cet extrait relève en effet également du Nature writing en ce qu'il entend nous faire réfléchir aux relations que nous avons usuellement avec la Nature. En utilisant l'adjectif « vrai » pour parler du bleu, Thoreau nous laisse entendre que **nous, citadins, ne connaissons pas le « vrai bleu »,** de même que nous ne connaissons pas les chants des oiseaux qu'il évoque. Thoreau critique implicitement les bâtisses dans lesquelles nous vivons, alors qu'il note : « Je n'avais pas besoin de sortir pour prendre l'air, car l'atmosphère intérieure n'avait rien perdu de sa fraîcheur. » Nous comprenons que le citadin est obligé de sortir de chez lui pour prendre l'air. Par **antithèse**, la cabane de Thoreau lui permet de respirer à l'air libre, **sainement**. L'antithèse entre les citadins et Thoreau se poursuit alors que Thoreau rappelle que nous avons pour coutume d'emprisonner les oiseaux, tandis que lui peut profiter de leurs chants sans attenter à leur liberté.

Les auteurs du Nature writing prennent souvent appui sur leur **expérience personnelle**. C'est ce que fait Thoreau ici. D'où les nombreuses **marques de première personne**, le pronom personnel « je » revenant à plusieurs reprises. Il indique avec précision l'endroit où il se trouve : « Je me trouvais installé sur le bord d'un petit étang, à un mille et demi environ sud du village de Concord et tant soit peu plus haut que lui, au milieu d'un bois spacieux qui s'étendait entre cette bourgade et Lincoln, et à deux milles environ sud de ce seul champ que nous connaisse la renommée, le champ de bataille de Concord ; » On voit les **compléments de lieu** se multiplier, ce qui relève d'une **esthétique de la précision**. Si tout est décrit à partir du regard de Thoreau, on ne peut cependant **paradoxalement pas parler de subjectivité**, tant il cherche à être précis, même lorsque son écriture devient poétique. Il n'hésite pas à se reprendre : « Que dis-je ! en me dressant sur la pointe des pieds, je pouvais entrevoir quelques pics des chaînes plus bleues et plus lointaines encore au nord-ouest, ces coins vrai-bleu de la frappe même du ciel, ainsi qu'une petite partie du village. » Ce n'est donc pas un cours d'eau qu'il voit. **Son regard a une simple fonction de réceptacle. Il ne cherche pas à transformer le paysage qu'il contemple** mais bien à le décrire et si poésie il y a, c'est bien parce que le paysage est en lui-même poétique.

Le fait de s'isoler ainsi en pleine Nature la lui fait voir autrement. Il entend donc changer notre regard sur elle, nous inviter à la contempler, la voir dans sa singularité, et ne pas la considérer comme étant à notre service : les oiseaux ne sont pas nos « prisonniers », ils ne sont pas nos esclaves, c'est bien plutôt à nous de nous emprisonner dans la Nature pour éprouver des **plaisirs auditifs comme visuels.**

Thoreau semble bien le fondateur du Nature writing : il considère la Nature comme un sujet à qui l'on doit respect et admiration. Il rejette le mode de vie de notre civilisation, mode de vie anthropocentré, au profit d'un mode de vie **biocentré** qu'il expérimente lui-même.

Question de réflexion philosophique

↳ Les animaux peuvent-ils avoir des droits ?

Alors que de plus en plus d'espèces animales disparaissent ou sont menacées de disparition et que des voix chaque jour plus nombreuses dénoncent les traitements infligés à un grand nombre d'animaux (tests en laboratoire, élevage et abattage, etc.), la question se pose de savoir si les animaux peuvent avoir des droits. Autrement dit, sont-ils concernés par les règles juridiques instituées qui règlent la conduite des êtres humains en société ? Le problème qui se pose est double : est-il logiquement possible d'attribuer aux animaux des droits ? Est-ce souhaitable ? Sur le premier versant du problème, il s'agit de se demander s'il n'existe pas une contradiction logique entre le statut même de l'animal et ce que suppose la possibilité d'être reconnu comme sujet de droit. Par ailleurs, même en admettant qu'il n'existe pas une telle contradiction logique, serait-il réellement positif d'attribuer aux animaux des droits ? Pour répondre à ces questions, nous verrons dans un premier temps les raisons qu'on peut opposer à une extension des droits aux animaux. Nous verrons néanmoins dans un second temps que ces raisons sont discutables et qu'il n'y a pas ainsi de véritable impossibilité logique à reconnaître des droits aux animaux. Nous finirons ainsi par étudier les aspects positifs d'une telle reconnaissance et ses éventuelles limites.

Un certain nombre de raisons semblent en premier lieu s'opposer à l'attribution de droits à l'animal.

On peut ainsi considérer qu'il existe une différence de nature entre l'être humain et l'animal et qu'à cet égard il ne saurait être question d'envisager une extension des droits juridiques depuis l'être humain jusqu'à l'animal. On dit ainsi qu'on est face à une différence de degré lorsque l'on peut penser cette différence en termes de plus ou de moins au sein d'une même échelle de mesure ou de valeur. On parle en revanche d'une différence de nature lorsque l'on se trouve face à plusieurs ordres, éléments ou êtres qui diffèrent qualitativement sans possibilité de les ramener à une même échelle de mesure ou de valeur. Or dans la cinquième partie du *Discours de la méthode*, Descartes part de ce qui semble se présenter comme une ressemblance de l'homme et de l'animal pour montrer qu'en réalité il existe entre les deux êtres une différence de nature, liée à la présence chez l'homme d'une pensée que l'on ne trouve pas chez l'animal. Les animaux profèrent certes des sons. Mais Descartes considère que ce n'est pas une raison pour considérer qu'il y a là un véritable langage qui manifesterait extérieurement une pensée intérieure. Le langage en effet ne se réduit pas à une simple émission de sons. Il faut, pour pouvoir parler de langage, qu'il existe non seulement une intention volontaire de signifier quelque chose mais aussi une capacité de comprendre ce qui est ainsi signifié. Par ailleurs il n'y a langage que là où il y a capacité à combiner des signes de manière inventive en fonction des situations de communication. Or selon Descartes l'animal ne manifeste ni l'un ni l'autre : ni volonté de signifier, ni capacité d'invention face aux situations nouvelles. En outre, les animaux agissent et certaines de ces actions sont de véritables prouesses, si bien que je peux là encore être tenté d'en faire la manifestation d'une pensée intérieure. Mais pour Descartes ces actions animales si parfaites sont de l'ordre de l'automatisme et non de l'action réfléchie. La preuve en est selon lui que les animaux ne parviennent pas à s'adapter à des situations nouvelles et imprévues, là où la pensée permet à l'action humaine une telle souplesse. Rien ne permet donc de prouver que les animaux pensent et il est même plus cohérent de soutenir qu'ils ne pensent pas. Il faut donc en conclure à une différence de nature entre l'homme et l'animal puisque seul l'homme possède la pensée, au sens de la pensée consciente. Or c'est bien la pensée consciente qui fonde l'aptitude de l'être humain à être titulaire de droits et de devoirs.

De la même manière, on peut considérer que seul l'être humain possède la liberté, tandis que l'animal est dominé par ses instincts ou ses pulsions. Or l'instinct est une réponse immédiate à un ensemble de stimuli ; il désigne le déclenchement automatique d'une réaction déterminée face à une situation précise. La liberté de la volonté rend en revanche l'être humain capable de choisir par soi-même d'accomplir telle action plutôt que telle autre. Face à une situation donnée il est ainsi capable de prendre du recul et de réfléchir pour trouver une solution adaptée parmi plusieurs alternatives envisagées. Une telle liberté de la volonté place l'être humain à l'origine de sa décision (il s'autodétermine) et fait que le choix qu'il prend est contingent (la décision prise aurait pu être différente s'il avait voulu choisir autre chose). Or l'existence des lois, droits et des devoirs juridiques présuppose que l'homme a une telle liberté. Si ce n'était pas le cas, on ne pourrait en effet pas le tenir pour responsable de ses actes, ni le juger.

Il semble donc bien en première approche qu'on ne puisse attribuer des droits aux animaux dans la mesure où cela entrerait en contradiction logique avec l'absence de pensée consciente et de liberté chez les animaux.

On peut néanmoins nuancer cette première approche du problème et ouvrir ainsi la possibilité logique d'une attribution de droits aux animaux.

En premier lieu, la thèse d'une différence de nature entre l'homme et l'animal est contestable. N'est-elle pas ainsi un symptôme d'un anthropocentrisme qui fait de l'être humain non seulement le centre du monde, mais aussi le point de référence pour mesurer toute réalité ? Ainsi, lorsque Montaigne rédige l'*Apologie de Raimond Sebond*, il mobilise la figure de l'animal pour apprendre l'humilité aux hommes par une critique de l'anthropocentrisme. En montrant que les animaux sont comme l'homme capables d'intelligence, Montaigne vise à rabaisser l'orgueil humain et à lui rappeler l'humilité. Il s'attaque ainsi à cette présomption qui fait tomber l'homme dans l'anthropocentrisme. Non seulement l'homme n'est pas au sommet de la hiérarchie des êtres et au centre de l'univers, mais il n'est pas non plus l'être qui serait le seul légitime à fournir le sens de tout ce qui est. De même, des penseurs aussi différents que Voltaire, Rousseau ou Bentham défendent l'idée d'une continuité et donc d'une différence de degré entre l'être humain et l'animal. Cette continuité repose sur la capacité à sentir : nous partageons avec les animaux le sentiment, l'aptitude à sentir, la sensibilité et notamment la capacité à souffrir. Si l'homme et l'animal partagent une même capacité à ressentir du plaisir et de la douleur, il devient possible de se demander s'il n'est pas possible d'envisager de donner à l'animal des droits. Enfin, la science a sérieusement mis en question la thèse d'une différence de nature entre l'être humain et l'animal. Les travaux de Darwin ont ainsi replacé l'espèce humaine dans la continuité des autres espèces tandis que des travaux récents ont montré que les capacités cognitives, les émotions, la conscience de soi existent aussi, a minima, chez d'autres espèces supérieures. Qu'est-ce qui justifie alors de réserver les droits aux seuls êtres humains ?

Une objection possible à cette volonté de reconnaître certains animaux comme des personnes juridiques consiste à dire qu'être une personne juridique donne certes des droits, mais aussi des devoirs. Or aucun animal ne serait capable de remplir de tels devoirs et ils ne devraient donc pas être considérés comme des personnes juridiques. La limite d'une telle objection est que le droit actuel accorde déjà des droits à des individus humains qui ne sont pas ou plus en état de remplir le moindre devoir juridique : personnes dans le coma, nourrissons, etc. Si l'on considère ces individus comme des personnes juridiques, c'est parce que l'on considère qu'elles ont un intérêt moralement significatif à défendre et qu'on ne saurait donc les réduire à des choses. N'est-ce pas précisément le cas des animaux ? Peter Singer montre ainsi que nous manquons de cohérence logique quant aux animaux. Nous accordons des droits à des individus humains qui ne sont pas ou plus en état de remplir le moindre devoir juridique et simultanément nous refusons ces mêmes droits aux animaux en arguant de leur incapacité à remplir des devoirs. Or non seulement certains de ces animaux possèdent des capacités cognitives au moins égales ou supérieures à ces individus qui ne sont pas ou plus en état de remplir le moindre devoir juridique, mais en plus ils possèdent tout autant qu'eux un intérêt moralement significatif à défendre et qu'à ce titre on ne saurait les réduire à des choses. Ce manque de cohérence cache au fond notre tendance à être spécistes. Mais si l'on veut faire preuve de cohérence logique, il faudrait donc admettre que rien ne s'oppose logiquement à une extension des droits aux animaux.

Il reste cependant à se demander si une telle extension est souhaitable ? Autrement dit, apporterait-elle quelque chose de positif ?

On peut tout d'abord penser que l'attribution de certains droits à certains animaux constituerait une avancée dans la mesure où cela permettrait de mieux protéger les animaux. Il ne s'agit en effet pas d'attribuer tous les droits aux animaux, car on ne voit pas bien ce qu'ils y gagneraient. Que feraient-ils du droit de vote par exemple ? En revanche, le droit à la liberté de mouvement, à l'intégrité physique pourraient permettre des progrès dans la prise en compte de la souffrance animale et de la protection animale.

En outre, du côté de l'être humain lui-même, attribuer des droits à l'animal reviendrait à admettre qu'il a des devoirs directs envers lui. N'y a-t-il pas la possibilité d'un progrès moral de l'être humain ? En faisant preuve de violence ou de cruauté à l'égard des animaux, on risque de s'habituer à une telle violence et à une telle cruauté et ainsi à mettre en péril nos obligations morales envers nous-mêmes et les autres hommes. Inversement, en reconnaissant que les animaux ont des droits et que nous avons donc des devoirs envers eux, on ouvrirait la possibilité d'un progrès moral de l'humanité.

On peut cependant se demander si reconnaître des droits aux animaux ne risque pas de reproduire à sa manière tout le système de pensée qui était lié à l'exploitation et à la souffrance animale. En effet, le concept moderne du droit est fondé sur cette compréhension de l'être humain caractérisé par la pensée consciente, la liberté, etc. Dès lors, conférer des droits aux animaux risque d'être une manière de confirmer cette conception de l'être humain. En outre, attribuer certains droits à *certains* animaux risque de la même manière de reproduire l'anthropocentrisme. Ne va-t-on pas en effet attribuer des droits aux animaux qui *nous ressemblent* ?

On peut ainsi se demander, pour conclure, s'il ne faudrait pas avant tout à la fois repenser le droit pour le sortir de sa conception de l'être humain comme coupé des animaux (par la pensée consciente, la liberté, etc.) *et* inventer de nouveaux agencements avec les animaux plus respectueux de leur singularité.

Question d'interprétation philosophique

↳ Comment Simondon entend-il réconcilier l'être humain et la technique ?

> « L'opposition dressée entre la culture et la technique, entre l'homme et la machine, est fausse et sans fondement ; elle ne recouvre qu'ignorance ou ressentiment. Elle masque derrière un facile humanisme une réalité riche en efforts humains et en forces naturelles, et qui constitue le monde des objets techniques, médiateurs entre la nature et l'homme. La culture se conduit envers l'objet technique comme l'homme envers l'étranger quand il se laisse emporter par la xénophobie primitive. (...) De même, la machine est l'étrangère ; c'est l'étrangère en laquelle est enfermé de l'humain, méconnu, matérialisé, asservi, mais restant pourtant de l'humain. La plus forte cause d'aliénation dans le monde contemporain réside dans cette méconnaissance de la machine, qui n'est pas une aliénation causée par la machine, mais par la non-connaissance de sa nature et de son essence. »
>
> Gilbert Simondon, *Du mode d'existence des objets techniques*, 1969.

Plan détaillé :

I. Simondon compare la haine ou la peur des objets techniques à de la xénophobie.

A. L'humanisme qui prétend défendre la nature de l'être humain supposément menacée par la technique cache en réalité une ignorance de la nature réelle de l'objet technique et un ressentiment envers lui.

B. De ce point de vue, l'attitude de haine ou de peur à l'égard de l'objet technique est similaire à l'attitude de xénophobie qui rejette l'autre.

II. Une telle attitude est désastreuse puisqu'elle conduit à une aliénation.

A. D'abord parce que l'activité humaine qui a produit ces objets techniques est oubliée, perdue de vue.

B. Ensuite parce que nous nous rapportons à ces objets techniques comme nous étant extérieurs.

III. Il s'agit donc de sortir d'une telle attitude en développant une connaissance de la nature réelle de l'objet technique.

A. Il faut apprendre à étudier et à connaître les objets techniques.

B. Afin de réaliser que loin d'être étrangers au monde de la culture, les objets techniques appartiennent pleinement au monde humain.

Sujet de réflexion littéraire

↳ L'homme peut-il rétablir une harmonie entre la Nature et lui ?

L'homme a voulu se rendre non pas « comme maître et possesseur de la Nature » ainsi que le disait Descartes mais véritablement maître de la Nature. Il l'a aliénée, l'a mise à son service, ne se demandant pas quelles conséquences cela pouvait avoir, y compris pour la survie de son espèce. De plus en plus de personnes s'engagent pour que l'homme change d'attitude envers la Nature mais l'homme peut-il rétablir l'harmonie perdue qui existait entre la Nature et lui ?

Nous verrons d'abord que l'homme a, par ses actes, aliéné la Nature. Il s'agira ensuite de comprendre à quelles conditions il peut se réconcilier avec elle.

L'homme, coupable d'*hubris* (démesure, orgueil) a voulu dominer la Nature et y est parvenu au point que Paul Crutzen, prix Nobel américain, en est venu à parler d'**anthropocène**, nouvelle ère géologique qui débute durant l'ère industrielle et qui a tellement modifié le monde qu'elle est comparable aux forces telluriques de la nature. L'anthropocène désigne l'ère de l'homme, une ère qui menace d'extinction 25 % des espèces animales.

L'anthropocène est fondé sur le **primat de la technique**. L'*homo faber* – pour reprendre une expression utilisée par Bergson dans *L'évolution créatrice* – transforme le monde. L'homme fabrique des objets. Ces objets sont associés, dans son esprit, au progrès. C'est ce progrès que déplore le narrateur du *Règne du vivant* d'Alice Ferney : autrefois pêcher la baleine était un combat entre l'homme et la Nature, une prouesse héroïque. Les progrès techniques ont été tels que la baleine est désormais en voie de disparition et qu'il n'y a plus rien d'héroïque dans cette pêche. Le narrateur dénonce les techniques utilisées par les grands chalutiers qui détruisent toutes les espèces de poissons sans dissociation et qui rejettent à la mer des poissons tués par erreur... La pêche de masse ne respecte en aucun cas la biosphère. L'homme s'en prend de toutes les façons possibles à la Nature. Heidegger l'a noté dans « la question de la technique », in *Essais et Conférences* : « l'écorce terrestre se dévoile aujourd'hui comme un bassin houiller, le sol comme entrepôt de minerais. » L'homme ne porte plus le même regard sur la Nature qu'auparavant. Un champ n'est plus un simple champ : « L'air est requis pour la formation d'azote, le sol pour celle de minerais, le minerai par exemple pour celle d'uranium, celui-ci pour celle d'énergie atomique, laquelle peut être libérée pour des fins de destruction ou pour une utilisation pacifique. »

L'homo faber en utilisant la Nature comme outil la détruit et détruit ses semblables. Lorsque Heidegger parle des fins de destruction de l'énergie atomique, on ne peut que penser à la catastrophe d'Hiroshima si bien décrite dans le film d'Alain Resnais *Hiroshima mon amour*. Dans son scénario, Duras insiste sur les paysages apocalyptiques qui sont nés d'Hiroshima. Ce qui s'est passé à Hiroshima relève de l'impensable, de l'innommable. De même, l'explosion de la centrale nucléaire de Tchernobyl ne s'est pas contentée de s'en prendre aux êtres humains. Les témoignages recueillis par Svetlana Alexievitch dans *La Supplication* font état des conséquences de l'explosion sur les hommes mais aussi sur les animaux. Tout a été empoisonné. Les animaux aussi peuvent présenter des malformations et leurs produits (œufs...) sont devenus nocifs pour l'homme à cause de l'action de l'homme. Les soldats ont essayé de « nettoyer » l'environnement vicié par l'explosion : « les soldats ont lavé les arbres, les maisons, les toits... Ils ont lavé les vaches du kolkhoze... (...) » Les soldats ont beau cherché à enlever le césium, les dosimètres indiquent toujours sa présence.

Dans ces conditions, on a du mal à voir comment l'harmonie entre l'homme et la Nature pourrait être rétablie.

Afin de réconcilier l'homme avec la Nature, peut-être faut-il commencer par imposer des limites à la technique, comme le voulait déjà le philosophe Hans Jonas dans *Le principe responsabilité. Une éthique pour la civilisation technologique* en 1979. L'homme ne maîtrise plus la technique qui l'a conduit à dominer la Nature. Il devient nécessaire de penser une « **éthique pour la civilisation technologique**. » Hans Jonas en vient à réécrire l'impératif catégorique kantien de la façon suivante : « Agis de façon que les effets de ton action soient compatibles avec la permanence d'une vie authentiquement humaine sur terre ; ou simplement, Ne compromets pas les conditions pour la survie indéfinie de l'homme sur terre. » L'homme doit changer d'attitude. Grâce aux considérations éthiques de Hans Jonas en 1992 le principe de précaution est adopté au sommet de Rio lors de la troisième conférence sur l'environnement et le développement organisée par les Nations unies.

L'homme, pour se réconcilier avec la Nature, doit mettre de côté son anthropocentrisme, ainsi que le lui demande l'anthropologue Philippe Descola, dans *Par-delà nature et culture* (2005). Descola a vécu parmi les Jivaro Achuar, à la frontière entre l'équateur et le Pérou. Ce peuple respecte la Nature et traite les animaux et les plantes comme ses égaux. Les Jivaro sont des animistes. Ils estiment que les plantes et les animaux ont une intériorité, une sensibilité, une vie sociale. Chez eux, la fracture Nature/Culture n'existe pas, au point que Descola peut écrire : « Y a-t-il une place pour la nature dans une cosmologie qui confère aux animaux et aux plantes la plupart des attributs de l'humanité ? » De plus en plus d'intellectuels s'engagent pour nier la supériorité de l'homme sur l'animal et demander à l'homme de redonner ses droits à l'animal. Le professeur de bioéthique Peter Singer, dans *l'égalité animale expliquée aux humains* nous demande d'accorder de la valeur aux intérêts des animaux et de renoncer à des pratiques cruelles, comme l'élevage en batterie ou la corrida. Les animaux, comme les humains, peuvent souffrir. Or, « si un être souffre, il ne peut y avoir de justification morale pour refuser de tenir compte de cette souffrance. »

Le seul moyen pour rétablir un équilibre entre l'homme et la Nature consisterait alors à changer nos habitudes, qu'elles soient alimentaires ou autres. Déjà, au XIXe siècle, Thoreau, cherchait à renouer avec la Nature. Il a vécu deux ans, deux mois et deux jours dans une cabane qu'il a bâtie lui-même. Il s'est nourri des produits de son jardin. Il s'en prend au consumérisme en affirmant que « la plupart des luxes, et beaucoup de ce qu'on appelle les conforts de la vie (…) constituent de véritables entraves à l'élévation de l'humanité. » Le luxe, produit de la technique, est nocif à l'homme. Il l'éloigne des véritables valeurs et de la simplicité originelle. Thoreau apprécie le jour qui se lève, le chant des oiseaux, le calme de la Nature. Il a su recréer une harmonie entre la Nature et lui, à son échelle. Plus récemment, Sylvain Tesson, dans *Les forêts de Sibérie*, a lui aussi fait l'expérience d'une forme de retour à la Nature. Il a pu vivre dans les forêts de Sibérie de façon simple. Le mouvement littéraire du Nature writing s'accompagne de l'éloge d'une vie humaine plus lente, plus en relation avec la Nature. Dans son roman *Dans la forêt,* Jean Hegland prend la forêt non pas pour simple cadre du roman dans lequel évoluent deux jeunes filles coupées du monde : la forêt est un personnage à part entière, voire une déesse protectrice pour les personnages, le mal venant plutôt des hommes. La dystopie d'un monde sans électricité ni essence devient presque une utopie lorsque les deux sœurs prennent leurs distances avec la civilisation à la fin du roman.

L'homme n'a eu de cesse de considérer que la Nature était à ses ordres, qu'elle n'était qu'un simple outil qu'il pouvait transformer comme bon lui semblait. L'anthroposphère est en train de détruire la planète. Les conséquences de la technique sont désastreuses d'un point de vue écologique et éthique. Il nous faut prendre nos distances avec la technique, ne pas en user n'importe comment, respecter davantage l'environnement, y compris les animaux que nous avons trop longtemps méprisés. Certains peuvent entreprendre la démarche de rompre un temps avec la civilisation pour voir quels plaisirs engendre une vie vécue en harmonie avec la Nature.

En résumé…

Vous trouverez ici une petite anthologie de morceaux choisis qui seront utiles lors de la rédaction de vos devoirs.

Thème 1- La recherche de soi

- Éducation, Transmission, Émancipation

  À propos de l'éducation :

  - **Rousseau**, il s'agit de tout ce que nous n'avons pas à notre naissance et dont nous avons besoin étant grands. Ainsi écrit-il dans *Émile ou de l'éducation* (1762) : « Rendez votre élève attentif aux phénomènes de la nature, bientôt vous le rendrez curieux ».
  - **Kant :** l'ambition de l'éducation doit être de rendre l'individu libre, c'est-à-dire autonome, capable de juger.
  - Grâce à l'éducation, l'homme, dans les sociétés démocratiques, peut s'élever socialement. Tel est le constat fait par **Alexis de Tocqueville**.
  - **Hugo**, c'est un combat contre le crime : « Chaque enfant qu'on enseigne est un homme qu'on gagne. »
  - Dès le début du XXe siècle, sociologues, philosophes, pédagogues ont diagnostiqué une crise de l'éducation classique.
  - **Hannah Arendt** rappelle que « le rôle de l'école est d'apprendre aux enfants ce qu'est le monde ».
  - **Bourdieu** critique l'idée d'une école égalitaire, en montrant que le fonctionnement actuel de l'école en fait un instrument de reproduction des inégalités.
  - L'émancipation, un rude combat ! le XIXe la limite, car elle demeure toujours décidée et réglementée par des hommes qui ne sont pas prêts à renoncer à leur suprématie politique et sociale. Les droits des femmes sont un combat dangereux et quotidien et l'éducation est insuffisante, voire inexistante.
  - **Simone de Beauvoir,** au XXe siècle, parmi les pionnières de la libération de la femme, a montré que l'on peut être une femme et mener une existence indépendante et libre. « On ne naît pas femme, on le devient ».

- Les expressions de la sensibilité

  - **Descartes** cherche à refonder la connaissance de la nature sur des bases solides. Il utilise pour cela le **doute** comme procédure méthodique. Il est possible que nos sens nous induisent en erreur, le **cogito** est donc cette première vérité indubitable sur laquelle fonder l'ordre du savoir.

- L'art procure des émotions fortes et sa contemplation peut permettre d'accéder au sublime. Mais parler de goût revient à rapporter le beau à une appréciation subjective.
- **Kant** montre qu'on ne peut pas connaître le beau, le jugement passe par un plaisir esthétique,
- **William James,** philosophe, explique que la sensibilité se traduit aussi par la pensée :« **flux de conscience** ». La sensibilité mène aussi à la réflexion suivante « qui suis-je ? »
- **Rousseau** dans son livre *Les Confessions* écrit : « Moi, seul. Je sens mon cœur et je connais les hommes. Je ne suis fait comme aucun de ceux que j'ai vus ; j'ose croire n'être fait comme aucun de ceux qui existent. Si je ne vaux pas mieux au moins je suis autre. »
- La sensibilité s'exerce aussi par la recherche de soi : Les différentes formes d'écritures autobiographiques sont sans doute une réponse possible à cette entreprise périlleuse bien que nécessaire à beaucoup d'écrivains, même ceux qui en semblaient le plus éloignés. Nombreux sont les auteurs qui ont tenté de cerner et dire ce « moi » dans des formes aussi diverses que les essais, les journaux intimes, les mémoires, les récits de vie, ou même le roman autobiographique.
- **V. Woolf** Le moi est multiple et complexe, « il devient évident que je ne suis pas un, que je ne suis pas simple mais bien multiple et compliqué. » Ce moi complexe est aussi présent lorsque nous sommes « inconscients », le monde du sommeil peut, chez **Proust**, résoudre des questions ontologiques et existentielles posées par le monde de la veille.
- **Balzac**. « La mission de l'art n'est pas de copier la nature, mais de l'exprimer. »
- Le romantisme mettra l'accent sur le moi, l'exaltation des sentiments, définissant ce que l'on a appelé le mal du siècle.

• Les métamorphoses du moi
  - **Le moi** se définit comme cette réalité permanente et invariable qui fait l'identité et la singularité de la personne.
  - **Nietzsche** déconstruit ainsi le moi, car le moi ne cesse de fluctuer, de se décomposer et de se recomposer. Autrement dit il n'en existe nulle part de réalité permanente et invariable.
  - **Freud** divise le système psychique entre le ça, le surmoi et le moi. **Ça** (autonome) = les pulsions, « elles » ne cherchent jamais rien d'autre que leur propre satisfaction. **Le surmoi** correspond quant à lui à l'intériorisation des règles morales, sociales, des jugements parentaux. **Le moi** est l'instance qui s'efforce d'établir une harmonie entre les exigences de la réalité, du ça et du surmoi.

Thème 2- L'Humanité en question

- Rompre avec le passé
  - Le progrès pose parfois une question éthique : est-ce que tout progrès est bon, souhaitable, justifiable ? Ce que la crise des sciences recouvre, c'est en fait le **positivisme** : l'esprit scientifique est si concentré sur son objet qu'il en finit par être aveugle à lui-même comme subjectivité constituante.
  - **Husserl**, L'intentionnalité signifie que conscience et objet n'existent pas l'un sans l'autre ou l'un en dehors de l'autre.
  - En littérature, le **Nouveau Roman** casse les codes, le personnage est une conscience dont on explore les flux.
  - **En architecture**, il est question de nouvelles formes mais pas applicables pour tous. La ville est un lieu extraordinaire pour autant qu'il puisse combiner les trois qualités qui font sa richesse : l'altérité, la diversité et l'urbanité… ce n'est pas encore une réalité aujourd'hui.
  - L'art n'est pas en reste, l'expression de l'artiste, son point de vue, l'originalité des sujets, la transformation du matériel, voici ce vers quoi tend la peinture, elle a progressivement rompu avec une perspective représentative. Le spectateur devient un collaborateur dans cette recherche.
- Histoire et violence
  - **La reconstruction d'un ordre social et politique stable**. Autrement dit, les activités économiques sont considérées comme cette passion assez forte pour contrebalancer les autres passions et ainsi pacifier l'ordre social. L'idée est relativement simple : l'intérêt économique étant une passion plus forte que les autres, elle va l'emporter et freiner les passions qui mènent à la violence.
  - **Hobbes** décrit le pacte social comme un mécanisme de transfert du droit naturel. La finalité de l'État ainsi institué par le contrat social est de mettre un terme à cette violence et de maintenir la sûreté.
  - La littérature se fait le reflet de l'Histoire : Le XXe siècle a finalement été un siècle de guerres et de violence et a ainsi remis en cause l'idée même d'un progrès de l'humanité. Ce qui a été brisé, c'est ce qu'on peut appeler une vision téléologique ou eschatologique de l'histoire (c'est-à-dire une vision où l'histoire progresse vers une finalité ou une fin). L'histoire était ainsi censée progresser vers une fin où la société serait pacifiée et où l'être humain pourrait se réaliser pleinement. C'est cette vision de l'histoire qui s'est effondrée avec le XXe siècle.
  - **Arendt** a écrit *Les origines du totalitarisme – Le système totalitaire*. Elle explique l'apparition du totalitarisme par la diffusion au sein de la modernité d'une expérience qu'elle nomme désolation.
  - La violence en question : le débat tourne alors régulièrement autour de la question de savoir s'il est légitime ou non que les mouvements de résistance

à la violence fassent eux-mêmes usage de violence. Les mouvements de résistance violents ne feraient ainsi que se venger, en exerçant une violence à l'égard de ceux qui les ont d'abord violentés.

- L'humain et ses limites
  - **Homme réparé**, **Homme augmenté** : c'est le rapport génétique, mécanique, qui rend l'individu supérieur. On repousse les limites de l'humain. Robots, cyborgs, corps mutants sont légion, dans une perspective futuriste de l'humanité, ces corps sont le plus souvent hors normes, ils sont améliorés, augmentés, leurs capacités cognitives et intellectuelles dépassent l'entendement, mais c'est toujours finalement le même sujet qui est traité : quel devenir pour notre humanité ?
  - Cette prise de conscience va de pair avec une remise en **question de la suprématie** de l'homme sur l'animal. L'animal nous permet souvent de nous interroger sur notre propre humanité. La littérature romanesque est un des moyens efficaces de nous faire réfléchir à notre place et à nos devoirs d'homme, nous poussant à nous interroger sur notre humanité.
  - **Peter Singer** : Selon ce penseur, les critères à prendre en compte pour une réflexion éthique ne sont pas la culture ou l'intelligence mais la sensibilité, l'intérêt des animaux. Refuser de prendre en compte cet intérêt revient alors à tomber dans le « spécisme ».
- La nécessité de changer notre rapport au monde
  - On opposait ainsi traditionnellement l'infinité de Dieu à la finitude de l'être humain sur au moins deux aspects. Tout d'abord, là où Dieu est éternel, l'être humain naît et meurt. Ensuite, là où la connaissance de Dieu est infinie, le pouvoir de connaissance ou de compréhension de l'être humain demeure fini ou limité.
  - L'homme doit laisser de côté son anthropocentrisme. Le mouvement du Nature writing incite l'homme à considérer la Nature comme un sujet à part entière.
  - **Martin Heidegger.** Il s'agit selon lui pour chaque individu d'endurer la possibilité de sa propre mort comme possibilité à la fois certaine (nous finirons tous par mourir) et indéterminée (la mort peut survenir à tout instant et on ne peut jamais être certain de l'instant de notre mort), et ce dans l'angoisse qui lui est liée. Il s'agit par là même de se comprendre, c'est-à-dire de comprendre que notre essence réside dans notre existence.
  - **Simondon**. Le danger, face à la technique, c'est de lui rester extérieur. Ce à quoi Simondon nous invite, c'est à ne pas rester simples utilisateurs extérieurs de l'objet technique mais à comprendre son fonctionnement.
  - La **biodiversité est en recul permanent et les écosystèmes sont de plus en plus menacés,** il est plus urgent que jamais de repenser le rapport que l'être humain entretient à la nature.

Bibliographie

- *Dictionnaire historique de la langue française* sous la direction d'Alain Rey, Le Robert.
- *Dictionnaire étymologique et historique de la langue française* par Emmanuèle Baumgartner et Philippe Ménard, La Pochothèque.
- *Dictionnaire de l'Antiquité* sous la direction de M.C. Howatson, Bouquins.
- Le Point, Références. *Les textes fondamentaux : L'Homme et la Nature*, Juillet-Août-Septembre 2020.
- Télérama 3669, 06/05/2020.
- Documentaire Demain de Cyril Dion et Mélanie Laurent, 2015.

Bibliographie du thème 1

ANTELME, Robert, L'Espèce humaine, Gallimard, 1947.

ARENDT, Hannah, *La Crise de la culture*, Gallimard, 1961.

ARENDT, Hannah, Les origines du totalitarisme – Le système totalitaire, 1951.

Saint AUGUSTIN, *Confessions*, IVe siècle, trad. A. D'Andilly, Belles Lettres, 2009.

BALZAC, *Le Chef d'œuvre inconnu,* 1832.

BALZAC, *Le Lys dans la vallée,* 1836, folios classiques, 2005.

BARTHES, Roland, *Fragments d'un discours amoureux*, éd. du Seuil, 1977.

BAYARD, Pierre, *Peut-on appliquer la littérature à la psychanalyse*, Éd. de Minuit, 2004.

BELOTTI, Elena Gianini, *Du côté des petites filles*, Éditions des femmes – Antoinette Fouque, 1994.

BOURDIEU, Pierre et PASSERON, Jean-Claude, *Les Héritiers,* Éd. de Minuit, 1964.

BRETON, André, *Les champs magnétiques*, 1920, nrf, Gallimard, 1971.

BRETON, André, *Manifeste du surréalisme*, 1924.

BRETON, André et ELUARD, Paul, *Dictionnaire abrégé du surréalisme*, 1938.

CAMUS, Albert, *Premier Homme,* Gallimard, 1964.

CHATEAUBRIAND, François-René, *René*, 1802, Hatier, 2012.

CHATEAUBRIAND, François-René, *Mémoires d'outre-tombe*, 1848, le livre de poche, 2001.

DE BEAUVOIR, Simone, *Le Deuxième sexe,* 1949, Gallimard, 1986.

DE BEAUVOIR, Simone, *Mémoires d'une jeune fille rangée*, 1958, folio, 2008.

DE CONDORCET, Nicolas, *Esquisse d'un tableau historique des progrès de l'esprit humain*, 1795, Nabu Press, 2010.

DE LAMARTINE, Alphonse, *Méditations poétiques,* 1820, livre de poche, 2006.

DE MAUPASSANT, Guy, *Le Horla*, 1887, folio, 2014.

DE MONTAIGNE, Michel, *Essais*, 1580, Bouquins, 2019.

DE MUSSET, Alfred, *Lorenzaccio,* 1834, Flammarion, 2013.

DE NERVAL, Gérard, *Aurélia*, 1855, folio, 2005.

DE TOCQUEVILLE, Alexis, *De la démocratie en Amérique*, 1835-1840, Flammarion, 2010.

DESCARTES, René, *Méditations métaphysiques*, texte établi par V. Cousin, 1824, Flammarion, 2009.

DUJARDIN, Edouard, *Les Lauriers sont coupés,* 1887, Flammarion, 2019.

DUJARDIN, Edouard, *le Monologue intérieur*, 1931, Messein, 1931.

DURAS, Marguerite, *L'Amant*, 1984, éditions de minuit, 1984.

DURAS, Marguerite, La Douleur, 1985.

ELUARD, Paul, *Capitale de la douleur*, 1926, Gallimard, 1966.

ERNAUX, Annie, *La Place*, 1983, Gallimard, 1986.

ERNAUX, Annie, *La Femme Gelée*, 1981, Gallimard, 1987.

FERRY, Jules, « Lettre aux instituteurs », 1883.

FOUCAULT, Michel, *Surveiller et punir,* 1975, Gallimard, 1993.

FERNEY, Alice, Dans la guerre, Actes Sud, 2003.

FREUD, Sigmund, *Introduction à la psychanalyse,* 1917, trad. S. Jankélévitch, 1922.

FROUILLOU, L. et BODIN, R., « A l'école, tu bosses tu réussis ? », dans *Manuel indocile de sciences sociales*, La Découverte, 2019.

FUKUYAMA, Francis, *La Fin de l'histoire et le Dernier Homme*, 1992, Flammarion, 2018.

HEINE, Heinrich, *Oeuvres*, trad. E. Renduel, 1834.

HUGO, Victor, *Le Dernier jour d'un condamné*, 1832, folio, 2017.

HUGO, Victor, *Claude Gueux,* 1834, le livre de poche, 1995.

HUGO, Victor, *Les Quatre Vents de l'esprit,* 1881, Ulan Press, 2012.

HUME, David, *Enquête sur l'entendement humain,* trad. A. Leroy, 1947.

HUME, David, *Traité de la nature humaine*, trad. A. Leroy, 1946.

HUYSMANS, Joris-Karl, *À Rebours de Huysmans*, 1884, Gallimard, 1977.

JOYCE, James, *Ulysse*, 1922, folio, 2013.

KANT, Emmanuel, *Qu'est-ce que les Lumières ?*, 1784, Trad. J. Barni, 1853.

KANT, Emmanuel, *L'Idée d'une histoire universelle au point de vue cosmopolitique,* trad. A. Philonenko, 1784.

KANT, Emmanuel, *Traité de pédagogie,* 1803, trad. J. Barni, 1886.

LEJEUNE, Philippe, *Le Pacte autobiographique*, Seuil, 1975, nouv. éd. 1996.

LE RIDER, Jacques, *Modernité viennoise et crise de l'identité,* PUF, 2000.

LEVI, Primo, Si c'est un homme, 1947 en Italie ; traduction en français Martine Schruoffeneger, 1987.

LOCKE, John, *Pensées sur l'éducation des enfants,* trad. J. Chateau, 1966.

MALSON, Lucien, *Les enfants sauvages : mythe et réalité,* 1964, 10 x 18, 2002.

MICHEL, Louise, *Mémoires,* 1886, éditions Sulliver, 1997.

MOLIÈRE, *L'École des femmes*, 1662, Hatier, 2019.

NIETZSCHE, Friedrich, *Par-delà bien et mal*, 1886, version française de l'édition Colli-Montinari.

PASCAL, Blaise, *Pensées*, 1670, édition Brunschvicg.

PROUST, Marcel, *À la Recherche du temps perdu*, 1913-1927, la Pléiade, Gallimard, 1987.

RABELAIS, *Gargantua*, 1534, Flammarion, 2016.

RIMBAUD, Arthur, *Poésies*, 1869-1873, livre de poche, 1998.

ROUSSEAU, Jean-Jacques, *Discours sur l'origine et les fondements de l'inégalité parmi les hommes*, 1755, Flammarion, 2011.

ROUSSEAU, Jean-Jacques, *Émile ou de l'éducation*, 1762, Flammarion, 2009.

ROUSSEAU, Jean-Jacques, *Rêveries du promeneur solitaire,* 1782, Flammarion, 2011.

ROUSSEAU, Jean-Jacques, *Les Confessions*, première partie en 1782, seconde partie incomplète en 1789, puis première édition intégrale en 1813.

SARRAUTE, Nathalie, *Enfance,* 1983, Folio, 2019.

SARTRE, Jean-Paul, *Les Mots*, 1964, Gallimard, 1977.

SCHOPENHAUER, Arthur, *Le monde comme volonté et comme représentation,* 1819.

SEMPRUN Jorge, L'Écriture ou la vie, Gallimard, 1994.

SIJIE, Daï, *Balzac et la petite tailleuse chinoise*, 2000, gallimard, 2017.

SOLJENITSYNE, Alexandre, *L'Archipel du Goulag. 1918-1956,* 1973.

STENDHAL, *Le Rouge et le Noir*, 1830, livre de poche, 1997.

STEVENSON, Robert Louis, *L'Étrange cas du Dr Jekyll,* 1886, traduction de Théo Varlet, 1926.

TOSEL, André, *Émancipations aujourd'hui ? : pour une reprise critique,* 2016, éditions du croquant, 2016.

VALLÈS, Jules, *L'Enfan*t, 1869, livre de poche, 1972.

VON GOETHE, Johann Wolfgang, *Affinités électives,* 1809, Flammarion, 2010.

WILDE, Oscar, *Le portrait de Dorian Gray,* 1890, livre de poche, 1972.

WOOLF, Virginia, *Les Vagues*, 1931, éditions stock 1947 et 1974 pour la traduction, collection La Pochothèque.

ZOLA, Émile, *Le Roman expérimental*, 1880, Flammarion, 2006.

ZOLA, Émile, *La Bête Humaine,* 1890, Gallimard, 2001.

Bibliographie du thème 2

ALEXIEVITCH Svetlana, *La supplication*, traduction de Galia Ackerman et Pierre Lorrain, collection J'ai lu, 2016.

ANTELME Robert, *L'espèce Humaine* (1947), Gallimard, 1978.

ARENDT, Hannah, *Les origines du totalitarisme – Le système totalitaire*, 1951.

ARENDT, *Eichmann à Jérusalem* (1963), traduction d'Anne Guérin, Gallimard, juin 1991.

ARENDT, Hannah, *Du mensonge à la violence*, 1971, tr. G. Durand, 1994.

BALIBAR, Étienne, *Violence et civilité,* 2010, éditions Galilée.

BARJAVEL René, *Ravages* (1943), Gallimard, 1972.

BIZOT François, *Le silence du bourreau* (2011), livre de poche, 2013.

BUELL Lawrence, *The environmental imagination, Thoreau, Nature writing and the Formation of American Culture* (1995).

CAMUS Albert, *Les Justes* (1949), Gallimard, 1973.

CAMUS Albert, *Les Justes* (1949), Gallimard, 1973.

CELINE Louis Ferdinand, *Voyage au bout de la nuit*, folio plus classiques, 2006.

CESAIRE Aimé, *La tragédie du roi Christophe* (1963), présence africaine, poche, 2000.

DESCOLA, Philippe, *La Composition des mondes*, 2014, Flammarion, 2017.

ECO Umberto, *L'œuvre ouverte* (1962)/*Lector in fabula* (1979), livre de poche, 1989.

FAYE Gaël, *Petit pays* (2016), livre de poche, 2017.

FERNEY Alice, *Le règne du vivant,* Babel poche, 2016.

FRIEDMANN, Georges, *La puissance et la sagesse*, 1970.

GENET Jean, *Les Paravents* folio poche, 1981.

GIONO Jean, *Le grand troupeau,* 1939, folio, 1972.

GIRAUDOUX Jean, *La Guerre de Troie n'aura pas lieu* (1935), Larousse, 2009.

GRASS Günter, *le Tambour* (1959), traduction de Jean Amsler, points, 1997.

HEGLAND Jean, *Dans la forêt*, Gallmeister, 2017.

HEIDEGGER Martin, *L'être et Temps* (1927).

HIRSCHMAN, Albert, *Les passions et les intérêts. Justifications politiques du capitalisme avant son apogée,* 1977, PUF, 2014.

HUSSERL, Edmund, *Méditations Cartésiennes,* 1931, trad. G. Pfeiffer et E. Levinas, 1947.

HUSSERL, Edmund, *La crise des sciences européennes et la phénoménologie transcendantale*, 1954.

HUXLEY Aldous, *Le Meilleur des mondes (*1932), Pocket, 2017.

JARRY Alfred, *Ubu roi* (1896), étonnants classiques, 2016.

JONAS, Hans, *Le Principe responsabilité : une éthique pour la civilisation technologique,* 1979, trad. J. Greisch, 1998.

KANT Emmanuel, *Projet de paix perpétuelle (*1795), Denis Huisman et alii, Nathan 2010.

KOVAC Nicola, *Le cannibalisme idéologique* (2002), Michalon, 2002.

KUHN, Thomas S., *La structure des révolutions scientifiques*, 1962, Flammarion, 2018.

LEVI Primo, *Si c'est un homme*, pocket, 1988.

LEVI-STRAUSS Claude, *Tristes tropiques*, pocket, 2001.

LITTELL Jonathan, *Les Bienveillantes*, 2006, Gallimard, 2008.

LIPOVETSKY Gilles, *Plaire et toucher*, Gallimard, 2017.

LYOTARD, Jean-François *La Condition postmoderne : rapport sur le savoir*, 1979, éditions de minuit.

MARCEL Gabriel, *les Hommes contre l'humain* (1951), vieux colombier, 1951.

MALRAUX, Discours du 27 octobre 1966 à l'assemblée nationale.

MANDELA Nelson, *Un long chemin vers la liberté* (1994), livre de poche, 1996.

MOUAWAD, *Incendies* (2003), actes sud, 2009.

MUKASONGA Scolastique, *Notre-Dame du Nil* (2012), Gallimard, 2014.

MUIR, *Un été dans la Sierra*, Hoëbeke, 2014.

MUSIL Robert, *L'Homme sans qualités* (1930), points, 2011.

ONFRAY Michel, *Le songe d'Eichmann (*2008), Galilée, 2008.

OGILVIE, Bertrand, *L'Homme jetable. Essai sur l'exterminisme et la violence extrême* (2012), éditions Amsterdam, 2012.

PLATON, *Protagoras*, trad. E. Chambry, 1936.

ROUSSIN Philippe, *Misère de la littérature, terreur de l'Histoire* (2005), Gallimard, 2005.

RUFFIN Jean-Christophe, *Le collier rouge*, folio, 2015.

SARTRE, *La Nausée,* folio, 1972.

SARTRE, Jean-Paul, *Préface* à l'édition de 1961 de Frantz Fanon, *Les damnés de la terre*.

SENGHOR, *Hosties noires*, le seuil, 1956.

SHELLEY Mary*, Frankenstein ou le Prométhée moderne (1818), Hatier*, 2019.

SINGER *Peter, La Libération animale (1975), traduction de Vilmer, Payot,* 2012.

SIMONDON, Gilbert, *Du mode d'existence des objets techniques*, 1969, Aubier, 2012.

TESSON Sylvain, *Dans les forêts de Sibérie* (2011), folio, 2019.

THOREAU, Henry David, *La Désobéissance civile,* 1849.

THOREAU, *Walden ou la vie dans les bois*, 1854, traduit par Louis Fabulet, 1922.

VILLIERS DE L'ISLE ADAM, *L'Ève Future* (1886), folio classique, 1993.

VOLTAIRE, *Candide,* Nathan, 2018.

ZWEIG, Stefan, *Le monde d'hier : souvenirs d'un Européen*, 1943, trad. S. Niémetz, 1996.

Table des matières

Thème 1 **La recherche de soi** 5

Chapitre 1 **Éducation, transmission, émancipation** 8

Synthèse de cours 8

1. Éducation et transmission 9
2. Éducation et émancipation : l'idéal des Lumières 16
3. L'émancipation aujourd'hui : quelle éducation ? 26

Fiche méthode 32

Sujet corrigé 36

Chapitre 2 **Les expressions de la sensibilité** 40

Synthèse de cours 40

1. La réévaluation moderne de la sensibilité 42
2. La valorisation littéraire et artistique de la sensibilité 50
3. La sensibilité comme mode de connaissance de soi et des autres 58

Fiche méthode 63

Sujet corrigé 72

Chapitre 3 **Les métamorphoses du Moi** 82

Synthèse de cours 82

1. Le mystère du moi 84
2. La déconstruction du moi 90
3. L'éclatement du Moi ou à la recherche du moi perdu 96

Fiche méthode 106

Sujet corrigé 108

Thème 2 **L'humanité en question** 117

Chapitre 1 **Créations, continuités, ruptures** 119

Synthèse de cours 119

1. Un changement radical de vision du monde : sciences et humanités à l'avant-garde 121
2. Rêver d'autres mondes : utopies et contre-utopies 127
3. La création contemporaine, entre continuité et rupture 132

Fiche méthode 140

Sujet corrigé 142

Chapitre 2 **Histoire et violence** 143

Synthèse de cours 143

1. Le désenchantement à l'égard d'une approche téléologique de l'Histoire 144
2. Dire la violence 154
3. Penser la violence 161

Fiche méthode 170
Sujet corrigé 172

Chapitre 3 **L'humain et ses limites** 185

Synthèse de cours 185

1. De l'homme réparé à l'homme augmenté 186
2. Comment sortir d'une vision anthropocentrique du monde ? 191
3. La nécessité de changer notre rapport au monde 200

Fiche méthode 210
Sujet corrigé 213

Aubin IMPRIMEUR

Achevé d'imprimer en février 2021
N° d'impression : 2009.0138
Dépôt légal, février 2021
Imprimé en France